Thierry Serfaty

La nuit interdite

ROMAN

Albin Michel

Pour Marcelle Benisty,
avec mon infinie tendresse
pour celle qui veut encore voir en son petit-fils
un médecin dévoué à ses patients
plutôt qu'un meurtrier à la solde de ses lecteurs.

1

LA dernière nuit.

Ce sont ses mots. Ils résonnent en elle comme un écho sans fin, il lui semble qu'ils ricochent contre les parois de son crâne.

La dernière nuit.

Il n'y en aura pas d'autre et il n'en démordra pas, elle le sait. Elle a lu la détermination dans sa posture rigide, ce matin, dans son regard fixe, cette façon particulière de martyriser ses mains.

Son pas martèle le sol. Les têtes se tournent, elle ne s'arrête pas. Elle croise un patient : ses yeux vides traînent sur elle avec indifférence, elle se sent transparente. Elle l'oublie aussitôt. Elle songe à l'homme, le sien, qu'elle a plongé dans cet univers insaisissable, enfermé dans ces pièces glacées. Quelque chose se tord en elle. Garder le cap, ne pas fléchir.

Elle longe les couloirs. Des cris montent et meurent derrière des portes. Un pan de sa blouse s'accroche à une poignée, elle tire sur le tissu d'un geste sec, elle entend la déchirure. Elle avance.

Oui, c'est la dernière nuit.

Et elle tiendra sa promesse.

2

– OÙ ?
– Chambre 22.

Stefania Strelli ressortit. L'infirmière se précipita derrière elle et s'arrêta sur le seuil de l'infirmerie : la neuropsychiatre ne semblait pas avoir envie qu'on la suive.

– Il n'a pas accepté que je pose une perfusion.
– Je reviens, dit le médecin.
– Il ne veut pas rester, il dit qu'il a changé d'avis, que...
Stefania tourna la tête.
– Je reviens.

Stefania posa la main contre la porte de la chambre et ferma les yeux un instant. Sa main glissa jusqu'à la poignée.

Son mari était debout, près du lit. Son haleine dessinait sur la vitre un halo brumeux.

– Dernière nuit, dit-il.

Les mots ne l'avaient pas quitté depuis ce matin, lui non plus, tel un refrain obsédant. La jeune femme s'approcha. Ses mains glissèrent sur la nuque rase, le long du dos, sous les bras, se rejoignirent sur la poitrine. Laurent la protégeait de la lumière d'hiver, déclinante. Elle se serra contre lui. Le dos de son époux était froid.

– Oui. C'est la dernière nuit que tu passes ici.
– Après je rentre et je ne reviens plus. Quel que soit le résultat.
– Je viens te chercher demain.

– Tôt, précisa-t-il.

– Oui, tôt. Je serai là à ton réveil.

– Je ne vais pas dormir.

– Tu vas dormir.

– Je te dis que non.

Stefania ne répondit pas. Il avait dit la même chose la nuit précédente, et celle d'avant. Chaque fois, depuis des mois. Elle desserra son étreinte. Le long corps de son mari se détacha sur le mur. Il se redressa, l'ombre s'étendit sur le lit en signe de résignation.

– Allons-y, dit-elle.

Laurent contempla son avant-bras. Des cicatrices et des hématomes tachaient la peau.

– Une perfusion ?

– C'est mieux. C'est plus facile pour faire des prélèvements, ou pour injecter quelque chose.

Il leva les yeux sur sa femme, puis son regard se fixa ailleurs.

– Injecter ? Pour quoi faire ?

– Si tu préfères, on ne pose pas de perfusion. C'est d'accord.

Elle ne décela rien sur ses traits. Ni satisfaction, ni soulagement. La chaise : tout son être était concentré sur la chaise. Comme il pouvait le faire sur une table, un arbre, une brindille, n'importe quoi. Se figer pendant des heures. Contre cela, le parcours thérapeutique dans la clinique n'avait rien pu. Personne n'avait accès à la construction mentale de son mari – elle moins que d'autres, lui semblait-il.

– Ces images, dit-il. Je les ai vues toute la journée.

Elle lui prit la main et l'obligea à s'asseoir sur le drap.

– Quelles images ?

– C'est surtout après avoir passé la nuit ici, dit-il sans l'écouter vraiment. À chaque fois, puis elles disparaissent. Maintenant, c'est plus fréquent, ça dure plus longtemps. C'était quand, la dernière nuit ici ?

– Il y a une semaine, environ. Mardi, je crois ?

Il la coupa, tendu.

– Combien de jours ?

Stefania compta mentalement. Laurent avait besoin de cette précision, il ne supportait pas l'approximation. L'exactitude l'apaisait. Il en était ainsi depuis qu'ils s'étaient rencontrés, dix ans plus tôt.

L'hôpital fêtait alors ses trois cents ans. Le hall avait été transformé en galerie éphémère pour l'occasion. On l'avait dépouillé de son décor triste et, pour le faire vivre, on avait fait appel à Laurent Strelli. Les murs avaient été peints en blanc en une nuit, deux ouvriers avaient ensuite appliqué de la chaux selon les instructions précises de l'artiste. Il était resté derrière eux, tandis que leurs spatules dessinaient des accidents sur les surfaces lisses. À l'aube, deux camions avaient déchargé des rails de spots. Deux heures plus tard, les rampes lumineuses étaient disposées, fixées. Le soir, les lumières s'étaient allumées, les couleurs avaient heurté les reliefs et les aspérités, animé les murs, flotté sur les surfaces accidentées et précipité les ombres humaines dans ce mouvement. C'était stupéfiant. L'artiste était resté à l'écart, étrangement absent – sauf de son œuvre. Il semblait suivre la rotation des lampes ; seule la danse ocre, mauve et orange l'absorbait. Stefania s'était approchée de lui pour le féliciter.

– C'est envoûtant. Comment faites-vous ?

Il n'avait pas réagi, elle s'était mise à rire.

– Pardon. Je cherche à définir l'art. Idiot, non ?

– C'est un calcul.

– Qu'est-ce qui est un calcul ?

– Tout ça, dit-il simplement, les yeux rivés sur ses œuvres.

– Ces couleurs, ces ombres et ces lumières, un calcul ?

Elle avait ri, à nouveau, sans parvenir à franchir le fossé qui les séparait.

– Trente spots de sept teintes différentes sur chaque rampe, répondit Laurent de façon méthodique. Cinq tonalités d'une même teinte. Les couleurs ne sont jamais les mêmes sur deux rampes. Il y a dix-sept rampes, disposées dans autant de directions, sur les dix-sept surfaces verticales. Toujours.

– Toujours ?

– Toujours.

Stefania contempla les œuvres éphémères.

– Alors là, je n'aurais jamais cru que c'était si simple de faire de l'art. Quand je pense que je me suis emmerdée à faire douze ans de médecine, et on ne m'a même pas demandé de plier les cartons d'invitation pour la soirée.

– Vous avez fait douze ans d'études pour apprendre à plier des cartons ?

Stefania le dévisagea, puis sourit, désarmée par la sincérité de la question.

– Laissez tomber.

Discipliné et assez indifférent, il avait laissé tomber.

Pas elle.

Quand elle l'avait épousé, il avait tout compté, tout consigné mentalement. Les fleurs dans chaque bouquet, les rangées de sièges dans l'église, les assiettes sur les tables, les lattes du parquet, les lumières au plafond. Elle avait songé que le calcul et l'ordre seraient intimement liés à sa vie, dorénavant.

Comme ce soir, dans cette chambre d'hôpital.

Elle se concentra avant de répondre.

– Tu étais ici il y a neuf jours. Précisément.

Laurent lui sourit pour la première fois, satisfait. Puis le sourire disparut comme une ombre passagère.

– Ces images. Neuf jours après. Ça durait moins longtemps, les autres fois. Maintenant, ça... m'envahit.

Son regard courut sur elle avant de la fuir. Stefania, intriguée, ne posa pas de question. Il avait déjà évoqué ces flashes, ces apparitions immatérielles, fugaces, des bulles qui remontaient pour crever à la surface de la conscience. Il les décrivait difficilement – des éblouissements, des échos, peut-être des fragments de visage. Ça le prenait le jour, parfois en pleine nuit, comme un cauchemar qui sort le dormeur de sa torpeur. Puis il revenait sur ses descriptions, et finissait par se taire. L'incertitude de ses propres mots le plongeait dans la perplexité et le mutisme. L'étrangeté de ces hallucinations – car c'était bien à des hallucinations que les confrères de Stefania avaient assimilé ces apparitions – le dépassait. Il lui semblait qu'une partie de lui s'échappait pour prendre la forme de ces éléments visuels et sonores. Stefania avait anticipé le diagnostic, ou plutôt l'un des diagnostics possibles. Une entrée progressive en psychose. Délire non organisé, bouffées hallucinatoires chroniques. Pour se rassurer, elle finissait par en amoindrir l'importance.

– Des rêves éveillés, peut-être. Des restes de ta nuit. Rien d'inquiétant, Vullierme me l'a dit.

– Non, ce ne sont pas des rêves. Des choses qui me sont... étrangères. Hors de moi.

Elle se leva et l'entraîna par le bras.

– Viens, Laurent, allons à l'infirmerie, Chantal va mettre les électrodes en place.

Il hésita. Ses yeux cherchaient sur les traits de sa femme une expression convaincante. Elle caressa son visage et colla son front au sien.

– Allons-y. Fais-moi confiance, dit-elle d'une voix plus douce.

Laurent passa la main sur son crâne et se leva. Il lui sembla que le métal froid touchait déjà sa peau.

3

IL était allongé sur le lit, le regard rivé au plafond.

Dans la pénombre, les électrodes ressortaient en taches claires sur les ombres de son visage. Les câbles multicolores s'en échappaient depuis le crâne, les yeux, le menton, le cou. D'autres fils enlaçaient le corps, témoins du cœur, de la tension et de la fréquence respiratoire. Un corps prisonnier dissocié de l'esprit : tandis qu'on arrimait l'un aux machines, l'autre s'échappait. L'infirmière lui tendit le masque et le casque audio. Laurent n'esquissa aucun mouvement. Elle finit par les ajuster elle-même et quitta la pièce d'exploration du sommeil.

Derrière la vitre teintée, Stefania observait son mari.

– Il n'a pas dormi plus de cinq heures en tout, ces dernières nuits à la maison.

– On ne lui en demandait pas tant, dit l'homme en blouse blanche.

– Il se moque de ce qu'on lui demande. Il ne l'entend même pas. Il est agité – il est mal. Ces hallucinations, toujours...

Elle se tourna vers Vullierme.

– La thérapie était censée lui faire du bien.

– Toutes les thérapies sont censées faire du bien. Avec un peu de patience, bien sûr. Et aucune thérapie n'est infaillible.

Stefania contempla un instant Vullierme. Des yeux noirs trop grands, l'ombre d'une barbe jamais nette sur un visage rond. Force tranquille dans l'univers survolté de la médecine. En quelques minutes, il pouvait susciter en elle l'admiration comme l'exaspération.

Vullierme examina le tracé qui apparut sur l'écran d'ordinateur. L'électroencéphalogramme dessinait ses crêtes et ses ondes, les électrodes fixées sur le crâne de Laurent étaient bien en place.

– C'est la dernière nuit, je crois, dit-il enfin pour apaiser sa consœur.

Stefania contempla son époux : les yeux grands ouverts, le regard fixe.

– Oui, c'est la dernière. Il n'y en aura pas d'autre, je le sais.

Vullierme s'approcha du micro.

– Bonsoir, monsieur Strelli. Vous pouvez vous laisser aller au sommeil, si vous le voulez. C'est votre dernière séance, profitez-en.

Les mots – ceux qu'il s'était répétés inlassablement depuis le matin – semblèrent ramener Laurent à la conscience. En guise de réponse, il ferma les yeux. Vullierme examina les autres tracés sur l'écran.

– On pourrait envisager de passer à deux reprises les images et le son de la séance de thérapie de ce matin. Finir en beauté.

Stefania s'éloigna de la vitre. L'infirmière venait de les rejoindre dans la salle technique.

– Non. Une seule fois. Au bon moment, c'est tout.

4

LE Modus corail longea l'allée de terre jusqu'à la porte
métallique. Stefania fouilla dans son sac, pressa le bouton
de la télécommande et la porte du garage s'ouvrit.
Le long de l'allée. La télécommande. La porte qui bascule.

Elle ressentit un mal-être, une forme de nausée, à évoquer intérieurement cet enchaînement. Comme tous ces gestes exécutés
machinalement, jour et nuit, ces protocoles immuables du quotidien mais qu'elle recensait maintenant, malgré elle, et qui la ren-
voyaient aux obsessions de son mari. Il l'avait pour ainsi dire
contaminée, tandis qu'il envahissait sa propre existence d'automa-
tismes. Les litanies de chiffres, la façon – la même et unique façon
– de caresser un tissu, un verre qu'il repose à l'endroit précis où
il se trouvait. Laurent, l'homme qu'elle aimait, et qui l'avait épuisée. C'est par amour qu'elle avait tant insisté, il y a six mois.

– Je crois beaucoup en ce programme. On y croit tous.

Elle s'était approchée de lui pour l'enlacer. Il se libéra de
l'étreinte un peu brutalement.

– Je ne suis pas un criminel.

– Ça n'a rien à voir. La médecine avance toujours comme ça :
on exploite souvent un traitement pour des indications différentes.
Laurent, si la méthode marche pour eux, elle fonctionne certainement pour des problèmes moins aigus.

– Je ne suis *pas* un criminel.

– Et tu n'es pas malade non plus, répondit-elle avec patience.
Je vois tous les jours en consultation des gens qui ne sont pas

atteints de maladies psychiatriques et qui suivent une thérapie pour se sentir mieux, tout simplement. Et tu vis mal ta... timidité, on va dire. Tu le sais bien, n'est-ce pas ?

Laurent ne répondit pas. Elle posa la main sur son torse. Cette fois, il ne la repoussa pas.

— Pour moi aussi, c'est difficile, ces longs moments de silence, ces heures loin de moi, alors que nous sommes l'un contre l'autre. Il faut essayer, chéri ; il le faut – pour nous deux.

Laurent baissa le regard. Dans ce moment de capitulation, Stefania savait quelle violence son époux s'infligeait. Elle en éprouva une certaine peine. Il releva la tête, comme s'il regrettait déjà le combat perdu.

— Qu'est-ce qu'il faudra faire ?

— Suivre une thérapie à la Fondation avec l'un des médecins du service. Tu en connais certains.

— Ton service ?

— Oui. Le mien. Je serai tout près.

Dans son regard, Stefania ne lut aucun soulagement. Pour la première fois, sa présence ne le rassurait pas.

— Combien de fois par semaine ?

— Une fois.

— C'est tout ?

— Tu resterais là-bas pour la nuit, après la séance. Pour y enregistrer ton sommeil.

Laurent se raidit. Il détestait la perspective d'être *exploré*, elle le savait. Elle s'en voulut de ne pas avoir pris plus de précautions.

— Dans un lit, une chambre, rien de méchant, sois tranquille.

— Enregistrer mon sommeil ? dit-il simplement.

— On colle des électrodes sur le torse, le visage, le crâne, et on y branche des fils très fins reliés à des appareils d'enregistrement.

— Qu'est-ce que ça enregistre ?

Le ton était devenu agressif. Stefania fit un effort pour se contenir.

— L'activité électrique de ton cerveau pendant que tu dors. Ça s'appelle un EEG, un électroencéphalogramme.

Laurent se réfugia dans son fauteuil de prédilection. Les arbres agitaient leurs branches tourmentées derrière la baie vitrée. Il fixa un point insaisissable dans le jardin dénudé du début d'hiver.

– Tu as dit : électrodes sur le visage et le torse. Je n'ai pas le cerveau si bas.

Stefania finit par en sourire. Avec Laurent, il n'y avait pas de mots gratuits. L'analyse méthodique du discours à laquelle s'adonnait son époux pouvait passer pour de l'humour.

– On enregistre aussi les mouvements oculaires, les contractions musculaires, l'électrocardiogramme, la fréquence de la respiration.

– Pour quoi faire ?

– Pour choisir le moment propice de ton sommeil et repasser en son et images la séance de thérapie du jour. Elle est filmée, en journée.

– Je suis filmé ? Je ne veux pas.

– On filme la séance, poursuivit Stefania, et quand tu es endormi, on te repasse le son et les images dans un casque et un masque visuel. Tu y « assistes » une seconde fois, inconsciemment. Rien de plus. (Elle ne lui laissa pas le temps de répondre.) Ça marche, Laurent, ça marche très bien. Les résultats sont très bons. Les thérapies sont plus courtes, plus efficaces.

– Je préfère ne pas y aller.

Il s'était refermé.

Puis il avait cédé – elle n'avait pas lâché prise, cette fois.

Et ce soir, c'était la dernière nuit. Huit mois de thérapie, une nuit par semaine – tout avait été respecté. Aujourd'hui, lorsqu'elle dressait le bilan de ces mois d'efforts, les résultats lui semblaient maigres. Elle guettait un changement de personnalité, un époux à l'aise dans son rapport aux autres. En échange de cela, Laurent s'éloignait sans cesse des circonstances sociales, il s'isolait du monde pour ne supporter que son atelier et une vie intériorisée à l'extrême. Il avait fermé une porte supplémentaire dont elle n'avait pas trouvé la clé.

Lasse, elle verrouilla la voiture tandis que le panneau de métal se refermait. Elle traversa la cuisine attenante au garage et ouverte sur le salon. Elle jeta son sac sur le canapé d'angle.

– Bonsoir Madame.

– Bonsoir, Irene.

Stefania leva les yeux sur l'horloge murale de la cuisine. Il était plus de 20 heures. Irene attendait son retour pour partir – comme tous les jeudis, depuis huit mois. Tous avaient adapté leur rythme à la thérapie de Laurent. La Philippine savait que ce soir-là, Monsieur Laurent ne rentrerait pas, qu'un couvert suffirait, que Madame Stefania rentrerait tard et qu'elle-même ne serait pas chez elle avant 21 heures.

– Léa ?

– Elle dort.

Stefania monta l'escalier suspendu. Laurent l'avait dessiné lorsqu'ils avaient acheté la maison – un L de béton et de verre construit par un architecte dans les années soixante, quand on achetait pour rien dans les ruelles de la Mouzaïa. Ils avaient tout rasé, elle avait décidé des grandes lignes, il avait dessiné et conçu. Elle s'évadait, il se rassurait déjà. Stefania avait choisi les matériaux ; pour l'escalier, du chêne brut ciré, en une seule pièce. Elle n'avait jamais pu gravir les marches sans être prise de vertige, un sentiment d'instabilité. Il lui semblait monter sur une surface fluide, flottante – une création à l'image de son mari. Elle s'agrippa aux filins métalliques.

– Vous pouvez rentrer, Irene. Merci.

– À demain, Madame.

À l'étage, Stefania poussa la porte entrouverte, à gauche de l'escalier.

La pièce était plongée dans la pénombre. Seule une veilleuse Hello Kitty posée sur la table à langer diffusait une lueur rose, dans l'angle. Stefania s'approcha de son enfant endormie. Elle ressentit un serrement dans la poitrine. Huit mois, c'était l'âge de Léa. Depuis la fin du congé de maternité, elle avait plus souvent vu la petite dans un couffin qu'elle ne l'avait portée.

Pourquoi ? Pourquoi ne rentrait-elle pas plus tôt ? Pourquoi ne pas l'enlever aux bras maternels d'Irene pour prendre une place légitime ? La réponse à sa question s'imposa. Elle tenta de la chasser de son esprit, en vain. Psychiatre, elle avait appris à affronter ses craintes – surtout celles, inexplicables, de la maternité et de la filiation – pour les décortiquer. Seule cette angoisse-là résistait à l'analyse de ses névroses, sans pouvoir la masquer. Oui, Léa pouvait ressembler à son père, peut-être avait-elle hérité de son étrange personnalité. Était-ce une raison pour ensevelir une relation mère-fille ?

Stefania approcha la main du petit corps. Ses doigts effleurèrent le velours éponge. Lorsque ses yeux se furent habitués à l'obscurité, elle distingua le visage de son enfant. Et ses yeux ouverts. Léa ne dormait pas. Elle ne pleurait pas non plus, elle était là et ailleurs en même temps – déjà. Stefania retira la main précipitamment. Elle quitta la pièce sans précaution, traversa le palier et s'enferma dans la salle de bains.

Elle ouvrit le robinet, un jet bouillant emplit le fond de la baignoire. Elle se déshabilla et se glissa dans l'eau. La brûlure fut saisissante, puis la chaleur l'apaisa. Elle s'assit, étendit les jambes et finit par s'allonger. La vapeur formait un voile sur le miroir, enveloppait son visage. Elle dénoua ses cheveux, les boucles châtain tombèrent sur ses épaules et collèrent à sa peau. Elle suivit du bout des doigts les courbes de son cou, de ses seins, de son ventre. Elle posa la main sur son sexe et ferma les yeux. Le visage de Laurent, les mains de Laurent. Absents. Son corps déserté lui fit mal. Elle eut envie de crier. Un cri contre lui, contre le choix qu'elle avait fait, contre la thérapie vouée à l'échec. Elle se caressa lentement puis avec brutalité. Elle ne sut pas ce qui, de la rage ou du plaisir, la conduisit à la jouissance.

Puis ses sens, peu à peu, la ramenèrent à la conscience.

Alors seulement elle entendit le bruit d'une porte que l'on ouvre et que l'on referme.

5

UN oiseau de nuit, c'est ce qu'elle était.

Enfant déjà, Anita ne s'endormait pas avant deux heures du matin. À vingt ans, elle ménageait assez ses jours pour que la nuit ne laissât pas d'empreinte. Elle devint infirmière, les nuits hospitalières en manquaient, elle y trouva son bonheur. Il fallait bien que des filles se dévouent pour la noble cause.

Aujourd'hui, Anita avait plus de quarante ans et la cause avait perdu de sa noblesse. Le bonheur s'était mué en cauchemar, les nuits de folie en gardes austères – surtout depuis qu'elle avait intégré les équipes de nuit à la Fondation. Des malades trop malades pour elle, inaccessibles, des remparts infranchissables. Les cris qui résonnent dans les couloirs vides, des réactions imprévisibles, des regards fous. Elle avait failli en perdre la tête. Trois mois d'arrêt de travail, une dépression dont elle était sortie in extremis.

La fille du Bureau du personnel avait fait preuve de compréhension à son égard. Et puis, presque vingt ans de bons et loyaux services, ça forçait malgré tout le respect et la reconnaissance. Elle avait eu droit à ce dont ses collègues n'osaient pas rêver avant la fin de parcours, à la Fondation : l'« Explo ». La surveillance nocturne des boxes d'enregistrement du sommeil. Quatre nuits successives, puis trois de repos, et on reprend. Une sinécure : la routine, jamais d'impondérables.

Et puis les autres, là, ceux du CME, le Centre du Mieux-Être, sur le même étage.

Pas fous non plus, mais pas bien sur terre ni dans leurs baskets.

Coincés, angoissés – cela dit, rien de plus grave. De gros névrosés, comme on dit. Si ça ne tenait qu'à elle, elle aurait prescrit quelques coups de pied aux fesses, histoire de les secouer, plutôt que les laisser s'apitoyer sur eux-mêmes en thérapies incertaines. Inoffensifs, en tout cas.

Alors elle surveillait, ni plus ni moins. De temps à autre, un éveil brutal, un cauchemar. Une électrode décollée lors d'un mouvement incontrôlé. Au pire, un ordinateur défaillant, un enregistrement qui passait à l'as. Elle en était quitte pour revoir le patient une nuit supplémentaire.

Puis Anita avait noté un changement, survenu six mois plus tôt.

Une tension sensible lorsqu'elle était arrivée, à 19 heures, pour prendre le relais des filles de jour. Le truc qui coinçait, qui les rendait nerveuses, avait un nom : celui de la chef de service, le Dr Strelli. Laurent Strelli semblait nettement plus étrange que les habitués du CME. Il allait suivre le protocole couplé : thérapie le jour, puis la nuit avec masque et casque – rien de bien différent des autres, en définitive. Pas de quoi se ronger les sangs. Pour Anita, qu'il soit l'époux de la chef ou le fils d'Eddy Merckx, ça ne changeait pas grand-chose : un type qui dort, c'est un type qui dort.

Elle ne prit la mesure de la différence qu'en entrant dans la chambre où Laurent Strelli attendait, allongé.

Un coup d'œil lui suffit : ce n'était pas seulement un VIP, et son attitude ne se contentait pas d'être un peu plus marquée que celle des autres patients. Sans pouvoir justifier son sentiment, Anita sut immédiatement qu'un fossé séparait ce type de ceux qu'elle branchait et surveillait chaque soir. Il portait en lui une spécificité, une tension communicative. Le stress des gardes, relégué aux oubliettes, la submergea en un instant.

La première nuit, elle la passa contre la vitre sans tain, les yeux rivés sur ce gars immobile, au regard fixe, qui n'avait pas manifesté la moindre émotion, la moindre réaction aux stimulations.

Les autres nuits s'étaient passées sans encombre. Il s'était endormi, l'enregistrement s'était chaque fois parfaitement déroulé.

Et ce soir – la dernière nuit du protocole – elle était presque parvenue à se convaincre qu'elle avait bêtement cédé à l'angoisse collective et que Laurent n'était rien d'autre qu'un pauvre type un peu décalé. Quand tout s'emballa.

Ce fut l'écran qui l'alarma en premier lieu. Les tracés EEG, elle en avait vu comme personne n'en verrait dans ce métier, tant elle en avait surveillé. Mais aucun ne ressemblait à celui-ci : une amplitude démesurée, irrégulière, une structure anarchique – comme si le curseur électronique était devenu fou, un jeu entre les mains d'un enfant. Anita se précipita vers la vitre.

Ce qu'elle y vit lui sembla bien plus inquiétant encore : Laurent Strelli, d'habitude pétrifié sous les draps, s'agitait comme un diable. Son corps se cambrait puis se relâchait, parcouru de tremblements. Elle eut le réflexe de se précipiter vers la porte de la chambre. Bien souvent, une main apaisante, un réveil court, un mot rendaient au dormeur sa sérénité. Elle se tourna vivement vers l'écran : la ligne rouge se dessinait au-dessus du tracé EEG depuis 2 minutes et 34 secondes. Les images de la séance défilaient dans le masque, devant les paupières closes, et la bande-son empruntait le casque pour envahir le sommeil du patient. Les mots du Dr Vullierme lui revinrent à l'esprit : aucune intervention, telle était sa consigne. Surtout pas pendant la diffusion de la séance de thérapie.

Anita s'arrêta sur le seuil, désemparée : les spasmes secouaient tout le corps de Laurent Strelli, et elle ne pouvait rien faire pour lui. Elle s'éloigna pendant qu'il se débattait, entravé par les fils et les draps. Elle détourna le regard. Elle fouilla sur le bureau, à la recherche de n'importe quoi qui puisse détourner son attention de ce qui se passait dans la chambre. Elle voulut sortir, mais fut incapable de quitter le box de surveillance, d'abandonner le patient à son sort. Les secousses étaient si violentes que la tête de lit heurtait le mur. Ce fut plus fort qu'elle, il fallait qu'elle intervienne – au diable Vullierme et ses consignes.

Elle ouvrit la porte, mais la crise semblait passée comme par enchantement : en quelques secondes, Laurent avait retrouvé un calme relatif.

Elle recula et se laissa tomber dans le fauteuil. Elle feuilleta compulsivement le dossier du patient et poussa un soupir de soulagement. Elle ne s'était pas trompée : c'était bien la dernière nuit qu'il passait ici. Dieu merci.

6

PEUT-ÊTRE n'était-ce qu'un craquement anodin dans la maison.

Stefania se releva et s'immobilisa, ruisselante. Plus un bruit. Elle sortit de la baignoire, saisit le peignoir et s'en enveloppa. Elle essuya le cadran de sa montre posée près d'elle : il était 20 h 20. Elle épia le silence, quelques secondes encore. Décidément, le stress lui jouait des tours.

Elle brancha le sèche-cheveux sur la prise électrique et dirigea le souffle sur le miroir embué. Son visage apparut, rougi par la chaleur. Elle se pencha pour examiner les ridules qui cernaient ses yeux, aux commissures. Elle pressa un tube et déposa une noisette de crème sur la pulpe de son index.

Elle ferma les yeux et se mit à masser ses paupières.

Juste au moment où elle aurait pu voir le mouvement dans son dos, la porte qui s'ouvre, le visage qui entre dans le champ de réflexion du miroir, en arrière-plan. La main qui s'avance, débranche le sèche-cheveux et éteint la lumière. Elle entendit un souffle, une sorte de rire, ne sentit que le contact glacé sur sa nuque. Elle n'eut même pas le temps d'avoir peur.

Une nuit sans nuage. Une lueur blanche, lunaire, découpe la silhouette sur les murs – l'ombre qui sort de la salle de bains, enjambe le corps de la femme, traverse le couloir et pousse la porte de la première chambre en haut de l'escalier, à gauche.

Au milieu de la pièce, le lit de l'enfant. Elle dort maintenant. Le corps est légèrement de biais, Léa suce son pouce.

Un pas en avant, le parquet craque, Léa sursaute mais ne se réveille pas.

Un autre pas.

Une main gantée s'empare d'une peluche. La lumière dessine un halo pâle sur le nourrisson. La main cherche l'angle, la position idéale, se balance au-dessus de la tête. Et finit par presser la peluche contre la tempe. Le petit corps se contracte. L'autre main enfonce le canon de l'arme dans la fourrure synthétique. Un déclic, une détonation étouffée.

Lumière blanche, drap pourpre. Le tueur s'est penché. Son visage apparaît dans la lumière. Puis c'est la nuit noire, à nouveau.

7

L'ALARME des écrans de surveillance la fit sursauter.

Anita se leva précipitamment : tracé plat chambre 2 – bien sûr. Strelli, encore lui. Ça ne finirait donc jamais. Elle maudit les chefs de service qui hospitalisaient leurs époux, les thérapies nocturnes qui troublaient le sommeil des patients et les électrodes de mauvaise qualité qui se décollaient au moindre mouvement. Il était 21 h 35. Elle noua son sarrau – la fatigue la rendait frileuse – et sortit de la salle de repos. Elle longea le couloir des consultations et poussa la porte du box de surveillance.

Ce qu'elle vit à travers la vitre la glaça. Elle jura et se précipita dans la chambre.

Laurent était assis sur son lit. La sueur ruisselait sur son crâne, son visage, le torse était luisant. Anita alluma une veilleuse et appuya sur le bouton de présence. Elle trébucha sur le casque audio et le masque. Elle posa la main sur l'épaule de Laurent : des muscles tendus à l'extrême, un corps de bois qui tremblait. Laurent avait arraché les fils qui le reliaient à la machine. À l'emplacement des électrodes, la peau était à vif. Anita retira la main : à la sueur s'était mêlé le suintement des plaies.

– Monsieur Strelli, qu'est-ce qui s'est passé ?

Laurent ouvrit la bouche sans que le moindre son n'en sorte. Le liquide rosâtre parcheminait le front et les paupières, voilait la cornée et opacifiait sa vue. Un poids insoutenable écrasait sa poitrine, il suffoquait.

– Ma... ma fille, finit-il par articuler.

– Vous la verrez demain, votre fille. Regardez dans quel état vous êtes. Recouchez-vous, je vais chercher de quoi nettoyer tout ça.

D'un geste brusque, il la saisit par le poignet. Anita sentit monter une anxiété, qu'elle maîtrisa aussitôt.

– Non, dit-il, ma fille... Léa...

L'infirmière connaissait son patient. Il était vain de tenter de le raisonner.

– Ne bougez pas, fit-elle en desserrant l'étreinte. Je reviens tout de suite. D'accord ?

Elle courut jusqu'à la salle de soins. Elle posa à la va-vite sur le chariot un paquet de compresses stériles, des gants, un désinfectant et une chemise propre. Le flacon de désinfectant se renversa. Anita tendit la main et remarqua que ses doigts tremblaient. Elle prit une autre bouteille cachetée et poussa le chariot.

Dans le couloir, la porte ouverte du box de surveillance – qu'elle fermait *systématiquement* derrière elle – fit renaître son angoisse comme une bulle qui remonte et éclate à la surface de l'eau. Elle abandonna le chariot et courut jusqu'à la chambre 2.

Une chambre vide.

8

— ÇA fait combien de temps qu'il a disparu ?

— Quelques minutes, le temps d'aller chercher un chariot de soin. Il est blessé.

Anita regretta immédiatement sa dernière confession. Elle ne faisait qu'aggraver la situation – et son cas par la même occasion. Le mari du chef de service était en cavale alors qu'elle en avait la responsabilité, et comme si ça ne suffisait pas, il était couvert de sang.

— Vous avez prévenu sa famille ? Votre hiérarchie est au courant ?

Anita hésita.

— Non, je ne les ai pas encore appelés.

— Pourquoi ? J'imagine qu'il y a une procédure bien precise à suivre en hôpital.

Elle ferma les yeux et serra le combiné contre elle. *Parce que, en l'occurrence, la famille et la hiérarchie ne font qu'un, et que j'espérais encore sauver ma tête grâce à tes compétences.* Elle opta pour une certaine retenue.

— Il n'a pas dû aller bien loin, dit-elle, il est peut-être dans le jardin de la Fondation. Je suis seule pour le service, je ne peux pas laisser les autres patients sans surveillance et partir à sa recherche. Et il n'y a qu'un vigile à l'entrée. Vous...

Le policier lui coupa la parole.

— Qu'il y reste et qu'il ouvre l'œil. Je vous envoie une voiture sur place. Une patrouille sillonnera le quartier.

Anita regarda l'heure. Le silence de l'unité lui était insupportable. Strelli avait disparu depuis un quart d'heure. La police fouillait les alentours du bâtiment, les vigiles et les autres infirmières de nuit passaient les différents services de la Fondation au peigne fin. Bloquée à son poste, elle avait la sensation de devenir folle. Il fallait que ce fût lui, bien sûr. Elle avait fini par appeler la surveillante de garde, puis Stefania Strelli. La psychiatre ne répondait ni à son domicile, ni sur son portable. Il ne manquait plus que ça. Qu'avait-il pu se passer dans la tête de ce type pour qu'il s'enfuie ? Un vulgaire cauchemar ? Ce n'était certainement pas de lui qu'on l'apprendrait, si d'aventure il lui prenait la bonne idée de revenir ou de tomber sur un flic. Autant parler à un mur et en attendre une réponse. La porte s'ouvrit et un policier l'arracha à ses pensées.

– Rien. Ni dans le parc, ni dans le parking souterrain.

Anita se prit la tête entre les mains.

– Il n'a pas pu se volatiliser en quinze malheureuses minutes, bon dieu !

– Ne vous faites pas de bile. On va réquisitionner d'autres voitures pour quadriller le secteur. Il ne doit pas être bien loin, on va forcément le retrouver.

Le policier se retourna sur le pas de la porte.

– Vous l'estimez dangereux ?

– Non, enfin je ne pense pas. Bizarre, mais pas dangereux. Pas pour les autres.

– Redonnez-moi son signalement avec précision, on va lancer un avis de recherche sur les patrouilles et le commissariat des trois arrondissements. S'il est sorti du 19e, il n'a pas pu dépasser en si peu de temps les 10e et 20e.

– Il a enfilé un pantalon et ses chaussures à la va-vite, on ne peut pas vraiment le louper.

L'homme s'approcha du tas de vêtements pliés avec soin.

– En somme, reprit le flic, votre patient s'est échappé de l'HP en pleine nuit de novembre et court en chemise d'hôpital dans les rues de Paris. Juste *bizarre*, c'est ça ?

9

LAURENT s'accroupit contre le dossier d'un siège. Au milieu du hall désert, sa propre respiration semblait trouver un écho dans chaque recoin.

Ma fille. Léa.

Le vigile était assis près des portes vitrées. Il frappait de sa clef contre le montant métallique. Un geste nerveux, régulier. Une fois, deux, trois. Puis rien. Et ça reprenait. Laurent compta mentalement. Un. Deux. Trois. Il inspira profondément, les yeux rivés sur la porte. Au onzième cycle, le vigile se leva et longea la façade de verre. Laurent se redressa. Sa chemise, nouée dans le dos, se défroissa avec un bruit de papier. Il s'immobilisa. Le type poursuivit sa ronde sans s'arrêter. Il était à plus de vingt mètres de Laurent. Le jeune homme comptabilisa les dalles au sol qui le séparaient des panneaux coulissants. Trente-trois. Elles formaient des carrés de quarante centimètres de côté. *Compte.* Treize mètres vingt en tout. Un peu plus de la moitié de la distance qui le séparait du vigile. Il s'élança.

Ce n'est qu'à deux enjambées de la porte qu'il se posa la question capitale : le mécanisme d'ouverture automatique est-il verrouillé ? Trop tard pour y songer ou revenir en arrière. L'homme se retourna, alerté par la course. Laurent leva les yeux vers le détecteur de présence. L'image de sa fille dans son berceau lui apparut, et il allongea sa foulée. Un froid saisissant envahit le seuil : les deux panneaux avaient glissé et Laurent se précipita dans la nuit.

La voix du vigile lui sembla lointaine. Maintenant, il fallait courir. Remonter la rue Meynadier, tourner à droite, se diriger vers le parc. Quatre lampadaires. Longer le parc, ensuite. Compter les arbres, respirer. Compter les haies. La chemise vole, l'air glacé gifle son torse. Allonger la foulée. Encore. Descendre la rue de Crimée. Une voiture roule dans sa direction, les phares l'éblouissent. Il se cache derrière un platane dénudé. Le véhicule de police passe, ils ne l'ont pas vu. *Ma fille. Ma femme.* À gauche, à l'angle, c'est la rue de Mouzaïa. La pente l'essouffle. Il court encore plus vite, respirer attise un feu intérieur qui dévore ses poumons. Ses muscles lui font mal.

Plus que cinquante mètres. La villa de la Renaissance, leur maison, il veut y être, croire que tout n'est qu'un cauchemar. L'impasse est proche. Au-dessus d'elle, un halo jaune dans lequel se tordent les branches d'arbre – roussies, brûlées. Laurent longea les premières maisons jusqu'à la sienne.

En feu.

Les flammes s'échappaient des fenêtres pour laper les murs extérieurs. Le rez-de-chaussée ressemblait à un aquarium où enflait un brasier. Laurent se précipita sur l'une des baies et la fit coulisser. Les canapés vomirent leurs flammes par la brèche, avides d'air.

Laurent s'engouffra dans la boule de feu et disparut.

10

IL avait eu très chaud, dans cette tenue noire qui lui collait à la peau. Mais il avait tenu à rester là quelques instants. Immobile, protégé par l'ombre des arbres, pendant que la maison brûlait, que le verre fondait et que les fenêtres volaient en éclats. Il l'avait vu entrer dans le foyer comme on se jette dans la gueule d'un monstre. Était-ce du courage ou de l'inconscience ? L'aveuglement, sans doute. Il aurait agi de la même manière, si sa femme et son enfant s'y trouvaient. Il reconnut cependant une forme de courage derrière le geste d'un homme fou de chagrin, un héroïsme chez ce Strelli qui forçait le respect. À cet égard, sans parler de remords, ce qu'il venait de commettre l'embarrassait vis-à-vis de ce type. Un veuf, maintenant.

Puis les flics étaient apparus sur les lieux. Moins courageux, ceux-là. Pas d'épouse, pas d'enfant là-dedans. Ils étaient restés devant la bâtisse en flammes, s'étaient agités dans tous les sens, avaient fini par brandir un téléphone. À quelques mètres de lui.

Il entendit alors les sirènes des pompiers résonner près des Buttes. Il était temps de partir.

Le travail était fait.

Il attendit que la rue soit déserte pour marcher jusqu'au numéro 3 du passage du Bois. La maison en pierre meulière, très étroite, s'élevait dans une pénombre relative, entre deux lampadaires.

Les lumières du séjour étaient éteintes. Une femme, debout au fond de la pièce, laissa retomber le voilage devant la fenêtre.

– Beau spectacle ?

Il ne répondit pas. Elle se tourna vers lui.

– Il fallait que tu y restes, que tu voies, n'est-ce pas ? Parfois, je me demande qui est le plus pervers de nous deux.

Elle passa la main dans ses cheveux très courts – presque ras. Des yeux larges, un air de garçon manqué, peut-être Jean Seberg, très brune, plus méditerranéenne. Il s'approcha.

– Tu pourrais plutôt me féliciter, chérie.

Il l'enlaça, elle se laissa faire, faussement lasse.

– Pas « chérie ». Carole. Prends l'habitude. Là-bas, c'est Carole qu'ils connaissent.

– D'accord. Tu pourrais me féliciter, Carole.

– N'en rajoute pas. Tout s'est bien passé ?

– Comme prévu.

– Il est venu ?

Il acquiesça.

– Il est vivant, dit-il, sans attendre la question.

Elle tira longuement sur sa cigarette. L'extrémité rougeoya dans l'atmosphère grise. Elle s'assit au bord d'un canapé défraîchi et joua avec la passementerie de l'accoudoir.

– Où ?

– Les pompiers l'ont sorti du four et ramené à l'hôpital.

Elle sourit.

– Tu as téléphoné ?

Il n'avait pas bougé du centre du tapis. Elle l'attira à elle et le renversa sur le canapé.

– Tu as raison, dit-elle, je devrais te féliciter. Tu n'as pas poussé le vice jusqu'à dire que tu étais de la famille, non ?

– Non.

Elle se redressa pour le fixer.

– Je plaisantais, tu sais. Je plaisantais, mon amour.

Il laissa un regard indifférent courir sur le plafond. Elle passa la main sous les coussins et sortit une cigarette du paquet qu'elle venait de retrouver.

– Il est conscient ?

– Dans le coma. Les brûlures sont superficielles, mais il a subi un traumatisme crânien.

Il se releva sur les avant-bras.

– Le choc aussi, certainement.

– Je sais qu'il est costaud, dit-elle simplement. Quand est-ce qu'ils le transfèrent à la Fondation ?

– Demain.

Elle inspira profondément. Le sourire avait quitté son visage. Elle se décida à allumer une lampe basse. La lumière diffusa à travers l'abat-jour poussiéreux.

– Et les autres ? La femme et la gosse ?

– En mauvais état. Avant le feu.

Elle passa la main sur la cuisse de son compagnon.

– Comment as-tu pu faire ça ? dit-elle avec le sourire.

Il se leva. Il n'était pas d'accord avec elle : des deux, elle était incontestablement la plus perverse.

– Il faut prendre tes affaires, dit-il. On s'en va.

– Où ça ?

– Au Pré-Saint-Gervais. Ici, on est trop proches. Trop exposés.

11

NSPIRER, puis bloquer. Erick plia le bras, lentement. La barre descendit jusqu'à la poitrine, il bloqua sa respiration.

Pousser ensuite. Les muscles pectoraux se contractèrent. Le deltoïde antérieur se tendit et roula sous le T-shirt.

Souffler en poussant vers le haut. Les triceps durcirent.

Erick sentit la sueur couler de son front, ses tempes, et remplir le creux à la base de son cou, au-dessus du sternum. La barre pesa. Cinquante-cinq kilos de chaque côté, et vingt pour la tige métallique. Et personne pour « l'assurer ». Se concentrer sur les pecs, ne pas penser à autre chose. Encore deux répétitions. Et respirer, pour éviter l'acidose. Neuf. Plus qu'une. Tension dans le bas du dos. Il remonta les genoux, les lombaires collèrent au banc. Il se concentra avant de pousser une dernière fois. À mi-chemin, ses bras tremblèrent.

Au même instant, le téléphone sonna et détourna son attention.

Il refusa d'interrompre l'effort et poussa. La barre vacilla, Erick contrôla son mouvement et rétablit l'équilibre.

Deuxième sonnerie.

Il banda les muscles de son thorax, leva la barre et expira bruyamment. Les bras se tendirent enfin, et la barre retomba lourdement sur son support. Il se jeta sur le combiné à la quatrième sonnerie.

– Oui ?

– Erick ? C'est Laura. Je te réveille ?

Erick s'assit sur le parquet et s'épongea le visage du revers du bras.

– Bien sûr. Qu'est-ce qu'il y a ?

– Un incendie, villa de la Renaissance.

– On est de la Criminelle, Laura, pas pompiers.

– Deux corps dans la maison.

– Enfermés ? Ligotés ?

– Non, je ne crois pas.

– Alors qu'est-ce que tu fais là-bas ?

– L'un des deux est un gosse. En bas âge.

– Il n'a pas pu sortir, j'imagine.

– Non, mais la femme aurait pu le faire. Pourtant elle est cuite à point, elle aussi. Je crois qu'il vaut mieux que tu viennes. Marina est déjà là, le légiste aussi.

Erick repoussa du pied le banc de musculation.

– J'arrive.

Son ventre se mit à gargouiller. Il n'avait pas encore dîné, il était 22 heures et il ne rentrerait pas avant 1 heure du matin. Il rangea le banc contre un mur et déroula le tapis persan sur le sol. À côté du bureau et de la commode Directoire, le Sky et les haltères juraient. Il referma la porte et se dirigea vers la cuisine.

Les chevrons de bois craquèrent sous ses pas. Il eut terriblement envie de se retourner, comme il en avait envie depuis deux ans lorsque le moindre bruit troublait le silence obsédant de l'appartement. Envie de croire qu'une présence autre que la sienne emplissait le vide des pièces de réception, habitait les chambres à coucher mortes, foulait les tapis, s'adossait aux boiseries, admirait les toiles. Mais il n'y avait plus personne, personne d'autre que lui, qui avait refusé de déménager après l'accident. 220 m² boulevard des Batignolles pour contempler sa propre solitude.

Il ouvrit le réfrigérateur. Yaourts, pommes, crudités un peu blettes et un litre de lait entamé. Il croqua dans un fruit, but quelques gorgées au goulot et referma la porte.

Il passa devant la salle de bains : le miroir lui renvoya l'image de son torse en V, aux muscles trop saillants – un buste surdéveloppé. Il alluma la lumière, ouvrit le robinet d'eau froide et s'aspergea le visage, les aisselles, le cou, la nuque. La sensation de fraîcheur l'apaisa. Il passa la main sur sa barbe clairsemée et le reflet de ses traits le renvoya à la réalité : un visage d'adolescent dont il avait précocement rasé le duvet blond – en vain –, et un corps d'adulte qui n'en compensait pas l'immaturité. Il détourna le regard et se pencha sur un tas de linge propre. Il enfila un jean et se ravisa. Dans sa chambre, il choisit une chemise blanche, un costume sombre, des mocassins, et prit les clefs de la voiture.

Il négligea l'ascenseur et dévala les cinq étages. Au pied de l'immeuble, deux ados paradaient sur leurs scooters devant une minette trop maquillée. Elle riait pour rien, comme toutes les filles de son âge qui veulent plaire quand elles ont vaguement conscience de n'avoir rien à dire. Erick passa devant eux.

– Hé, Mélanie, qu'est-ce que tu regardes, tu préfères les costars ou quoi ? Il va à sa communion, ce mec.

La fille se mit à rire plus bêtement encore. L'autre gosse renchérit.

– La cravate, c'est seulement pour ses treize ans !

Erick s'approcha du groupe. Le pan de sa veste s'écarta un court instant, assez pour découvrir sa carrure et l'arme dans son étui. Mélanie recula, instable sur ses plates-formes. Elle tritura la mèche poisseuse de gel qui retombait, raide, devant ses yeux. Les deux autres gesticulèrent.

– Excusez-nous, m'sieur...

– On croyait que vous étiez...

– Que j'étais quoi ?

Les garçons se turent. Mélanie cacha son visage derrière des mains baguées à chaque doigt et reprit son rire là où elle l'avait laissé. Le maquillage dissimulait mal l'acné persistante. Erick jeta un œil sur sa montre : 22 h 12. Il était en retard, ses deux adjointes auraient le temps de boucler l'enquête avant qu'il ne soit sur le terrain. Laura allait certainement lui servir la remarque qui dérange, c'était couru d'avance. Il s'en voulut de s'en préoccuper mais força quand même le pas. Il déverrouilla à distance les portières de sa voiture. Une Golf noire, austère.

Dans le rétroviseur, il eut le temps d'apercevoir le doigt dressé bien haut.

12

UN brancard émergea des volutes gris sale qui envelop-
paient la maison.

Laura Génisier se pencha sur le premier corps et
découvrit le visage carbonisé. Le sexe du cadavre était à peine
identifiable. La peau s'était soulevée pour former des cloques. Par
endroits, elle roulait en copeaux, parcheminée, craquelée. Le
légiste allait s'en donner à cœur joie. Elle leva les yeux sur le
second brancard et fit glisser la fermeture Éclair de la housse. Un
petit corps recroquevillé, un amas calciné. Elle en eut la nausée.

— Sois tranquille : le jour où un tel spectacle te laissera indifférente, il faudra arrêter de bosser.

Erick referma la housse et observa sa collègue. Laura rejeta ses
tresses africaines en arrière et vérifia l'heure, ostensiblement.

— Tiens, le chef. On a eu le temps de découvrir le nom de
l'assassin, en t'attendant.

— Privé de sortie. J'ai dû négocier.

— Tu devrais quitter papa et maman, on est plus libre ensuite.
Et puis tu es grand, maintenant.

Erick s'interdit de répondre.

— Et tu l'héberges, s'il décide de s'émanciper ?

Marina Trévès s'était approchée d'eux, les yeux rivés sur son
bloc. Elle avait déjà noirci deux pages et interrogé les types du
labo. Laura sourit. La grosse voix de sa collègue avait mis fin à la
joute, elle lui en voulut presque. Déstabiliser un type qui éprouve
le besoin de s'imposer : tel était son plaisir, aussi marqué que celui

de le protéger ensuite. Les hommes avaient souvent accepté les règles de son jeu, érigées en principe de séduction ; pas cet homme-là.

— Non, dit Laura, je ne l'hébergerais pas : on me prendrait pour sa mère.

Marina compara la jeune Camerounaise et son blondinet de commissaire. La filiation susciterait des doutes. Mais autre chose les séparait, au-delà des traits juvéniles d'Erick. Elle contempla sans discrétion Laura : son assurance feinte l'amusa. Pourquoi fallait-il qu'une fraction de la jeune génération féminine se batte encore sur ce terrain, avec ces armes ? Le combat mûrissait les traits, invariablement. Elle en savait quelque chose. D'ailleurs, avec son mètre soixante-dix-huit et sa cinquantaine appuyée, c'est elle qui aurait pu être leur mère, à tous les deux. Erick coupa court à sa réflexion.

— Quand a débuté l'incendie ?

— Le laboratoire est en train de travailler pour déterminer l'heure précise. Les pompiers sont arrivés vers 10 heures, les gendarmes cinq minutes plus tard. C'est un voisin qui a téléphoné, il rentrait chez lui. Les autres maisons de la rue sont désertes. Le pont du 11-Novembre...

Les brancards disparurent dans un véhicule sanitaire. Laura se détendit.

— Qui a découvert les corps ? demanda le policier.

Marina déploya ses notes.

— Un pompier. Ils les ont identifiés grâce au voisin.

— Stefania Strelli et sa gosse vivaient ici, précisa Laura.

— Pas de père ?

— Si. Brûlé aussi, mais vivant. Embarqué par le SAMU.

— Marina, tu peux nous trouver le nom de l'hôpital où on l'a transféré ?

— C'est fait : Laurent Strelli est aux urgences de Tenon.

Erick contempla les décombres fumants. Qu'une femme et un enfant y aient péri carbonisés lui parut irréel. Ça ne pouvait pas faire l'objet d'une enquête pour un jeune commissaire, comme s'il était indécent de démarrer sa carrière avec une mort aussi gratuite, des victimes impuissantes – un *enfant*. Il songea à sa vocation, ses ambitions conscientes, ses motivations inavouées.

L'image de ses parents lui apparut, méconnaissables dans la voiture, quand il s'était rendu sur les lieux du drame. On pouvait finir sa vie en baissant innocemment la vitre, arrêtés à un feu rouge, pour répondre et tendre une pièce à un pauvre gars. Ou à un meurtrier, un cinglé. Et celle des autres pouvait alors s'effondrer. Il songea aussi à Strelli, dans un lit d'hôpital, qui en sortirait veuf, sans enfant. Seul.

Il parcourut encore du regard les lieux dévastés. Les pompiers aspergeaient les foyers résiduels et les arbres du jardin. Ils avaient dessiné un périmètre de sécurité au-delà duquel tous se tenaient. Deux autres personnes avaient rejoint l'homme qui avait alerté les pompiers. Ils erraient, décomposés.

— Laura, interroge ceux qui sont en état de répondre. Convoque les autres voisins demain, même ceux qui n'étaient pas là cette nuit. Qu'on en sache plus sur les Strelli.

La jeune femme s'éloigna. Erick se tourna vers Marina. Elle n'avait pas eu un regard pour l'incendie, pour les corps, pour l'histoire anéantie. Absorbée par l'enquête. Et peut-être sans une pensée pour le drame. Et peut-être était-ce la solution ; il apprendrait.

— Qui est le légiste ?

Sa collaboratrice leva enfin les yeux.

— Florian. Là-bas, près des ambulances.

Florian Bègle ôta les deux paires de gants en latex qu'il avait superposées. Accroupi, il alignait avec soin son matériel sur une feuille de plastique. Le front bombé luisait de sueur, la chevelure était criblée de particules claires. Erick s'approcha. Bègle leva la tête et sourit. Les verres de ses lunettes étaient couverts de cendre, eux aussi.

— Salut, commissaire. Jolie soirée, non ?

Il passa machinalement la main dans sa tignasse et une poussière grise s'éparpilla sur ses épaules.

— Feu d'artifice, paillettes. Belle fin, pour ces gens, tout de même.

Sans répondre, Erick referma les portes de l'ambulance comme on scelle un cercueil.

— Ton diagnostic ?

— Tellement abîmés que j'ai du mal à me prononcer.

Le légiste souleva une pochette transparente. Erick y distingua des filaments noirs.

— Prélevés sur le corps de l'adulte, précisa Bègle.

— Qu'est-ce que c'est ?

— Avant tout, une femme. Difficile de lui donner un âge. À en juger par la dentition, un peu moins de quarante ans. Très peu couverte : un seul type de fibre textile, dit-il en agitant le sachet. Un peignoir, peut-être. Les cheveux sont moins grillés qu'on pouvait s'y attendre. Mouillés, sans doute.

— Des traces de violence ?

— Pas de traumatisme crânien évident, pas de déformation ni de fracture des os de la face. Pas de sang à l'endroit où on l'a trouvée, a priori. Difficile à dire, avec l'incendie.

— Impact de balle ?

— Non, mais le corps est dégradé ; je ne veux pas le manipuler ici, sans précautions. Je l'examinerai plus en détail à l'Institut.

Florian Bègle se releva et le policier fut surpris, comme chaque fois : de taille moyenne, il dépassait pourtant le légiste d'une tête. Instinctivement, Bègle s'écarta. L'ambulance démarra.

— Pour la gosse, c'est différent.

— Qu'est-ce qui est différent ?

— Perforation temporale. On n'a pas retrouvé le projectile, je crois, mais probablement un coup tiré à bout portant. Ça rentre, ça massacre tout et ça ressort poliment de l'autre côté.

Le légiste s'était assombri. Parler de la petite victime semblait requérir un effort, comme on évoque un mauvais souvenir.

— Elle ne devait pas avoir un an, Erick.

Bègle se rapprocha du jeune policier. Derrière les verres épais, ses yeux semblaient disparaître.

— Il faut être malade pour faire ça. Je ne m'en rends pas toujours compte, je passe le plus clair de mon temps penché sur des cadavres. Mais là...

Il s'épongea le visage avec un mouchoir noirci. Au-dessus des foyers encore rouges, l'air ondulait sous l'effet de la chaleur.

— Si c'est le père qui a fait ça, Erick, ne le laisse pas sortir.

Tuer sa propre fille à bout portant, sa femme, mettre le feu à sa maison et se laisser emporter par une ambulance. Bien sûr, il fallait l'envisager, bien qu'Erick n'en eût pas envie. Les deux hommes se dirigèrent vers les voitures.

– Ce n'est pas un accident, conclut Florian Bègle. Je ne sais pas ce qu'on a fait à la mère, mais ça ne peut pas être un accident. Si la mère et la fille ne sont pas sorties de la maison quand le feu a pris, c'est probablement parce qu'elles étaient déjà mortes – ou inconscientes. L'incendie, c'était une mascarade.

– Tu pourrais situer l'heure de leur mort ?

– Avec un peu de boulot, peut-être. L'autopsie ne va pas être simple, surtout pour la gosse. Je vais essayer d'évaluer la profondeur et le degré de combustion du corps, pour aider les gars du labo à estimer l'heure du début de l'incendie. On va aussi prélever des échantillons d'organes et lancer l'identification ADN. Mais le degré de carbonisation est tel que j'ai peu d'espoir.

– Premiers résultats ?

– Vingt-quatre heures, au mieux. Non négociable. Quarante-huit, voire plus pour certains. Ça te laisse le temps de prendre un verre avec l'époux à la cafèt' de l'hôpital. Et de le faire piquer au moindre doute.

13

QUATRE heures de sommeil par nuit. Toutes les nuits. Et toutes les nuits, invariablement, Erick saisissait sa montre dans le noir : les aiguilles luminescentes indiquaient 3 h 50. Il se retournait, contemplait les moulures invisibles du plafond et tentait en vain de se rendormir. Comme cette nuit.

Ça n'avait rien à voir avec le feu, les corps brûlés de la veille. Le stress d'une nouvelle enquête ne l'atteignait pas, même s'il y consacrait le zèle du débutant. Il avait pour lui sa détermination, sa rigueur. Et la méticulosité dont on s'était toujours moqué et qui se révélait être un atout et l'arme rare des flics. Non, rien à voir, il le savait. Dans cette insomnie du milieu de nuit, il avait pourtant voulu voir la marque du génie : celui qui réalise de trop grandes choses pour dormir – on n'a jamais assez de temps pour cela. Présidents, hommes de science et autres nobélisés, une identité similaire devait se cacher en lui. Hormis des aptitudes moins flagrantes pour la politique ou la mécanique quantique, Erick voyait cependant une immense différence entre ces types et lui : lui était crevé. L'absence de sommeil le tuait. Il avait vite renoncé aux grandes pensées nocturnes et à la noblesse de l'insomnie, et s'était rué sur les somnifères et les tisanes. Il s'était abruti de télé et de lecture, couché de plus en plus tard. Rien n'y avait fait. Depuis deux ans, il dormait quatre heures par nuit, et se levait sur les rotules. Depuis l'accident, en somme. Le coup de fil – à 3 h 50, précises. La panique, l'issue qu'on refuse, les mots du médecin qu'on ne veut pas comprendre, la traversée de Paris à tombeau ouvert, les hurlements des sirènes. L'hôpital, la morgue, le silence. Le *silence*. C'était cette forme d'absence qui l'arrachait au sommeil, il en était convaincu. Le silence qui l'obligeait à fuir le grand appartement et y rentrer – le plus tard possible, certes – attiré par ce vide à combler. Et le silence, encore, qui l'extirpait en pleine nuit de son dernier refuge ; sans cauchemar.

Erick n'était pas harcelé, comme d'autres auraient pu l'être, par des images traumatisantes. Il avait gommé les mains agrippées sur le volant, le sang sur le pare-brise, la tempe déchirée de son père, sa mère défigurée. Au lieu des images, c'était le vide qui l'obsédait, qui l'aspirait. C'était pour lui échapper qu'il s'éveillait.

Il se leva, résigné. Il lui était moins pénible d'entamer très tôt une journée de labeur que de chercher obstinément un sommeil qui se refusait avec le même acharnement. Il se passa de l'eau fraîche sur le visage et enfila un jogging et des baskets.

L'air vif lui fit du bien. Les trottoirs étaient déserts, luisants encore d'une pluie récente. Erick aimait l'automne, plus encore l'hiver. Le froid l'aidait à vaincre la fatigue, tandis que la moiteur des matins d'été l'écrasait. Il se mit à courir à petites foulées sur le boulevard de Rochechouart puis celui de la Chapelle. Aucune voiture ne polluait encore l'atmosphère. Il quitta le trottoir. Ses pas résonnèrent sur le goudron de la chaussée. Il descendit ensuite l'avenue Secrétan en évitant les flaques qui miroitaient sous les halos brumeux des lampadaires. Il contourna les Buttes-Chaumont et remonta la rue de Mouzaïa. Il ralentit enfin sa course et s'arrêta à l'entrée de la plus haute des contre-allées.

Il s'approcha de la charpente brunie, passa sous la bande jaune du périmètre de protection et fit le tour de la maison des Strelli. Une maison aux formes simples, des angles droits, beaucoup de verre. Où était l'ombre ? Le couple était-il aussi transparent que la maison ? Erick traversa avec précaution ce qui restait du séjour. Chaque pas s'entourait d'un nuage de cendre. Armatures dénudées des canapés. Lampes métalliques. L'escalier flottait, plus léger que jamais. Les gens du laboratoire en avaient interdit l'accès. Peut-être n'avait-il pas livré tous ses messages codés. Erick leva les yeux vers la mezzanine et la porte de gauche, entrouverte. À l'étage, le drame s'était joué. Un jeune couple, un enfant. Une famille moderne, monospace petit format dans le garage. Ou un couple déchiré qu'une gosse n'a pas ressoudé. Un mari fou, un enfant refusé. Un père désaxé, une arme sur la tempe de sa fille, une femme noyée dans son bain, électrocutée, étranglée, des corps qui se consument – combien de scénarios possibles ?

Erick sortit de la maison. Trop tôt pour comprendre. Il leva les yeux : une nuit étoilée, comme il les aimait. Les décombres lui donnaient envie de lumière, du jour, des gens. Il irait ailleurs chercher ce que la maison ne lui livrait pas.

14

C'ÉTAIT l'odeur qu'il redoutait plus que tout, en poussant les portes de la Fondation Mankiewicz. Âcre, accrochée aux murs, au sol, aux malades, aux blouses. Tout n'a qu'une seule odeur à l'hôpital, même à 8 heures du matin.

Le standardiste parut surpris ; les visites étaient inhabituelles à cette heure. Il rendit à Erick sa carte professionnelle.

– Le Dr Meer n'est pas encore arrivée. Sa secrétaire non plus. Vous pouvez l'attendre ici. Il y a une machine dans le couloir de droite, dit-il avec compassion, si vous voulez un café...

Erick s'était installé dans le hall et contemplait les lieux avec étonnement. Le parquet d'origine grinçait sous le poids de sa chaise, des tapis conduisaient au grand escalier à double volée. Les rambardes de marbre s'enroulaient en spirale de part et d'autre d'un palier intermédiaire. La lumière traversait des vitraux du XIXᵉ siècle et mourait sur un guéridon Empire. Aux murs, des cadres baroques entouraient des portraits austères de l'école hollandaise. Pas de lino, pas de magazines people sur une table basse en contreplaqué ; même pas un profil de Freud. Erick caressa le velours de l'accoudoir. Plutôt que dans le hall d'un hôpital psychiatrique, il lui semblait attendre dans le vestibule d'une maison bourgeoise, un ou deux siècles avant sa naissance. Un peu à l'image de la femme qui se tenait devant lui.

– Vous désirez me parler ?

Erick sortit de sa contemplation et se leva. Carré blond cendré, cinquantaine classique – une élégance surannée.

– Oui, si vous avez quelques minutes.

La femme sourit.

– Alors parlez, monsieur, et cessez de me dévisager comme un meuble de cette pièce. C'est très peu courtois. Vous êtes policier, c'est bien ça ?

Son sourire disparut, comme si la profession d'Erick évoquait d'emblée un moment sombre.

– Je m'appelle Erick Flamand, je suis commissaire à la Brigade criminelle, effectivement.

– Criminelle ? L'aurait-on... tuée ?

– Je vois que je n'ai pas besoin de vous annoncer que votre consœur est morte cette nuit, reprit posément Erick.

Françoise Meer avait parlé à mi-voix, comme on bouscule discrètement hors de soi mots et idées lorsqu'ils sont difficiles à affronter – ou qu'il est indécent de les prononcer. À cela, Erick opposait méthode et calme. En général, ça fonctionnait bien. La psychiatre était déjà au pied de l'escalier.

– Suivez-moi, je vous prie, commissaire.

Elle l'attendit à l'étage, devant une double porte. Grande, dans un tailleur-pantalon gris, Françoise Meer ne portait pas de blouse. Elle sembla deviner sa pensée.

– Pas d'uniforme, ici. Peut-être parce que la limite entre eux et nous n'est pas aussi nette qu'on le pense. Allons-y.

15

LE couloir lui parut interminable.
Il était carrelé du sol au plafond, un carrelage mat avec quelques touches de couleurs, qu'on avait utilisées dans les années 80 pour égayer les barres HLM. Une ligne verte au-dessus d'une porte, un carré bleu entre deux encadrements. Les murs étaient nus, chaque pas déclenchait une explosion qui résonnait à l'infini. Erick aurait presque enlevé ses chaussures, marché sur la pointe des pieds. Et quitté ce couloir et la Fondation. Au lieu de cela, il suivit Françoise Meer. Une porte s'ouvrit. Le médecin ralentit pour permettre au policier de la rejoindre.

– Ne répondez pas, dit-elle sans cesser de regarder droit devant elle. Ne dites rien, faites comme si vous n'étiez pas là, comme si elle ne vous voyait pas.

Elle. Erick ne comprit qu'un court instant plus tard, lorsqu'ils passèrent devant la porte ouverte. Une femme en robe de chambre apparut dans le couloir. La robe bâillait, elle était nue sous le tissu.

– Georges !

Erick ne put contrôler un mouvement de tête. La psychiatre l'entraîna par le bras, mais trop tard. La femme leur faisait face, elle agrippa la manche du jeune homme. Entre deux âges, défaite, elle plongea un regard affolé dans ses yeux.

– Emmène-moi à la maison, Georges. Je vais mieux, maintenant.

Françoise Meer s'interposa pour libérer Erick.

– Ce n'est pas Georges, madame Egloff. Retournez dans votre chambre, l'infirmière va venir vous voir.

– Dites-lui que je vais mieux ! Je vais mieux, Georges, regarde-moi.

Erick croisa son regard malgré lui, puis celui du médecin – parfaitement neutre. La patiente écarta un pan de sa robe, se colla au policier et glissa le long de sa cuisse.

– Tu aimes ça, hein, je le sais, on le fera dès qu'on sera à la maison, dit-elle. Moi aussi j'en ai envie.

Erick la repoussa avec précaution. Une infirmière accourut.

– Allez Marie, c'est l'heure de la toilette, vous venez avec moi ? Laissez ce monsieur tranquille.

Marie Egloff se débattit. Ses traits se déformèrent dans une expression de rage. La main partit très vite. Le policier eut à peine le temps de reculer et sentit la brûlure vive des ongles sur sa joue. L'infirmière la ceintura.

– Marie ! Calmez-vous !

La patiente poussa un hurlement et s'affaissa brutalement dans les bras de l'infirmière. Lorsqu'elle se redressa, elle paraissait égarée dans un monde inconnu. Elle suivit docilement la soignante et disparut dans sa chambre. La psychiatre s'approcha d'Erick pour examiner sa joue.

– C'est très superficiel, vous n'aurez pas de cicatrice. Je suis désolée.

– Vous n'y pouvez rien.

– Vous avez eu là un échantillon de notre quotidien – mais surtout du leur.

Erick fixa la porte close.

– Quand les patients ont fermé la porte, monsieur Flamand, nous-mêmes, médecins, n'avons pas accès à leur univers. N'essayez pas de comprendre cette femme. Elle et vous ne vivez pas les mêmes choses, vous ne parlez pas la même langue.

– Et vous ?

– Ça fait trente ans que je tente de l'apprendre. J'en suis encore à l'alphabet.

Erick perçut dans la voix une pointe de désenchantement. Françoise Meer se tourna vers le couloir.

– Il y a autant de langages que de chambres, autant de mots pour un même message que de patients. C'est une tour de Babel, ici, et si Dieu existe, il l'a oubliée. Venez, avant qu'une autre porte ne s'ouvre.

Elle s'installa en face d'Erick, du même côté du bureau. Quoique sévère, la pièce reproduisait l'atmosphère *cosy* de l'entrée de la Fondation. Assis dans deux fauteuils cramoisis, devant une cheminée recouverte de céramique, ils se turent un instant.

– Je voudrais que vous me parliez de Stefania Strelli.

La psychiatre semblait s'être souvenue du motif de sa visite, et la tristesse se lut sur ses traits, mêlée à une profonde contrariété.

– Que voulez-vous savoir ?

– Sa fonction, d'abord.

– Elle dirigeait le service de neuropsychiatrie.

– Elle était votre supérieure hiérarchique ?

Françoise Meer hésita.

– Si vous voulez, oui. Mais elle et moi entretenions des rapports professionnels différents.

Erick se souvint des mots du légiste : Stefania Strelli était âgée d'une quarantaine d'années, soit dix de moins que son interlocutrice. La défunte avait sans doute été plus adroite que lui : elle n'avait pas fait vivre à son aînée leur lien professionnel comme une hiérarchie.

– Expliquez-moi votre collaboration, se reprit-il.

– Le service est composé de quatre unités. L'unité I est une unité de soins qu'on pourrait qualifier de « classique », c'est celle que vous venez de traverser. On y traite toutes les pathologies neuropsychiatriques qu'on peut rencontrer en pratique courante. L'autre aile est consacrée à l'unité d'exploration du sommeil et au CME, le Centre du Mieux-Être ; Lionel Vullierme en a la responsabilité. La quatrième unité, elle, est reléguée dans un bâtiment au fond du parc.

– Une unité à part ? Pourquoi ?

– Elle est réservée aux psychopathes jugés dangereux par les experts judiciaires. C'est l'unité de Haute Sécurité, celle dont nous nous occupions conjointement, Stefania Strelli et moi-même.

L'unité de Haute Sécurité. Celle des criminels étiquetés « psy », où se réfugient, disait-on chez les flics, ceux qu'on se refuse à mettre en tôle. Les types qu'on enferme quelques années avec une psychothérapie et dix comprimés le soir, et qu'on relâche dans la nature pour les récupérer après l'inévitable récidive. L'unité de Haute Sécurité, honnie de la police et des familles des victimes.

– Je sais ce que vous pensez, dit Françoise Meer. Une planque pour meurtriers. Une antichambre inefficace pour les faire patienter jusqu'à leur libération. Je vais vous surprendre : je suis convaincue que vous avez raison.

– Et vous vous prêtez au jeu ?

– Non, ou plutôt si, mais nous suivons d'autres règles, ici.

– Je vous écoute : j'aime assez les règles.

La psychiatre réfléchit quelques instants, comme si elle hésitait à s'engager sur un chemin qui l'obligerait à guider son hôte plus loin qu'elle ne le pouvait. Elle sonda le policier du regard – un regard plutôt doux, une évaluation pondérée. Elle finit par se décider.

– Si je vous parle de psychothérapie couplée, est-ce que cela évoque quelque chose pour vous ?

– J'ai joué à beaucoup de jeux, jamais à celui-ci.

– Fabrication artisanale, commissaire.

– Êtes-vous en train de m'expliquer que vous testez vos recettes maison sur vos patients ?

Erick se leva. À travers les carreaux biseautés, il aperçut les allées du jardin. Sur les bancs, dans des chaises roulantes, aux bras des infirmières, il y aurait bientôt d'autres Marie Egloff, perdues dans leur bulle.

Françoise Meer fit le tour du bureau et s'installa dans son fauteuil, comme si elle regrettait de n'avoir pas instauré cette distance d'emblée.

– J'ai peut-être eu tort de parler de jeu. Ces recettes maison, comme vous les appelez, font l'objet d'études prospectives rigoureuses et de publications depuis plus de dix ans, commissaire. Elles sont reconnues par tout ce que la psychiatrie compte de gens sérieux. Il se trouve qu'elles ont vu le jour ici, à la Fondation, et qu'on les maîtrise ici mieux qu'ailleurs.

– Pardonnez-moi. Je n'ai pas voulu mettre en doute votre intégrité.

– Vos mots le suggéraient.

Erick revint s'asseoir. Il avait besoin d'elle, de sa vision et de ses connaissances, et il s'y était pris on ne peut plus mal : douter de la légitimité d'une thérapie revenait à couper les ponts avec le psychiatre qui la pratique. Il ne pouvait pas se le permettre, a fortiori aux balbutiements de l'enquête.

– Je vous écoute, dit-il simplement.

Françoise Meer s'affaira, signifiant peut-être la fin de l'entretien. Erick refusa d'en rester là.

– On a tous besoin de comprendre comment et pourquoi Stefania Strelli est morte, docteur. Cela passera par vos explications. Parlez-moi de la psychothérapie couplée.

La psychiatre leva les yeux sur l'horloge de bureau.

– La psychothérapie couplée associe une psychothérapie de groupe ou individuelle à un travail sur le sommeil.

– Vous voulez dire qu'on se sert du sommeil pour traiter les troubles psychiatriques ?

– En quelque sorte. Les séances de psychothérapie ont toujours été pratiquées pendant la période d'éveil, de conscience d'un patient, dirons-nous. Ici, nous avons décidé de ne pas négliger les précieuses heures de la nuit dont on fait peu cas, et d'exploiter le sommeil pour rendre les psychothérapies plus efficaces. Et ça marche.

– Soigner les gens pendant le sommeil, reprit Erick. J'en comprends mal l'intérêt. L'échange n'est-il pas plus constructif avec un patient éveillé ?

– Vous réfléchissez comme le faisaient les thérapeutes il y a trente ans. Parce que, pour vous, le sommeil se réduit à un repos, à la perte de conscience, une forme de léthargie durant laquelle tout fonctionne au ralenti. Un corps immobile, un esprit inerte. C'est bien ça, n'est-ce pas ?

Françoise Meer sourit. Ses traits s'étaient animés avec son discours.

– Alors que le sommeil est une période d'activité cérébrale et organique remarquable, monsieur Flamand. Remarquable.

Erick songea à ses nuits traumatisées, son sommeil mutilé.

– Le sommeil me semble être une sorte de gouffre, un vide absolu. Une perte de temps, dit-il avec trop d'empressement. Je dors peu : j'ai mieux à faire.

La psychiatre le dévisagea comme on examine un patient.

– Cela se voit. Quoi qu'il en soit, détrompez-vous, le sommeil est loin de correspondre à un ralentissement intellectuel. C'est au contraire un moment cérébral dynamique et varié. Une activité permanente, intrinsèque, tel un mouvement perpétuel. Heureusement : à soixante ans, vous aurez passé vingt ans à dormir dont cinq à rêver. S'il ne s'agissait que de quelques heures vides et passives, quelle perte de temps c'eût été, en effet...

– Qu'entendez-vous par mouvement perpétuel ? Personne ne passe sa vie à dormir.

– Pourtant, le sommeil fonctionne comme un pacemaker, comme un cœur qui battrait sans cesse. Si vous ne dormez pas en permanence, c'est parce qu'il existe en vous un système d'éveil complexe qui vient bloquer votre sommeil. Et ce n'est que lorsque votre horloge interne, des facteurs géophysiques extérieurs ou votre corps et votre esprit fatigués le réclament que le système d'éveil est freiné : vous replongez dans le sommeil – c'est l'endormissement, monsieur Flamand.

Françoise Meer se mit à rire, heureuse de son effet.

– Oui, notre vie est un long sommeil ponctué d'éveils, et non l'inverse. Vous êtes surpris, n'est-ce pas ?

– Plutôt, je l'avoue.

– Comme tout le monde. Et comme la plupart des psychiatres, hélas, qui n'ont pas saisi la richesse et la dimension phénoménales du sommeil. Comment pourraient-ils alors l'exploiter pour traiter leurs patients ?

La dame se pencha par-dessus le bureau : elle semblait vouloir délivrer un secret, la clef d'un mystère. Erick lut dans ses yeux une conviction profonde.

– Aurez-vous le courage de traverser à nouveau le couloir, commissaire ? J'ai mieux que toutes les explications que je pourrais vous fournir dans ce bureau. Vous saurez ce qui nous anime, à la Fondation, et ce pour quoi Stefania Strelli se battait.

16

– ON a longtemps pensé que le sommeil avait une origine écologique, monsieur Flamand. Il serait né avec l'homéothermie : pour que les vertébrés à sang chaud – les hommes, en l'occurrence – maintiennent la température de leur corps à une valeur constante, il a fallu hiberner, pour certains. Plonger dans une torpeur, faire des économies d'énergie, en somme, et compenser l'insuffisance de nourriture en hiver. Mais pas trop longtemps, pour rester vigilant face aux prédateurs. Le sommeil serait né de ces exigences.

Dans la pénombre, les yeux de Françoise Meer brillaient comme ceux d'un félin. Elle semblait guetter sa proie, et sa proie était un tracé, une courbe, un signe clinique. Qui ne lui échapperait pas. Dans ce local technique, derrière la vitre sans tain, Erick estimait sa présence inappropriée, voire obscène. De l'autre côté du mur transparent, une femme qu'il ne connaissait pas dormait, et des médecins et des infirmiers violaient l'intimité de son sommeil. Même un flic, qui n'avait rien à faire ici. Si son propre sommeil se refusait à lui, si la fatigue le rongeait chaque jour un peu plus, Erick attribuait cependant à cette phase une part de secret qu'il respectait et dont il ne voulait pas connaître l'essence. Ce sommeil qui le fuyait, c'était sa croix, et il préférait la porter – tout athée qu'il fût – plutôt que chercher la clef d'un monde obscur qu'il n'avait osé attaquer que de l'extérieur. Des médicaments, une activité physique excessive pour user la forteresse, l'assiéger pour qu'elle capitule, oui ; mais jamais il n'avait songé à l'infiltrer. Il observa la psychiatre. Quelque chose en elle rassurait, elle faisait preuve d'une curiosité respectueuse et lui inspirait confiance.

— Les sportifs répondent à la même exigence écologique, finalement, dit-il : ils réduisent au maximum leurs pertes pendant l'effort.

La psychiatre s'approcha des écrans.

— Vous assimilez le sommeil à une vulgaire récupération physique : c'est très réducteur. Mais je ne peux pas vous en vouloir. Les scientifiques eux-mêmes y ont vu une simple réponse organique à la fatigue : le besoin de reposer le corps. Pourtant, la réalité se situe bien au-delà de cette équation. Activité, repos ; veille, sommeil : tout est infiniment plus complexe, commissaire. Le sommeil est un état fondamental, actif, un état de vigilance au même titre que l'éveil et le rêve. Regardez.

Françoise Meer fit apparaître cinq tracés superposés sur l'écran et suivit l'un d'eux du doigt.

— Cette patiente s'est endormie à 1 h 12 du matin. Son système de veille est progressivement inhibé, c'est le premier stade du sommeil. Quelques minutes plus tard, le deuxième stade survient, celui du sommeil lent léger. On aurait facilement pu la réveiller, à ce stade. Les ondes sont plus amples, plus longues : l'activité du cerveau est ralentie. S'il s'agissait d'un vieillard, ce type de sommeil, lent et léger, constituerait l'essentiel de sa nuit.

Erick oublia sa réserve et tenta de distinguer les traits de la patiente. Au même instant, un sursaut anima le corps, et elle se retourna dans le lit. Le médecin leva la tête.

— Elle est jeune, elle a moins de trente ans. Et elle est ici pour des raisons qui vous auraient peut-être contraint à l'abattre, si vous l'aviez rencontrée sur le chemin d'une de vos enquêtes. Mais ça ne change rien au caractère fondamental de son sommeil, précisa-t-elle. C'est une criminelle, mais elle dort comme vous et moi. A priori, dit-elle en souriant au policier.

Erick s'éloigna de la vitre. Les révélations et l'atmosphère le fascinaient autant qu'elles le mettaient mal à l'aise. La psychiatre poursuivit :

— Elle est ensuite entrée dans les deux phases de sommeil lent mais profond, cette fois. Il est difficile de l'en faire sortir. L'activité du cerveau est encore plus lente, formée de vagues longues d'ondes delta.

– Vous parliez du sommeil comme d'une période d'activité intense...

– Là encore, c'est terriblement trompeur. Le sommeil lent et profond n'est pas une phase de ralentissement comme on peut l'entendre, mais correspond à une période de reconstruction très active : on répare les dégâts physiques, l'énergie est redistribuée, les fonctions organiques sont réhabilitées. C'est même pendant cette phase que l'hormone de croissance est sécrétée. Enfin, monsieur Flamand, le sommeil profond efface la fatigue. Vous en manquez cruellement, je crois – je me trompe peut-être ?

Erick ne répondit pas. Il s'approcha de l'écran.

– Les courbes changent radicalement, ensuite, finit-il par dire.

– Très juste. Vous mettez le doigt sur la cinquième et ultime phase d'un cycle de sommeil, commissaire. La plus mystérieuse, la plus envoûtante : celle du sommeil paradoxal, le *REM-sleep*.

Le sommeil paradoxal. Erick en avait entendu parler, il avait déjà lu ce terme sans en saisir clairement la signification.

– Voici le tracé qui lui confère son nom anglais, précisa le médecin : celui qui enregistre les contractions des muscles oculaires. Durant ce stade très particulier, les yeux balayent sans cesse le champ de vision, c'est le fameux *REM, rapid eye movement*. Mais ce n'est pas, de loin, sa seule caractéristique.

Erick suivit la courbe, pris au jeu de la psychiatre.

– En réalité, le sommeil paradoxal correspond à une rupture totale avec les quatre premières phases du sommeil. Regardez, commissaire : alors que le corps avait jusqu'ici une certaine tonicité, ce tonus musculaire est maintenant aboli. Tout au plus, on peut observer quelques spasmes des extrémités. Et, chez l'homme, la manifestation de sa « virilité », comme vous aimez à le penser. Le rythme cardiaque et la respiration sont irréguliers, la tension artérielle joue aux montagnes russes. C'est d'ailleurs pendant cette phase que peuvent se produire des accidents vasculaires comme une rupture d'anévrisme. Mais c'est l'activité du cerveau qui est la plus troublante : elle est extrêmement rapide, presque similaire à celle d'un état de veille.

Françoise Meer se redressa, exaltée. L'attitude pouvait paraître théâtrale.

— Le sommeil paradoxal, monsieur Flamand, c'est un coup de tonnerre dans le ciel serein du sommeil. Le « paradoxe » réside en cela : un cerveau hyperactif dans un corps inerte. Et c'est aussi le moment des rêves ; une communication entre l'homme et les dieux, pour les penseurs de l'Antiquité. Qu'en est-il vraiment ? Nul ne le sait.

— Je ne me suis jamais posé la question. Je ne rêve pas.

Françoise Meer se laissa aller à rire.

— Tout le monde rêve, monsieur Flamand. Mais pour vous en souvenir, il faut vous éveiller pendant une phase de sommeil para-doxal, voilà tout.

Une alarme retentit : la femme s'était éveillée. Elle se redressa sur ses avant-bras et tourna la tête vers la vitre. Instinctivement, Erick détourna le regard. Une infirmière sortit du box pour rejoin-dre la patiente. La psychiatre alluma la lumière.

— Un cycle de sommeil, avec ses cinq phases, dure en moyenne une heure trente, et il y en a quatre ou cinq par nuit, selon la durée des nuits.

Elle hésita avant de poursuivre :

— Les raccourcir parce que c'est « une perte de temps », c'est priver son corps et son esprit d'un moment fondamental, fonda-teur, que dire ? – essentiel. À vous de juger. À moins, bien sûr, que ce ne soit pas un choix...

Erick soutint le regard – pour la première fois – inquisiteur du médecin. Finalement, il ne s'était pas servi d'elle pour aborder les rives d'un univers inconnu, comme il l'espérait. Insidieusement, c'est elle qui s'était immiscée en lui pour pointer du doigt la faille. Elle s'était contentée de le confronter à sa propre faiblesse et à ses conséquences. Il n'avait pas besoin d'elle pour savoir que ses insomnies le détruisaient à petit feu. Il éprouva le besoin de sortir, d'aller respirer un autre air que celui de ce box exigu. Cette fois, c'est lui qui cherchait à mettre un terme à leur rencontre.

Françoise Meer sembla s'en rendre compte. Elle ouvrit la porte, Erick la suivit dans le couloir. Elle rompit le silence.

— J'ai simplement voulu vous montrer que le sommeil est un univers aussi dense, aussi riche que celui de la conscience et de la veille, commissaire. Et vous n'en avez découvert qu'une infime partie. N'en déplaise au docteur Freud, il est sans doute aussi obscur et révélateur que l'inconscient.

— Freud devait partager vos convictions, au contraire : il interprétait le rêve.

— Les nouvelles connaissances sur le sommeil ont déstabilisé les principes de la psychanalyse fondée sur l'interprétation des rêves, justement. Pour les cliniciens du sommeil, le rêve a peu de valeur psychologique, ce serait un résidu sans cohérence ou des pans de mémoire mis au jour par hasard, dont le contenu nous paraît bizarre, plus ou moins organisé, quand on s'en souvient. C'est probablement dû au fait que les deux hémisphères cérébraux fonctionnent sans coordination. Vous imaginez le dépit des psychanalystes... Ce qui ne veut pas dire que le rêve ne sert à rien, loin de là. Mais là n'est pas la question. Ce qui importe, c'est de comprendre le rôle capital du sommeil pour le mettre au service de la psychiatrie. Ai-je répondu à vos questions, monsieur Flamand ? Vous me semblez dérouté.

— À vous entendre, les nuits sont plus harassantes que les jours. Vous m'avez convaincu de veiller.

— C'était la meilleure façon, à mon sens, de vous expliquer pourquoi nous travaillons sur le sommeil et pourquoi Stefania Strelli, comme nous tous, y croyait fermement. Découvrir cette femme, c'est forcément explorer son univers : celui du sommeil.

Ils étaient arrivés à l'entrée du service. La proximité d'un monde plus familier apaisa le policier et le rapprocha de l'enquête.

— Docteur Meer, vous partagiez l'engagement professionnel de Stefania Strelli. Vous arrivait-il de la fréquenter en dehors de la Fondation ?

— On peut partager beaucoup de choses et respecter la vie privée des gens. C'était le cas entre nous.

— Vous ne connaissiez pas sa famille ?

— Peu.

— Que pouvez-vous me dire sur son époux ?

Françoise Meer ne répondit pas tout de suite. Évoquer Laurent Strelli semblait requérir une réflexion et un effort de mémoire.

— Je n'en connais que ce qui s'en dit ici, finit-elle par dire.

Aux frontières de son monde, le médecin se refermait. Erick en voulait plus.

— Madame, hier soir, on a trouvé les corps de sa femme et de sa fille carbonisés. La petite est morte d'une balle dans la tête. « Ce qu'on dit ici » de Laurent Strelli pourrait-il en faire un meurtrier ?

— ...Une balle dans la tête ?

Les mots d'Erick la bouleversaient. Elle détourna le regard, comme on fuirait une image pénible.

— Je ne sais pas. Tout est possible, l'esprit de l'homme réserve de sombres surprises et la psychiatrie en est le reflet quotidien. Je peux juste vous dire que...

— Oui ?

— ... qu'il était suivi ici, au CME. Une unité réservée aux patients indemnes de pathologies psychiatriques, mais qui nécessitent un soutien de psychothérapie. Si vous voulez en savoir plus, il faut en parler avec Lionel Vullierme.

— Il est responsable du CME, c'est ça ?

— Il suivait lui-même Laurent Strelli.

Erick poussa la porte du service.

— Monsieur Flamand...

Il revint sur ses pas.

— Oui, dit la psychiatre, je crois Laurent Strelli capable de commettre l'irréparable, effectivement. Mais pas parce qu'il est « fou », ni parce que sa structure mentale l'y expose particulièrement.

— Alors pourquoi ?

— Parce que nous sommes tous capables du pire, monsieur. Tous. Il suffit d'un instant, d'un déclic, d'un infime événement pour que nous basculions. C'est pour cerner cette fragilité que nous œuvrons, ici.

Erick songea à la patiente endormie, aux tracés incompréhensibles, aux mots du psychiatre.

— La clef serait-elle...

— Dans le sommeil ? J'en rêve, commissaire. J'en rêve.

17

LES voix se mêlent, assourdissantes. Puis naissent les lumières qui l'éblouissent. Il est immobile, assailli de toutes
parts. Tout va vite, très vite, comme une farandole autour
de lui, des rais de lumière encore, puis d'autres, qui dessinent des
ellipses dans sa nuit. Au milieu des vrombissements, les cris montent, faibles d'abord, puis envahissants. Il distingue des cris de
joie, des hurlements d'enfants. Une enfant, parmi tous. Elle est
prise dans un tourbillon, il tend le bras pour la toucher, le souffle
est si fort qu'il ne respire plus. La chaleur brûle sa peau, ses poumons, ses entrailles. Le feu. Les couleurs dansent, les flammes
ondulent, le lacèrent, elles déchirent l'enfant. Au milieu du feu
l'arme brille, la main porte un gant, le gant s'embrase, l'arme est
incandescente.

Léa étouffe, je veux m'approcher, m'interposer, la prendre dans
mes bras, Léa étouffe, Stefania dans le couloir, son peignoir la
recouvre à peine, le doigt sur la détente, un coup de feu, Léa a
cessé de respirer, Stefania ne se relève pas, Léa dans des draps de
sang, Stefania brûle.

J'ai vu la main, j'ai vu le *visage*.

Encore une lumière ronde, un soleil. Un autre visage au-dessus
de lui, flou. De plus en plus net, de plus en plus proche. Un
homme. Il parle, mais les mots ne lui parviennent qu'après un
temps infini.

– Calmez-vous, monsieur Strelli. Répondez-moi, est-ce que
vous m'entendez ?

Il cligna les yeux, et finit par distinguer la perfusion, le visage de l'homme en blanc, le bandeau lumineux à la tête du lit. Un lit d'hôpital. Il voulut passer les mains sur son corps, ses membres lui parurent se disloquer au contact de ses doigts. La douleur lui arracha un gémissement. Était-ce la douleur ou le fait d'être à l'hôpital à nouveau ? Ou le choc des images qui lui revenaient à l'esprit, l'effroi à l'idée que ce pût être autre chose qu'un cauchemar.

– Je m'appelle Stéphane, je suis infirmier en soins intensifs. Vous allez très vite vous sentir mieux. Vous revenez de loin, votre réaction est normale, ne vous inquiétez pas. C'est souvent comme ça lorsqu'on sort du coma.

Laurent tourna la tête. Stéphane plaça l'aiguille dans le flacon et en aspira le contenu pour l'injecter dans la tubulure. La lumière diffusa un halo et les traits de l'infirmier se dissipèrent pour disparaître dans l'obscurité.

Lionel Vullierme accrocha sa blouse à une patère et déplia le sarrau propre. Il l'enfila, s'échina à nouer les cordelettes dans le dos, puis, de guerre lasse, y renonça. Il poussa la porte de l'unité de soins intensifs et longea les deux boxes vitrés. Il s'arrêta devant le deuxième : Laurent Strelli semblait dormir paisiblement. Il dépassa le troisième et rejoignit l'infirmier en salle de soins.

– Il a eu une sortie de coma très agitée.

– Il vous a parlé ?

– Non, dit Stéphane. En revanche, je suis presque certain qu'il m'entendait et me comprenait.

– A-t-il réagi à la douleur ?

– Je n'ai pas essayé, mais...

Vullierme s'impatienta.

– Votre sentiment est une chose, la clinique une autre. Il peut parfaitement s'agir d'un rêve agité. Qu'avez-vous fait ?

– J'ai injecté une demi-ampoule de Tranxène, comme vous le recommandez en cas d'agitation.

Du Tranxène. Une benzodiazépine susceptible d'accroître la somnolence.

– Ne donnez plus rien, ordonna le médecin. Appelez-moi si

quoi que ce soit se produit, mais surtout ne donnez *rien* sans prescription de ma part.

Stéphane sortit trois flacons de 500 ml de glucosé et les aligna sur la paillasse. Il fixa l'aiguille stérile sur la seringue, cassa une extrémité des trois ampoules de sodium et des deux ampoules de potassium et en aspira le contenu avant de le réinjecter dans le premier flacon. Il fit de même pour les deux autres. Il imbiba ensuite trois cotons de Bétadine et les posa sur chaque caoutchouc qui protégeait le goulot des glucosés. Face au plan de travail, il tournait le dos à la paroi vitrée à travers laquelle étaient visibles les trois boxes en enfilade. Mais le contrôle visuel lui était superflu. Stéphane possédait un sixième sens qui le guidait dans sa pratique et l'alertait lorsque quelque chose ne tournait pas rond pour l'un des trois malades de l'unité.

C'est cette alarme intrinsèque, ce sursaut de vigilance qui germa en lui alors qu'il insérait l'embout d'une tubulure dans un flacon. Il posa le cordon translucide et se retourna. Rien d'anormal – pourtant, quelque chose d'inhabituel s'était produit. C'était dans l'air, un reliquat de mouvement peut-être. Il entendit alors le cliquetis de la porte de l'unité qui se refermait. Il se rua vers les boxes. Le deuxième était vide. Sur le matelas, l'extrémité sanglante de la perfusion s'auréolait d'une tache sombre.

– Merde ! Encore lui !

Il sortit dans le couloir : personne. Stéphane sentit une bouffée d'angoisse monter en lui. Ce n'était pas une demi-ampoule qu'il aurait dû lui injecter, mais la boîte entière. Il songea à la nuit cauchemardesque qu'avait vécue Anita, la fille de nuit. Avec Strelli – toujours Strelli. Il ne fallait pas lui laisser le temps de sortir du bâtiment, cette fois. Il ne fallait pas que ça se reproduise, pas avec lui, Stéphane. Inutile d'attirer l'attention, encore moins les foudres de Vullierme. Il décrocha le téléphone et composa le numéro du bureau du psychiatre. Lui qui voulait un signe clinique tangible pour se convaincre de l'éveil du patient, il allait être servi.

18

ZAHRA n'entendit rien du branle-bas de combat déclenché par le coup de fil de l'infirmier. Ou peut-être ne prêtait-elle pas attention aux types de la sécurité qui cavalaient dans les couloirs ni aux filles qui s'affolaient dans les unités, inspectant chaque chambre. Consciencieuse, elle s'était dévouée pour se charger de ce que ses collègues avaient fui : nettoyer et mettre de l'ordre dans le bureau du Dr Strelli. Elle avait accepté avec un certain plaisir, ou plutôt pour exprimer une certaine déférence à l'égard de la défunte. Elle l'avait appréciée et respectée vivante, elle lui marquerait le même respect morte. C'était son dernier hommage.

Elle ouvrit la porte, qui n'était pas verrouillée, et la referma derrière elle.

Zahra resta immobile, émue devant le bureau chargé de papiers, de dossiers, de livres. Un feutre était resté posé sur un formulaire d'examen. Elle s'approcha : la phrase était en suspens, jamais terminée. On avait probablement appelé la psychiatre en urgence, ou un coup de fil aura interrompu l'écriture. Zahra saisit le capuchon et reboucha le feutre.

Elle fit le tour du bureau et voulut ouvrir la fenêtre pour aérer la pièce, quand elle entendit un sifflement. Elle tourna la tête machinalement vers l'ordinateur : l'écran était noir, le processeur ne fonctionnait pas. Le sifflement changea de tonalité et se mua en gémissement, plus grave. Puis plus rien.

Alors Zahra baissa les yeux sur le corps – un corps, nu, un

homme à la peau très claire, recroquevillé sur le sol. Elle sursauta, puis se ressaisit. Elle se pencha vers le crâne rasé et tendit instinctivement la main. Au lieu d'avoir peur de ces traits torturés, elle fut bouleversée.

Jamais de sa vie elle n'avait observé un visage défiguré à ce point par la douleur. Une douleur qui remontait par vagues et animait le corps de mouvements reptiliens. Le corps se déplia et Zahra aperçut le tissu blanc que l'homme serrait contre lui. Elle lui prit le bras pour l'aider à se lever, mais il resta à terre. Les mains s'agrippèrent à l'étoffe. Zahra reconnut la blouse de Stefania Strelli.

L'homme ouvrit la bouche et elle en vint à espérer qu'un hurlement le libérerait de l'étau, mais c'est une voix grave et éraillée qui monta.

– Elle est morte. Elle est *vraiment* morte.

19

EN quittant Françoise Meer, Erick était prêt à entendre le témoignage de Lionel Vullierme. La Fondation lui livrerait les secrets d'une certaine science, certes, mais aussi et surtout l'âme de Strelli. Si ce type avait massacré sa famille avant de mettre le feu à la maison, la solution de l'énigme se dissimulait certainement derrière sa construction mentale. Ou à l'ombre de son sommeil. Les mots de la psychiatre résonnaient encore : un univers psychique plus riche et plus mystérieux que celui de la conscience. Cette idée l'effrayait autant qu'elle l'inspirait. Il chassa les préoccupations personnelles auxquelles le renvoyait cette hypothèse. Il serait toujours temps de se pencher sur son propre cas.

Au rez-de-chaussée, la secrétaire avait freiné son élan : le Dr Vullierme ne finirait pas ses entretiens avant 13 heures. Il insista et finit par arracher un rendez-vous à 14 heures 30.

– Je vous glisse entre deux consultations, soyez à l'heure !

Il était 11 heures 30. Il avait le temps de passer par le 17e avant de faire un saut au bureau.

Au bout de la rue Ampère, devant le Jardin japonais, il dut faire fonctionner la sirène de son véhicule banalisé pour reprendre le chemin de la préfecture. Avenue de Wagram, les files s'ouvrirent pour le laisser passer. Il prit le temps, au feu rouge qu'il respecta consciencieusement, de lever les yeux vers le ciel : bleu pâle mais lumière vive, pourtant, pour un début d'hiver. Paris ressemblait à une photo prise en surexposition, trop blanche. Seules la Seine et ses eaux brunes, gonflées par les pluies, lui rappelaient qu'on était au mois de novembre.

Il passa devant le vigile de la préfecture et grimpa les quatre étages au pas de course. Avant de passer la porte de son service, il rajusta sa cravate et passa un mouchoir sur son front.

Laura leva la tête avec ce sourire qui tenait lieu de salut tout en annonçant le combat. Erick comprit la raison de son propre empressement. Il s'en voulut d'être encore un jeune commissaire sensible aux railleries de sa collègue, manipulé au point d'y adapter sa conduite. Avant qu'elle ait pu ouvrir la bouche, il jeta sur la table le paquet qu'il tenait en main.

– Du japonais ! Marina, on a tiré le gros lot avec ce commissaire.

Erick se pencha par-dessus le bureau, sévère.

– Que ce soit clair : ce n'est pas pour t'amadouer et m'acheter une heure de répit, ni pour te demander ta main.

Laura perdit son sourire. Elle chercha une réponse dans le regard de sa collègue. Erick sut tout de suite qu'il avait été trop incisif, que derrière sa plaisanterie perçait clairement l'agressivité. Il s'était défendu avant qu'elle attaque. Elle avait encore gagné, sans rien dire. Décidément, il était très jeune.

– Merci, dit-elle sans savoir quelle attitude adopter.

Erick s'assit et prit une pose décontractée.

– Les filles se découragent trop vite. Un retour viril et hop, plus rien...

La tentative mourut dans un silence. Marina défit le paquet et étala sushis et sashimis sur deux assiettes. Elle tira une chaise à elle et fit glisser quelques feuilles sur la table.

– On a des choses pour toi, Erick.

– Qui commence ?

Laura semblait perdue dans d'autres pensées. Il n'osa pas la rappeler à l'ordre.

– On a fouillé un peu du côté de Laurent Strelli, dit Marina. Un artiste, un vrai, comme on n'arrivait même pas à en faire quand c'était la mode : introverti, noyé dans un monde parallèle. Bien sûr, un art incompréhensible qui fait fureur. L'esthète qu'on ne comprend surtout pas et qu'on adore.

– Et ça consiste en quoi, l'art en question ?

Laura se décida à intervenir.

– Le photo-design éphémère, dit-elle, satisfaite.

– Il est photographe ?

Elle se mit à rire, puis se ravisa. Elle avait rarement le sens des limites, mais l'instinct la freinait parfois de façon opportune.

– « Photo » comme « lumière », jeune homme. Ce type projette des couleurs sur tout et n'importe quoi, ça bouge, ça tourne, et tout le monde se pâme. Discothèque de campagne sans la boule stroboscopique, quoi. Ça s'arrête au bout d'une petite heure, en général, quand l'artiste est vidé de son Énergie cosmique, un truc comme ça. En tout cas, il n'y a plus un seul lieu qu'on inaugure sans Strelli en technicoloriste.

– Mauvaise langue. À côté de ça, Strelli peint, sculpte, et il a même donné des cours aux Beaux-Arts, précisa Marina.

Laura fouilla dans ses notes.

– Pendant deux semaines. Il était tétanisé et les élèves cherchaient la caméra cachée pendant tout le cours. Pour eux, ça ne pouvait être qu'un gag.

Marina piqua une lamelle de poisson cru avec sa fourchette et fit une grimace en se rasseyant. Elle porta la main à son genou droit.

– Désolée, dit-elle, on vous a collé de la vieillerie en guise de collègue.

Erick l'observa et considéra une fois de plus le paradoxe qui l'habitait. Dynamique et usée en même temps par vingt-cinq ans d'une carrière brutale. Carrée, presque froide dans le boulot, et maternelle dès qu'elle passait la porte du bureau, pétrie d'attentions à leur égard. Elle surprit son regard et tendit le genou sous la table avec désinvolture. Erick l'avait déjà vue piocher dans les boîtes d'anti-inflammatoires et d'antalgiques dont elle tapissait l'un des tiroirs. Il fit diversion.

– Vous avez pu interroger les voisins ce matin ?

– Oui, répondit Laura, la bouche pleine. Un jeune type, d'abord, analyste financier. Jamais une minute à lui, du genre à bouffer tout en se lavant et en faisant les courses. Il ne savait même pas que Laurent Strelli existait, il n'avait vu sa femme que deux fois, ils rentraient aux mêmes heures – tard. Il la croyait célibataire, il semblait déçu.

– C'est tout ?

– Non. Deux mamies, ensuite. Elles, elles nous ont refait le monde et le couple Strelli. Il passait visiblement le plus clair de son temps dans son atelier, la chapelle d'un ancien couvent de la rue de Charonne, dans le 11e. Entre une « espèce de peintre » et une épouse qui n'a pas compris qu'on ne rentre pas chez soi quand la bonne est déjà partie, comment s'étonner que ça tourne mal ? Elles ont quand même précisé une chose intéressante, au milieu de leurs conseils conjugaux : de temps en temps, Laurent Strelli découchait.

Marina enleva l'assiette des mains de Laura et sauva quelques sushis pour leur chef.

– Une autre femme ? demanda Erick.

– Plein d'autres – et toutes infirmières. Fantasme idiot, comme beaucoup d'hommes, dit Laura.

Marina haussa les épaules et rectifia.

– Il était suivi en hôpital psychiatrique. Celui où travaillait sa femme.

– Je sais, répondit le jeune homme. Je vois son psychiatre cet après-midi.

– Si tu veux, je peux y aller, proposa Laura avec empressement. Ça me changera du bureau.

Erick jeta un œil sur les murs jaune pâle, le plafond trop haut, le mobilier sans âme. Son regard se posa sur le calendrier mural, derrière la jeune Africaine. Quand le facteur avait sonné chez elle, en décembre dernier, Laura avait choisi le modèle aux paysages tropicaux. Elle l'avait accroché au-dessus de son bureau le lendemain, et décrété qu'on se contenterait de la page du mois de novembre : elle voulait contempler l'île Maurice toute l'année. Un feu intérieur la maintenait en ébullition, et Erick s'était demandé dès son premier jour comment elle pouvait survivre dans un univers aux antipodes de son tempérament. Il finit par se convaincre qu'elle avait choisi la Criminelle pour cela – un mélange d'action et de tension, l'absence de répit. Entre deux accélérations, il y avait le mois de novembre à l'île Maurice. Mais elle avait besoin de bouger, aussi, de s'agiter, il le savait. Son premier réflexe fut d'accepter la proposition de Laura et de s'épargner un autre passage à la Fondation. Puis il songea au mal-être qu'il y avait éprouvé. D'autres s'étourdissent ou comblent le manque par des turbulences, lui avait sans doute besoin d'affronter son mal.

— Non, finit-il par dire. Il faut que j'y aille.

— Alors je t'accompagne.

— Je préférerais que tu creuses du côté de Strelli. Situation financière, celle du couple. J'ai besoin d'étoffer la thèse du meurtre.

Laura jeta sa fourchette, agacée. Erick se leva et repoussa le poisson que lui avait réservé Marina.

— Finissez tranquillement. On se voit tout à l'heure.

20

IL avait une demi-heure d'avance quand il coupa le contact. Au lieu d'attendre dans le hall de la Fondation, il préféra descendre dans le parc.

Il n'imaginait pas qu'en plein centre de Paris, d'anciennes demeures reconverties pouvaient encore jouir d'un tel cadre de verdure. Dans son esprit, on avait systématiquement sacrifié à la pénurie et au prix du mètre carré de la capitale en construisant des bâtiments en toc sur des jardins séculaires. L'image de la maison d'été de ses parents s'imposa. Un jardin immense, soigné, aujourd'hui livré à l'abandon. Il ne s'y était rendu qu'une fois depuis l'accident. C'était l'année dernière, pour récupérer des papiers réclamés à cor et à cri par le notaire. Il s'était arrêté devant la grille, sans couper le moteur. Les mauvaises herbes avaient envahi l'allée qui menait au perron. Le liseron grimpait sur le fer forgé, les rosiers se battaient avec les orties, les ronces couraient, agressives, près des arbres fruitiers. Il avait démarré pour ne plus revenir.

Il admira le parc. Les massifs de buis se détachaient avec élégance sur les murs grèges. Les chênes dénudés s'élevaient au-delà des toitures, les chemins de gravillons étaient ratissés, la douceur inhabituelle du temps faisait fleurir les derniers dahlias. Son regard se porta plus loin, au-delà d'un mur assez haut recouvert de lierre qui marquait une séparation dans le jardin. Il marcha jusqu'à la porte située à l'extrémité du mur. Elle était fermée. Un vigile s'approcha, de l'autre côté de la paroi métallique. Un vigile armé.

– Vous ne pouvez pas entrer, monsieur. C'est la limite des jardins.

Erick fit quelques pas en arrière et leva les yeux.

Il aperçut les étages supérieurs d'une bâtisse plus récente, dont la construction semblait bien ultérieure, en tout cas, à celle de la Fondation. Des grilles scellées dans la pierre recouvraient les fenêtres, dont les vitres étaient opacifiées jusqu'aux deux tiers. Les propos de Françoise Meer lui vinrent à l'esprit. L'unité de Haute Sécurité – les criminels souffrant d'une pathologie psychiatrique. Laurent Strelli allait-il y trouver sa place ?

– Vous m'attendez depuis un certain temps, je crois.

Erick se retourna. Un homme de taille moyenne lui tendait la main. Une barbe de deux jours assombrissait son visage, les yeux étaient cernés, mais la poigne vigoureuse. Le policier nota un strabisme légèrement divergent qui troublait le regard. Lionel Vullierme frissonna dans sa blouse à manches courtes. Il semblait ne pas avoir vu le jour depuis des lustres.

– Voulez-vous que nous rentrions ? suggéra Erick.

– Non. Votre pouvoir de persuasion a eu raison de ma secrétaire, pas de mes autres rendez-vous. Ça me fera du bien de m'oxygéner un peu avant de reprendre la consultation.

Ils s'éloignèrent du mur de séparation et s'engagèrent sous les branchages des bouleaux, en direction de la Fondation. Vullierme jouait avec son marteau-réflexe auquel il imprimait un mouvement de balancier.

– Vous êtes ici pour Laurent Strelli, c'est ça ?

– J'aimerais en parler avec vous, oui.

– On l'a retrouvé.

– Retrouvé ? Pourquoi, vous l'aviez perdu ?

Vullierme se tut un instant.

– Non, bien sûr.

Il hésita avant de reprendre. Un vent plus frais, à l'ombre, le contraignit à relever le col de sa blouse.

– La mort de sa femme et de son enfant a été un terrible choc, vous vous en doutez. À son réveil, il n'y a pas cru. Il faut s'attendre à de petits moments de révolte, un refus s'exprime de mille façons. C'était son cas ce matin : il a quitté sa chambre très peu de temps.

Il s'arrêta près d'un banc.

– Le deuil sera long et difficile, je crois.

– Vous êtes mieux placé que quiconque pour anticiper ses réactions. Vous le suiviez à la Fondation, n'est-ce pas ?

Les traits du médecin durcirent.

– Françoise Meer vous en a déjà parlé. Avant de répondre à vos questions, je vous rappelle que je suis soumis au secret médical.

– Je ne vous demande pas de le violer. Le diagnostic ne m'intéresse pas. En revanche, je voudrais savoir ce qui conduisait Strelli ici, le traitement qu'il y suivait.

Vullierme entraîna le policier à l'écart. Un patient s'éloigna au bras d'une jeune fille d'une extrême maigreur dont le regard fuyait. Le psychiatre s'assit sur un banc, silencieux, les bras croisés. Erick l'observa, intrigué. Des trois personnes habitant son champ de vision, il n'aurait su dire laquelle méritait une place en hôpital psychiatrique.

– Docteur Vullierme, si répondre à ma question vous pose un tel cas de conscience, je peux...

– Je suis Laurent Strelli depuis plus de huit mois à raison d'un ou deux entretiens par semaine, dit le médecin, comme s'il émergeait d'une réflexion intense au terme de laquelle il avait décidé de s'exprimer.

Il tourna la tête vers le policier, qu'il semblait voir pour la première fois.

– Avant d'aller plus avant, savez-vous ce que l'on fait au Centre du Mieux-Être ?

Erick prit place sur le banc.

– Non.

– Je m'occupe du CME depuis sa création. Il accueille en thérapie des personnes « psychiatriquement saines », si vous voulez – si tant est qu'il en existe. En tout cas, ces gens ne souffrent pas d'une maladie à proprement parler, mais plutôt de névroses : une angoisse inconsidérée, une phobie.

– Je croyais qu'on avait tous nos névroses...

– C'est vrai, mais elles ne vous empêchent pas de vivre, ou plutôt vous vivez avec elles, tant bien que mal. Pour ces gens, la vie devient pénible, surtout lorsqu'ils se retrouvent en société. Il peut aussi s'agir de patients dont la personnalité représente un handicap social au même type qu'une névrose, tout simplement. Une timidité extrême, par exemple, ou une forte agressivité.

– Et c'était le cas de Strelli.

– Oui. Il a toujours vécu dans le monde qu'il s'est construit pour se mettre à l'abri de celui qui l'entoure.

– C'est un mode de défense dont on use tous.

– Pas dans les mêmes proportions qu'un type comme Strelli. S'il en avait eu la possibilité, il se serait contenté de vivre dans son atelier, entouré de sa femme et de sa fille – dans le silence, de préférence. L'entourage en souffre souvent plus que le patient.

Erick songea à son appartement sans vie, son bureau transformé en salle de sport, au séjour figé, mué en musée. Les mondes intérieurs avaient du bon.

– Il a souhaité suivre une thérapie ?

– C'est souvent sous l'impulsion de la famille qui n'en peut plus.

Vullierme hésita avant de poursuivre. Il salua une infirmière qui accompagnait un patient.

– Dans le cas de Strelli, dit-il, son épouse l'avait certainement poussé dans ce sens, oui.

Erick sentit naître l'impatience dans la voix du médecin. Vullierme consulta sa montre, comme pour confirmer l'impression. À son avis, l'intermède avait assez duré, la réalité des obligations le rattrapait. Mais Erick avait besoin d'en savoir plus, Vullierme ne lui accorderait certainement pas une balade bucolique tous les après-midi. Il fallait qu'il parle.

– Expliquez-moi le principe du traitement qu'il suivait.

– On a emprunté aux autres unités de soins le principe de thérapie qui y est appliqué.

– La thérapie couplée ? tenta Erick.

Vullierme croisa son regard : l'intérêt que portait le policier à son exercice professionnel l'anima curieusement. La situation semblait le distraire.

– Très juste. On associe un travail sur le sommeil à une psychothérapie pour en améliorer l'impact.

– La cinquième phase du sommeil, se remémora Erick. La plus riche, la plus mystérieuse. Bon élève, non ?

– Meilleur que certains psychiatres, en l'occurrence.

– Je n'en sais pas plus sur la thérapie couplée.

– C'est assez simple, mais pour en comprendre le principe, il faut prendre conscience du rôle capital du sommeil paradoxal, commissaire. Ou du moins ce qu'on en sait aujourd'hui.

Erick se concentra avec avidité sur les mots du médecin, sans savoir si l'enquête motivait réellement son intérêt. Vullierme semblait avoir oublié qu'ils étaient tous deux au beau milieu d'un parc en hiver.

– Le sommeil paradoxal est au mental ce qu'est le sommeil profond au corps.

Il scruta le visage du policier avant de poursuivre.

– Je veux dire que les phases de sommeil profond, les phases III et IV, permettent la réparation et la régénération physiques. Le sommeil paradoxal, lui, est le temps de l'esprit, de *l'intellect*, commissaire. Le temps de l'apprentissage. Vous gravez dans votre cerveau les nouvelles connaissances apprises en journée, et vous consolidez les anciennes. C'est ainsi que vous pouvez ensuite vous adapter à des circonstances inhabituelles.

– Il est curieux, alors, que nous n'apprenions ni ne réagissions pas tous de la même façon à une même situation...

– Parce que nous sommes génétiquement programmés pour être différents les uns des autres. En état de veille, l'environnement et l'apprentissage influencent nos circuits nerveux. Mais pendant le sommeil paradoxal, votre cerveau fait un travail phénoménal : il balaye votre patrimoine génétique et le compare à la nouvelle expérience pour y trouver des éléments de réponse. Vous personnalisez l'apprentissage, finalement. C'est cela, l'hérédité psychologique.

Vullierme se tut et regarda autour de lui tel un homme qui sortait de sa rêverie. Les contingences extérieures l'appelaient.

– Disons, pour conclure, que le sommeil paradoxal représente le temps de la déconstruction et de la reconstruction mentales, commissaire.

– Celui qu'un psychiatre devrait logiquement mettre à profit pour traiter un problème psychologique, dit Erick. Je comprends mieux votre travail.

Le médecin sourit.

– La logique ne fait pas toujours bon ménage avec notre discipline, mais la vôtre me plaît. Accompagnez-moi, on m'attend.

Leurs pas crissèrent sur le gravier. Les jardins s'étaient vidés, seules restaient les ombres immobiles des arbres dénudés. Erick avança une ultime question :

— Comment exploitez-vous cette phase de sommeil, docteur ? À quel traitement Strelli était-il soumis, finalement ?

— On demande aux patients de réduire leur temps de sommeil grâce à des stimulations intellectuelles, les deux nuits précédant la séance de psychothérapie. Ils arrivent en « dette de sommeil », et quiconque se retrouve dans une telle situation éprouve le besoin de récupérer : la durée du sommeil s'allonge, c'est prouvé. Comme la stimulation intellectuelle a été prépondérante, c'est le sommeil paradoxal qui va augmenter.

Ils s'arrêtèrent sur le seuil du bâtiment.

— Si vous avez compris le rôle fondamental de cette phase du sommeil, vous saisissez le but de la manœuvre : plus importante est la part de sommeil paradoxal durant la nuit, meilleure est l'intégration des nouveaux éléments de psychothérapie. La séance est ainsi beaucoup plus efficace.

— Mais pourquoi Strelli passait-il la nuit à la Fondation ?

— Pour deux raisons. D'abord, son sommeil était enregistré, ce qui permettait de vérifier que la part de sommeil paradoxal était effectivement plus importante que d'habitude. Ensuite, pour utiliser au maximum le potentiel de cette phase, Strelli assistait même une seconde fois à la séance de psychothérapie du jour.

— En pleine nuit ?

— Oui, mais pas comme vous l'imaginez. Il ne s'agissait pas de le réveiller et de l'envoyer en entretien. Strelli, comme les autres patients, s'endormait avec un casque et un masque de projection. La séance du jour est filmée, et en pleine phase de sommeil paradoxal, les images et le son sont automatiquement diffusés dans le casque et dans le masque.

Erick le dévisagea, stupéfait.

— En somme, chaque semaine, Strelli a assisté deux fois à la même séance : le jour, en pleine conscience, et la nuit, durant son sommeil paradoxal.

— Une façon d'enfoncer le clou, si vous voulez. Les capacités du cerveau pendant le sommeil paradoxal sont exploitées à cent pour cent : intégration des données apprises le jour avec rappel simultané. Une sorte de bonus expérimenté avec succès à la Fondation. C'est toute la subtilité de la thérapie couplée.

Erick resta silencieux quelques instants.

– Une dernière chose m'intrigue : pourquoi garder Strelli en journée, en dehors de la séance de thérapie ?

– Cantonner Strelli à l'hôpital nous permettait de contrôler son environnement et ses activités avant l'endormissement. Des activités physiques trop importantes auraient déséquilibré son sommeil au profit du sommeil profond, qui permet la récupération physique, plutôt que du sommeil paradoxal.

– Le contrôle des activités de Strelli s'est un peu relâché, la dernière nuit. C'est le moins qu'on puisse dire.

– Bravo. Vous ne laissez rien passer.

La porte s'ouvrit : Erick reconnut la secrétaire du psychiatre.

– On vous attend, docteur.

Vullierme se tourna vers le policier.

– Vous savez l'essentiel de la thérapie couplée. C'est simple et ça marche : les thérapies durent moins longtemps, leur effet est plus rapide.

– Et à long terme ?

Le psychiatre leva la tête. Le vent s'était levé, les premiers nuages menaçants obscurcissaient le ciel.

– On manque encore de recul. Ce qui est sûr, c'est que la thérapie couplée n'a jamais fabriqué de meurtriers – puisque c'est à cela que vous pensez en me questionnant au sujet de Strelli. Vous le croyez coupable du meurtre de sa femme et de son enfant.

– Ma logique m'oblige à l'envisager.

Vullierme monta quelques marches.

– Qu'il s'agisse d'un psychopathe patenté ou d'un simple névrosé, on se trompe souvent de danger.

– Les victimes se sont aussi trompées, docteur. Elles le payent très cher, en général.

Vullierme chassa l'objection d'un haussement d'épaules.

– Vous réfléchissez avec la logique d'un flic, cette fois. Je ne cherche pas à minimiser leurs crimes ni le désastre qu'ils causent ; je tiens juste à vous mettre en garde.

Son regard s'éleva au-delà de l'enceinte, au fond du jardin.

Erick eut l'étrange sentiment de faire face à un homme grandi, qui occupait plus d'espace.

– Je ne vous souhaite pas d'avoir à le faire, mais si votre enquête vous guide parmi ces gens, de l'autre côté de ce mur, si vous avez à pénétrer leur univers, souvenez-vous de ce que je vous dis. Ils sont aussi dangereux pour eux-mêmes que pour les autres. Ils sont les premières et souvent les dernières victimes de leurs sévices. C'est ainsi qu'ils nous échappent et c'est ainsi qu'ils vous échapperont, si vous n'y prenez pas garde.

La porte se refermait. Erick la retint.

– J'aimerais lui parler.

Depuis le hall, la voix de Vullierme eut une résonance plus profonde.

– Strelli est encore en soins intensifs.

– Vous l'avez transféré à l'hôpital ?

– Non. Nous avons une petite unité, ici. Autonégligence, tentative de suicide, mutilation... Toutes ces choses inoffensives dont nos patients se rendent coupables, auxquelles vous ne pensez pas et qui nécessitent une réanimation sans attendre.

– Strelli ne s'est rien infligé de tout ça.

– Non, et il est sorti du coma. Il ira en chambre cet après-midi. Mais il a besoin de calme et de repos.

– Il a peut-être besoin de parler. Pas seulement à un psychiatre. Et l'enquête, elle, a besoin de lui.

Vullierme hésita.

– Soit. Je laisserai les consignes au service pour qu'on vous autorise à le voir. Mais n'abusez pas, monsieur Flamand. Il est certainement très faible.

Erick se retourna vers le bâtiment de béton.

– Je me souviendrai de *toutes* vos consignes.

– Vous aurez raison de le faire. Le meurtre est aussi une torture qu'on s'inflige à soi-même – même si c'est une maigre réponse à offrir aux familles des victimes, je sais.

– Et un scandale pour un flic.

– Ne vous réfugiez pas derrière votre profession. Et consolez-vous – ou consolez le policier qui est en vous, si ça vous arrange : tuer un proche dans un accès de « folie », c'est la forme ultime du châtiment. L'absence de l'autre et sa propre solitude en un seul geste.

21

LA chambre 22. La Fondation, encore elle. Il y reviendrait toujours, ce serait son univers, sa bulle suffocante. L'étau l'enserrerait sans fin.

Il n'avait pas envie d'en voir les murs, dont il connaissait le grain avec précision. Ni les fenêtres, ni les arbres derrière les fenêtres. Ni de sentir les draps cartonnés, ni de reconnaître le désinfectant des sols. Entrer dans la bulle, la refermer et partir. Comme Stefania. Comme Léa – *Léa, ma fille, disparue.* Une bulle et plus rien autour, son monde venait d'être anéanti, il n'y aurait plus de couleurs, plus d'art, rien. Juste le vide autour de lui et en lui. Se refermer sur soi et attendre. Ne plus penser. Faire disparaître les sentiments, les manques, ignorer l'absence.

La porte s'est ouverte. Un homme entre. Ne pas le regarder, ne pas le *voir*. Le voile entre lui et moi, l'obscurité. Il parle, ses mots ne signifient rien, les mots sont des sons qui tombent dans le vide.

– Monsieur Strelli, je crois que vous m'entendez.

Laurent ouvrit les yeux.

Il savait ignorer, il savait aussi se retirer. Il avait pratiqué très naturellement cet exercice d'absence depuis toujours, depuis l'enfance déjà. Ne plus exister – ou plutôt exister autrement, transposer son existence hors de son corps, être autre chose, n'importe quoi, sauf ce que les autres voyaient de soi. Ce qu'il était incapable de faire, en revanche, c'était anéantir l'environnement. Tout au plus, il lui était arrivé de ne plus reconnaître l'extérieur, le magma d'objets, d'êtres humains et de végétaux qui l'enveloppait. Les réduire à l'état de substances distinctes mais sans valeur propre. Mais les anéantir, désagréger la matière, n'en faire qu'une image en creux, sans impact sur son cerveau, ça, non, il ne savait pas. Ainsi, en face de lui, il y avait un homme de taille moyenne, aux cheveux clairs, des yeux sombres, un corps très développé. Et il lui était impossible de le nier au point de ne plus le voir. Un homme soigné, ordonné – il savait reconnaître l'ordre, c'est tout ce qu'il avait envie de conserver de l'image qui s'imprimait sur sa rétine. Un costume impeccable, une raie parfaite, une posture linéaire. Laurent n'eut plus envie que de cela : l'ordre et le vide. Il apprendrait à créer le vide, mais l'homme apportait déjà l'ordre. Alors il en accepta les mots.

– Je m'appelle Erick Flamand. Je suis venu parler avec vous de ce que vous avez vécu la nuit passée.

Laurent assembla les mots et la phrase avait un sens. La notion de temps lui parut incongrue, mais c'était un repère. Il l'accepta.

– Me comprenez-vous, monsieur Strelli ? Oui, vous me comprenez.

Erick se retourna : l'infirmier n'avait pas bougé, adossé à l'encadrement de la porte.

– Puis-je rester seul avec ce patient ?

Stéphane Mathis hésita.

– Le Dr Vullierme n'y voit pas d'inconvénient, précisa Erick sur un ton péremptoire. Appelez-le, si ça vous pose un problème.

Il se leva et ferma la porte. Stéphane apparut à travers la paroi vitrée des boxes, dans la salle de soins. Il semblait absorbé par la mise à jour des prescriptions.

Le policier s'assit au bord du lit. Laurent Strelli avait tourné la tête et le fixait de façon étrange. Ce pouvait être de l'attention comme de la distance, au contraire, tel un enfant qui concentrerait son regard sur un point précis du visage de son interlocuteur, l'esprit ailleurs. Pourtant, il se dégageait de l'artiste une maturité, un vécu profond, ancestral, enfermé dans une attitude figée. Erick sourit sans discerner le moindre changement sur le visage de Strelli. Il n'aurait pas su dire ce qui se dégageait de ce corps. C'était au-delà du choc, de la prostration des gens qui souffrent. Peut-être était-ce une forme d'attente. Laurent Strelli semblait attendre quelque chose, quelqu'un pour remettre en route son esprit, ses muscles, ses articulations.

– On vous a retrouvé hier, dans la nuit, vous étiez inconscient dans votre maison en feu. Vous en souvenez-vous ?

Laurent acquiesça au bout de quelques secondes.

– Pouvez-vous me dire ce que vous faisiez là-bas ?

Laurent détourna le regard vers le plafond. D'instinct, Erick craignit de perdre le contact. Strelli semblait s'échapper, le policier ne lui en laissa pas le temps.

– En début de soirée, vous étiez ici. Vous deviez passer la nuit à la Fondation, pour qu'on enregistre votre sommeil. Vous vous êtes endormi vers 20 h, réveillé vers 21 h 30, je crois, et à 22 h, les pompiers vous ont sorti des flammes. Expliquez-moi ce qui s'est passé pendant ce laps de temps.

Laurent ne répondit pas.

– Faites un effort. Je peux vous aider avec ce que je sais, si vous le voulez.

– Elle était dans son bain, coupa Strelli.

Erick se tut. La voix de l'artiste était voilée. La réponse était aussi étrange que l'homme, pourtant le policier ne l'interrompit pas. Il lui semblait que Strelli émergeait de son mutisme par une porte inconnue, qu'il redécouvrait l'usage de la voix avec des mots inappropriés, mais qu'il fallait lui en laisser le choix.

– Elle est sortie de la baignoire et elle s'est couverte de son peignoir, le blanc, qu'elle accroche sur la patère droite.

Strelli tourna la tête vers Erick. Le policier ne sut pas s'il cherchait un assentiment ; il posa simplement la main sur le bras du patient. Strelli s'en défit d'un mouvement automatique.

– La main passe derrière elle, puis à côté d'elle, puis c'est l'obscurité.

La respiration de Strelli se fit plus ample, plus rapide. Ses mains agrippèrent le drap, les muscles dessinaient des cordons sur les avant-bras. Erick y vit une sorte de transe. L'artiste dévoilait la nuit d'horreur comme un voyant lirait l'histoire dans une boule de cristal. Il y avait une forme d'indécence dans son récit, mais le policier se contint.

– Il est sorti, c'est son ombre sur le mur du couloir.

– Qui est sorti ?

– Il va... il se dirige vers la chambre de Léa, poursuivit Laurent sans entendre la question. Il a une arme.

La voix trembla. Les traits de Strelli s'étaient contractés.

– Il a posé la peluche sur la tête... il... il a tiré.

Tout son corps se crispa. Erick leva la tête : de l'autre côté de la vitre, Stéphane les observait, anxieux.

– J'ai couru aussi vite que j'ai pu. J'ai vu les flammes, de loin. La maison brûlait, je suis monté, et...

– Et ?

Strelli se tut. Un à un, ses muscles se détendirent. Ses longs membres retombèrent sur le drap, la tête roula sur l'oreiller. Son visage s'était à nouveau figé, insondable.

Erick avait déjà vu des simulateurs à l'œuvre. Des types experts en l'art de camoufler, des acteurs hors pair. On venait toujours à bout de leur jeu. Dans celui de Strelli, cependant, Erick ne décelait pas le professionnalisme qui trahissait la comédie, cette perfection improbable – a fortiori lorsque le scénario est impensable. Dans le récit de cet homme se cachait une douleur trop intense pour être un artifice, un réalisme excessif pour un bon comédien. Les mots de Vullierme ressurgirent. Ce type pouvait-il avoir tué sa femme et sa gosse ? Pouvait-il, surtout, dissimuler son meurtre derrière une mascarade quelconque, un numéro aussi grossier ? Si le meurtre était un châtiment que le criminel s'infligeait, comme le soutenait le psychiatre, de quelle faute Strelli se punissait-il ?

Erick tenta une approche plus brutale.

– En somme vous avez assisté mentalement à la scène que vous venez de décrire, et vous avez ensuite couru jusque chez vous pour constater que vous arriviez trop tard. C'est bien ça ?

Strelli ne réagit pas. Erick enchaîna, sans attendre la réponse qui ne viendrait pas.

– Il y a une autre possibilité, monsieur Strelli. Que vous soyez arrivé chez vous, que vous ayez commis le double meurtre que vous attribuez à un autre et que vous ayez mis le feu à votre maison. Qu'en pensez-vous ?

Laurent Strelli se redressa lentement. Assis, il dépassait d'une tête le policier.

– Je l'ai vu.

– Vous avez vu le visage du meurtrier ?

– Oui, je l'ai vu.

– Vous allez peut-être faciliter la tâche de la police et nous donner son nom, alors.

Laurent se tut. Erick se rapprocha de lui.

– Monsieur Strelli, réfléchissez à ce que vous êtes en train de dire ou de faire, dit-il avec fermeté. Avez-vous compris la gravité de la situation et votre position dans tout cela ? Pour l'instant, je n'ai pas de raison de penser que mon hypothèse est moins probable qu'une autre. Vous comprenez ?

– Ça suffit. Il en a certainement entendu assez, commissaire.

L'infirmier posa son plateau sur la table de chevet et s'interposa entre les deux hommes.

– Vous voyez bien qu'il est perturbé. Il sort d'un coma de vingt-quatre heures et vous en êtes presque à le menacer de le boucler.

– Vous allez l'accompagner si vous continuez à vous opposer au déroulement de l'enquête. Je vous rappelle que j'agis avec l'accord du médecin, qui est votre chef.

Stéphane Mathis ne se laissa pas impressionner.

– Il ne vous a sûrement pas autorisé à le secouer comme ça. Vous allez pouvoir régler ça avec le Dr Vullierme, de toute façon : je viens de l'appeler, il arrive.

Erick capitula. Se mettre la Fondation à dos n'était pas la solution. Il aurait sans doute besoin d'y revenir et d'y jouir de la coopération du personnel soignant, à défaut d'une complicité.

– Très bien, restons-en là.

Stéphane força le patient à s'allonger et sortit avec le policier.

– Il passe en unité de soins classiques aujourd'hui, je crois, dit Erick.

– Le docteur jugera de son état après votre visite. S'il le faut, monsieur Strelli passera encore une nuit ici.

Erick ne répondit pas.

Il était au bout du couloir quand la voix retentit.

– Ce n'est pas moi qui les ai tuées.

Le policier revint sur ses pas. Laurent Strelli, immense et fragile, se tenait au mur.

– Je l'ai *vu*, dit-il.

L'infirmier se précipita vers lui.

– Qu'est-ce que vous faites ? Retournez au lit !

Strelli le repoussa, le regard rivé sur Erick. Le policier fit encore quelques pas. Ils étaient très proches l'un de l'autre, maintenant.

– Dites-moi qui vous avez vu. Vous pouvez parler sans crainte, monsieur Strelli.

Laurent hésita et baissa la tête. Tout son corps criait l'impuissance.

– Non, je ne peux pas.

– Pourquoi ?

L'artiste s'adossa au chambranle et se laissa glisser. Il se prit la tête à deux mains.

– Parce que j'ai oublié son visage, vous m'entendez ? J'ai *oublié* son visage.

22

– OUBLIÉ ? Comment ça, oublié ?

Laura freina alors que le feu était vert et déclencha un concert de klaxons. Elle jeta un rapide coup d'œil dans le rétroviseur : 206 rouge, becquet arrière, vitres teintées. Ils étaient trois dans le véhicule. Elle plissa les yeux et discerna le « 206 touch » autocollant sur le pare-brise arrière. Elle sourit, recula juste assez pour empêcher le conducteur post-pubère de déboîter et la dépasser par la file de gauche, et attendit patiemment que le feu passe au rouge. Erick suivit son manège avec intérêt.

– Mais qu'est-ce que tu fous ?

– Oh, chef, on peut bien s'amuser un peu pendant le service, non ?

Le type sortit de sa voiture en gesticulant. Cheveu ras, luisant, jogging trois bandes retroussé au genou. Lentement, Laura baissa la vitre.

– Viens, mon beau, approche encore, et... voilà.

Elle passa la main sous son siège et sortit le gyrophare amovible. Elle se pencha par la fenêtre et le colla sur le toit. Le type se figea.

– Si tu veux, lui dit Laura, on fait un petit concours : celui qui fait le plus de bruit a gagné. Tu paries quoi ? Ton permis ?

Erick remonta la vitre de son chauffeur.

– Je te donne un an pour te faire pincer pour abus de pouvoir. Avance, c'est vert.

Laura démarra en trombe.

– Tu ferais mieux d'en faire autant, répondit la jeune Africaine.

Tes suspects n'auraient pas la mémoire courte. Oublier la tête du meurtrier de sa femme et de sa fille, alors qu'il l'a vue la veille ! Il nous prend pour des décérébrés, ou quoi ?

— Strelli ne doit pas être très sensible au gyrophare, tu sais.

— Mais il n'y a pas que le pouvoir du flic, Erick. Je te rappelle que je suis une ravissante indigène et que Laurent Strelli est un homme. Certains sont sensibles aux jolies femmes, figure-toi.

Elle attendit une réaction qu'il se garda bien d'avoir. Elle fit crisser les pneus sur la place de la Bastille.

— Je lui aurais fait avouer le meurtre de Lady Di, moi, si tu m'avais laissée y aller, dit-elle encore.

— Il fallait que ce soit moi. Et je te rappelle que tu t'es quand même débrouillée pour venir.

Elle frappa du plat de la main sur le volant, stupéfaite.

— Quel culot ! Ta Twingo est en rade au fin fond du 19ᵉ, je vole à ton secours, je t'attends comme le vulgaire sous-fifre que je suis, et voilà comment tu me remercies !

Laura s'était engagée dans la rue Saint-Antoine. Le goulot d'étranglement avant la rue de Rivoli l'obligea à s'arrêter.

— Enfin, que ce soit bien clair, Erick : je suis venue te chercher, mais ce n'est ni pour t'amadouer, ni pour te demander en mariage, d'accord ?

Erick sourit. C'était de bonne guerre. Il contempla en silence un Paris dans le crépuscule précoce d'hiver, tandis que Laura troquait sans gêne la fréquence de la police pour une radio FM. Il traversait une ville magnifique aux côtés d'une femme magnifique elle aussi, qui l'asticotait comme le faisaient certaines filles mordues, une journée pénible touchait à sa fin, et il éprouva néanmoins le besoin de se raccrocher au boulot. Formidable rempart contre les femmes amoureuses, surtout quand on bosse avec elles.

— Qu'est-ce que tu as appris de plus sur le compte des Strelli ?

— Un couple sans histoire lorsqu'ils ne se tirent pas dessus.

— Leurs finances ?

— Marina est plus matheuse que moi, c'est elle qui a épluché les comptes bancaires. Plutôt bien garnis, pas de dettes, la maison est payée. Pas de compte personnel au nom du mari, d'après les types de la brigade financière. On a aussi planché sur les décomptes de cartes de crédit : pas de virée place Vendôme au bras d'une

maîtresse éventuelle. De toutes manières, c'était madame qui s'occupait de l'intendance, lui se contentait de passer commande – du
matériel pour son art. Elle semblait s'occuper de tout, d'ailleurs.
Encore un type qui n'est rien sans sa bonne femme.

– Son emploi du temps ?

– Pas très compliqué : maison – atelier – maison. À heures fixes.
Et quand je dis « fixes », c'est « fixes ». Strelli a été fabriqué en
Suisse, à écouter la femme de ménage. S'il a une minute de retard,
il lui faut une séance supplémentaire avec son psy. Réglé comme
du papier à musique. J'ai appelé son agent. Quand je lui ai parlé
de double vie au sujet de Strelli, j'ai eu le sentiment d'être la fille
la plus drôle du siècle. Impensable de modifier un programme
défini. Une expo, un vernissage, une soirée, tout doit être figé six
mois à l'avance. Alors une double vie, même professionnelle...

Ils approchaient de Notre-Dame. Erick laissa son regard courir
sur les arcs-boutants extérieurs de l'édifice. Une architecture milli-
métrée, comme l'était le fonctionnement de son esprit avant d'être
battu en brèche par la situation. Ce type pouvait-il avoir massacré
les siens gratuitement et mis sa propre existence en pièces sur un
coup de folie, comme disait son médecin ? Le désir profond et
insondable d'autodestruction – le châtiment. Strelli s'était peut-être
rendu coupable du pire, à ses yeux, ou de ce qui méritait de ravager
ses propres fondations, auxquelles il semblait pourtant se raccrocher
de toutes ses forces. Erick avait vu tout à l'heure un homme anéanti,
il avait lu l'égarement et une forme de peur dans le regard, dans la
façon de se tenir aux murs, de tendre une main invisible, de refuser
celle des autres. Et puis derrière la souffrance, naissait l'étrange sentiment de vérité, de sincérité. Laura l'arracha à ses doutes.

– Tu veux que je te cherche, demain matin ? Tu donneras rendez-vous au dépanneur et on ira récupérer la Twingo en même
temps.

– Non, merci, c'est pas la peine. Je vais prendre une voiture de
service ce soir. Dépose-moi à la Préfecture et rentre, il est déjà
17 heures. C'était ton jour de repos.

– Mon employeur me doit bien un dîner au restaurant pour
compenser ça, non ? Est-ce qu'après le combat, un guerrier de ton
espèce apprécierait de découvrir le meilleur japonais de Paris ? Tes
sushis de midi étaient très bons, ne le prends pas mal...

La voiture venait de passer sur l'île de la Cité. Erick ouvrit la portière.

— Une autre fois, Laura.

Il sortit de la Mégane banalisée. Laura haussa les épaules sans le regarder.

— Tu fais bien de refuser, j'ai menti : mon adresse de sushis est meilleure. À demain ?

Elle démarra sans attendre de réponse. Il suivit la voiture des yeux. Pour l'instant, il éviterait de comptabiliser les avances qu'il avait repoussées, de quelque ordre qu'elles soient. Il avait toute la nuit pour essayer de comprendre pourquoi il avait gentiment convié une fille comme Laura à rejoindre les rangs des prétendantes éconduites. Il s'apprêtait à traverser la cour de la Préfecture quand un klaxon le fit revenir sur ses pas. Laura baissa la vitre côté passager et lui tendit une pochette.

— Qu'est-ce que c'est ? L'adresse du resto ?

— Tu ne la mérites pas. De toute façon, ça devrait te faire bien plus plaisir : une dernière information concernant Strelli. C'était mon ultime atout pour te faire fondre, mais comme tu préfères les sandwiches de la Préfecture...

Marina était seule dans le bureau. Sur une des tables qu'elle partageait avec Laura, elle élevait méthodiquement des piles de dossiers. Erick lut les initiales LS sur une pochette rouge – la couleur des affaires en cours.

— Tu dresses l'inventaire des éléments exploitables après l'ouragan africain ?

— Elle s'est démenée pour obtenir les résultats du légiste, cet après-midi, répondit Marina. Tu es dur avec elle, non ?

— Je sais qu'elle bosse. Elle est venue me chercher avec la pièce à conviction décisive, si j'ai bien compris.

— Ce n'est pas seulement une bosseuse, c'est une fille bien, Erick. Agitée, un peu agressive, séductrice – jeune, en somme. Mais bien.

— Je le sais aussi, dit-il pour mettre fin à la discussion.

Marina lui sourit.

— Et tu as le droit de t'en tenir à ce constat. Je ne la vends pas, elle n'a pas besoin de cela, c'est ce que je voudrais qu'elle comprenne.

Erick n'avait pas envie de débattre de sa jeune collaboratrice. Il préférait lire ce qu'elle venait de lui remettre. Marina vint s'asseoir en face de lui. Les étages se vidaient, les machines s'étaient tues, les bureaux devenaient plus paisibles.

– Je ne suis pas marieuse dans l'âme. Et encore moins pour les mariages au sein de la police. Ce sont les couples les plus ennuyeux, c'est bien connu.

Le policier se souvint des indiscrétions au sujet de la vie privée de Marina. Si l'ennui était source d'infidélité et de divorce, alors elle savait de quoi elle parlait : à cinquante-cinq ans, son flic d'époux l'avait laissée sur le carreau pour suivre la gamine qui le servait depuis deux mois à la cantine du quartier. Un conjoint dans la police ne devait pas être plus palpitant pour la petite que pour lui : six mois plus tard, elle s'en lassait et Robert Trévès rentrait à la maison, la queue entre les jambes et les mains jointes. Il en était reparti dans la foulée avec un coup de pied aux fesses ; entre-temps, Marina avait appris à vivre seule – sans lui, en tout cas.

– Tout est très clair de mon côté, dit Erick.

– Alors elle finira par le comprendre.

– Il faut surtout comprendre qu'on est ici pour bosser ensemble, et bien. Rien d'autre.

Marina se leva.

– Excuse-moi, dit-il.

Elle rassembla ses affaires sans empressement, comme si les mots ne l'avaient pas affectée. Avant de sortir, elle ajouta sans la moindre ironie – parce que ce n'était ni son registre, ni sa nature :

– Je suis contente que tout soit clair de ton côté, Erick. C'est l'essentiel.

Après le départ de sa collègue, il eut du mal à se concentrer sur la lecture du dossier confié par Laura. Quand enfin il parvint à le faire, il consulta l'heure et se leva précipitamment.

Quelques minutes plus tard, il quittait la Préfecture au volant d'une voiture de la police, en faisant fonctionner la sirène.

23

– JE craignais d'arriver trop tard.

Un patient sortait du bureau de Lionel Vullierme. La salle d'attente des consultations externes était pleine.

– À 18 heures, c'est une crainte sans fondement, ici. J'en ai encore pour deux bonnes heures, dit-il.

Les derniers mots étaient sans équivoque. Erick les ignora.

– J'ai encore besoin de vous, docteur.

– Aujourd'hui ?

Erick brandit la pochette rouge.

– Oui, aujourd'hui.

Un patient s'aventura dans le couloir. Erick prit les devants et fit un pas vers la porte.

– Je n'en ai pas pour longtemps.

Vullierme capitula et ferma la porte derrière lui.

Son bureau était infiniment plus commun que celui de Françoise Meer : un mobilier standard en bois stratifié, un lit d'examen, une étagère IKEA bourrée de livres. Des lignes droites. L'efficacité au détriment de l'élégance. Vullierme observa le policier, amusé.

– Vous vous attendiez à un divan en velours et des rideaux épais, c'est ça ? Je suis médecin avant tout, commissaire.

– Je sais, et je suis venu vous parler médecine.

Vullierme s'installa dans son fauteuil et sembla jouir de ce moment comme d'un répit.

– Vous me faites penser à un célèbre lieutenant en imperméable qui revient toujours avec une dernière question, en fin de jour-née... Mais vous êtes beaucoup plus jeune. Et bien mieux habillé.

– Et ce n'est pas sur les conseils de ma femme que je viens, ajouta Erick. Plutôt sur ceux de ma collaboratrice.

Du bruit retentit dans le couloir.

– Un rappel à l'ordre, commissaire, on a peu de temps. Je vous écoute.

– Vous connaissez les événements de la nuit passée : on a retrouvé les corps des Strelli dans leur maison en feu.

Vullierme acquiesça. Erick tendit quelques feuilles au psychia-tre, qui les repoussa.

– Médecin, pas policier. Expliquez-moi plutôt vos découvertes.

– Le premier compte rendu devrait vous être familier, juste-ment : c'est un confrère qui l'a rédigé. Ce sont les premières conclusions du légiste, elles permettent de dater le début de l'in-cendie en fonction du degré de combustion des corps. D'après le Dr Bègle, ils ont commencé à brûler à 21 h 15.

– J'admire le travail des légistes. En quoi puis-je collaborer à ce diagnostic ?

– La disparition de Laurent Strelli n'a été signalée qu'à 21 h 35 à la police. Selon vous, est-il possible que l'infirmière ne s'en soit rendu compte que vingt minutes après son départ ?

– Non, c'est impossible. Strelli était en chambre d'enregistre-ment polysomnographique. Sans rester rivée sur les écrans de sur-veillance en salle de repos, l'infirmière y jette un œil régulièrement. Même si elle avait coupé l'alarme, elle aurait très vite réalisé que les capteurs n'étaient plus fixés sur la peau du patient : les courbes sont plates, dans ce cas. Je doute qu'il puisse s'écouler plus de cinq minutes entre le moment où Strelli s'est débranché et celui où l'infirmière s'est rendu compte de son absence.

– Y a-t-il un moyen de le vérifier ?

– Bien sûr : les enregistrements sont datés, on peut suivre les courbes dans le temps et définir précisément quand ils ont été interrompus.

Erick ferma les yeux un court instant. La trame de son enquête se disloquait, sa première théorie s'effondrait comme un château de cartes. Il fallait immédiatement reconstruire l'édifice de son raisonnement, mais repartir sur de nouvelles fondations. Il prenait un plaisir presque masochiste à s'y contraindre.

– Alors vous venez d'offrir à Laurent Strelli le meilleur alibi possible, dit-il. Manifestement, quand sa femme et sa fille ont été tuées et que leurs corps ont commencé à brûler, Laurent Strelli était ici.

Dans le couloir, un homme s'était lancé dans un monologue à haute voix. Il était question de passe-droit, de médecin irrespectueux, de patient privilégié. Erick se leva.

– Si Strelli n'est pas le meurtrier et qu'il dit la vérité, il change radicalement de statut : de suspect n° 1, il devient témoin.

Vullierme l'accompagna jusqu'à la porte.

– Témoin de quoi ? Du meurtre ? Je ne vous suis plus.

– On l'a retrouvé inconscient sur le lieu du crime, et il affirme avoir vu le coupable. Il serait le seul témoin oculaire. Et c'est pour cela que la police va avoir besoin de vous, docteur, et de votre diagnostic.

– Je veux bien vous aider, mais je ne vois pas comment.

– Laurent Strelli est un témoin particulier : il ne se souvient plus du visage du meurtrier de sa famille.

– Une amnésie secondaire au choc : c'est tout à fait concevable. Je comprends mieux son état actuel.

La façade froide de Vullierme s'était fissurée. Ses traits exprimaient la compassion.

– Compte tenu de son statut psychologique, dit-il, ce qu'il a vu est d'une violence inouïe et dévastateur pour son mental. Oublier le visage du meurtrier est son ultime rempart.

– ... avant la folie, c'est ça ?

– Bien pire que ce que vous mettez derrière ce mot. Comment puis-je vous aider ?

Le psychiatre répondait partiellement aux attentes d'Erick : Strelli n'était pas forcément un simulateur ou un malade trop dérangé pour qu'on accorde foi à son récit. Ce type avait peut-être *vu* celui qui avait tué les siens.

– L'amnésie est-elle définitive ?

Vullierme haussa les épaules.

– Nul ne le sait. Le souvenir peut resurgir sans crier gare, quand le patient est psychologiquement prêt à l'accepter. Pour cela, je peux faire quelque chose, oui. Mais la démarche peut prendre du temps.

On frappa à la porte avec insistance. Erick sentit, palpable, s'installer la distance du début de leur entretien. Il retint la porte pour une ultime requête.

— Il faudra peut-être avoir recours à une méthode plus rapide, docteur. La plus rapide possible.

— La structure mentale d'un individu ne répond pas aux impératifs du temps.

— Sauf si sa vie en dépend.

— Il est hors de danger, maintenant.

— Pour le médecin, oui ; pas pour moi.

— Que voulez-vous dire ?

— En abandonnant la casquette de meurtrier pour celle de témoin, Strelli en porte une troisième, forcément : après sa femme et sa fille, il est probablement la prochaine victime sur la liste. Il n'y a aucune raison pour qu'on l'épargne, surtout s'il a vu un visage dont il risque de se souvenir.

La porte s'ouvrit plus largement. Le type semblait au bord de la crise de nerfs.

— Docteur, ça fait une heure que j'attends, et...

— Installez-vous, j'arrive.

Vullierme sortit dans le couloir avec Erick.

— Qu'attendez-vous de moi, au juste ? Je ne vais pas le mettre en cellule de surveillance pour travailler avec lui.

— Le protéger relève de mon rôle, tout comme il m'incombe d'élucider le meurtre de Stefania Strelli. En attendant que vous l'aidiez à retrouver la mémoire – au plus vite.

Vullierme réfléchit un court instant.

— Je ne vois qu'un moyen. Je ne vous garantis pas le résultat, mais puisqu'il faut tout tenter... (Vullierme leva la main :) J'ai compris, Flamand : *vite*.

24

À SON retour, elle était dans le même fauteuil. La cigarette elle-même semblait ne pas s'être consumée pendant toutes ces heures. Il en vint même à se demander si elle était vivante, si corps et esprit ne s'étaient pas figés dans l'attente. Elle tourna enfin la tête vers lui.

— Tu es là, dit-elle.

Il l'observa. Était-elle réellement en paix ? Pouvait-elle seulement l'être ? Une force insondable l'animait, il en était convaincu, mais qu'elle soit si proche de l'insouciance était inconcevable. Il attendit patiemment qu'elle manifeste un intérêt pour ce qu'il avait à lui dire. À ce jeu-là – le seul, peut-être – il était le plus fort.

Elle finit par se lever. Vint caresser son visage, laissa glisser la main sur le manteau rugueux. Et s'éloigna.

— C'était plus prudent d'emménager ici, dit-il.

— Tu as raison. On s'y sent à l'abri.

— Tu as tort d'en rire.

Elle écrasa la cigarette, indifférente.

— Je pars dans soixante-douze heures, dit-elle.

— Sans passeport ?

— Il est prêt. Tu n'enlèves pas ton manteau ? Tu me fais l'impression d'être en transit.

— Dans ta vie aussi ?

Elle s'approcha de lui tandis que le caban glissait de ses épaules.

— Non, pas dans ma vie.

Elle l'enlaça. Il s'abandonna quelques instants dans ses bras puis se redressa.

— Tu vas devoir repousser ton vol, dit-il.

Elle le dévisagea.

— Pourquoi ?

Elle avait tiré certains rideaux, deux lampes basses éclairaient le salon. Les contours de son visage se dessinaient dans un jeu de lumière et d'ombre. On lui aurait donné bien moins que son âge. Il la trouva jolie, même avec cette perruque blonde qu'elle utilisait le jour et qu'elle n'avait pas retirée.

— Il s'est réveillé, finit-il par répondre.

Elle s'approcha d'une fenêtre. Cet appartement était un bon choix, effectivement. Comme tout ce qui relevait de la logistique et dont il s'occupait. Pour sa part, elle avait en horreur ces contingences, et les contraintes d'organisation la mettaient hors d'elle. 80 m² dans une barre de béton anonyme. Se fondre dans la masse, voilà ce qu'il avait voulu. C'était réussi. Du 18ᵉ étage, elle crut discerner les hauteurs des Buttes. Peut-être le toit de la Fondation. Pour la première fois depuis longtemps, elle eut envie d'y être. Une envie oppressante, irrépressible. Elle abandonna à regret la vision de la ville.

— Comment a-t-il réagi ?

— Pas comme on l'espérait.

— Le deuil est une expérimentation complexe. Il lui faut du temps. Nous devons faire preuve de patience.

Il se pencha vers elle. Elle sentit son souffle sur sa nuque, puis descendre le long de son dos. Ses lèvres l'effleurèrent.

— Je suis patient, dit-il. C'est toi qui ne connais pas le sens de ce mot.

— De toute façon, il fallait tenter. Tout tenter.

Il voulut la tenir par la taille. Elle se dégagea en douceur.

— C'est un échec, dit-il. Il n'a jamais été plus instable qu'aujourd'hui. Tout peut remonter à la surface, à chaque instant.

— Tout comme il peut sombrer, dit-elle.

Elle prit place dans le canapé et ramena à elle ses genoux. Assise, elle ne voyait plus les lueurs de Paris. Avec ce ciel chargé, sombre, sans étoiles, la nuit s'insinuait dans l'appartement et dans son corps. Elle en eut froid. Son regard parcourut la pièce dont le dénuement l'intriguait. Pourquoi fallait-il que les meublés soient toujours sans âme ? Ses yeux se posèrent sur son amant. Un instant, il lui apparut comme un étranger. Elle aperçut son propre reflet dans une vitrine, au fond du séjour, qu'elle ne reconnut pas. Les cheveux, auxquels elle s'était habituée, n'étaient pas plus en cause que l'appartement. C'était une fraction d'elle-même qui s'apprêtait à s'exiler. Elle devait apprendre la désertion de soi. Elle y parviendrait. L'idée de partir pour le Canada – sous la neige, pourtant – l'apaisa curieusement. Elle eut envie d'espace, de distances. Il lui fallait *quitter* – des gens, une ville ; partir pour accepter le changement qui s'opérait dans son esprit. Là-bas, elle était déjà « Carole », on les attendait pour une autre vie. Ils recommenceraient tout. C'était aussi cela qui l'exaltait, autant que la gloire et le confort auxquels ils étaient d'emblée promis.

— Il peut sombrer, reprit-elle, il peut s'enfoncer jusqu'à l'anéantissement de lui-même et nous ne risquerons plus rien, à défaut d'avoir obtenu ce que nous voulions. Nous recommencerons là-bas, voilà tout.

Il joua avec un bibelot en verre qu'il reposa sur le buffet.

— La police ne se contentera pas de l'évidence : le geste meurtrier d'un fou.

— Il *est* fou, dit-elle sur un ton sans appel.

— Pour le savoir, les flics font la tournée des médecins de la Fondation. Tout le monde s'en mêle, je vais avoir du mal à l'en protéger, semble-t-il. Il quitte les soins intensifs pour une chambre en unité.

— S'il est perdu pour nous, il le sera pour eux, ne t'inquiète pas. De toute manière, c'était le bon choix.

— Le seul choix.

Le vent s'était levé. Les fenêtres laissèrent passer aux interstices un souffle gémissant. Elle s'enveloppa dans un châle en cachemire.

— Les jeux sont faits, il faut patienter. Ce sera avec ou sans lui, c'est tout, mais nous sommes près du but.

Il ne répondit pas. Il patienterait, certes. Mais si c'était nécessaire, il ferait en sorte que ce soit *sans* Strelli.

25

UIT ans de cauchemar pour dix malheureuses plaques.
Les gars y étaient venus comme on parle d'une balade
de santé, une sortie en boîte. Le fourgon passait tous
les jours à la même heure, près de Gardanne, un coin tranquille ;
pas d'embrouille. Du blé facile, et il en avait besoin. Ça irait tout
seul. Pas pour le type du fourgon. Embardée, un des gars fauché,
un autre avec une arme. Même pas foutus de se renseigner, et lui,
il les avait suivis. Finalement, il devait être encore plus con qu'eux.

Ça, pour les suivre, il les avait suivis, et jusqu'ici.

Les Baumettes.

Dehors, le soleil, la Calanque proche, les eaux turquoise de
Morgiou, même en hiver. Dedans, les cellules étroites, les barreaux entre le monde et lui. Marseille en couleurs, et sa vie entre
le gris et le noir, dorénavant. Deux ans, déjà, de bouffe en réfec-
toire ultra-surveillé, de gymnastique entre quatre miradors, avec
un ciel grillagé au-dessus de la tête.

Encore six ans, bon dieu. Six ans sans vivre.

Et six ans sans sexe.

Les souvenirs ne suffisaient plus. Il n'avait qu'une envie, c'était
de brûler ces revues de cul qui circulaient sous la chemise pour
quelques clopes et qui finissaient invariablement par lui déchirer
le bas-ventre dans une énième masturbation. Les fantasmes avaient
disparu, restaient les frustrations dévorantes. Et pour en satisfaire
une infime partie, il avait fait comme tous les autres : simuler. Une
gastro imaginaire, une fièvre truquée. Tout ça pour un regard,

une vision volée de l'infirmière, une semi-poubelle qu'il n'aurait jamais pu baiser, même sous la menace d'une arme. Mais une femme, tout de même. C'était déjà ça. Et c'était assez pour qu'il déconne, pendant un moment d'inattention de la fille.

Elle avait hurlé. Faut dire que c'était le troisième du mois qui lui plaquait un sexe dur contre la blouse. Et lui, bêtement, il avait essayé de la faire taire. De la faire s'agenouiller et de la faire taire. Forcément. Mesures de discipline, dix jours au trou, psychiatre et le reste.

Puis il avait entendu parler de la fille, une nouvelle.

Une grande et grosse, qui n'exciterait pas un obsédé sous Viagra, elle non plus. Une fille de la région, pas vraiment psychologue, mais un truc comme ça. Spécialisée dans les cas difficiles, et il en était un. Elle ne parlait pas, elle ne posait pratiquement pas de questions.

Elle touchait.

Fous, dans cette tôle. Faire venir une fille pour toucher les mecs les plus coriaces, c'était de la perversité à l'état pur.

Ses premiers mots, en sortant du trou, furent de demander à la voir. Par curiosité, au moins. La curiosité : un sentiment qu'il n'avait pas éprouvé depuis des mois. De cela, déjà, il lui était reconnaissant. C'était assez rare pour bien se tenir, alors qu'elle était ici, dans cette pièce, une salle d'examen, en face de lui.

Se contrôler pour ne pas lui faire peur, pour ne pas se retrouver avec les vigiles sur le dos en moins de deux, et aussi pour maîtriser le désir, revenu en force, en quelques instants, incoercible. C'est vrai qu'elle était grosse, mais elle avait de beaux yeux, une jolie baleine – merde, il bandait déjà.

– Savez-vous pourquoi vous êtes ici ?

– Demandez au juge. Rien de méchant.

Eva ne répondit pas.

À force de travailler en milieu carcéral, elle les connaissait par cœur. Tous. Elle avait identifié toutes les catégories de patients qu'on lui confiait. Était-il possible que la prison finisse par les façonner tous selon un même moule ? En tout cas, l'approche était souvent similaire, presque caricaturale. Certains optaient pour le mutisme, d'autres pour la provocation et la vulgarité. Un troisième groupe, plus subtil, choisissait l'ambiguïté, les réponses évasives. Ils cherchaient à inverser les positions : elle était testée, ils l'évaluaient. Ce gars en faisait partie, quelques mots suffisaient à le révéler. Elle l'observa : elle reconnut les mouvements de tête, la façon de retrousser la lèvre inférieure, l'impatience dans les jambes, sous la table qui les séparait. Le regard qui tentait de fuir ses seins, en vain. Bien sûr qu'il savait pourquoi il était ici, avec elle. Elle finit par reprendre la parole.

– Nous sommes ici pour vous aider, monsieur Banna. Vous aider à exprimer certaines choses en vous, qui vous font peut-être souffrir, ou qui vous rendent agressif.

L'homme acquiesça.

– Mettons les choses au clair : je ne suis pas psychiatre, et vous n'êtes pas malade. Mais vous éprouvez peut-être le besoin de vous libérer de quelque chose qui vous est pénible. Comment vous dire, comme un nœud très serré dont on ne peut plus se défaire.

Oui, ça, pour ce qui était de se libérer, il avait très envie de se libérer. Il concentra son attention sur les mains de la jeune femme. Elles étaient longues, fines, les ongles étaient vernis avec soin – un rose tirant vers le fuchsia. Il attendit la suite sans un mot.

– Si vous ne voulez ou ne pouvez pas en parler, ce n'est pas grave. Il n'y a pas que les mots pour s'exprimer. On peut aussi parler avec son corps, sa peau. Le contact physique est une façon de communiquer. Parfois, c'est même plus facile : il n'y a plus de barrière, d'intermédiaire entre les deux personnes.

Elle eut envie de sourire. Il y avait quelque chose de cruel à l'égard de ces types dans son discours. Elle se tourna instinctivement vers le mur vitré, derrière lequel elle savait les surveillants présents. À ce stade de l'entretien, elle était consciente d'être à la limite de l'incitation au viol, et sans avoir peur, la proximité des matons la rassura.

– Voulez-vous que nous essayions de communiquer et de vous aider à vous exprimer ainsi ?

– Oui, répondit le détenu.

Le mot était sorti, rocailleux. Il se racla la gorge et se leva. Eva s'approcha du lit sur lequel il s'était assis.

– Enlevez votre chemise et allongez-vous. Ne pensez à rien de particulier. Je vais poser la main sur vous, à différents endroits, et je ne vais pas bouger, au début. Simplement entrer en contact avec vous, sans barrière. C'est comme si le toucher était un nouveau langage, et la température de ma main, sa force, sa vitesse de mouvement et sa texture, des mots. Et vous, vous y répondrez par un ressenti, c'est tout. On y va.

Elle posa la main gauche sur son abdomen. Ce fut comme une décharge électrique qui diffusa dans le buste et rayonna avec plus d'intensité vers les organes génitaux. Sous le tissu du jogging, une protubérance saillait. Il redressa la tête et lui sourit.

— Plus bas, dit-il.

Sans changer de position, la main s'alourdit sur le ventre. Jeff lui saisit alors le poignet et le guida vers son entrejambe. Eva résista.

— Fermez les yeux et ne bougez pas. Laissez-vous faire, dit-elle calmement. Écoutez plutôt ce qui se passe en vous, vos émotions.

— Il se passe que j'ai envie de baiser. Tu m'excites depuis le début et tu le sais, dit-il entre ses dents, alors maintenant, tu le fais.

D'un geste brusque, il plaqua sa main sur le sein d'Eva. Elle la retira d'une poigne ferme et la maintint immobile. Jeff fut stupéfait par la force physique dont elle semblait dotée. Il observa son visage : les traits de la jeune femme restaient impassibles, figés sur un sourire. On frappa à la vitre. Eva tourna la tête et fit un signe. Le bruit cessa. Elle lâcha le poignet du détenu, leva la main droite, et avant même qu'il ait esquissé le moindre mouvement, la plaqua sur son front.

Ce fut fulgurant.

Jeff sentit une rivière brûlante couler et s'infiltrer dans chaque interstice de son crâne, descendre dans le cou et envahir son corps. Eva repoussa la tête de l'homme vers l'arrière, jusqu'à ce que la nuque touche le coussin. Jeff ouvrit la bouche : aucun son n'en sortit. Quand l'air put enfin passer, il inspira profondément. Son cœur s'emballa. La main d'Eva glissa sur les paupières, il ferma les yeux. Lentement, ses épaules retombèrent. La main gauche se trouvait maintenant en regard du sternum. Elle bougea lentement, monta vers une épaule, rejoignit le centre de la poitrine et se déplaça en douceur vers l'autre épaule. Quant elle eut parcouru le torse selon une trajectoire en étoile, elle redescendit vers le nombril où elle s'immobilisa.

Le prisonnier respirait plus calmement. De cette vague de chaleur désordonnée persistait un flux intense mais organisé, un courant qui semblait tout balayer en lui. Jeff ne prit conscience de la détumescence de son pénis qu'à cet instant, comme si la rage en son corps, concentrée en une érection, désertait les lieux.

L'énergie – il n'aurait pas su nommer autrement l'onde interne que ces mains avaient provoquée – lui parut alors se concentrer autour du cœur. Un tourbillon se forma et l'empêcha à nouveau de respirer. Une sensation oppressante naquit derrière les côtes, enfla et monta en même temps que la paume d'Eva. De l'autre, elle exerça une pression supplémentaire sur le front.

Jeff n'entendit qu'un sifflement. Un son aigu qui s'intensifiait pour accompagner le flux ascendant. Ce n'est que lorsque l'énergie le submergea, comme une vague qui déborde, lorsqu'il sentit le ruissellement sur ses tempes et dans la nuque, lorsqu'il reconnut sa propre voix, qu'il comprit qu'il pleurait. Enfin. Au bout de deux ans.

Eva attendit que le corps ne soit plus secoué de sanglots pour retirer les mains. Le détenu ouvrit les yeux et détourna le regard. Elle se pencha vers lui :

– Je crois que nous avons assez discuté, pour aujourd'hui.

26

IL était 17 heures quand elle traversa Sainte-Anne. Elle connaissait le quartier par cœur : elle l'avait sillonné en bus et en voiture pendant cinq ans, une fois par semaine, à la même heure, habitée par la même angoisse.

La première fois, elle avait eu une demi-heure pour trouver le cabinet. L'analyste lui avait expliqué qu'il s'agissait probablement d'un acte manqué, qu'il était trop tard pour qu'il la reçoive, mais qu'il accordait au paiement des honoraires – en espèces – une valeur hautement thérapeutique, dans ce cas plus encore que dans d'autres. Elle avait payé et en était sortie, vaguement soulagée. Elle s'était ensuite allongée toutes ces années sur un canapé inconfortable, souillé de cheveux de toutes sortes, pour tenter de comprendre pourquoi une humiliation physique infligée à l'âge de sept ans par d'autres petites filles avait fait d'elle une femme obèse, aujourd'hui encore, en dépit de tous ses efforts. Elle n'était pas certaine d'avoir compris à vingt-trois ans, mais reconnut le mérite de son thérapeute quand Ganesh, un jeune Indien exilé à Martigues, put caresser son corps sans qu'elle manifeste une répulsion et s'en aille en courant.

Accepter son corps, ou accepter de l'avoir rejeté, de l'avoir enveloppé et d'avoir muselé son identité féminine. Accepter de se maquiller, de se vêtir comme une autre femme, concevoir qu'on puisse être désirée. Eva haussa les sourcils : quinze ans plus tard, sa quête était encore très actuelle, même si en apparence, les choses avaient changé. Penser à Ganesh et à son héritage la rendit heureuse, cependant. Son héritage : l'art du toucher. Ç'avait été une révélation. Le massage ayurvédique, le corps en prolongement de l'esprit, le corps qui parle sans penser, la main qui exprime et qui reçoit. Le contact immédiat, sans barrage. La proximité et la distance, l'approche et le respect. Les mots de Ganesh ne l'avaient pas quittée durant toutes ces années de pratique : « Ne cherche pas la fusion, mais trouve la continuité ». Quand ils s'étaient séparés, elle en avait conservé le principe pour établir un rapport intime avec les gens qu'elle aimait, sans jamais perdre son individualité. Elle avait poussé le principe jusqu'à opérer, toujours, une distanciation à son propre égard : se regarder tel un être détaché d'elle-même, et trouver la paix dans cette séparation artificielle, à défaut d'accepter cet autre.

Mais depuis un an, elle avait perdu pied. Depuis qu'il était entré dans sa vie.

Par effraction : il avait vu le même individu qu'elle dans le miroir, l'avait aimé, puis possédé avant même qu'elle réalise qu'il s'agissait de sa propre personne et qu'il avait mis ainsi fin à la division, de force. Vaguement convaincue, elle traversa le miroir et toléra à nouveau la présence de ce corps patiemment détaché, renouant avec cette enveloppe qu'elle avait remisée. Il avait posé la main sur son corps, et le corps et l'esprit d'Eva avaient cessé de faire chambre à part. Aujourd'hui, la relation la précipitait toujours dans une fusion trop brutale ; elle était terrifiée et impuissante en même temps.

Elle mit plus d'une demi-heure pour rejoindre le musée d'Art moderne. Elle contourna la sculpture de César, tel un rituel qu'elle aimait suivre, convaincue que l'optimisme contenu dans le geste – un pouce dressé – influencerait sa soirée. Le boulevard Michelet se remplissait déjà des supporters de l'OM qui investissaient le Vélo. Elle accéléra dangereusement sur le Prado, traversa Castellane bien au-delà des limites de vitesse autorisées et emprunta la voie de bus sur la rue de Rome. Les nuages défilaient, avalés par le mistral d'automne, et jouaient avec la lumière sur la ville. Eva disparut sur une perpendiculaire dans un concert de klaxons et déboucha rue Marengo.

Il lui restait dix minutes : c'est ce qu'elle calcula lorsque la voiture s'engagea dans la pente du parking de la résidence.

Elle courut vers les ascenseurs. Elle appuya sur le bouton avec nervosité. Elle passerait chercher le courrier plus tard.

Elle claqua la porte de l'appartement, jeta son sac sur une console et se précipita dans sa chambre. Au lieu de sortir sur la terrasse et de rêver au-dessus des toits brique de sa ville, de fouiller l'horizon des collines, de scruter l'ouverture du Vieux Port sur la Méditerranée, comme elle le faisait chaque soir dans la lumière déclinante, elle enleva ses vêtements à la hâte et s'accorda deux minutes sous une douche presque froide.

Enveloppée dans un drap de bain, elle s'approcha du miroir mural. Elle jugea son teint terne, appliqua une couche épaisse de fond de teint et suspendit deux créoles dorées à ses oreilles. Elle disciplina les boucles auburn et traça un large trait de khôl au bord de ses paupières. « C'est moi, se dit-elle, plus une autre. » Elle eut envie de se trouver jolie, d'estimer que le bleu-vert de ses yeux ressortait bien avec le rimmel et le fard rose.

Elle eut encore le temps d'espérer qu'il serait de son avis quand elle sentit le contact humide de ses lèvres et la main dénouer la serviette.

27

LIONEL Vullierme avait eu toutes les peines du monde à se concentrer lors des trois derniers entretiens de sa consultation. Il avait clos le dernier prématurément, le regard rivé sur l'heure.

Quand le patient fut sorti, les mots du jeune commissaire lui vinrent à l'esprit. Si Strelli avait encore une chance de révéler le nom du meurtrier, il fallait faire vite, en effet. Surtout s'il était réellement en danger de mort. Mais de quel danger parlait-on ? Lui, Vullierme, connaissait la fragilité psychologique de son patient. S'il était exposé à un quelconque danger, c'était probablement de perdre l'équilibre mental précaire qui était le sien.

À cette heure-ci, Strelli avait probablement quitté les soins intensifs. Le psychiatre prit encore quelques instants pour ranger les dossiers des derniers patients et se décida à décrocher le téléphone. La carte de visite était encore sous ses yeux. À la main, on y avait inscrit un numéro de téléphone portable.

– Commissaire Flamand ?

– Oui.

– Vullierme. Rejoignez-moi. Rejoignez-nous, Laurent Strelli et moi.

– Maintenant ?

Le médecin eut un mouvement d'impatience.

– Je croyais que le temps nous était compté.

– J'arrive.

– Vous avez déserté les Soins intensifs ?

Stéphane Mathis se releva. La voix grave du Dr Vullierme l'avait coupé dans son effort.

– Il n'y a plus de glucosé en 1 litre, ici, et il m'en restait, répondit l'infirmier, les bras chargés de flacons.

– Les patients sont seuls, pendant que vous livrez vos bouteilles ?

– Non. L'élève-infirmière est restée là-bas. Elle sait où me trouver.

Vullierme ne répondit pas. Leurs échanges, en général limités, tournaient toujours au vinaigre. Leur antipathie mutuelle s'était manifestée dès les premiers jours. Avant, déjà, le psychiatre avait perçu l'incompatibilité d'humeur et s'était même opposé à l'embauche de ce type secret et solitaire.

– Il a six ans d'expérience en HP, avait rétorqué l'infirmière-chef. Les autres tiennent deux ans, en général.

– S'il a tenu six ans parmi les dingues, ça ne me rassure pas.

– J'ai contacté le responsable du personnel et le surveillant de psy à Strasbourg, dit-elle. Irréprochable tout au long de son parcours professionnel. En plus, il est grand et bien charpenté...

– Et alors ? Tu veux le faire poser pour le calendrier de la Fondation ?

La surveillante leva les yeux aux ciel.

– Lionel, ce n'est pas toi qui soulèves un hystérique de 90 kilos qui décide de simuler la mort.

Vullierme avait cédé. Stéphane tournait sur les trois unités – c'était son souhait et même une exigence afin de rompre la monotonie d'un même service. Le médecin n'y avait vu que la manifestation d'une personnalité insondable et fuyante.

Vullierme s'approcha du planning mural et déchiffra les noms des personnes hospitalisées.

– Chambre 22, dit l'infirmier.

Les deux hommes se firent face. Insondable, mais clairvoyant à l'égard des autres. Il pouvait décoder le moindre geste, la moindre intention chez son interlocuteur.

– J'ai préféré ne pas confier le transfert de Strelli à l'élève, dit Stéphane. On a déjà eu assez de surprises comme ça.

Le commentaire était déconcertant. Vullierme eut presque

envie d'en rire. Il n'y avait que ce type pour délivrer systématiquement une information sur le ton à peine voilé du reproche. Dans
ce cas précis, le principe semblait pour le moins inapproprié.

— Vous avez bien fait, répondit Vullierme. La dernière fois qu'il
a quitté sa chambre sans préavis, c'était cet après-midi, aux Soins
intensifs, sous *votre* surveillance.

Stéphane saisit un sac de voyage sans relever les propos du
médecin.

— Ce sont ses affaires. Je vous accompagne.

Stéphane entra le premier dans la chambre. Les rideaux partiellement tirés la plongeaient dans l'obscurité. À la lueur lointaine
d'un lampadaire, l'ombre du fauteuil se découpait sur le mur.

Un déclic retentit et la lumière, blanche, tomba du bandeau
lumineux fixé au-dessus de la tête de lit. Sur le crâne de Laurent
Strelli, luisant sous le néon, tous les reliefs apparurent.

Vullierme s'approcha du lit. Les yeux mi-clos de Laurent semblaient fixer le vide. L'ombre des pommettes allongeait son visage.
Assis dans ce lit, les épaules tombantes, livide, il semblait se fondre
avec le drap. Il pressa sur le bouton et le néon s'éteignit. Le médecin réagit le premier.

— Monsieur Strelli, qu'est-ce que vous faites ? Donnez-moi ça.

Strelli appuya une troisième fois sur la télécommande, indifférent, comme si son geste avait répondu à un automatisme, une
loi intérieure totalement indépendante de ce qui l'entourait. Le
bandeau illumina à nouveau la pièce.

Pour la première fois, Vullierme discerna une expression désemparée sur le visage de l'infirmier. Il fit jouer l'interrupteur mural
et alluma le plafonnier. Il s'approcha ensuite du patient et posa la
main sur son bras inerte.

— Monsieur Strelli ? Répondez-moi.

Le psychiatre retira la commande manuelle du bandeau lumineux d'entre ses doigts. Laurent tourna la tête.

— Éteignez la lumière, dit-il. La lumière de cette pièce m'appartient.

Vullierme hésita.

— C'est mon art, ajouta Strelli.

Stéphane éteignit le plafonnier. Sous sa main, Vullierme sentit les muscles se relâcher. Il connaissait son patient : c'était peut-être le premier signe d'un échappement. Dans peu de temps, Strelli pourrait refuser l'accès à son univers. Il n'y avait plus de temps à perdre.

Le psychiatre se tourna vers l'infirmier.

– Laissez-nous.

28

IL avait contourné le lit et s'était assis dans le fauteuil, face à Strelli. Ses yeux s'étaient habitués à la pénombre : il distinguait nettement les traits de son patient.

– Monsieur Strelli, essayez de me dire ce que vous ressentez depuis votre réveil.

Laurent ne répondit pas, réfugié dans l'enveloppe placide qu'était son corps. Vullierme patienta avant de reprendre :

– Vous avez rencontré un jeune homme, cet après-midi, un policier. Vous lui avez raconté ce que vous avez vu hier soir. Pouvez-vous...

– Non.

Ce fut comme un cri, qui rompit le calme apparent.

– Aujourd'hui, encore, dit-il.

– Oui, aujourd'hui. Dites.

Laurent passa la main sur son crâne, comme s'il chassait une douleur.

– Des images, elles me reviennent de façon incessante.

– Des flashes ? Comme ceux dont vous vous plaigniez après chaque séance ?

Laurent acquiesça.

– Mais différentes. Ma maison. Le feu. Des visages (pause). Ceux de ma femme et de ma fille.

Vullierme garda le silence. L'élan qui animait son patient était trop rare pour risquer de le briser. Laurent tourna brutalement la tête de l'autre côté, tel un refus, un point à la fin d'une phrase.

Un point final. Il posa la tête sur l'oreiller. Le psychiatre se raccro-cha aux derniers mots.

– Oui, des visages... De quoi vous souvenez-vous ?

La question fut vaine. Cette fois, l'artiste se recroquevillait volontairement. Le refus était manifeste, et Vullierme ne sut s'il concernait les faits, les images ou le thérapeute. Mais il était peut-être encore temps.

– Monsieur Strelli, je vais avoir besoin de vous quelques ins-tants encore. Si vous acceptez de coopérer, vous serez libéré d'un poids important, et d'une part de votre souffrance.

Vullierme s'approcha de la table de nuit et saisit le boîtier de commande. Il appuya sur un bouton et la tête du lit bascula jus-qu'à l'horizontale. Laurent ressemblait à un gisant dans une lueur crépusculaire. Au-dessus de lui, l'ombre du psychiatre s'étendit.

– Maintenant, il va falloir m'écouter attentivement. Sans vous, sans votre accord, nous n'y arriverons pas. Voulez-vous essayer ?

Au même instant, la porte s'ouvrit et Erick Flamand pénétra dans la chambre.

29

LORSQU'IL assista à sa première séance d'hypnose, Vullierme avait vingt-trois ans.

Sa réaction avait été de remettre en cause le bien-fondé de son choix professionnel. Dix ans passés en faculté de médecine et la perspective de quatre années supplémentaires pour jouer les gourous africains devant un patient en transe, c'était un constat plutôt décourageant. Les mots qui dominaient le discours du praticien l'avaient marqué : « transe magnétique », et surtout « suggestion ». L'usage de la suggestion lui apparaissait comme une manipulation artificielle, fugace et souvent inefficace. Suggérer à un grand brûlé une sensation de fraîcheur pouvait certes le soulager, mais Vullierme accordait peu de crédit à ce même procédé en psychothérapie. Son impression s'était vite confirmée : avec certains patients, il semblait illusoire de combattre par la suggestion une résistance psychologique.

Pendant des années, Vullierme avait fait l'impasse sur l'hypnose, jusqu'au jour où lui-même y avait eu recours, en bout de course, pour lutter contre une phobie dévorante : le moindre insecte lui faisait perdre ses moyens.

Cette nouvelle approche, plus forcée que volontaire, fut une révélation.

L'hypnose moderne lui fut expliquée, cette fois, comme une thérapie qui n'induisait le changement qu'en encourageant la reprise de confiance et le retour à l'initiative. Le praticien lui avait alors parlé de « lâcher prise » :

– Vous devez sentir que vous vous libérez des contraintes, qu'elles soient intérieures ou extérieures.

Vullierme était sceptique.

– Je suis incapable d'entrer dans cet état intermédiaire, ce sommeil conscient ; c'est impossible.

L'hypnothérapeute s'était mis à rire.

– Mais vous le faites tous les jours, régulièrement et sans le savoir, lorsque, par exemple, vous êtes absorbé dans la lecture d'un livre qui vous passionne, ou plongé dans un feuilleton... N'avez-vous jamais eu le sentiment, sur l'autoroute, de conduire de façon « automatique » ? Vous n'êtes pas le seul à ignorer cela. Qui n'a pas grondé son enfant rivé devant la télé qui ne vous répond pas quand vous l'appelez quatre fois pour dîner... Il n'est pas mal élevé, Vullierme, il est en « transe hypnotique », comme vous sur l'autoroute ou dans votre lecture. En somme, c'est un phénomène normal et spontané. Laissez-vous faire, et vous lâcherez prise, je vous le répète.

On le fit alors plonger dans ce curieux état, intermédiaire entre le sommeil et la veille, proche de la rêverie, durant lequel il restait capable de communiquer avec l'extérieur. Et, tel un miracle, il s'était détaché des contrôles et déconnecté de la réalité environnante. Il s'était libéré d'un carcan pour réaménager son état psychique. Et débarrassé de sa phobie.

C'est à cette période que Vullierme commença à s'intéresser au sommeil, puis à se passionner pour le sujet et finalement décider d'y consacrer sa carrière. À ses yeux, si l'hypnose était ce « sommeil lucide », il devenait capital d'en explorer le prolongement. Le sommeil devenait cette phase inaccessible par la conscience, certes, mais forcément plus engagée dans la voie de la libération psychique : l'absence de cadre de référence, un décloisonnement mental, la promesse en matière de psychothérapie.

Anéantir les résistances psychologiques et déplacer les barrières mentales grâce à l'hypnose : telle était l'ultime solution en laquelle il croyait pour désincarcérer la mémoire de Strelli. Son patient avait subi un choc considérable. Si l'oubli était bien une forme de protection, une résistance au traumatisme, l'hypnose pourrait peut-être l'aider à lever le voile. Encore fallait-il le convaincre. L'hypnose contemporaine ne pouvait fonctionner qu'avec l'accord profond du patient : ce n'est qu'ainsi, en acceptant de passer les rênes au psychothérapeute, que le détachement de Strelli vis-à-vis de ses contrôles et ses résistances pourrait s'effectuer.

– Monsieur Strelli, vous m'entendez, n'est-ce pas ?

– Oui.

La réponse était étrangement franche. Erick, immobile dans un angle de la chambre, l'observait.

– Avant de poursuivre, reprit le psychiatre, je voudrais que vous exprimiez vos désirs, ce que vous attendez de cette séance.

– Je veux...

– Vous avez tout votre temps. Il n'y a plus de contrainte.

– Je veux revoir ma femme et ma fille, dit Laurent d'une voix posée.

– Concentrez-vous. Vous êtes dans un endroit que vous connaissez. Vous êtes libre de parler, de chercher en vous, et de *décider* ce que vous allez chercher. Vous allez pouvoir vous libérer. Dites-moi ce que vous voyez, ce que vous ressentez.

– Votre voix est différente, répondit l'artiste. Le temps s'écoule lentement. Mon corps est très grand, et j'ai froid.

– Bien. Vous sentez-vous libre ?

Laurent hésita.

– Oui.

Vullierme marqua une pause. Lui-même devait faire l'effort de maîtriser sa voix, son rythme. La sérénité de Strelli en dépendait.

– Pouvez-vous me parler de la nuit précédente, monsieur Strelli ?

Erick s'approcha. Il ne reconnaissait pas l'homme introverti qu'il avait interrogé quelques heures plus tôt : la métamorphose était stupéfiante. Son bras heurta une chaise par inadvertance. Il retint son souffle. Vullierme l'interrogea du regard. Laurent semblait ne pas avoir entendu le bruit.

– J'ai quitté l'hôpital. J'ai couru vers ma maison, pour rejoindre ma femme et ma fille (pause). La maison était en feu.

– Vous ne risquez plus rien, précisa Vullierme. Continuez.

– La maison brûlait. Et...et...

Strelli s'agita. Sa respiration s'emballa.

– Restez calme. Dites-moi ce que vous avez vu.

– Celui qui les a tuées.

— Le voyez-vous, maintenant ? Voyez-vous son visage ? Qui est-ce, monsieur Strelli ?

— Non ! Non !

— Si le visage de cet homme ne vous apparaît pas, restez concentré et attendez qu'il vous revienne. Laissez-le revenir. Ne bloquez rien, ne mettez pas de barrière entre lui et vous.

Le corps de Strelli, tendu sur le lit, s'était contracté comme du bois. Erick chercha le regard du médecin. Il y lut l'incertitude.

Au même instant, la porte s'ouvrit.

— Docteur Vullierme...

Le psychiatre leva la main pour imposer le silence.

— Docteur, insista Stéphane, on est en pleine crise chambre 12. Il faudrait que vous veniez.

Le médecin le fusilla du regard. Stéphane ne bougea pas.

Vullierme tourna la tête et soupira. Derrière lui, Laurent Strelli s'était redressé. Il était assis, les yeux ouverts, et s'échappait déjà par la fenêtre. L'hypnose et ses espoirs étaient tout aussi loin, déjà.

Vullierme accompagna Erick jusqu'à l'entrée du service.

— De toute manière, Strelli était en position de refus. C'était *physiquement* évident. Des resistances intérieures trop fortes, peut-être. Désolé : j'aurais aimé vous aider. Et l'aider, aussi. Pour Stefania.

Erick eut un dernier regard vers la chambre 22.

— J'irai lui parler à nouveau. J'ai l'impression qu'il me fait confiance. Peut-être l'hypnose aura-t-elle débloqué quelque chose.

— J'en doute. Ça n'a rien à voir avec vous, quel que soit le contact que vous saurez établir. Ce dont Strelli a cruellement manqué, c'est plutôt d'une forme de confiance en *lui* qui aurait permis de libérer ses souvenirs de leur prison psychologique.

Vullierme se voûta, comme si la déception s'exprimait sous la forme d'une lassitude.

— C'était à moi de l'y conduire, mais il s'y est opposé. C'est un échec, commissaire. J'ai fait ce que j'ai pu, et je ne vois rien d'autre que poursuivre patiemment sa psychothérapie.

— Non, il y a une dernière carte à jouer, dit Erick. Elle est dans mon camp, cette fois.

30

LUI sur elle. Presque immédiatement. Il n'aimait pas les préliminaires, elle l'avait compris et accepté. Il voulait aussi peser sur elle. Comme il pesait sur sa vie, ses décisions : le sexe devait en être le prolongement.

Karim se redressa sur les avant-bras pour saisir les seins, les pétrir pendant qu'il allait et venait en elle. Il enfouit son visage dans les plis du cou. Sa respiration, haletante, résonna dans l'oreille d'Eva. Elle tourna la tête. À chaque mouvement, elle sentait ses chairs trembler. Elle ferma les yeux, joignit les mains sur la nuque de son amant. Elle voulut gémir, pour que tout aille plus vite, parce qu'elle savait que ses gémissements l'excitaient. Gémir, aussi, pour croire qu'elle aimait qu'il lui fasse l'amour, pour se persuader que le corps anguleux de Karim et le sien, obèse, étaient faits pour s'entendre. En réalité, elle avait surtout envie de crier pour que ça s'arrête. À la place de cela, elle se tut. Les mouvements de Karim furent plus rapides, plus courts. Il écrasa la poitrine, pinça les mamelons, les mordit. Elle eut mal et sut en même temps que c'était bientôt fini. Quand il se cambra, elle l'observa : la bouche ouverte, les yeux dans le vide, les poils clairsemés sur un torse peu musclé. Il retomba lourdement.

Elle sourit, il ne la voyait pas. Elle s'en voulut d'estimer que son calvaire était terminé. Un calvaire... Une corvée, tout au plus. Elle n'en souffrait pas, même si elle s'en serait passée. Pas lui. Et puis, au fond, c'était un peu sa faute, il le lui avait dit, un jour : si elle n'était pas un peu frigide sur les bords, si elle y mettait un peu plus de cœur et d'entrain, tout le monde y trouverait son compte. Pour elle, les comptes étaient clairs. Transparents.

Il releva la tête.

– Tu as aimé ? Tu ne me dis même pas que tu es contente.

Elle passa la main dans ses cheveux courts : il avait transpiré. Lui, au moins, avait mis du cœur à l'ouvrage.

– Bien sûr que je suis contente.

Il se retira et sortit de la chambre. Elle entendit l'eau couler dans le lavabo. Puis le bruit d'un briquet qu'on allume. Elle tira à elle le drap et s'en enveloppa pour se rendre à la salle de bains.

Elle fit une toilette rapide, se coiffa et enfila une robe trop légère pour la saison qui lui moulait les hanches. Elle releva la tête et alla le rejoindre.

Il était encore nu, allongé sur le canapé. La cendre de sa cigarette était tombée sur le carrelage.

Sur la table, près de la fenêtre, le couvert était mis. Elle alluma les bougies, il ne fit aucune remarque. Elle se dirigea vers la cuisine sans empressement, en espérant deviner le sens du regard qu'il posait sur elle.

Ses mules à talons aiguilles la faisaient souffrir. Elle ignora la douleur et sortit du réfrigérateur les salades qu'elle avait préparées. Elle disposa des tranches de viande froide sur un plat, fit chauffer les légumes à l'orientale ; elle avait horreur des plats épicés, et avait suivi scrupuleusement la recette algérienne. Elle ferma le four à micro-ondes avec une grimace.

Karim était toujours dans le séjour. Elle se décida à poser la question qui lui brûlait les lèvres :

– On a le temps de se voir, ce week-end ?

Elle avait usé du ton le plus léger qui soit. Elle attendit en vain une réponse, et finit par chercher une bouteille dans le cellier. Il était musulman pratiquant, mais quand il était avec elle – en tête à tête – il buvait du vin.

Jamais dans sa famille. Jamais avec sa femme et ses enfants.

Elle était en train de déboucher un bandol frais quand Karim apparut dans l'encadrement de la porte. Il était habillé, son manteau à la main.

– Il faut que je parte.

Elle sourit et reposa la bouteille.

– Tant pis, dit-elle en haussant les épaules. Je me sers quand même un verre, si tu n'y vois pas d'inconvénient.

Il s'approcha pour l'embrasser, elle porta le verre à ses lèvres.

– Eva, ne commence pas.

Il avait prononcé ces mots avec lassitude. Il avait raison, pourquoi recommencer ? La question adéquate était : pourquoi continuer ? C'était un homme attaché aux valeurs, qui aimait boire du vin avec la femme plantureuse qu'il baisait, et qui rentrerait toujours chez la femme – la vraie, la mère de ses gosses – qu'il ne quitterait jamais. Un principe simple, dont le caractère définitif se lisait dans l'honnête « Eva, ne commence pas ».

Elle se tourna vers la fenêtre : en faisant la vaisselle, tout à l'heure, elle verrait les lumières du Vieux Port. Cette perspective l'apaisa quand elle entendit la porte claquer.

Debout, devant le miroir, elle fit glisser sa robe vers le sol. Immobile quelques secondes, elle referma la porte de l'armoire sur son reflet. Elle s'allongea sans se couvrir. Des frissons parcoururent son corps, elle n'y prêta pas attention.

Le téléphone se mit à sonner. Elle songea à Karim et tourna la tête : le numéro qui s'affichait sur le boîtier, près d'elle, commençait par 01. Un numéro parisien.

Les sonneries retentirent dans le vide.

Les yeux grands ouverts, elle fixait un point du ciel, loin du téléphone, de la vie bruyante de Marseille un jeudi soir, et du reste du monde.

31

ERICK s'éveilla en sueur. Il mit quelques instants à réaliser qu'il se trouvait dans sa chambre, à moitié découvert sur son lit. Des images l'assaillirent : un lit d'hôpital, Vullierme en blouse prononçant des mots inaudibles, son propre visage sur le coussin. Le psychiatre s'évertuait à dévoiler la cause de son insomnie au cours d'une séance d'hypnose. Erick s'assit et se moqua de lui-même : la veille encore, il se targuait de ne jamais rêver... Les explications de Françoise Meer lui vinrent à l'esprit. L'érection qui tendait son caleçon lui confirma qu'il s'était réveillé pendant la cinquième phase d'un cycle de sommeil ; en plein rêve, en plein sommeil paradoxal. C'était la raison pour laquelle il avait conservé un souvenir de son rêve.

Il se leva. Dehors, la brume épaississait la nuit, telle une gangue autour des arbres, des voitures immobiles, des lampadaires. Il éprouva le besoin d'ouvrir la porte de la chambre de ses parents. Il traversa ensuite le bureau de son père et contempla la bibliothèque un long moment avant d'y choisir un livre.

David Leavitt avait écrit *Le langage perdu des grues* en 1986, à l'époque où l'homosexualité se résumait à une pratique à risque, les homosexuels à une espèce en voie de disparition, décimée par un virus. Erick plongea dans cette lecture sobre, poignante, d'un fils et d'un père en miroir, un fils homo qui guette le regard de ses parents sur sa vie, et un père qui se retourne sur la sienne, faite du déni de soi, du refus et de la frustration. Il reposa le livre après un long moment, et songea à ses propres parents. Jamais ils n'avaient posé de question à leur fils unique qui ne quittait pas le domicile familial à vingt-trois ans, diplôme en poche, et dont ils ne connaissaient pas la vie sentimentale. Aurait-il lui aussi fait preuve de pudeur à l'égard de ses propres mœurs ? Se serait-il caché un choix implicite ? S'il ne recherchait pas la compagnie d'une femme, il ne l'avait jamais fuie. Il avait déjà couché avec des filles, il n'en avait aimé aucune. Jamais assez pour éprouver cette *nécessité* de partage, d'intimité. Aucun lien affectif, du reste, ne lui semblait absolument nécessaire. Le seul désir clairement exprimé fut celui de ses parents, au fond : connaître les joies d'être grands-parents. Ils étaient morts et Erick était incapable de dire s'ils avaient été, au bout du compte, des parents heureux avant toute chose.

Lorsqu'il quitta sa lecture, il était presque 7 heures du matin. Le voyant lumineux du répondeur attira son attention : c'était un message de Laura, daté d'hier soir. Pas rancunière, elle lui laissait l'adresse du restaurant japonais, à tester avec ou sans elle. Il sourit, s'imagina dans son lit monoplace avec elle, caressant sa peau sombre, et chassa cette image comme on rit d'une plaisanterie. Il n'y avait pas d'autre message. Il consulta la messagerie de son téléphone portable. Pas de réponse à ses appels répétés en fin de soirée. Il ne changerait pas pour autant le programme de la journée. Marina avait harcelé les autorités militaires et ses efforts avaient payé : elle avait obtenu une place en milieu de matinée – l'avion décollait du Bourget à 10 h 30. À Marignane, un hélicoptère l'attendrait.

Ça lui laissait à peine le temps de tenter une dernière fois une incursion « traditionnelle » dans le monde trouble de Strelli. S'il échouait, son atout marseillais serait le dernier. Et cette fois, personne n'aurait droit à l'erreur.

32

ERICK referma la porte derrière lui. Il était entré dans la chambre 22 sans attendre la réponse qui, de toute façon, ne viendrait pas.

Laurent Strelli était assis. Le fauteuil était tourné vers la fenêtre et la vue qu'elle offrait sur le parc. Le profil – un nez légèrement busqué, un menton prononcé – se découpait dans la lumière du matin. Erick s'approcha. Strelli s'éveilla en sursaut et détourna le regard.

– Il est tôt, excusez-moi.

Il crut reconnaître un sourire et le considéra comme une invite.

– Vous souvenez-vous de moi ? Je m'appelle Erick Flamand.

– Oui. Vous êtes policier.

Erick s'assit au bord du lit. Dehors, un voile fin protégeait le ciel, les oiseaux ne craignaient pas les hôpitaux psychiatriques. Erick aimait les matins pâles, la végétation éteinte, le froid derrière la vitre. Strelli semblait être un contemplatif, il l'enviait.

– J'aimerais vous poser quelques questions.

Laurent tourna la tête, à la recherche d'un point invisible, à l'autre bout de la pièce.

– Encore ?

– Oui, encore. Peut-être qu'après la séance d'hypnose d'hier, d'autres bribes de cette nuit vous sont revenues.

Les mains se raidirent sur l'accoudoir. Strelli se refermait comme on plie un tissu.

– J'ai tout dit.

– Faites un effort. Il le faut. Il faut me parler, si quelque chose a resurgi.

Laurent releva la tête.

– Je voudrais rentrer.

– Où ?

Son regard courut sur les rares meubles de la chambre, avant de se poser sur le policier. Il y avait une part d'enfance dans ce regard. Strelli ressemblait à un gosse perdu, cherchant un parent dans une foule. Était-ce le rôle que Stefania Strelli avait dû tenir ? Avait-elle épousé sciemment un gamin égaré ? Il observa Laurent : son visage dégageait maintenant de l'agressivité. Au fond, Stefania Strelli elle-même n'avait peut-être pas su quel être changeant elle avait épousé.

– Je veux rentrer chez moi. Villa de la Renaissance, dans le 19e arrondissement, dit-il mécaniquement, presque en aparté.

Erick mit quelques secondes à mesurer l'incohérence du propos.

– Votre maison a été détruite par l'incendie, vous ne pouvez pas y retourner, pas maintenant, en tout cas.

Strelli semblait guetter une autre réponse, incrédule. Erick se leva.

– Monsieur Strelli, il y a quarante-huit heures, votre maison a brûlé. C'est là qu'on vous a trouvé, dit-il, troublé.

Laurent fixa son regard sur un pied du lit, passa la main sur son crâne, compulsivement. Erick sentit sa patience fondre et fit un effort pour se contenir.

– Vous m'avez raconté ce qui s'était passé. Vous êtes parti de la Fondation et vous avez couru jusque chez vous.

Le patient se tut, comme si le policier lui contait une histoire dont il ne connaissait rien. Erick insista, volontairement agressif.

– Votre femme et votre fille sont mortes. Et vous avez vu le visage du meurtrier. C'est ce que vous m'avez dit, hier.

Strelli se prit la tête entre les mains.

– Oui. Je l'ai vu.

– Et vous ne vous souvenez pas de l'incendie ?

L'artiste secoua la tête, désespéré.

– Non.

– Vous vous foutez de moi, bon sang !

La porte s'ouvrit à la volée.

– Ça suffit.

Erick se ressaisit. Vullierme s'approcha de son patient, recroquevillé dans le fauteuil.

– Allons dans mon bureau.

33

— CE type se fout de nous.

— Il est malade.

La réponse de Vullierme sonna comme un verdict — sans appel. Erick s'emporta.

— Il décrit la mort de sa gosse alors qu'il n'y a pas assisté, mais ne se souvient plus de l'incendie, maintenant. Quel est votre diagnostic, docteur ? Comédien, manipulateur, ou cinglé ?

— Rien de tout ça. Choc psychologique avec mécanisme de défense. Calmez-vous.

— Et il faut aussi accepter qu'il se soit réveillé comme ça, en pleine nuit, tel un prophète qui devine la mort des siens ?

Le psychiatre l'observait d'un œil clinique. Ses mots, posés, coulèrent comme une eau glacée.

— Ce n'est pas la première fois que la disparition de sa famille l'arrache au sommeil. L'angoisse de mort fait partie de sa personnalité, vous n'y pouvez rien. Mais cette fois, le cauchemar s'est confondu avec la réalité. C'est votre boulot d'élucider cette réalité, pas de mettre en doute le profil psychiatrique de Laurent Strelli.

— La médecine est peut-être une science à géométrie variable, mais pas mon enquête. Je considère, moi, que les déclarations de mon prétendu témoin changent d'un jour à l'autre. Si vous avez une explication psychiatrique à me fournir, je suis prêt à l'entendre.

Vullierme joua un instant avec un stylo, intrigué.

— Pourquoi mentirait-il ? Il n'est pas coupable du meurtre, vous m'en avez donné la preuve hier.

– Je ne sais pas, concéda Erick. Il peut être complice du meurtre sans l'avoir perpétré. Pour l'instant, je suis prêt à le considérer comme simple témoin. C'est la raison pour laquelle je ne vous demande pas de diagnostiquer le mensonge, mais de me dire si ce témoin est fiable, c'est tout.

– Rien n'est moins fiable qu'un homme sans repères. Ça vous étonne ?

Ce n'était plus l'heure des belles formules. Erick voulut répondre, mais le médecin ne lui en laissa pas le temps.

– Les gens les mieux structurés sont anéantis par la disparition naturelle d'un proche. Et vous, vous voudriez qu'un type profondément névrosé, introverti et sujet aux angoisses les plus morbides découvre sa famille tuée et brûlée, et qu'il vous en parle par le détail ? Vous avez de la chance : visiblement, vous n'avez jamais été confronté à la mort en dehors de votre boulot.

Erick ne répondit pas. Il n'avait rien d'autre à partager avec ce médecin que les éléments d'une enquête.

– Le deuil et la résignation passent par autant de réactions qu'il existe de personnalités, conclut Vullierme. Et ces réactions sont d'autant plus étranges que les personnalités sont perturbées.

Erick se pencha sur le bureau.

– Je suis prêt à tout croire, à tout accepter. Mais j'ai quand même besoin de savoir si je peux m'en remettre à des souvenirs qui disparaissent du jour au lendemain.

– Vous voulez certainement parler de pertes de mémoire à l'emporte-pièce, monsieur Flamand. Je vous félicite, c'est précisément le diagnostic que l'on est en droit de poser.

Erick reconnut la voix de Françoise Meer, qui venait d'entrer.

Elle sourit et lui tendit la main.

– Nous nous sommes croisés, ce matin, dit-elle : vous quittiez la chambre de M. Strelli lorsque je m'y rendais à la demande de mon confrère.

Elle prit place dans un fauteuil sans quitter le policier des yeux.

– J'ai attribué l'échec de l'hypnose à la résistance du patient, précisa Vullierme. Ce n'est qu'après que j'ai envisagé de réels troubles de la mémoire. Je voulais en avoir le cœur net.

– Aussi ai-je testé la mémoire de ce patient, reprit la dame. J'en sors perplexe, je l'avoue...

Erick s'assit en face d'elle, attentif.

– C'est tout ?

– J'aimais déjà votre impatience, hier, dit-elle avec bienveil-lance. La curiosité est forcément un atout dans votre métier.

Elle se tourna vers son confrère.

– Laurent Strelli souffre manifestement de troubles mnésiques, mais étrangement, la perte de mémoire n'est pas organisée.

– Madame Meer, je ne suis pas médecin, dit Erick.

Elle se reprit.

– Il existe des types d'amnésie bien définis, commissaire. Cer-taines ne vont toucher que les faits anciens, d'autres les faits récents. Certains patients vont cantonner leur amnésie à un sujet bien précis, et gommer de leur mémoire tout ce qui s'y rapporte. Enfin, certaines amnésies vont concerner tout ce qui s'est produit avant un accident, par exemple : c'est l'amnésie rétrograde, par opposition à celle, antérograde, qui va porter sur tout ce qui suit l'accident. Ça donne lieu à des situations cocasses, et parfois terri-bles : le patient oublie l'identité du médecin et le salue à chaque rencontre comme s'il s'agissait de la première. La vie devient une stratégie permanente, faite de notes dans un carnet et de questions incessantes.

– Françoise, j'ai déjà expliqué au commissaire les dégâts qu'un traumatisme peut provoquer, et les mécanismes de défense qu'un individu peut mettre en place.

– Strelli ne souffre pas d'amnésie antérograde : il m'a parfaite-ment reconnu.

– La situation de M. Strelli est étrange, justement, dit le psy-chiatre : les troubles de mémoire dont il souffre ne respectent aucune règle, qu'elle soit d'ordre chronologique ou événementiel. Son amnésie peut toucher des faits anciens comme très proches, un thème ou un autre. C'est ce que j'appelais la perte de mémoire à l'emporte-pièce, monsieur Flamand : les souvenirs s'effacent de façon aléatoire.

– S'effacent ou se cachent, rectifia son confrère.

– Ce qui m'intrigue, c'est que les troubles de la mémoire ne sont pas isolés, reprit Françoise Meer. Le patient souffre aussi de troubles de la concentration. Les ruptures de contact sont fréquentes, troublantes... Elles ont compliqué le déroulement des tests.

Le discours de la psychiatre avait les mêmes sonorités mystérieuses que la veille. Erick ignora Vullierme un instant.

– Quelle explication pouvez-vous donner à ces pertes de mémoire ?

– Aucune, pour l'instant. Le choc n'y est pas étranger, bien sûr, mais il n'explique pas tout.

Erick se leva pour faire les cent pas. Le silence des médecins l'encourageait, pour une fois, à raisonner selon une logique différente de celle de la science.

– Docteur Vullierme, Strelli peut-il être sous l'emprise d'une quelconque substance, depuis son admission ?

– Une drogue ? Ici ?

– Ou un médicament, un traitement, je ne sais pas.

– Non. Une demi-ampoule de Tranxène hier, mais ça ne justifie pas qu'il soit perturbé à ce point.

– Un examen particulier, un choc, une perfusion ? Quelque chose m'échappe, dit Erick. Il ne faut rien négliger.

Vullierme décrocha le téléphone.

– Si l'un de nous a administré un traitement cette nuit, la prescription figure forcément dans le dossier du patient et dans les transmissions infirmières. On me l'aurait signalé, mais je peux vérifier.

La voix de Françoise Meer s'éleva, plus claire, plus affirmée.

– Il ne s'est produit qu'une seule chose entre hier et aujourd'hui, à laquelle vous avez tort de ne pas penser, monsieur Flamand.

Erick et Vullierme l'observèrent en silence. Vullierme raccrocha.

– Pourtant, dit-elle, c'est un événement capital dont nous aurions dû envisager les conséquences.

Elle soutint le regard des deux hommes. Erick crut lire en elle une inquiétude contagieuse.

– Il a *dormi*. Laurent Strelli a dormi une pleine nuit entre les deux interrogatoires que vous avez pratiqués, commissaire.

34

DANS le taxi qui l'emmenait à l'aéroport, Erick se remémora les derniers mots de Françoise Meer, comme sa propre attitude. Ce qui lui apparaissait comme un leit-motiv avait suscité en lui une réaction brutale.

– Allez-vous systématiquement trouver un lien entre le sommeil et tout ce qui peut survenir dans la vie de vos patients ?

– Je suppose qu'il faut attribuer votre réticence à votre jeune âge, dit-elle. Pourtant, dans votre métier, on a souvent fini par se rendre aux évidences scientifiques. Vous n'avez pas été convaincu par ce que vous avez vu et entendu ces dernières vingt-quatre heures, n'est-ce pas ?

– J'ai aussi vécu ailleurs que dans la police et j'ai appris qu'en médecine on pouvait se focaliser sur un élément et le rendre responsable de tout. Ici, j'ai bien compris que le sommeil volait la vedette au reste. Chacun prêche pour sa paroisse.

– Ne soyez pas aussi catégorique, répliqua Vullierme. Vous vouliez une piste, nous vous en offrons une. Personne ne vous oblige à la suivre.

Françoise Meer apaisa les tensions.

– J'ai demandé qu'on pratique immédiatement un enregistrement polysomnographique. Laurent Strelli sort du coma, il est épuisé, il n'aura pas de mal à s'endormir. Je vous propose d'y assister. Un cycle devrait suffire pour déceler une éventuelle anomalie et confirmer mon hypothèse.

– Ou l'infirmer.

Vullierme répondit pour sa consœur.

– Que vous réservent vos nuits, Flamand, pour que vous refusiez à ce point de croire en le pouvoir du sommeil ?

Erick se leva et ouvrit la porte.

– Restez, monsieur, dit-elle. L'examen sera déterminant, faites-moi confiance. Vous saurez à quoi vous en tenir.

– On m'attend, je devrais être de retour dans quatre heures, répondit le policier. Répartissons plutôt les tâches selon les compétences, si vous le voulez bien. Et retrouvons-nous pour en confronter les résultats. Prenez soin de Strelli, d'ici là.

Le jeune homme s'était tourné vers Vullierme.

– Et à défaut de comprendre mes nuits, veillez sur ses jours.

Il avait quitté la Fondation trop tard, le chauffeur se démenait pour sortir son taxi des embouteillages. Ils s'engagèrent sur le périphérique et la voiture ne ralentit qu'aux abords de l'aéroport. La plaque professionnelle du policier leur ouvrit la voie jusqu'en bordure de piste, où Erick s'engouffra in extremis dans un avion militaire dont les moteurs tournaient déjà.

Une heure et demie plus tard, il descendait sur une piste balayée par le mistral. Le ciel était d'un bleu éclatant que ne connaissait pas le plein été parisien. Les collines rouges, la végétation, une avalanche d'odeurs saturaient les sens. Il s'arrêta un instant, étourdi. Marseille pourrait toujours susciter railleries et affrontements : elle avait la splendeur insolente, sans effort, que la nature offre sans rien réclamer en retour. Elle était libre, aussi, et cette liberté vous enivrait au premier pas.

– L'hélicoptère vous attend, commissaire.

Erick abandonna le spectacle avec regret ; il comprenait mieux ce qu'on entendait par l'envoûtement et la magie d'un lieu. Il consulta l'heure : il lui restait tout juste le temps de survoler la ville et toucher au but. Il n'avait rien préparé, au-delà de la rencontre. D'après ses souvenirs, la spontanéité œuvrerait plus volontiers en sa faveur qu'un discours huilé. Tant mieux. Il était trop tard pour la politique.

Les Baumettes ressemblaient à l'idée qu'on se fait d'un pénitencier lorsqu'on n'en a jamais vu. Une enceinte bétonnée, des tours de surveillance, et l'immense portail métallique.

Derrière, l'enfer.

Tout semblait s'éteindre, le ciel se décolorer, les visages sombrer. On lui avait fait traverser une première cour pour les formalités requises dans le bâtiment administratif et y laisser son arme. Il longea une seconde cour jusqu'à un bloc en longueur, plus ancien que les autres. Erick leva les yeux : sur la façade lépreuse, les fenêtres bardées de fer ressemblaient à des bouches d'égout où s'écoulaient des regards absents et l'eau sale de la société.

Il suivit le gardien dans un dédale de couloirs jusqu'aux grilles verrouillées. L'homme fouilla dans un trousseau pour trouver la bonne clef. Erick s'arrêta sur le seuil. Devant lui, sur six niveaux, s'élevaient des coursives le long desquelles s'ouvraient des dizaines de cellules.

— La salle de consultation est à l'autre bout.

Erick se décida à avancer. Il entendit les premiers ustensiles marteler les barreaux. Le bruit se propagea, de cellule en cellule, d'étage en étage, comme une vague qui enfle et submerge les ponts d'un navire. Le policier contrôla son pas : hors de question d'accélérer. Les voix l'assaillaient.

— Viens, approche, t'es beau, petit, dans ton nouveau costar.

— J'aime bien les blonds. En plus, t'as une gueule de nana. Viens me sucer, pédé !

Un crachat l'atteignit à l'épaule. Il n'avait parcouru que la moitié de la dalle. Il déplia un mouchoir sans geste brusque et essuya le tissu. La veste s'ouvrit un court instant – assez pour laisser apparaître la bandoulière en cuir.

— Un keuf, putain ! C'est un keuf, les mecs !

Le cri se propagea comme le feu. En quelques secondes, une pluie d'objets s'abattit sur le jeune homme : des cuillers, des boîtes, des déchets. Tous les étages déversaient ce qu'une cellule peut vomir et ce dont un détenu peut se passer. Les surveillants coururent le long des coursives pour frapper de leurs matraques barreaux et bras. Le guide d'Erick le poussa vers le fond du bâtiment.

— Dépêchez-vous.

Erick força le pas jusqu'au local. La porte se referma et le bruit retomba en rumeur sourde. Il sentit sa fréquence cardiaque ralentir.

À l'autre bout de la pièce, tout en longueur, elle se tenait de dos, penchée sur un bureau. Plus que la silhouette, il reconnut le poing sur la hanche, le stylo qui retient les cheveux indisciplinés, le stretch criard.

Eva se retourna.

– Erick Flamand, c'est ça ?

Il avait oublié son accent provençal. Il n'avait retenu de sa voix que la chaleur et l'entrain, l'assurance, aussi, du discours en public. Il lui rendit son sourire et tendit la main.

– Alors là, je vais être franche : je ne me souviens pas du tout de toi ! Mais on se tutoie, non ?

35

EVA glissa une pièce dans la machine. Erick jeta un œil autour de lui. La lumière tombait depuis des lucarnes creusées dans le mur, cinq mètres plus haut. Le couloir ressemblait aux images du corridor de la mort dans les films américains.

— Eau colorée façon café ou eau colorée façon thé ?

— Rien, merci.

Un gobelet tomba. Eva contempla le fond du verre, dépitée.

— J'ai honte. Ce n'est pas comme ça qu'on reçoit ses anciens étudiants. On aurait pu aller ailleurs, à la Pointe Rouge, ou à l'Escale, en bord de mer. C'est mieux que la Seine. Qu'est-ce qu'on va penser de moi à la Préfecture ?

— Rien de pire que ce qu'on pense déjà, dit-il.

— C'était bien la peine que je me décarcasse à former vingt-cinq minots de ton espèce pendant une semaine sous votre ciel de lessive.

— Il y en a au moins un qui s'en souvient.

Elle rit.

— C'est vrai. Et tu es le seul, j'en suis certaine. On ne m'a plus rappelée.

Erick se tut. S'il n'avait pas établi de plan, il n'avait pas prévu d'être intimidé. Il avait banni la timidité à l'adolescence, à l'âge où elle faisait le plus de dégâts, et ne s'était engagé dans une carrière policière qu'après avoir gagné le combat. Seules les femmes parvenaient encore à le mettre mal à l'aise.

Il n'avait pas vu Eva depuis quatre ans. Pour les jeunes recrues de la police, la thérapie par le toucher enseignée par une femme ne pouvait s'apparenter qu'à un stage de massage thaïlandais. Pourtant, avec l'assurance de celles qui assument leur identité et leur physique dans un milieu hostile, elle s'était imposée. Il y avait une part évidente d'artifice dans la décontraction qu'elle affichait, bien sûr. Mais c'était cette force, plus que tout, qu'il avait admirée : être capable de construire une attitude, de bâtir un personnage au point de convaincre les autres et d'y croire soi-même. Il n'était pas certain de réussir aussi bien qu'elle.

– Tu n'exerces pas qu'ici, non ?

– Le matin seulement, dit-elle. L'après-midi, je travaille en centre de rééducation fonctionnelle. Les accidentés de la route et autres défenestrés.

– Difficile, au fil des jours, j'imagine.

– Au début, oui. Au bout d'un mois, tu hésites entre la corde et le gaz. Après...

Elle désigna du menton la zone d'incarcération.

– Avec eux, je me suis immunisée contre la haine et la dépression.

Elle songea à sa nuit blanche, une nuit de solitude qui lui faisait encore mal, à passer du lit au canapé, d'un bouquin à un magazine, égrenant les heures. La fatigue pesa sur elle plus qu'au lever. Elle se ressaisit.

– Toi, tu as l'air en forme. J'ai du mal à concevoir que Paris réussisse à quelqu'un, mais tu sembles même en bonne santé. On te donne quinze ans, mon garçon ! J'imagine que tu dois être le premier collégien promu commissaire.

– Tu ne m'aurais pas oublié, si c'était le cas.

– Si. Les hommes ne m'impressionnent pas par leur précocité.

Elle jeta son gobelet sans y avoir touché.

– Maintenant qu'on s'est rappelés à notre bon souvenir, tu vas me dire pourquoi tu as quitté la capitale et pris le risque de louper le match du PSG, ce soir, pour t'enfermer avec moi dans cette affreuse prison.

– Parce que je n'aime pas le foot.

– Je t'écoute.

La physionomie d'Eva avait brutalement changé. D'attentive,

elle devint sévère. Son visage perdit de cette légèreté qui était la sienne. Il oublia les lèvres trop rouges, les bijoux clinquants, la jupe courte, même les cuissardes. Elle l'écoutait, en effet. Il hésita.

– Je suis là parce que je crois sincèrement en l'efficacité de la thérapie par le toucher.

– Tu l'as déjà dit.

Elle ne plaisantait plus. Sans douter de sa sincérité, elle l'engageait à se lancer, comme elle l'aurait fait, elle, dans une situation qui l'aurait mise mal à l'aise. Elle avait raison. Décidément, tout en elle portait à croire qu'elle lui serait salutaire.

– Un double meurtre sur les bras. J'ai du mal à progresser.

– L'enquête piétine ? Pourquoi ?

– L'impasse est scientifique, médicale. Psychologique.

– Mauvais, ça. Il n'y en a pas un pour rattraper les autres.

Elle jeta un œil sur sa montre.

– Ici, j'évite les heures sup. À quelle heure tu repars ?

– Décollage à 14 h 25.

– Alors on a le temps de déjeuner ensemble.

36

– JE récapitule : un type de trente-six ans, artiste, décalé, suivi en psychothérapie et veuf depuis quarante-huit heures. L'autre victime ?

– Sa fille.

– Ah. Je crois que ses problèmes psychologiques ne vont pas aller en s'arrangeant.

Erick laissa son regard se perdre sur la mer. Elle lui avait parlé d'un cadre enchanteur, elle avait tenu sa promesse. Ils avaient quitté Marseille par le sud, longé la côte jusqu'à Callelongue, jusqu'à ce que la route elle-même capitule, dans le village, et laisse la nature reprendre ses droits. La terrasse du restaurant surplombait les eaux agitées. Les vagues venaient recouvrir le littoral déchiré et mourir en gerbes sur les éperons rocheux, l'île Maïre dessinait son ombre sur le bleu, c'était d'une beauté sauvage. Face à cette démonstration de puissance, devant la mer libérée, les images de Strelli apparurent. Réfugié dans un fauteuil. Envahi par son chagrin. Des images de détresse. Non, ça n'allait pas s'arranger pour lui.

– Il a vu le meurtrier.

– Il a assisté à la mort de sa femme et de sa gosse ?

Elle reposa sa fourchette, désenchantée.

– Moi qui pensais avoir côtoyé ce qui se faisait de pire. L'horreur ne connaît pas de limites. Pauvre gars.

– On l'a retrouvé inconscient, au beau milieu des flammes, près des deux autres corps.

– Vous avez identifié le salaud qui a fait ça ?

– Non.

Elle l'interrogea du regard.

– Strelli ne se souvient plus du visage du tueur, dit-il. Trou noir. Enfoui dans sa petite tête, enfermé à double tour.

Eva ne manifesta pas d'étonnement. Contrairement à lui, elle semblait concevoir qu'on puisse effacer de notre mémoire les traits de celui qui venait de détruire notre existence. Erick en vint à douter de lui. Serait-il imperméable à la fragilité humaine ? En définitive, peut-être n'avait-il jamais eu à se protéger, peut-être les épreuves qu'il avait cru vivre n'avaient jamais nécessité qu'il gomme son passé. Pourtant, il avait cessé de croire en son invulnérabilité, le mythe propre à ceux qui redoutent l'âge adulte. Il n'était pas à l'abri des traumatismes, mais s'en défendait selon un autre mode. Quand Strelli avait choisi l'oubli, lui penchait pour l'affrontement. Du moins le pensait-il.

Eva finit par réagir.

– L'avis du psy ?

– Choc psychologique. Mécanisme de défense.

Le garçon s'approcha pour servir du vin. Erick refusa, Eva tendit son verre une quatrième fois.

– C'est peut-être temporaire. Le souvenir peut resurgir n'importe quand.

Il marqua une pause avant de poursuivre.

– Mais je n'ai pas le temps d'attendre.

Erick guetta une réaction. Devinait-elle où il désirait la conduire ? Feignait-elle de ne pas comprendre ? Il s'en voulut de tergiverser. Plus tôt déjà, elle avait exprimé son tempérament : aller droit au but. Elle ne lui en laissa pas le temps.

– Parmi les criminels que j'ai été amenée à soigner, beaucoup faisaient partie de l'univers de leur victime, contrairement à ce qu'on peut imaginer. Et la plupart d'entre eux sont récidivistes. Ils ne disparaissent pas dans la nature ; ils sont là, tout près, et on ne pense pas à eux. Laisse un peu de temps à ce type, ses souvenirs remonteront quand bon leur semblera et tu finiras par pincer le coupable.

– Strelli est l'unique témoin d'un double meurtre, il s'en est sorti in extremis. La prochaine fois pourrait être la bonne. Le temps est compté.

Eva plongea son regard dans le sien. Il eut du mal à le soutenir.

– Tu veux tenter la thérapie par le toucher, c'est ça ?

Il acquiesça. Elle sourit et lui prit la main affectueusement.

– Tu es un mauvais élève, en définitive, Erick. Tu le sais, ça ? Tu devais être dissipé, pendant la formation. Tu regardais les filles du rang derrière.

Non seulement elle n'était pas naïve, mais elle savait où appuyer. Il la laissa faire.

– Mon grand, je ne pratique pas la magie noire, désolée.

– Il faut que tu m'aides.

Elle fit pivoter sa chaise et se tourna vers l'horizon, comme lui. Ils étaient seuls dans la salle.

– C'est beau, n'est-ce pas ?

C'était magnifique et ça n'existait plus pour lui, à cet instant précis. Seule la perspective d'une solution l'intéressait. Elle tourna la tête vers lui.

– Le toucher n'est pas comme ce paysage, dit-elle, il a ses limites. En l'occurrence, l'usage que tu veux faire de cet art s'oppose à son principe. Tu veux explorer le mental alors que le toucher s'intéresse au corps et aux émotions qu'il provoque.

Elle posa les mains sur la table, telle une illustration de son propos.

– On est à des années lumière du cérébral et de l'intellect, Erick. Je communique par le contact, et ce contact prend la forme d'un miroir. On se touche pour observer, l'autre et soi-même. Quand je te touche, tu ressens quelque chose au niveau du ventre, du cœur, des jambes, et on se moque des idées qui vont traverser ton esprit. Ce n'est pas une psychanalyse. On n'analyse rien. On identifie une émotion, on désigne un ressenti. Le bien-être du toucher passe par là, pas par la réflexion.

Elle avait parlé librement, et il envia la liberté des mots. Il eut envie de faire comme elle. Au moins professionnellement.

– Je sais tout cela. Et si je suis ici, ce n'est pas pour te convaincre de fouiller dans le cerveau de Strelli et d'y repêcher sa mémoire perdue. Il est inhibé, bloqué. Il est *ligoté*. Eva, je me souviens de tout, et même de tes propres mots, pendant cette formation :

« Avec ton ressenti, tu mets le doigt sur les nœuds intérieurs. Les identifier, c'est commencer à les dénouer. » Si on parvient à libérer Strelli de ses violences intérieures, la mémoire refera surface d'elle-même.

Elle secoua la tête, sceptique.

– Ça ne s'apprend pas en une semaine. Encore moins en une heure.

– C'est pour cette raison que je suis venu jusqu'à toi.

Il hésita.

– Je suis venu te chercher.

– Quoi ? N'y pense même pas.

– Trois heures, Eva. L'après-midi, tout au plus. Et tu rentres.

Elle se mit à rire, incrédule.

– Finalement, c'est mieux quand tu rougis et que tu ne dis rien. De toute façon, en une séance, on peut très bien ne rien obtenir.

– « Le toucher n'est pas une affaire de temps mais de foi. » C'est de toi, ça aussi. J'y crois, moi, au toucher.

Elle l'observa sans retenue.

– Tu te bats pour qui ? Tu as des choses à prouver, toi. C'est ce qui vous perdra, les hommes : l'ambition.

L'ambition. Erick n'y avait jamais songé. L'ambition lui paraissait dérisoire : il avait trop à faire ailleurs, dans sa tête. Des tas de choses à prouver qui passeraient certainement par autre chose qu'une carrière. Être un homme, être un adulte, ne plus être ni un fils ni un orphelin, oublier le non-lieu, des parents tués sans mobile. Accepter l'idée d'un fou relâché. L'ambition, tout au plus, de définir une envie plutôt que lutter contre. Il décida d'ignorer la remarque.

– Il faut tout tenter, et c'est ce que je fais. L'hypnose n'a pas marché.

– Ton témoin doit sans doute affronter de sacrées résistances intérieures. Mauvais signe.

– Le toucher est un autre langage, non ?

– Arrête de me citer, ça m'énerve.

– Strelli le parle peut-être.

Elle ne répondit pas, cette fois. Elle avait sous-estimé ce type. Il était plus fort, plus déterminé qu'elle ne le pensait.

– Les psychiatres suivent une autre piste, dit-il.

– Laquelle ?

– Celle du sommeil. C'est leur dada. Le sommeil de Strelli pourrait expliquer les troubles de la mémoire.

On venait d'apporter le dessert. Eva joua avec les profiteroles sans y toucher.

– Ne néglige pas cette piste, Erick, dit-elle gravement. Je ne suis pas psy, mais à mon sens, le sommeil est capital. C'est un maillon essentiel de la chaîne du bien-être. Le reflet, aussi, d'un dérèglement.

– Je ne néglige rien. C'est pour ça que je suis ici.

Eva éluda l'ultime assaut et songea à Karim.

Elle avait tenté de le joindre ce matin. Elle avait laissé un message – elle s'était comportée comme une idiote hier soir, elle était désolée. En raccrochant, elle avait perçu la vacuité de son geste, toute l'indignité qu'il comportait. C'était pour ça qu'il ne viendrait pas ce soir, ni celui d'après. Il viendrait quand il en aurait envie. Elle n'avait plus de respect pour elle-même, pourquoi en aurait-il ? La preuve : elle l'attendrait quand même.

– Je ne peux pas t'accompagner. Je travaille cet après-midi, et j'ai prévu quelque chose, ce soir.

– Pour le travail, c'est réglé : j'ai prévenu la Clinique du Parc.

Elle se leva, scandalisée.

– Et tu sais même où je bosse ! Salaud de Parisien, ça se croit tout permis. Et ça joue les timides qui n'osent pas demander... Quelle dinde je suis !

Elle se tourna vers la mer. Les embruns voilaient les vitres, l'eau prenait un aspect de velours. En quittant Marseille quelques heures, elle n'avait rien à perdre de la part des hommes. Quant à ce spectacle majestueux, personne ne l'en priverait jamais.

– D'accord, dit-elle. Je viens. Mais je veux voir mon billet de retour.

Elle prit le serveur à témoin.

– Ils ne vont tout de même pas nous prendre nos filles, aussi, non ?

37

LA voiture s'arrêta devant la Fondation. Eva éprouva un profond soulagement.

Quand ils avaient quitté le périphérique pour s'engager au cœur de Paris, elle avait ri d'elle-même : à trente-six ans, elle abordait la capitale comme si l'essentiel de sa vie s'était déroulé en pleine nature, un siècle plus tôt. Elle ne souffrait pas du complexe de la provinciale égarée dans une capitale trop grande pour elle. La dimension ne l'effrayait pas non plus : la mer l'y avait habituée. Le gigantisme sous une forme urbaine, en revanche, l'agressait. Alors que l'horizon de la Méditerranée l'apaisait, elle se sentait malmenée par les Champs-Élysées trop larges, submergée par la déferlante automobile qui inondait la rue de Rivoli, assommée par la mécanique qui régnait en maîtresse sur la ville. Partout, il y avait « trop de ville » : trop de sons, trop de métal, trop de verre. Pourtant Marseille s'étendait sur un territoire deux fois plus grand que celui de Paris intra-muros, mais n'importe quel Marseillais vous rappellerait que la cité phocéenne était née de la réunion de treize villages dont la croissance avait confondu les frontières. Des origines, en somme, qui s'opposeraient toujours à l'excès urbain et qui préserveraient l'identité. Eva se rendait à l'évidence : Paris était somptueux, mais c'est à Marseille qu'elle avait établi ses repères. Elle éprouvait déjà le besoin de rentrer.

Dans le hall de la Fondation, le besoin se mua en urgence. L'expression qu'elle lut sur le visage du réceptionniste fit naître en elle, d'instinct, une inquiétude.

– Monsieur Flamand ? Le Dr Vullierme vous attend dans son bureau. Je crois que c'est urgent, il m'a appelé plusieurs fois pour savoir si vous étiez déjà de retour. Ça ne lui ressemble pas, dit-il sur le ton de la conspiration.

Erick monta les marches quatre à quatre et poussa la porte de l'unité de soins. Eva était encore au bas des escaliers.

– Tu viens ? dit-il.

Elle lutta contre sa réticence et le suivit.

Ils traversèrent l'unité au pas de course. Des images assaillirent Eva. Quelques années plus tôt. Le service d'urgence, l'ambulancier qui fuit son regard en poussant le lit, les néons des couloirs, les pleurs autour d'elle, les visages dans un brouillard. Elle entend encore la voix du médecin. Hors de danger. Une tentative de suicide, c'est un appel, une sonnette d'alarme, mademoiselle. Hospitalisée en psychiatrie, pour savoir pourquoi l'alarme s'est déclenchée.

Boulimique et dépressive, voilà ce qu'elle était. Après le lavage gastrique, l'échec et l'humiliation, l'affrontement des regards, le lit dans un couloir bondé, ce fut l'enfer des portes qui se referment sur un service hanté par les cris et l'isolement.

Les souvenirs s'imposaient à elle comme une marée monte, incontrôlable. Une infirmière s'approcha d'eux. Eva s'écarta vivement.

– Vous êtes le commissaire ?

– Oui. Le médecin nous attend, je sais.

Au fond du couloir, la double porte s'ouvrit et Erick reconnut le psychiatre. Son visage n'exprimait rien que sût décrypter le policier.

– Cette fois, dit Vullierme, c'est moi qui vous cherche.

– J'arrive de l'aéroport.

Le regard du médecin se porta derrière Erick.

– Puis-je vous voir seul ? dit-il.

Erick se retourna. Eva était restée en arrière.

– Eva Latil m'accompagne. Elle est venue nous aider, précisa Erick. Eva, le docteur Vullierme suit Laurent Strelli.

Vullierme se contenta d'observer la femme qui se tenait devant lui, visiblement inquiète. Eva jugea son regard impudique.

– Eva pratique la thérapie par le toucher, reprit Erick, une autre forme d'exploration de soi. Les résultats sont surprenants et la police y a fait appel à plusieurs reprises. Elle a accepté de venir de Marseille pour rencontrer Strelli.

Vullierme dévisageait toujours la jeune femme.

– Que pensez-vous obtenir de lui ?

– Ce qu'il voudra bien dire ou observer en lui.

– Si vous comptez sur sa coopération, votre intervention est inutile.

– Ça n'est jamais agréable d'envisager que d'autres puissent réussir là où on a échoué, surtout pour un psychiatre. Mais si on juge mon intervention inutile, dit-elle à l'attention du policier, ne perdons pas de temps. Je rentre.

Erick la retint.

– Je sais que tu peux faire quelque chose pour lui. Et pour nous, dit-il en s'adressant à Vullierme.

– Je ne mets pas en doute vos compétences, dit le médecin. Je ne sais rien de votre pratique.

– J'ai confiance, coupa Erick. Il faut essayer.

Vullierme restait étrangement impassible. Erick s'impatienta.

– Vous n'êtes pas obligé d'y croire. Je ne vous demande que l'autorisation médicale de faire l'essai.

– Vous l'avez. Mais j'ai peur que tout ce qu'on tente à partir de maintenant soit vain.

Eva et Erick suivirent le psychiatre à travers l'unité. Dans l'ascenseur, ils restèrent silencieux – conscients, peut-être, de devoir réserver leurs mots à ce qu'ils allaient découvrir.

Les portes s'ouvrirent sur une salle rectangulaire, de grande dimension, occupée par cinq tables chargées d'écrans. Un homme en tenue hospitalière était installé à l'une d'elles. Vullierme s'approcha.

– Décidément, vous n'aimez pas votre unité d'affectation.

L'homme prit le temps de quitter le fichier qu'il consultait avant de se retourner. Erick reconnut Stéphane Mathis, l'infirmier des Soins intensifs.

– Je m'occupe des enregistrements polysomnographiques, ce

matin. Le Dr Meer m'a demandé de descendre ce dernier enregistrement et de l'archiver.

Vullierme saisit la pochette et lut le nom du patient.

– Le Dr Meer vous a demandé de l'archiver ou de le visionner ?

– On n'archive rien sans vérifier que l'enregistrement est complet sur le CD-rom.

– Vous avez fini ?

Stéphane éjecta le disque et le tendit au psychiatre.

– Alors vous pouvez nous laisser, conclut Vullierme.

Erick s'approcha de la table et déchiffra le nom sur l'étui. Stéphane croisa le regard d'Eva, puis celui du policier et se leva.

Lorsqu'ils furent seuls, Vullierme les entraîna vers le bureau le plus retiré. Les deux jeunes gens s'installèrent près de lui, face à l'écran.

– Laurent Strelli vient de quitter l'unité d'exploration du sommeil. Françoise Meer a suivi elle-même l'enregistrement.

– Où est-elle ? demanda Erick.

– Dans l'unité de Haute Sécurité. Tout ne tourne pas autour de Strelli dans cette Fondation. Elle a beaucoup de travail, elle aussi.

Erick ignora l'allusion. Il n'était plus l'heure de ménager les susceptibilités. Vullierme cultivait le secret, alors que Françoise Meer le rassurait. Il aurait aimé écouter ses explications. Vullierme parut deviner ses pensées.

– Elle part dans quarante-huit heures.

– Loin ?

– Un congrès. Au Canada. Vous devrez vous satisfaire de moi.

Erick se pencha sur l'ordinateur. Le psychiatre venait d'y faire apparaître les cinq tracés superposés. Le policier les observa ; ces images finiraient par lui être familières. Il suivit du doigt l'un des enregistrements.

– L'activité électrique du cerveau, confirma le médecin. Vous avez bonne mémoire.

L'activité cérébrale. L'expression résonna en Eva comme l'antithèse de son art. Elle se rapprocha, elle aussi, animée par la curiosité. Vullierme fit défiler les tracés en accéléré.

– Strelli s'est très vite endormi : la phase 1 est très courte, suivie d'un sommeil léger d'allure classique. Puis, rapidement, le sommeil profond.

– Ces ondes, là...

– ... le sommeil paradoxal, Flamand. Oui.

Le timbre de la voix avait changé. Erick leva les yeux : le visage du psychiatre s'était assombri. Eva l'observa, intriguée elle aussi.

– L'activité électrique est plus intense encore qu'en période de veille. Le tracé est absolument anarchique. Ça ne ressemble à rien de ce que j'ai jamais pu voir sur un enregistrement de sommeil paradoxal.

Vullierme effectua un zoom arrière.

– Ce que vous venez de pointer du doigt, ce sont ce qu'on appelle des ondes polymorphiques : elles prennent toutes les formes, toutes les amplitudes possibles.

Eva et Erick se concentrèrent sur la ligne accidentée. Elle évoquait un stylet fou sur une feuille qui défile, tel l'enregistrement de secousses telluriques lors d'un tremblement de terre.

– Que signifie ce tracé ? demanda la jeune femme. Comment faut-il l'interpréter ?

– Comme un sommeil totalement perturbé. La cinquième phase déborde même sur les précédentes. Le sommeil paradoxal de Strelli envahit tout, il est déstructuré, il trahit un cerveau survolté.

Eva et Erick l'interrogèrent du regard. Vullierme chercha mentalement une façon d'imager le phénomène organique dont ils avaient la trace sous les yeux.

– Imaginez un circuit électrique en surtension, une machine qui fonctionnerait à plein régime et dont toutes les fonctions seraient activées en même temps.

Erick passait de l'écran à Vullierme.

– Quelles sont les conséquences sur l'état mental de Strelli ?

– Ce dont vous avez été témoins, à mon sens.

Vullierme fit disparaître les tracés.

– Souvenez-vous du rôle du sommeil paradoxal : le temps de l'esprit. Déconstruire et reconstruire. Confronter les connaissances acquises et les situations nouvelles au patrimoine génétique, puis les intégrer. Dans le cerveau de Strelli, la cinquième phase de son sommeil a pris une forme monstrueuse, elle n'est probablement plus capable d'assumer son rôle. L'assimilation des informations ne se fait plus. Comme si ses gènes refusaient toute intervention extérieure : les portes du cerveau et de la mémoire de Strelli sont closes.

– Vous voulez dire qu'il n'est plus capable de mémoriser les événements, les mots ou les visages qui lui sont inconnus ?

Vullierme s'assit, comme s'il avait besoin de confort pour poursuivre.

– Chaque fois que Strelli s'endort, son sommeil paradoxal efface ses souvenirs au lieu de les fixer, ceci de façon tout à fait anarchique et imprévisible. C'est l'hypothèse qui me semble la plus évidente. Ce sont des pans de mémoire qui s'y engouffrent.

Eva échangea un regard avec Erick. Les révélations de Vullierme dépassaient la logique du policier : il se tournait vers elle comme on cherche une autre explication. Elle écoutait le psychiatre avec attention. Dans ses mots, elle reconnaissait ceux qu'elle avait lus ou entendus et qui lui avaient permis de comprendre la construction mentale de ses patients avant qu'elle décide d'aborder le corps sans a priori spirituel. Elle savait combien le sommeil – ou le trouble du sommeil – pouvait bouleverser le champ intellectuel de l'homme. En revanche, elle ne l'avait jamais abordé sous un angle aussi technique, aussi froid : l'émotion ou la spiritualité n'avaient jamais laissé de place pour un tracé électrique. Aujourd'hui, elle était face à un écran sur lequel on pouvait lire mécaniquement le drame qui se jouait en un homme.

– Le visage du meurtrier..., dit-elle.

– ... est en chute libre dans le sommeil de Strelli, poursuivit Vullierme.

– Et aujourd'hui, dit Erick, c'est l'incendie dont il ne se souvient plus.

– Et que nous réserve son prochain sommeil ? Lorsque Strelli entamera un nouveau cycle, quand il traversera un sommeil paradoxal aussi dévastateur, qu'est-ce qui sera gommé de sa mémoire ? Peut-être le pire reste-t-il à venir.

– Des souvenirs en chute libre... On peut encore les rattraper, affirma Erick avec conviction, les yeux rivés sur Eva.

– Je suis incapable de vous le dire, répondit le médecin. Est-ce de notre ressort ? Récupérer cette mémoire égarée relève-t-il d'une thérapie, d'un toucher ? S'agit-il d'une résistance intérieure ou d'un mécanisme cérébral qui nous échappe ?

Il se tourna vers la jeune femme. Il n'y avait ni doute ni sarcasme dans ses mots.

— Peut-être pourrez-vous quelque chose, dit-il, mais vous marcherez en terre inconnue.

— Non.

Les deux hommes la dévisagèrent.

— Non, dit Eva. Contre cela, je ne peux rien.

Elle se leva et rassembla ses affaires. Erick força son regard.

— Pourquoi ? Personne ne peut expliquer ce dont souffre Strelli, ni affirmer que ces souvenirs sont perdus. Tout peut marcher.

— Le toucher est une observation avant tout, Erick. Le massage est une *présence à soi*. Me comprenez-vous ? Ce type ne peut pas observer ce qui s'éloigne de lui, ce qui disparaît dans des profondeurs insondables. Comment puis-je l'aider ?

— Ce n'est pas son âme qui disparaît, c'est sa mémoire, dit Erick.

— Qu'en sais-tu ? Ce n'est peut-être qu'une première étape. Vous l'avez dit, docteur : le pire reste à venir.

Elle se dirigea vers la porte. Erick la suivit, elle le retint.

— Reste, tu as encore du travail ici, dit-elle. Je prends un taxi, je me débrouille. Orly, c'est pas le bout du monde.

Il s'écarta, amer. Elle lut le reproche dans son regard.

— Excuse-moi, dit-elle. Mais je crois qu'on est au-delà de ce que je peux faire.

— Si j'ai retenu chaque mot de ta formation, c'est parce que j'y lisais ta conviction.

— Il faut connaître ses limites, Erick. (Elle sourit.) Tu es un peu jeune pour l'accepter.

— Tu n'es pas assez blasée pour abandonner aussi facilement.

Sans répondre, elle ouvrit la porte. La voix du médecin résonna derrière elle :

— La psychiatrie s'appuie aussi sur l'observation ; les mots de l'autre fonctionnent comme un miroir. Vous le savez certainement, même si ça n'a pas fonctionné pour vous.

Vullierme était près d'elle, maintenant.

– On peut être une femme déterminée, dit-il encore, avoir vécu et souffert, et ne pas s'être suffisamment observée. Vous en êtes la preuve. Sinon, vous ne douteriez pas de vous comme vous le faites aujourd'hui.

– C'est bon, dit-elle, arrêtez votre cinéma. Vous l'avez parfaitement deviné : la psychothérapie à deux sous, ça n'a jamais marché avec moi. Où voulez-vous en venir ?

– Soyez plus confiante et ne privez pas cet homme de ce dont vous avez manqué. (Il ajouta avec un sourire :) J'aurais aimé vous voir réussir là où j'ai échoué, comme vous me l'avez annoncé. Vous voyez, je reconnais mes limites, moi aussi.

Elle considéra l'étrange psychiatre. Était-ce un certain goût pour la provocation, ou une foi inattendue en ce qu'elle était capable de faire ?

– Je vous aiderai, moi aussi, finit-il par dire.

Erick la sentit fléchir.

– Tu as raison, on ne sait pas comment procède cette cinquième phase du sommeil, chez Strelli. Mais si ces souvenirs sont simplement prisonniers, quelque part dans son cerveau, et que Strelli est encore susceptible de les laisser remonter, il faut essayer.

Eva laissa glisser son sac et s'adossa au chambranle.

– Ça va. D'accord, on essaie.

– À mon tour de vous presser, dit Vullierme.

– Je vous rassure, on ne va pas y passer la nuit, j'ai un avion ce soir.

– Ce soir, répondit le psychiatre, ce serait trop tard, de toute manière. Strelli est épuisé mentalement. Une période de coma est éprouvante, sa nuit précédente fut agitée : son organisme réclame le sommeil à cor et à cri. Et s'il s'endort...

Eva était déjà dans le couloir.

– ... On ouvre à nouveau la porte sur le grand vide. J'ai compris. Conduisez-moi auprès de cet homme. Vite.

38

IL descendit les marches avec prudence. Un vent glacial souf-flait entre les arbres, les patients emmitouflés battaient en retraite. Il fit quelques pas en direction de la contre-allée qui longeait l'aile est. Il dépassa les tilleuls séculaires. Le gravillon cris-sait sous ses pas. Il la vit.

Elle était assise sur un banc. Avec ses cheveux courts, elle res-semblait plus que jamais à un petit garçon, au fond de ce parc. Il s'approcha du banc sans la regarder.

– Tu es folle de venir ici comme ça, sans perruque.

Elle releva le col de son manteau trop léger pour la saison. Elle frissonnait, mais ça ne l'empêchait pas de sourire.

– Je serai loin dans quarante-huit heures. Je voulais voir le parc une dernière fois. Et les bâtiments. J'ai passé tant de temps ici sans jamais les regarder, finalement. Ma jeunesse entre ces murs. (Elle observa l'homme et sourit encore.) J'ai l'impression d'avoir cent ans. Tu trouves que j'ai l'air d'avoir cent ans ?

Elle s'était maquillée, les couleurs pâles contrastaient avec les cheveux auburn.

– N'importe qui pourrait te reconnaître.

Elle sembla ne pas l'avoir entendu.

– C'est curieux comme une coiffure modifie une physionomie, dit-elle, ailleurs. Tu devrais les voir m'observer sans oser le faire... (Elle passa les doigts entre les mèches fourchues.) J'avais besoin d'être moi-même. Et ici.

Il s'éloigna d'elle, le regard vague.

– Rentre.

– C'est pour ça que tout est réglé, minuté, programmé, avec toi. Parce que tu as peur. Tu n'aimes pas le risque.

– Je n'aime pas le risque inutile. Ni l'inconscience. Tu n'es pas censée te promener dans ce parc – même chauve.

– C'est pour ça qu'on ne me reconnaît pas.

Elle se leva et lui prit le bras pour faire quelques pas.

– Tu l'as vu ?

– En coup de vent.

Elle s'arrêta.

– On ne me paie pas pour rester à son chevet, dit-il. J'ai du travail dans l'unité.

Elle balaya d'un geste l'objection.

– Alors ?

– C'est un échec. Son état empire depuis cette fameuse nuit.

Il l'observa. Dans ce regard, elle crut lire le reproche. Une façon, sans doute, de lui dire qu'il avait rempli sa part de contrat. Tout avait été orchestré à la lettre près, sans la moindre bavure. S'il fallait s'attaquer au bien-fondé du plan qu'ils avaient écha-faudé, c'était vers elle qu'il fallait se tourner. À elle de dresser le bilan, d'en assumer les conséquences. D'assumer une famille dévastée, aussi. Elle n'éprouvait aucun regret, il le savait. Elle décida d'ignorer la charge. Pour l'instant.

– Tu as vu les nouveaux tracés ?

– En détail, sur CD-rom.

Le suspense qu'il se plaisait à ménager l'exaspérait. Elle y vit la marque d'une revanche, une façon de la confronter à l'insuffisance de ses choix. Elle se contint et ne posa aucune question. Elle avait fait le bon choix, elle ne rentrerait pas dans son jeu. Et ne lui offrirait aucune satisfaction. Il finit par parler.

– L'enregistrement est très perturbé. La désorganisation des fonctions mentales est engagée : la cinquième phase est anarchi-que, elle envahit son sommeil.

Elle soupira, soulagée.

– Tant pis pour la science, et tant mieux pour nous. On est à l'abri de ses souvenirs, maintenant.

Son visage s'assombrit. Elle se demanda si seule la science pâti-rait de cet échec. Elle chassa cette idée.

– Peut-être pas, dit-il. Le flic était ici, ce matin. Il est revenu il y a peu de temps. Il n'est pas seul.

Elle eut un mouvement d'impatience.

– Qui est-ce ?

Il traîna avec cruauté. Elle sembla lire en lui et abandonna son bras.

– L'hypnose n'a pas eu d'emprise sur Strelli, dit-il. La police joue une dernière carte.

– Son nom, dit-elle simplement.

La voix avait changé. Il la reconnut : le jeu avait des limites, il les avait atteintes et elle n'était pas disposée à ce qu'il les dépassât.

– Eva Latil, mais je n'en suis pas certain, dit-il. Marseillaise.

Elle laissa courir le regard, comme si le parc s'apprêtait à lui livrer la réponse qu'elle cherchait.

– Le toucher, précisa l'homme. C'est par le contact qu'elle peut ranimer un souvenir. Lever des blocages.

Elle le coupa.

– Forte. Très maquillée, plutôt vulgaire.

– Tu la connais ?

– Je sais qui est cette fille. Le langage du corps, l'observation de soi et de l'autre : c'était dans une revue spécialisée. Elle travaille en milieu carcéral.

Elle parut préoccupée. Il tenta de décrypter son expression.

– Y a-t-il la moindre chance pour qu'elle réussisse ?

– Non, on n'a rien à craindre, à mon avis.

Elle avait hésité une fraction de seconde. C'était assez.

– C'est faux, n'est-ce pas ? Tu es intuitive, je suis rationnel, et nous savons tous les deux qu'elle *peut* faire quelque chose.

– Personne n'est en mesure de dire comment la mémoire s'engouffre dans ce sommeil incontrôlable, concéda-t-elle.

– C'est toi qui as réveillé la bête. Tu as ouvert la boîte de Pandore...

Elle fit volte-face.

– ... Et je ne sais pas comment ce monstre fonctionne, c'est vrai. C'est pour ça qu'une méthode improbable peut le terrasser d'une façon inattendue, c'est vrai aussi. C'est ce que tu voulais entendre ?

Ses yeux sombres avaient viré à l'encre. Ses traits exprimaient une menace. Il se demanda ce dont elle serait capable, un jour, sous l'effet de la colère. Il eut un mouvement d'apaisement ; elle se ressaisit et sourit.

– Tu n'as plus confiance en moi ?

– Si, dit-il. Si, j'ai confiance. Et il faut aussi que tu me fasses confiance, et que tu me laisses intervenir.

Elle refusa de comprendre. Elle leva les yeux : ils étaient arrivés devant le mur qui cernait le jardin. Son regard se porta au-delà, vers les fenêtres opaques et les grilles.

– Il aurait pu le faire, dit-elle. Un jour, c'est lui qui l'aurait fait, il aurait tiré sur sa propre gosse, et il aurait été de ceux-là. Enfermé dans cette unité.

Sa conscience semblait apaisée. Elle se tourna vers l'homme à ses côtés.

– Maintenant, il est mort, dit-elle – presque mort. Détruit à petit feu. On ne peut plus rien pour lui, il est fini.

– Mais lui, il peut encore faire quelque chose contre nous, contre notre projet. Il est encore dangereux, il peut anéantir nos efforts avec quelques mots. Avec un visage, un nom.

Anéantir leur projet. Elle ne répondit pas.

– Ils n'ont pas cru à sa culpabilité, dit-il encore. Le flic a raison : c'est le seul témoin, maintenant. Avec cette fille, il peut parler.

Il s'approcha d'elle sans prêter attention à ce qui l'entourait, pour une fois.

– Il fallait faire tout ce que nous avons fait, c'était la bonne solution. Mais une autre solution s'impose, aujourd'hui.

– Tu vas le tuer ? dit-elle simplement.

Voilà. Elle avait juste éprouvé le besoin de le formuler. Elle s'éloigna de lui et frôla le mur. Le lichen courait sur la pierre, elle eut le sentiment que l'humidité la transperçait.

– Quand ?

– Il faut que je retourne dans le service. Rentre.

À quelques pas du bâtiment, il se retourna. Elle n'avait pas bougé, le regard perdu dans le détail du mur. Il lui sembla qu'elle venait de rire. Il la trouva belle – peut-être parce que ses traits mêlaient la force et l'indécision du moment, une fragilité rare chez elle. Elle ne pouvait pas décider la mort de Strelli comme elle avait décidé celle de sa famille. C'était à lui de le faire. La décision était prise.

Maintenant, il fallait agir.

39

ILS entrèrent ensemble dans la chambre. Le jour déclinait, les arbres du parc se détachaient sur le ciel assombri. Laurent Strelli était assis dans le fauteuil, immobile, la tête légèrement penchée. Erick alluma la lumière et se précipita.

– Monsieur Strelli, réveillez-vous !

L'artiste s'éveilla en sursaut. Erick lut l'égarement dans ses yeux et prit conscience de la brutalité de son geste. Il recula d'un pas et croisa le regard d'Eva.

– Il ne faut pas, dit-il pour se justifier. S'il dort...

– Laisse-nous.

Elle marcha vers Strelli. Erick l'observa un instant.

– Je vais demander à l'infirmier de le maintenir éveillé. Il faut qu'il soit stimulé, en permanence.

Elle ne répondit pas. Elle l'ignorait déjà. Il ferma la porte derrière lui.

Eva s'assit sur le bord du lit.

Sans empressement, elle fit l'inventaire de ce que contenait la chambre. Les objets : un lit, une chaise, un fauteuil. Une armoire, un chevet. Le tensiomètre au mur. Elle considéra les volumes, ensuite. La température. Enfin, elle s'observa. Droite, tendue, puis plus paisible. Son cœur battait selon un rythme lent, régulier, elle ne ressentait plus les bouffées d'angoisse qui l'avaient dominée à son arrivée. Elle respirait calmement. Elle avait chaud, un peu trop chaud. C'était tout. Elle avait fait le point sur elle, comme aimait dire Ganesh ; elle avait conscience de son *ressenti* à l'égard de son propre corps et de ce qui l'entourait. Elle pouvait maintenant se concentrer sur le troisième élément du système qu'elle élaborait : Laurent Strelli.

Ses yeux parcoururent alors le long corps immobile, les traits impassibles, les yeux ouverts sur l'extérieur. Le jeune homme lui parut absent. Son corps ressemblait à une carapace minérale, une coquille désertée. Elle se força à suivre les préceptes de son art : l'observation n'était ni un jugement, ni une analyse, mais une prise de conscience ; elle devait s'y cantonner. Constater, tel était le but, pour savoir sur quelles fondations se construirait l'échange. Elle se leva et posa la main sur l'épaule de Laurent. Elle avait délibérément choisi une zone couverte. Le tissu les protégerait, tous les deux, d'un contact auquel aucun des deux n'était prêt.

Pour la première fois depuis des années, elle dut retirer la main.

Pourtant, le patient n'avait pas esquissé le moindre geste ni manifesté de répulsion. Elle n'avait même pas décelé un frémissement, et c'était précisément ce qui l'avait troublée : Laurent Strelli semblait fait d'une matière inerte, une chair froide, dure, contractée sans répit. La tension était si forte sous la peau qu'Eva avait cédé au réflexe de retrait. Elle se ressaisit, considéra une nouvelle fois la triangulaire dans laquelle elle se plaçait – elle, lui, autour – et posa la main sur sa nuque. Elle inspira profondément, expira et recommença. Après trois cycles similaires, les mouvements de la cage thoracique de Strelli s'étaient calqués sur les siens. Sans rompre le contact, elle s'adressa à lui pour la première fois :

– Voulez-vous vous allonger ?

Elle crut qu'il n'avait pas entendu. Il tourna la tête et l'observa longuement, comme si elle venait d'apparaître dans son univers en même temps que dans son champ de vision.

– Qui êtes-vous ?

Il avait posé la question sans rompre le contact physique, lui non plus. Elle imprima un mouvement sur la nuque, Strelli résista. Elle relâcha la pression.

– Je m'appelle Eva Latil.

– Je ne vous connais pas.

Le ton était celui d'une conclusion. Elle eut le sentiment qu'il lui signifiait ainsi la fin de ce qu'il était disposé à accorder. Un contact, quelques mots, c'était bien assez. Pas pour elle.

— Non, dit-elle, on ne se connaît pas. On peut quand même parler ensemble ?

Elle n'eut pas le temps de savoir si elle avait fait preuve d'inadvertance ou si sa main s'était relâchée un court instant : il glissa entre ses doigts et se leva. Il lui parut immense. Il s'éloigna et se tint au pied du lit.

— Je n'ai plus envie de connaître du monde.

— Et savoir ce qui se cache en vous ?

Il hésita.

— Je ne sais pas.

Il caressa machinalement la barre transversale du pied de lit. Le métal, froid, le fit frissonner.

— On cache en soi ce qui fait mal. Ce qui doit rester secret, finit-il par ajouter.

— Ou on se fait souffrir en cachant, au contraire. On se fait souffrir, aussi, quand on ne laisse pas remonter ce qui veut émerger.

Ses yeux effilés scrutèrent les murs.

— Je ne veux pas y penser. Ni à ça ni à rien d'autre. Je ne veux pas *penser*.

— Je ne suis pas venue pour vous forcer à réfléchir.

— Alors pourquoi ?

Eva s'assit à nouveau au bord du lit. Strelli restait à un mètre d'elle, sur ses gardes.

— Il y a deux façons de se libérer de la souffrance, monsieur Strelli. La première consiste à verbaliser, dire ce qu'elle évoque quand on y pense ; faire intervenir son esprit. La seconde se situe dans un autre registre : exprimer les émotions que cette souffrance déclenche.

Laurent interrompit son geste.

— C'est la seconde voie que je vous propose d'explorer, dit-elle : celle du ressenti, pas de la pensée.

Il sembla mûrir la proposition. Sa voix se fit plus posée.

— Comment ?

— En ignorant les réflexions qui vous viennent à l'esprit. Attachez-vous plutôt aux sensations par lesquelles elles se traduisent.

C'est votre corps qui va révéler ces sensations, ces émotions : votre souffle, vos battements de cœur, vos muscles. Tous ces organes deviennent le miroir de ce que vous ressentez.

Il hésita. Il y avait si longtemps qu'il n'avait pas éprouvé un sentiment de confiance. Vis-à-vis d'une inconnue, a fortiori. L'accent provençal n'y était pour rien et la jovialité l'effrayait, en général. Il ne pouvait pas l'expliquer, mais accorder foi à cette fille l'apaisait, telle une trêve au milieu d'un combat. Il finit par bouger, et alla s'allonger avec prudence.

Elle appliqua la main sur la sienne. Une chaleur intense diffusa dans le bras de Laurent. Cette immixtion suscita en lui une bouffée d'angoisse : il détestait toute présence étrangère en lui. Il voulut retirer sa main. Cette fois, elle ne céda pas. Il ferma les yeux malgré lui.

— N'allez pas plus loin que l'émotion, dit-elle. Ne pensez pas. Ressentez, c'est tout.

— C'est chaud, dit-il, sans contrôler les mots.

— Quoi d'autre ?

Elle sentit la crispation naître sous sa paume : il luttait. Il ouvrit les yeux.

— Pourquoi vous faites ça ?

— Pour vous aider.

— Je n'en ai pas besoin.

— Des images sont enfouies en vous. Elles vous blessent, Laurent. Elles cherchent peut-être à se libérer à votre insu — et peut-être l'ont-elles déjà fait, sous forme de sensations. Si vous les identifiez, les images suivront.

Il tourna la tête vers elle. Pour la première fois, elle distingua la couleur de ses yeux : un gris sombre, une eau trouble.

— Je n'ai rien caché, dit-il. J'ai oublié. Je l'ai oublié.

— Accepteriez-vous l'idée de revoir ce visage ?

Strelli se tut. Sous ses doigts, Eva sentit la vie s'enfuir. Elle fit une dernière tentative.

— Continuez sur votre lancée. Dites-moi ce que vous éprouvez. Ne vous arrêtez pas.

Elle relâcha la pression. La main s'échappa, sans brusquerie, comme un liquide coule entre les doigts.

— Oublié, dit-il d'une voix monocorde. Je l'ai oublié.

– Ce qui m'inquiète, ce n'est pas le refus. C'est cette étrange façon de partir ; d'abandonner son corps. Elle semble indépendante de sa volonté.

Eva fit quelques pas dans le couloir. Erick l'observait, silencieux. Il avait placé en elle un dernier espoir, et cet espoir fondait avec les mots.

– Je ne peux même plus recueillir ses émotions, dit-elle : il n'est plus là, il ne ressent rien, à cet instant.

Elle se tut, désemparée. S'imposa à elle l'image d'une mer qui se retire, laissant place à une étendue de sable lisse. C'était le mot ; Laurent Strelli s'était brusquement retiré. Un homme à marée basse.

– On savait qu'il ne s'agissait pas d'un simple trouble de la mémoire ; mais c'est bien plus complexe que ce que j'imaginais. C'est une véritable perturbation comportementale, Erick. Et si c'était une autre conséquence de ce sommeil anarchique ? Il faut tout envisager.

Le policier se souvint des propos de Françoise Meer, similaires : elle avait été troublée, très vite, par l'attitude de son patient incapable de se concentrer sur les tests de mémoire. Le constat d'Eva trahissait l'aggravation.

– Désolée, Erick. Je ne vois pas de solution à ce problème.

Erick vérifia l'heure.

– Tu as encore quatre heures avant de prendre l'avion.

Elle soupira et sourit. Peut-être l'acharnement du policier relevait-il d'un autre mécanisme que celui de la jeunesse et de la motivation. Une vitalité profonde, certes, mais aussi le souci de la vérité, telle une poursuite incessante, écho d'une quête personnelle. C'était contagieux, en tout cas. Derrière la porte, ils entendirent la voix d'une infirmière. Les consignes d'Erick étaient scrupuleusement respectées : la fille hurlait.

– Un sourd ne s'endormirait pas. D'accord, dit Eva, j'essaie à nouveau, mais après un café.

Le policier l'entraîna vers le hall. Elle l'arrêta.

– Dernière tentative, Erick. Après, ça n'aura plus de sens.

– J'ai compris. Dernier essai avant la fin du match.

Il attendit que l'infirmière sorte de la chambre pour ouvrir la porte et s'approcher du lit. Strelli tourna la tête dans une autre direction.

Il posa le plateau avec la seringue de 50 cc sur la table de nuit.

— Une injection, monsieur Strelli.

Le patient sembla ne pas l'avoir entendu. Était-ce de l'indifférence ? Par rapport au geste ou à l'égard de l'individu ? Ou s'agissait-il de la lente dégradation à laquelle Strelli était condamné ? L'homme observa le patient comme on contemple un objet dans un musée. Le sommeil paradoxal avait bon dos : Laurent Strelli s'était comporté ainsi depuis le début ; dès son premier séjour à la Fondation, il s'était mis à l'écart du monde. L'homme eut presque le sentiment que son geste était superflu. L'image de sa compagne lui apparut, puis celle de son couple, tous deux, loin, dans leur nouvelle vie, faite d'envergure – et de gloire, aussi.

Il saisit la seringue, désinfecta l'embout du cathéter et piqua. Il poussa sur le piston et le liquide courut dans les veines.

Il retira l'aiguille. Strelli n'avait pas encore réagi. Ce n'est qu'aux premières contractions musculaires, quelques secondes plus tard, que l'homme se leva.

Au bout du couloir, Erick sut que quelque chose s'était produit. Des familles s'étaient regroupées devant la porte de la chambre 22. Lorsqu'il vit Vullierme s'y précipiter, suivi de l'infirmier qui poussait le chariot d'urgence, il se mit à courir.

Il se rua dans la chambre. Eva resta sur le seuil, interdite. Stéphane, l'infirmier, découpait la chemise de Strelli sans précaution, tandis qu'une infirmière branchait les électrodes sur le torse pâle. Le patient tressaillait sur le lit. Vullierme manipula l'électrocardiogramme.

— Il est en BAV du deuxième degré. Un dextro et vous le transférez aux Soins intensifs, tout de suite. Vous piquez un iono, urée, créat en urgence et vous branchez ensuite un glucosé à flot et 10 unités d'insuline.

Ce n'est qu'à cet instant qu'il aperçut le policier et Eva. Son regard était chargé d'agressivité.

— Sortez.

40

ILS s'étaient enfermés dans le bureau de Vullierme. Eva s'était retranchée dans un recoin de la pièce, debout, distante.

Vullierme commenta les résultats biologiques qu'il avait sous les yeux.

– Hier, le potassium était à 3,7, dit-il d'une voix glaciale. J'ai demandé un dosage en urgence quand j'ai pratiqué l'ECG : 6,5. Je vous précise que la norme est inférieure à 5. On était à deux doigts de l'arrêt cardiaque, en somme :

Il marqua une pause, comme s'il avait besoin d'apaiser un feu intérieur avant de poursuivre :

– C'est un miracle que l'infirmière soit retournée à son chevet au moment où les premiers signes musculaires de l'hyperkaliémie sont apparus.

Eva l'interrompit :

– Et maintenant ?

Le ton sentencieux du psychiatre l'agaçait. On n'en était pas à l'heure des reproches et des leçons. Marseillaise, elle savait parler, pourtant, jouer la comédie s'il le fallait, parler quand c'était inutile, pour le plaisir, même celui de ne rien dire ; et alors ? Ainsi s'établissaient les liens de l'amitié, de cela se nourrissait la curiosité de l'autre – de petits riens étalés pendant des heures. Mais jamais dans les moments difficiles. Visiblement, la vie de Strelli était en jeu et elle avait appris à ménager des priorités. Vullierme répondit sèchement :

– Il va mieux, l'électrocardiogramme est presque normalisé. On va pouvoir se passer de l'hémodialyse en urgence.

Erick l'écoutait attentivement.

– Qu'est-ce qui a pu se passer ? Il était malade ?

– En parfaite santé – physique, en tout cas. Ses reins fonctionnent bien, on n'a pas trouvé de trace de médicament, ni de destruction cellulaire comme un infarctus, qui libère du potassium dans le sang.

– Vous pensez à une malveillance ? Un acte criminel ? demanda Eva.

Erick l'observa. Elle n'était pas flic, pourtant l'univers dans lequel elle s'enfermait chaque jour avait érigé le meurtre en évidence, une éventualité qu'elle envisageait avant un accident. Il considéra sa propre façon d'aborder les choses, lui qui reléguait volontairement la violence au second rang, en dépit des circonstances les plus sombres. Il fallait être sacrément désenchanté pour accepter que l'homme fût aussi aisément amoral. Qui, des deux, avait raison ? Il n'eut pas envie de le savoir. Pas maintenant. Pourtant, Vullierme y répondit :

– On ne passe pas spontanément d'une kaliémie à 3,7 à un taux de 6,5.

Il mesura ses mots.

– Il peut s'agir d'une injection, concéda le psychiatre. Criminelle, oui.

Il se tourna vers Erick.

– C'est *vous* qui devriez être en mesure de répondre à cette question. C'était à vous d'empêcher qu'une telle manipulation se produise. Je vous rappelle notre accord : moi la médecine, vous la sécurité. Il est temps de remplir votre part de contrat.

Erick ne répondit pas. C'était de bonne guerre. Il avait cru Strelli à l'abri du danger dans une structure hospitalière encadrée comme l'était la Fondation. Il avait commis l'erreur du débutant qu'il s'acharnait à ne plus être – une erreur qui aurait pu être fatale.

– Je vais poster un homme jour et nuit devant la porte de Strelli, dit-il.

– On n'est pas en prison, ici : c'est un hôpital psychiatrique, où la présence d'un policier à demeure dans les couloirs peut perturber les autres patients.

Erick perdit patience.

– Mais qu'est-ce que vous voulez à la fin ? Il y a quelques secondes, vous me reprochiez de ne pas avoir fait mon boulot !

– Alors il ne faut pas le faire ici.

– Pas ici ? Et où voudriez-vous qu'il aille ? Sa maison est en cendres, sa famille carbonisée, et il émerge d'un coma.

Vullierme referma le dossier de Strelli.

– L'état de Strelli ne relève plus d'une prise en charge hospitalière.

Il sourit à Eva.

– Vous l'avez confié aux bons soins de mademoiselle Latil, c'en est la meilleure preuve.

Eva accusa le coup sans fléchir.

– Vous êtes son psychiatre, dit-elle. Estimez-vous que son état mental lui permet d'être lâché dans la nature ?

– Je suis son psychiatre, je le reste et le suivrai. Mais je ne peux rien de plus pour lui dans une chambre plutôt qu'en consultation. Et la tournure que prennent les événements pourrait déstabiliser le service – soignants comme patients. Je suis aussi responsable de l'équilibre des autres malades.

Elle se tourna vers le policier, médusée.

– Tu as parlé à ce type ? Sans structure pour le soutenir, il est foutu ! Il est incapable d'aborder l'autre. Il est socialement paralysé – et je suis sûre d'être encore loin de la réalité !

Erick avait réfléchi pendant l'échange verbal qui opposait la Marseillaise à Vullierme.

– C'est vrai, dit-il. Mais le docteur a raison ; il ne peut pas rester ici, tout compte fait. Il est plus judicieux de le mettre à l'abri dans un lieu plus confidentiel, connu de quelques personnes de confiance susceptibles de créer un lien avec lui – et d'entretenir ce lien, surtout.

Eva capitula, stupéfaite par une décision qu'elle jugeait irresponsable. Même encadré, Strelli ne tiendrait pas longtemps sans assistance psychologique appropriée et rapprochée.

– Il possède un atelier, finit par dire Erick.

– Un atelier ? Mais comment *vit-on* dans un atelier ?

Le psychiatre sembla trouver la proposition intéressante.

– Plus que toute chose, Strelli a besoin de repères et d'éléments familiers autour de lui. Retourner dans l'univers qui est le sien et dont il a toujours fait un refuge social lui sera certainement bénéfique.

Erick sortit son téléphone.

– Mes collègues vont s'assurer que l'atelier peut l'accueillir, et l'une d'elles restera avec lui.

Vullierme s'adressa à Eva.

– Si votre art nécessite de mettre Strelli en confiance, vous ne serez nulle part mieux que là pour pratiquer un deuxième essai.

Eva mit une fraction de seconde pour comprendre. Elle se tourna vers Erick.

– L'accompagner dans son atelier ? Erick, on sort totalement du cadre de notre collaboration, je crois.

– Si tu estimes que tu ne peux plus rien obtenir de Laurent Strelli, je te dépose à l'aéroport.

– Je pense surtout qu'il n'y a plus rien à tirer de *moi*. Ne te moque pas de moi, Erick. On avait un deal, tous les deux, un contrat implicite.

Quand elle s'emportait, son accent provençal semblait plus marqué. Le bruit d'une porte qu'on ferme les interrompit. Vullierme était sorti : la discussion ne le concernait plus.

– Je ne vais pas insister, Eva. On avait un contrat, c'est vrai, et je le respecterai. Mais j'imagine que tu ne serais pas là si tu pensais sincèrement qu'il n'y a plus rien à espérer de toi ou de ce type.

Elle se leva. Elle avait la sensation de vivre sans cesse la même expérience dans sa vie : elle avait toujours vu les autres prendre plus que ce qu'elle offrait. Et elle avait appris à ne plus l'accepter.

– Je déteste ce genre d'engrenage.

– S'il y a engrenage, Strelli en est la seule victime. On ne fait que suivre, comme on peut, c'est tout.

Il la sentit fléchir et insista :

– Pars avec lui dans cet atelier, et tente ce que tu voulais tenter, dit-il. Tu prendras le vol suivant.

Le souvenir des heures sans sommeil, à ressasser le départ de Karim et l'existence à laquelle elle se condamnait, l'assaillit.

– Je suis crevée, Erick. J'ai passé... une mauvaise nuit. J'ai besoin de rentrer. J'ai peur qu'on n'obtienne rien de plus, de toute manière, dit-elle sans conviction.

Le maquillage criard s'était estompé, Erick devina les cernes profonds. Elle inspira, les yeux clos, et céda.

– Fais vite, alors, dit-elle. Je voudrais repartir le plus tôt possible.

– Si Vullierme le permet, on part tout de suite. Laura peut être là dans moins de trente minutes.

– Qui est Laura ?

Le policier hésita. Il compara mentalement le physique de rêve de l'Africaine et celui d'Eva, leurs caractères trempés. Un instant, il envisagea la confrontation à huis clos d'une flic séductrice, d'une thérapeute marseillaise et d'un artiste déséquilibré. Il eut envie de rebrousser chemin.

– Ma collaboratrice, finit-il par répondre. Une fille bien, tu verras.

– J'ai horreur qu'on précise ça. J'ai horreur des gens bien, d'ailleurs. Strelli l'est, j'en suis sûre. Et toi aussi, et voilà où ça me mène : on me trimbale d'un asile à un atelier d'artiste, d'un bout à l'autre de Paris, et je rate mon avion et ma soirée.

– On décale d'une heure ou deux, tout au plus, Eva.

– Dépêche-toi. Elle est déjà en retard, ta collègue.

41

– Tes goûts se précisent, dit Laura, les yeux rivés sur Eva. Je comprends mieux ta réaction avec moi. Elle ne doit pas aimer que le sushi, ta fiancée.

Erick ne répondit pas. Eva se débattait avec un Perfecto aux revers criblés de strass, et composait nerveusement un numéro sur son téléphone portable de l'autre main. Seule, au pied d'un lampadaire, avec ses bottes, sa minijupe et ses gesticulations, elle se faisait embarquer par la première patrouille. La porte de la Fondation s'ouvrit et Laurent Strelli apparut, encadré par deux policiers. Stéphane Mathis, l'infirmier, fermait la marche. Il tendit un sac à Eva.

– Ce sont ses affaires.

– Qu'est-ce que vous voulez que j'en fasse ?

Laura s'adossa au véhicule, amusée. La Marseillaise finit par saisir le sac et le lancer à Erick.

– Je risquerais de l'emporter à Marseille, tout à l'heure.

Erick posa le sac sur la banquette arrière et entraîna Laura à l'écart.

– L'atelier ? dit-il.

– Rue de Charonne, un peu avant Voltaire. Beaucoup de passage. Deux accès possibles : par le jardin du couvent, et par la rue. Nos gars sont postés devant le porche, et un autre surveille la cour.

– Strelli peut y vivre ?

– On a fait retirer le lit, comme tu l'as demandé. Sinon tout le confort d'une ancienne chapelle reconvertie : huit mètres sous la voûte, un froid de canard, deux petits convecteurs en bout de course, et les œuvres de Strelli partout, bien sûr. La nuit va être douce... Marina nous y attend.

– Alors allez-y.

Laura s'éloignait déjà.

– Attends, dit-il.

Elle lui fit face et anticipa ses mots.

– Oui, je vais être gentille. Très gentille. Avec tout le monde, promis.

Elle s'installa au volant. Laurent Strelli prit place à ses côtés. Erick ouvrit la portière arrière : Eva s'apprêtait à monter.

– À quelle heure ? dit-elle sans autre forme.

Il évita son regard.

– Tu auras le vol de 21 h 30, au plus tard.

Elle glissa sur la banquette et le maillage des collants s'élargit sur ses cuisses. Elle tira machinalement sur la jupe.

Erick fit le tour du véhicule. Laura baissa la vitre.

– Inquiet ? dit-elle.

– Je te connais.

– Non, dit-elle. Pas sur ce chapitre. Et puis là, c'est trop dangereux : je ne fais pas le poids.

Le policier risqua un regard vers l'arrière : Eva semblait ailleurs.

– Très subtil. Appelle-moi dès votre arrivée.

– Tu ne nous escortes pas ?

Il leva les yeux sur la Fondation.

– Non. J'ai encore quelqu'un à voir.

La voiture descendit péniblement la rue des Pyrénées engorgée. Laura s'engouffrait dans le moindre espace, déboîtait brutalement, alternait accélérations et coups de frein. Dans le rétroviseur, elle devinait les secousses qu'encaissait Eva. Elle se surprit à éprouver du plaisir à la voir ballottée. Ce n'est qu'à ce moment qu'elle se demanda pourquoi, avec cette fille aussi, elle entamait un rapport fondé sur l'affrontement. Sans réponse, elle observa son voisin. Strelli était voûté et sa tête – pourtant rasée – frôlait le toit de la voiture. Il semblait concentré sur un point précis du tableau de bord, insensible aux embardées du véhicule. De temps à autre, il émergeait de son absence, attiré par une échoppe colorée du 20ᵉ arrondissement. Entre le boudin aux allures de shampouineuse, à l'arrière, et ce cinglé kilométrique, Laura avait le sentiment d'être à la foire.

Eva se décida à quitter le silence.

– Où on va ?

– Vous connaissez Paris ?

– Non, presque pas.

– Alors ça ne vous dira rien.

Eva se pencha vers elle. Du bout d'un ongle verni, elle joua avec l'une des tresses africaines.

– Toi non plus, t'as pas l'air d'être d'ici. Pourtant je te parle, moi. Alors ne te force pas à être désagréable, d'accord ?

– Attendez, je ne suis pas désagréable, je...

– Non, c'est toi qui attends que je finisse. Et je t'explique : des filles comme toi, j'en ai vu des centaines, y'a que ça, dans les quartiers Nord. Et en prison aussi. J'ai grandi avec. J'ai même grossi à cause d'elles, d'ailleurs. Tu vois, j'en ai pas un bon souvenir. Alors sois mignonne, parce que sinon, moi, je règle ça à l'amiable : à l'arme blanche.

De biais, Laura distinguait le visage d'Eva. Elle lui souriait, tout près. Dans le vert de ses yeux, c'était du feu, prêt à jaillir. Laura prit sur elle.

– Les amis de mon chef sont mes amis.

– Non, répondit Eva. Non, on n'est pas amies. Mais au moins, on est claires l'une avec l'autre.

Elle recula dans la pénombre. Elle fouilla dans son sac à main et sortit son téléphone. Aucun message. Un sentiment de vide s'empara d'elle, quelque chose qui ressemblait à un froid intérieur. Elle avait appris à être forte avec les filles arrogantes, même avec des détenus récalcitrants. Pas avec un homme qui la malmenait. Elle ne prononça plus un mot jusqu'à leur arrivée.

42

LE véhicule s'arrêta devant une bâtisse du XVIIᵉ siècle fraîchement ravalée. Trois arches découpaient la façade grège, surplombées de grandes fenêtres enfoncées dans l'épaisseur des murs. Les restaurants et bars déversaient une clientèle jeune et bruyante sur le trottoir envahi de voitures. Laura baissa la vitre, un des deux hommes en faction s'approcha.

– Je croyais qu'on devait interdire le stationnement devant le cloître ?

– C'est vendredi soir, fillette. Tu crois qu'on peut faire évacuer la rue en une demi-heure ?

– Appelez la fourrière, qu'on dégage le trottoir.

Elle descendit de la voiture et fit le tour pour ouvrir la portière côté passager. Strelli reconnut les lieux et ses traits semblèrent s'animer, enfin. Eva le rejoignit devant la porte cochère. L'artiste composa le code d'entrée sans la moindre hésitation. Laura se tourna vers Eva.

– Et vous croyez vraiment qu'il a oublié le reste ? Il se fout de nous, c'est pas possible.

Ils pénétrèrent dans le couvent des Bénédictines de la Madeleine de Tresnel. Laura appuya sur un interrupteur. La cour, un grand rectangle, se résumait à un chantier couvert de gravats et d'herbes moribondes. Sur la droite, un mur de brique s'élevait, contre lequel s'amoncelaient pavés descellés, grillage rouillé, sacs de plâtre. Sur la gauche, les trois corps de bâtiment, en pierre de taille, formaient un U imposant. Strelli marchait d'un pas assuré entre les tôles et les flaques de boue. Les deux femmes le suivirent au fond de la cour.

Il s'arrêta devant une double porte vitrée. Derrière les carreaux, opaques, on devinait de la lumière. Laura s'approcha.

– C'est bien ici ?

Il acquiesça.

– Je n'ai pas la clef.

Laura n'eut pas le temps de répondre : la porte s'ouvrit sur Marina.

– Bienvenue chez vous, monsieur Strelli.

Laurent entra avec empressement. Eva resta sur le pas de la porte, impressionnée.

Elle contempla les lieux.

Le mur donnant sur la cour était percé de trois fenêtres qui s'élevaient sur deux niveaux. Les linteaux délimitaient une voûte soutenue par six arcs. Les trois autres murs, aveugles, étaient couverts de toiles. Au fond de l'atelier, un escalier abrupt menait à la mezzanine qu'un voile multicolore protégeait des regards. À travers le tissu, on devinait les contours de sculptures inachevées. Marina alluma une troisième lampe, dans un angle : la sphère de verre posée sur le sol diffusa une lumière rouge à travers l'atelier, dessinant de multiples ombres sur la voûte. Strelli longea les murs, un vague sourire aux lèvres. Il caressa les toiles, s'arrêta longuement devant l'une, en retourna une autre. Il modifia l'inclinaison d'un buste, superposa trois toiles. Même son pas était différent – plus souple ; chaque geste semblait délié. Il revenait à la vie.

Eva s'approcha de Marina.

– Il est chez lui, dit-elle. C'est son univers et maintenant, c'est nous qui sommes étrangères sur un territoire qui lui est familier.

– Vous pensez que ça facilitera votre tâche ?

– Peut-être. Certains verrous sautent en quelques minutes, sans qu'on y comprenne quoi que ce soit. D'autres peuvent ne jamais s'ouvrir.

Elle observa une toile immense qui lui parut vierge. Ce n'est qu'en s'approchant à moins de trente centimètres qu'Eva distingua les picots de peinture apposés par centaines. Elle fit un pas sur le côté et observa l'œuvre de biais. Selon l'angle que formait le regard avec la toile et selon l'éclairage, les reliefs acryliques dessinaient des ombres, tantôt un visage, tantôt une forme géométrique, tantôt un objet, tel un hologramme uniformément blanc. Elle jugea l'œuvre aussi étrange que laide.

– On gèle, ici.

– J'ai besoin du froid. Elles l'aiment, répondit Strelli en contemplant ses œuvres.

La lumière projetait l'ombre de sa tête : un crâne disproportionné sur les murs. Eva eut un regard de convoitise vers un radiateur à bain d'huile couvert de poussière. Elle abandonna l'espoir de le faire fonctionner et remonta la fermeture Éclair de son blouson. Le cuir, glacé, la fit frissonner. Marina posa une couverture sur ses épaules.

– J'avais prévu le coup. Erick m'a dit que vous veniez de Marseille... On croirait qu'il s'agit d'un autre pays, non ?

Eva lui sourit.

– Mais ce n'est *pas* le même pays.

– On a suivi les recommandations du chef : veiller à ce que Strelli ne s'endorme pas et vous laisser travailler.

L'évocation de sa mission rassura Eva : dès qu'elle aurait tenté une ultime approche de l'artiste par le toucher, elle serait susceptible de prendre le premier taxi pour Orly. En d'autres circonstances, elle n'aurait pas toléré d'elle-même un manque de conscience professionnelle, mais à l'instar de Strelli, son univers lui manquait. Elle aurait tout donné pour être chez elle. La perspective la vivifia. D'un geste, elle se défit de la couverture et la tendit à l'inspectrice.

– Vous êtes gentille, mais ça pourrait me gêner dans mes mouvements. Et puis je ne devrais pas en avoir pour longtemps.

Marina ne répondit pas.

– On a enlevé le lit qui se trouvait dans la mezzanine, précisa Laura. Histoire de protéger tout le monde des tentations. On n'a laissé que ces trois fauteuils.

Elle en palpa l'assise.

– Là-dessus, impossible de s'endormir. Ou alors, c'est qu'on est mort. Dans ce sac, assez de provisions pour tenir un siège, et on s'est dit que la musique, ça maintenait les esprits éveillés.

La jeune femme s'attaqua au réglage des fréquences radio sur la chaîne hi-fi portative. Un rock agressif déchira le silence du couvent.

– Je me suis portée volontaire pour passer la nuit ici. Il faut bien son petit confort...

Strelli semblait indifférent au vacarme, immobile, au milieu de l'atelier. Eva contourna les trois fauteuils et s'approcha de Marina.

– Vous vous y collez toutes les deux ? Mais ce n'est plus du service, c'est de l'esclavagisme ! Et votre petit chef, là, il passe une nuit paisible au fond de son lit, j'imagine ?

Marina hésita.

– Vous savez, je n'ai plus l'âge ; je rentre.

Elle jeta un dernier regard sur les peintures, puis sur le cadran de sa montre.

– Votre vol, demain matin : j'ai pris une place sur le tout premier, à 6 h 25. Pour que vous ne perdiez pas trop de temps.

Eva ne saisit pas tout de suite le sens du propos. Elle considéra les trois fauteuils, puis Strelli, et chercha une explication dans le regard de Laura. La jeune Africaine lui sourit.

– Une bonne nuit ensemble et demain, vous verrez, on sera copines.

Eva jeta son sac sur un fauteuil.

– Si je ne t'ai pas tuée pendant ton sommeil !

Elle fit volte-face.

– Où est votre enfoiré de patron ? Où est ce petit con ? Je veux le voir, vous m'entendez ?

Marina tenta de l'apaiser.

– Eva, la vie de Laurent Strelli est en danger.

– Je m'en fous, d'accord ? Mais alors complètement ! Ce que je veux, c'est rentrer chez moi – et tout de suite, même pas dans une heure !

Elle retourna son sac avec rage et déplia son téléphone.

– Donnez-moi son numéro.

– Calmez-vous, et écoutez-moi, dit Marina. Vous êtes la seule à pouvoir faire quelque chose pour lui.

– Vous m'avez menti, ce salaud n'avait pas la moindre intention de me laisser rentrer ce soir.

– C'est faux.

Marina se tut : Strelli leur faisait face. Elle réalisa qu'elles étaient en train de parler de lui comme s'il n'entendait pas – comme s'il *n'existait* pas. Elle reprit d'une voix voilée :

– On a tenté de tuer cet homme à l'hôpital. On n'a aucune piste sur l'identité du meurtrier, il peut tout aussi bien faire partie des murs qu'en être étranger. Il fallait sortir Strelli de la Fondation, le mettre à l'abri dans un lieu confidentiel et impliquer le moins de personnes possibles, pour préserver sa sécurité. Erick a confiance en vous.

– Ne me dites pas que vous avez besoin de moi pour tenir un type éveillé !

– Non. Mais pour le sortir de l'oubli, oui. Vous êtes une parfaite inconnue, à l'hôpital comme ailleurs, et votre art peut nous faire sortir de cette impasse. Vous étiez désignée pour rester avec lui, Eva.

La jeune femme ne répondit pas. Tous ses muscles s'étaient tendus. Elle serrait rageusement son téléphone dans son poing.

– Restez, dit encore Marina. Maintenez-le éveillé et travaillez sur sa mémoire tant que vous le pouvez – et tant qu'il le peut. C'est notre seule chance, *sa* seule chance de s'en sortir.

– Je ne dormirai pas non plus, si ça peut vous consoler, ajouta Laura. J'ai bien compris que vous étiez aussi dangereuse que lui.

– J'en ai marre de votre baratin et de vos ronds-de-jambe. Je veux rentrer, c'est clair ? Je veux REN-TRER.

Elle explosa. Elle saisit un haut-parleur et le jeta de toutes ses forces contre un rail de spots. La rampe s'écroula sur le béton dans un fracas de verre et de métal. Les trois femmes restèrent interdites. Strelli se précipita pour ramasser les débris d'ampoules et contempla les tessons de couleur dans sa paume. Dans ses yeux, Eva lut désespoir et révolte. Sa fureur fondit. Elle détourna le regard, et c'est le pas précipité de Laura qui l'alarma : Laurent venait de refermer la main sur les fragments de verre et serrait les poings de toutes ses forces. Les gouttes pourpres s'échappaient déjà. Eva, affolée par la vue du sang, voulut aider la policière. Laura la repoussa, Marina lui prit le bras et la contraignit à s'asseoir.

– Laissez-la faire.

Elle composa un numéro de téléphone et tendit l'appareil à Eva.

– D'accord, on en reste là ; vous avez gagné. Réglez vos comptes avec lui.

Eva prit l'appareil et contempla les mains de Strelli, agenouillé sur le sol, au milieu des débris.

– Et si j'y parviens ? dit-elle.

Marina se retourna.

– Parvenir à quoi ?

– Si le visage disparu refait surface ?

– Alors vous serez chez vous deux heures plus tard. Même en pleine nuit.

Eva lui rendit son téléphone.

– Je n'ai même pas envie de l'entendre. On a mieux à faire ici.

Marina lui sourit.

– Je vais chercher la trousse de secours. Finalement, j'ai peut-être encore l'âge de rester une petite heure de plus.

43

— VOUS devenez dangereux, monsieur Flamand. Vous étiez curieux, vous devenez dangereux. C'est moins plaisant, pour un médecin.

Françoise Meer posa son sac sur un fauteuil. Le hall était calme, l'agent de sécurité avait remplacé le standardiste, on avait éteint les néons pour se contenter de la lumière, plus douce, des lampes et appliques murales. Dehors, la nuit l'attendait. La psychiatre dénoua une écharpe en cachemire. Elle avait relevé ses cheveux en un chignon approximatif. Elle inclina la tête, des reflets cendrés apparurent ; Erick crut à un postiche, un court instant.

— C'est pour cette raison que je tenais à vous voir, dit-il. Avant votre départ. Vous quittez Paris dans moins de quarante-huit heures, je crois ?

— Le devoir m'appelle. Vous savez tout. Mais votre entreprise me donne mauvaise conscience : je pars quand vous prenez des décisions inconsidérées. Savez-vous ce que risque un homme qu'on prive de sommeil ? L'espèce humaine – et ce n'est pas la seule – ne peut pas s'en passer, c'est ainsi. Les scientifiques appellent le sommeil « l'aimable tyran » : il impose sa loi tout en étant un bienfait. Strelli en a encore plus besoin qu'un autre.

— Il nous est tous arrivé de passer une nuit blanche.

Françoise Meer s'éloigna de l'accueil et choisit un siège près d'une table basse. La chaleur, excessive, l'obligea à déboutonner son manteau.

— Laurent Strelli sort d'un coma post-traumatique. C'est très éprouvant. Considérez qu'il a autant besoin de récupérer qu'un homme qui aurait enchaîné plusieurs nuits sans sommeil. Je ne sais même pas comment il tient debout. C'est une force de la nature, mais une nuit supplémentaire pourrait être une de trop.

— Je suis venu chercher votre aide, pas vos réprimandes.

— Appelons cela un conseil.

Erick était resté debout. Elle trouva quelque chose d'arrogant à son attitude.

— N'avez-vous pas compris que le sommeil n'est pas une simple pièce dans un rouage ? C'est tout un monde, singulier et parallèle, certes, mais un monde à part entière, avec ses réseaux, ses connexions complexes, ses acteurs et leurs rôles, son architecture précise. Son rythme lui-même diffère de celui qui régit notre quotidien. Toucher à ce monde, c'est donner un grand coup de pied dans une fourmilière : un travail d'orfèvre s'effondre, vous désorganisez tout un système.

— Vous voulez protéger une mécanique, alors que moi, je pense à l'équilibre mental et au bien-être de votre patient. Comment croyez-vous qu'il vivra, si je laisse s'effacer le visage du tueur pour une nuit de sommeil ?

La psychiatre sourit.

— Vous êtes un redoutable démagogue, mais je veux bien jouer le jeu. Vous parlez de bien-être, mais attendez-vous au pire.

Elle prit le temps de s'installer plus confortablement.

— Au début, dit-elle, ce seront les troubles de la concentration. Rien de méchant. C'est déjà le cas, d'ailleurs, et vous le savez bien. Puis Laurent Strelli deviendra... comment dire... irritable.

— J'ai connu pire dans ma courte carrière.

— La mienne est longue. Écoutez-moi.

Elle s'était levée. Sa voix, égale, était posée. Seul son visage avait perdu sa douceur coutumière.

— Viendront alors les hallucinations, poursuivit-elle.

Elle se tut un instant.

— Êtes-vous un adepte de la voile ?

— Non, répondit le policier.

— Alors vous ne savez pas ce qu'éprouve un navigateur en dette de sommeil, en pleine course, qui voit une vache sur le pont et le

TGV au milieu du Pacifique. Ils sont presque tous passés par là, et c'est effrayant.

Erick détourna le regard, agacé. Elle ne lui laissa pas le temps d'intervenir.

— Strelli ne pourra plus prendre la moindre décision : il exécutera les ordres comme une machine. C'est ce que l'on appelle l'augmentation de la suggestibilité. Vous n'en avez jamais entendu parler ? C'est un phénomène connu depuis l'Antiquité. Toutes les polices du monde l'exploitent pour faire passer un homme aux aveux : épuisé, il finit par parler, même contre sa volonté. Dans certaines prisons asiatiques, on en fait même un supplice : la torture de l'œil du faucon.

Elle se tut. Le hall était parfaitement silencieux. Le vigile s'était rapproché de la porte, absorbé par le spectacle de la rue.

— Vous faut-il un drame, monsieur Flamand, pour comprendre qu'en *vous* mettant en garde, je veux aussi *son* bien ? Souvenez-vous de la navette Challenger. C'était en 86, je crois.

— Désolé. J'avais 6 ans.

— Pas un spécialiste du sommeil n'oubliera cet accident, dit-elle : une issue tragique, une cause stupide. C'est une fuite de carburant qui a provoqué l'explosion de la navette.

— La science physique n'est pas infaillible.

— Non, mais elle est à la merci de ce qui va vous sembler un détail. La fuite a été signalée par un technicien avant le lancement. Pourtant le responsable de la salle de contrôle n'a pas arrêté le compte à rebours.

— Pourquoi ?

— Il n'a pas été capable d'évaluer les conséquences de cette fuite. C'est ce qu'on nomme l'amnésie du futur, dont peut souffrir une personne qui manque de sommeil : elle ne se projette plus dans le futur. Elle ne conçoit pas de nouveaux projets et se contente de répéter ce qu'elle a fait la veille. Après l'accident, l'enquête a permis de découvrir que ce responsable n'avait dormi que deux heures les jours précédents :

Erick ne répondit pas. Françoise Meer conclut :

— Au bout de trois jours, la dette de sommeil est insoutenable, commissaire. Vous pouvez considérer que Laurent Strelli n'en est pas loin, compte tenu de ses antécédents et de son état.

Elle se leva et posa la main sur le bras du jeune homme. Le contact était plutôt apaisant.

— Quand il sera au bout du rouleau, que croyez-vous pouvoir obtenir de lui et de sa mémoire ?

Erick se ressaisit.

— Ce qu'il voudra bien restituer. Strelli n'a rien à perdre.

Le médecin soupira. Elle ne pouvait rien contre la détermination du policier.

— Bien. Je ferai mon possible pour vous aider à limiter les dégâts. C'est bien ce que vous attendez de moi, n'est-ce pas ?

— Oui, mais ce n'est pas tout.

Elle eut un sourire las.

— Laissez-moi d'abord vous poser une question.

— C'est le moins qu'on puisse faire.

— Pourquoi vous accrocher ainsi à cet homme, à ce qu'il a peut-être vu et ce dont il pourrait ne jamais se souvenir ?

— Parce qu'il est le seul témoin d'un drame qui ne livre pas la moindre autre piste. Pendant mon escapade marseillaise, mes collègues ont passé au peigne fin le voisinage et étudié les liens noués avec Strelli. La femme qui travaillait chez eux a confirmé qu'ils menaient une vie d'ascètes : le couple ne sortait jamais, ne recevait pas plus. Les parents de Strelli sont décédés, ceux de sa femme aussi. Ils sont enfants uniques, et leur famille se souvenait à peine de leur existence. Je crois que la personnalité de Laurent Strelli les maintenait à l'écart de toute vie sociale – et de tout danger de mort, a priori. L'agenda de Stefania Strelli n'a rien révélé de particulier : elle revenait de l'hôpital, ce soir-là.

— En somme, vous n'avez que son époux pour démêler l'écheveau.

Erick hésita.

— Il me faut maintenant explorer le milieu professionnel du docteur Strelli : celui auquel elle consacrait le plus clair de son existence, finalement.

— Je comprends. Vous n'écartez aucune piste sans l'avoir explorée.

Elle détourna le regard, troublée.

— Suis-je la première ?

— Je n'ai pas établi de liste.

– ... de suspects ?

– Tout le monde l'est, dans une enquête, sauf preuve du contraire.

– Dois-je vous fournir un alibi ?

– Pas encore. Parlez-moi plutôt de Stefania Strelli. Je sais déjà certaines choses de la femme, très peu sur le médecin.

– C'est pour cela que vous êtes venu, ce soir, n'est-ce pas ? Pardonnez-moi, j'ai bêtement cru que vous vouliez mon avis sur la veille forcée de Laurent Strelli. Mais votre décision était prise. Votre jeune âge est trompeur. Vous êtes très déterminé.

Elle s'était approchée de la porte, prête à sortir.

– Voulez-vous que je vous raccompagne ? proposa le policier. Nous discuterons en chemin.

Elle sembla ne pas l'avoir entendu, et finit par retirer son manteau.

– Non, dit-elle. Vous m'accompagnerez, certes, mais nous restons à la Fondation. Si vous voulez vraiment savoir qui était Stefania Strelli, c'est ici qu'il faut écouter et voir.

44

ERICK suivit la psychiatre à travers l'unité d'exploration du sommeil. Leurs pas résonnaient. La porte d'un box s'entrouvrit : l'infirmière passa une tête inquiète et disparut, enfermant avec elle le souffle des machines. Ils traversèrent le CME, les bureaux de consultation et s'arrêtèrent devant une porte en bois travaillé à double battant. Françoise Meer sortit de son sac un trousseau et fit quelques essais avant de trouver la bonne clef.

– Hélas, dit-elle, je n'y viens pas assez souvent.

Elle repoussa la porte et s'écarta. Erick passa le seuil. Le médecin s'approcha d'un comptoir et manipula quelques interrupteurs : la lumière tomba du plafond sur une immense salle rectangulaire, dont les murs étaient couverts de livres.

– L'or de la Fondation, précisa Françoise Meer avec une certaine émotion. La bibliothèque.

Erick contempla les lieux, impressionné.

Face à eux descendait un escalier vers le carré central, occupé par une succession de tables, dont l'épais plateau était du même bois sculpté que les rayonnages qui cloisonnaient l'espace. Le policier leva les yeux : la bibliothèque occupait les deux étages du bâtiment. À mi-hauteur des murs, une coursive permettait d'accéder aux ouvrages classés à plus de sept mètres du sol. On y montait par des escaliers adossés à la rambarde qui glissaient sur un système de rails. La voix de Françoise Meer l'arracha à sa contemplation.

– Au XIXe siècle, quand la Fondation était encore le somptueux hôtel de Solyves noyé dans un faubourg populaire, la bibliothèque existait déjà. Le comte était un homme cultivé et un grand humaniste. Athée, il comptait « évangéliser » ses gens avec les livres pour les rapprocher du savoir.

Elle descendit les marches, Erick la suivit. Ils longèrent les tables, dont elle alluma les lampes. Un halo jaune entoura les abat-jour en verre dépoli.

– Tout le mobilier et les boiseries sont d'époque. La bibliothèque a conservé sa vocation, à sa manière : un havre de paix et de connaissances dans cet univers étrange qu'est l'hôpital psychiatrique. Venez.

Erick parcourut l'allée. Entre les rayonnages disposés parallèlement apparaissaient, sur le mur ouest, des fenêtres qui s'étiraient en pointes gothiques. Les vitraux – des scènes de chasse, des figures mythologiques mêlées à des visages qui semblaient familiers – donnaient à l'endroit des airs de cathédrale. Ils parvinrent au fond de la salle. Trois tables s'alignaient, isolées par des murs de livres.

Françoise Meer s'approcha de la table à droite. Le fauteuil, imposant, comportait un haut dossier. Elle passa furtivement la main sur le velours.

– C'était sa table. Ici, il venait compulser les livres du début du siècle comme les derniers ouvrages parus, les plus récentes publications. Cette bibliothèque est réputée pour être l'une des plus fournies et des plus actuelles en matière de psychiatrie et de neuropsychiatrie, en dépit de sa structure séculaire.

Elle avait prononcé les mots avec fierté.

– Ensuite, dit-elle, ce fut le bureau de Stefania. Parmi nous, c'était la seule qui fût susceptible d'occuper cette place : leurs relations l'y autorisaient.

Françoise Meer ferma les yeux et passa la main dans ses cheveux d'un geste las. Erick respecta son silence et la tristesse qu'elle n'exprimait qu'avec pudeur. La mort de Stefania Strelli semblait peser sur elle. Il observa les longs doigts et nota l'absence d'alliance.

– Docteur, de qui parliez-vous ?

Dans le mur du fond, des niches avaient été ménagées entre les étagères pour accueillir de grands cadres vitrés. Sans un mot, Françoise Meer s'en approcha. Elle posa le doigt sur une photo, au centre du cadre. Un homme de grande taille et de forte carrure souriait. Il y avait une forme de timidité dans ce regard qui s'éloignait de l'objectif, la tête rentrée dans les épaules. Son visage n'accusait pas les traces de l'âge : seuls ses cheveux, d'un blanc parfait, trahissaient les années.

– Nathanael Mankiewicz, dit enfin le médecin. Éminent psychiatre, homme brillant – admirable. Père de la Fondation – qui porte son nom, d'ailleurs. On l'oublie un peu trop souvent.

Elle effleura le verre dans un mouvement qui ressemblait à autre chose qu'à de la nostalgie. Erick observa un autre cliché.

– C'est elle, n'est-ce pas ? Stefania Strelli, près du professeur ?

La psychiatre répondit sans vérifier.

– Oui, c'est elle. C'était il y a quinze ans. Elle était interne, elle n'avait même pas l'intention de faire de la psychiatrie. Elle n'avait pas eu le choix : c'était son premier stage, il n'y avait plus de poste libre en neurologie.

– Pourquoi a-t-elle changé d'avis ?

Elle croisa son regard, quelques secondes.

– Il lui est arrivé ce qui arrive à tous ceux qui côtoient un médecin comme Nathanael Mankiewicz : elle fut contaminée par la passion. Une telle rencontre peut bouleverser un parcours professionnel, convaincre le plus indécis d'entre nous. Elle marque une vie.

Erick parcourut du regard les photographies. L'une d'elles semblait plus récente. Elle représentait les deux femmes. Françoise Meer était légèrement en retrait ; sur son visage, un sourire indécis, qui tranchait avec celui, plus franc, de Stefania Strelli.

– Le parcours de Stefania fut tracé, dit-elle : elle revint à la Fondation pour y passer son troisième semestre d'internat, puis tous les autres. À ce moment-là, j'étais responsable de l'unité de soins. Elle était brillante, concéda-t-elle. Il était logique de poursuivre sa carrière ici et qu'on lui réserve à ce titre tous les honneurs. Elle prit un poste de chef de clinique à la fin de son internat, puis celui d'adjointe. Elle tombait à pic : je devais m'occuper de la toute nouvelle unité de Haute Sécurité, qui réclamait la majeure partie de mon temps. J'étais heureuse de savoir qu'elle prendrait en charge le travail que je ne pouvais plus assumer.

Elle avait parlé plus vite qu'à l'habitude. Erick contempla à nouveau le portrait de Mankiewicz. Meer enchaîna :

– Nathanael Mankiewicz avait travaillé pendant des années pour offrir à la science ce qu'elle sait aujourd'hui sur le sommeil paradoxal : son rôle dans l'intégration des connaissances et l'éla-boration des comportements face aux situations nouvelles. C'est à l'issue de ses travaux qu'on a pu assimiler le sommeil paradoxal au « temps de l'esprit », par opposition au sommeil profond qui représentait celui de la régénération physique, et concevoir ainsi des thérapies pour améliorer l'état des criminels psychotiques. En ouvrant l'unité de Haute Sécurité, le professeur mettait officielle-ment en pratique la thérapie couplée, reprise ensuite en Europe et en Amérique.

Françoise Meer s'éloigna des cadres et remonta l'allée jusqu'aux premières tables au centre de la salle. Elle leva les yeux sur les murs couverts de livres, au-delà de la coursive. Sa voix se perdit sous le plafond à caissons.

– Il y a trois ans, les événements se sont précipités. Après avoir encensé – à contrecœur – ce qu'il fallait bien voir comme un suc-cès, les pontes de la psychiatrie ont saisi la première occasion pour montrer du doigt celui dont on enviait la réussite et les résultats.

– Qu'est-ce qui s'est passé ?

– Une expertise a reconnu l'échec de la thérapie couplée sur un premier détenu. Je me souviens parfaitement de lui, dit-elle, comme si elle se parlait à elle-même. 19 ans, psychopathe et érotomane. Il avait débité en petits morceaux deux lycéennes qui lui auraient fait des avances évidentes avant de se refuser à lui.

– Que lui est-il arrivé ? demanda Erick.

– Il s'est suicidé dans sa chambre. Échec retentissant du traite-ment, aux yeux du monde. Deux mois plus tard, une femme inter-née pour le meurtre de son époux tuait l'infirmière qui lui apportait son repas, convaincue qu'il s'agissait de la maîtresse de son défunt mari. Là encore, le professeur et sa méthode furent tenus pour responsables de la tragédie. On lui reprochait aussi de tester une théorie incertaine, au fond, sur des criminels qu'il ne considérait que comme des vulgaires cobayes.

Le policier se rapprocha d'elle.

– Comment avez-vous interprété les faits, vous ?

– Si je vous ai dévoilé ces détails, c'est pour vous dire à quels patients nous avons affaire : des personnalités profondément per-turbées, imprévisibles, des pathologies mentales lourdes qui suffi-sent à elles seules à expliquer les drames. Incriminer la thérapie couplée n'était qu'un artifice pour déstabiliser le piédestal sur lequel se tenait le professeur. La médecine est un panier de crabes, un milieu aussi impitoyable que les autres, monsieur Flamand.

– À vous entendre, la manœuvre a été efficace.

– Il a abandonné ses fonctions dans le mois qui a suivi.

– Et Stefania Strelli les a assumées.

Françoise Meer se tut un instant. Elle avait besoin de recul, de moins de passion pour poursuivre.

– C'était une force de la nature. Elle avait accumulé en dix ans plus de publications et de travaux que nous tous réunis. En cela, elle ressemblait à Nathanael Mankiewicz : une acharnée du travail, une stakhanoviste de premier ordre. Le temps qu'elle consacrait à la Fondation n'était pas compté. Il semblait évident qu'elle remplaçât le professeur. Elle seule en était capable, d'ailleurs : au-delà des compétences, elle en connaissait tous les tics, les projets, toutes les ambitions, qu'elle partageait. Ils étaient très complices. (Elle sourit.) S'il n'avait pas eu l'âge d'être son père, on aurait pu les croire liés. Ce n'était pas le cas.

Le flot de paroles l'avait soulagée. Près d'elle, une ampoule clignotait, en bout de course. La lumière irrégulière jouait sur son visage.

– Elle a repris le flambeau avec brio. Personne n'en doutait. Nous avons partagé la responsabilité de l'unité de Haute Sécurité.

– Alors que vous en aviez seule la charge ?

Elle hésita.

– Nous étions tous terriblement affectés par le départ de Mankiewicz. Affaiblis, aussi, et débordés : il nous assistait dans tout, en cas de besoin. Stefania est venue me prêter main-forte comme il l'aurait fait. Elle était pleine... d'énergie. Jusqu'à la fin.

Elle regarda le policier avec aplomb. S'il avait pu percevoir une amertume jusqu'ici, elle s'était dissipée.

– J'ai apprécié de collaborer avec elle. Vraiment.

Elle s'assit sur une chaise et sembla déchiffrer un titre sur une couverture choisie au hasard. Elle releva la tête, comme si elle revenait d'une échappée.

– Stefania a trouvé le temps et la détermination pour poursuivre la tâche du professeur et ouvrir le Centre du Mieux-Être. C'était il y a un an, tout juste. Son mari en fut l'un des premiers patients. Vous connaissez la suite de l'histoire, je crois.

– Elle est incomplète, dit-il.

– Pourquoi ? Que vous manque-t-il ?

Erick rebroussa chemin et contourna les trois tables du fond. Il observa les photos avec minutie.

– Qu'est devenu le professeur Mankiewicz ?

Françoise Meer détourna le regard un instant.

– C'est un mystère, finit-elle par répondre. Il est parti vite, très vite. La passation de pouvoir s'est faite d'un jour à l'autre. Mankiewicz n'a laissé aucune trace, dit-elle avec gravité.

Erick contempla les clichés une ultime fois. Un visage d'enfant attira son attention.

– Qui est-ce ?

La psychiatre se rapprocha.

– Sa fille, Nadine. Elle était très jeune quand cette photo a été prise.

– Elle vivait ici ?

– Non. Sa mère est morte quand elle était en bas âge. Elle venait à la Fondation en sortant de l'école. Une enfant de 10 ans qui hantait le parc et les couloirs d'un hôpital psychiatrique, dès qu'elle le pouvait... Elle nous préoccupait. Seul son père semblait confiant.

Françoise Meer contempla le visage quelques instants. Nadine Mankiewicz semblait être entrée dans la photo par effraction. Ou tentait d'en sortir. Erick détailla ses traits : un nez presque absent, de grands yeux inquiets. Des cheveux bouclés, très clairs, qui retombaient sur le front. D'une main, elle tentait de cacher son visage.

– Elle était silencieuse, timide. Rien ne lui échappait, elle observait tout. Insaisissable, en fait, dit la psychiatre. Elle n'avait pas d'amis.

– Qu'est-elle devenue ?

– Son parcours fut à la mesure de son enfance : étrange. Le seul choix auquel on aurait pu s'attendre fut son choix professionnel. Elle voulait être psychiatre. Elle a suivi ses cours de médecine, réussi l'internat, mais n'a jamais exercé.

– Pourquoi ?

– Je ne sais pas. Nathanael Mankiewicz en parlait rarement, et lorsque Nadine a entamé ses études, elle a cessé de venir à la Fondation. Je crois ne l'avoir jamais revue ici.

Elle se tut un instant, absorbée par ses souvenirs.

— Je me rappelle une chose : en marge de la science, elle s'était intéressée à ses origines familiales et religieuses. Quelle orpheline ne le fait pas, à un moment ou un autre de son existence où il faut lier son passé à son avenir ? Quand un parent manque, on creuse à la recherche de racines.

Erick écoutait sans réagir. Il se demanda quelle forme pouvait prendre cette quête lorsqu'on perdait tragiquement ses deux parents. Il chassa cette question de l'esprit, et l'ajouta à la liste — déjà longue — de celles qu'il éluderait.

— Elle s'est progressivement rapprochée d'un mouvement juif orthodoxe dont elle a même fini par épouser un membre, précisa le médecin.

— Une secte ?

Françoise Meer sourit.

— Quel curieux réflexe... un mouvement religieux est-il forcément une secte ?

— L'orthodoxie mène souvent aux excès, tenta Erick.

— Elle peut aussi attester d'une rigueur et d'un attachement aux traditions et aux textes, tout simplement. Je crois que c'était le cas pour le groupe qu'elle avait rejoint : une communauté très pratiquante, intégrée dans la société mais aussi versée dans l'étude de la Torah, c'est tout. Son père n'aurait pas toléré qu'elle fasse partie d'une quelconque secte. Ce n'était pas un philosophe, mais le fait que sa fille, médecin, aspire à une forme de spiritualité, lui plaisait, je crois. À ses yeux, c'était une façon parmi tant d'autres d'offrir un gage d'éthique à la profession.

— De la part d'un homme dont on a mis en doute la pratique respectueuse, dit Erick, on peut le comprendre.

— C'était bien avant qu'on discute l'intégrité du professeur Mankiewicz.

Elle regretta le ton sec dont elle avait usé. Elle longea les cadres, scrutant avec nostalgie des photos oubliées. Elle paraissait avoir gommé la présence du policier.

— N'avez-vous pas cherché à revoir la fille pour savoir ce qu'il advenait du père ? demanda Erick.

– Si, bien sûr. Nous avons tous essayé de le faire. Sans beaucoup d'espoir : enfant déjà, elle était secrète. Elle a toujours dit ne rien savoir.

– Elle est restée à Paris ?

– Nadine vit avec sa famille dans le 19e arrondissement et travaille en banlieue. Au Pré-Saint-Gervais, je crois.

– Je croyais qu'elle n'exerçait pas.

– Pas la médecine, en effet. Mais elle a hérité de son père une curiosité sans limites, qu'elle a consacrée à l'étude du sommeil, elle aussi. Elle a ensuite décliné son savoir et ses compétences sous la forme d'une consultation du sommeil, ouverte à tous. Ça n'a pas plu aux membres de sa communauté. Elle n'y a pas renoncé pour autant. Ils ont appris à l'accepter. Vous voyez, ce n'est pas vraiment le propre d'une secte...

L'image d'Eva et Laurent luttant contre la fatigue apparut à Erick. Françoise Meer devina ses pensées.

– Elle a abordé le sommeil sous deux angles, dit-elle : scientifique et spirituel. Elle pratique une forme de thérapie qui puise dans sa conviction religieuse, dans des fondements génétiques et psychologiques, et qui emprunte également à des éléments inclassables qui n'appartiennent qu'à elle. Je ne pourrais pas vous en dire plus. (Elle se leva, comme pour signifier la fin d'un discours.) C'est une femme mystérieuse, monsieur Flamand. Intelligente, cultivée, probablement toujours aussi curieuse. Mais mystérieuse, même pour son père. Une part importante de sa personnalité, inaccessible, n'appartient à nul autre qu'elle. Je n'avais pas pensé à elle, effectivement. Mais vous avez vous-même désigné son visage parmi tous les autres. Je ne suis pas superstitieuse, mais je crois au destin. Et vous ?

Erick ne répondit pas. Certains destins sont trop sombres pour qu'on les accepte ou qu'on y croie. Quoi qu'il en soit, le chemin de Nadine Mankiewicz croiserait sans doute celui de son enquête.

Françoise Meer éteignit la lampe de bureau. Sur les murs de la bibliothèque, les vitraux teintaient les livres de couleurs changeantes.

– Elle vit dans le 19e, mais travaille au Pré-Saint-Gervais, c'est bien ça ?

– Venez, dit-elle. Ne nous opposons pas au destin.

45

LA voiture s'arrêta tout près de l'immeuble, dans un quartier calme du Pré-Saint-Gervais. Le ciel s'était dégagé en début de soirée, la pleine lune blanchissait la façade de béton, alors que la banlieue semblait s'éteindre et déverser sa population dans le centre de Paris. Le bâtiment s'élevait sur un carré de verdure dénudé par l'hiver. Autour, des constructions de 1920 cachaient précocement leurs murs effrités sous les décorations de Noël.

Erick traversa un hall simple mais propre. Il parcourut du regard les noms inscrits sur les boîtes aux lettres – en vain. Beaucoup manquaient ou s'effaçaient sous l'effet du temps et du vandalisme. Il finit par trouver ce qu'il cherchait, à côté du tableau d'affichage de copropriété :

CONSULTATION DU SOMMEIL
18ᵉ étage – porte gauche

La plaque était collée de travers. Erick tenta de la redresser quand l'ascenseur se mit en mouvement. Il renonça à la manipulation. La porte s'ouvrit et une dame âgée sortit de la cabine. Elle s'arrêta un instant pour observer le policier, puis se dirigea vers le local à ordures. Elle souleva avec difficulté le couvercle d'une poubelle et jeta un sac en plastique noué.

– Vous venez voir vos parents ? Vous êtes le petit Grünbaum, c'est ça ?

Erick entrait dans l'ascenseur.

– Non. Je ne suis pas le petit Grünbaum.

Elle s'approcha jusqu'à pouvoir détailler ses traits.

– Ne laissez pas vos parents seuls, mon garçon. Ce n'est pas dans l'ordre des choses, vous m'entendez ? Ce n'est pas dans l'ordre des choses.

Elle avait parlé sans le regarder, elle s'était adressée à elle-même, à la porte, au vide. Elle s'éloigna à petits pas, le dos voûté, et Erick laissa les portes se refermer sur la tristesse qui s'emparait de lui.

L'ascenseur s'ouvrit enfin sur le palier du 18ᵉ étage. Le policier appuya sur l'interrupteur : le tube lumineux était hors d'usage. Dans la pénombre, il se dirigea vers la porte gauche, au fond du couloir. D'une meurtrière, on pouvait apercevoir les hauteurs de Montmartre, le Sacré-Cœur et, plus au sud, la tour Eiffel qui scintillait dans la brume. Depuis les appartements, la vue devait être somptueuse. Une porte s'ouvrit et la lumière tomba sur un paillasson en forme de vache.

– Qu'est-ce que vous cherchez ?

– La consultation sur le sommeil... c'est bien à cet étage ?

La silhouette se détacha dans l'encadrement. Le type était en pantalon et chemise. Les pieds, larges, déformaient les pantoufles. De sa tête, Erick ne distingua que les cheveux frisés, à contre-jour.

– C'est en face. Mais y'a personne.

Erick s'approcha de la porte close sur laquelle on avait fixé la même plaque qu'au rez-de-chaussée, avec les horaires de consultations, cette fois. Il eut du mal à les déchiffrer.

– Elle est en vacances ?

– C'est vendredi après-midi, c'est fermé. Toujours. C'est une Juive, dit-il. Vous savez, leurs conneries, là, le Shabbat...

Erick ne répondit pas.

– J'ai rien contre, hein. Tant que les autres viennent pas nous foutre des croix gammées et des insultes sur les portes à cause d'elle.

Le néon du couloir se mit à clignoter, miraculeusement. Le visage du type apparut par intermittence – des traits quelconques. Un bon gars de la rue. Erick n'avait jamais pensé que l'ignorance et la méfiance étaient inoffensives. Dans les éclairs de la lueur, la carrure du policier se dessina. Sans trop savoir pourquoi, l'homme jugea prudent de nuancer son discours.

— Je vais vous dire, c'est toujours mieux que les Arabes.

— Elle sera là demain ?

— Le chabbat, ça commence vendredi et ça dure jusqu'au lendemain, à la tombée de la nuit. C'est elle qui me l'a expliqué. On a de bons rapports. Je m'intéresse à tout, moi.

Erick garda son sang-froid. À court d'argument, le voisin ajouta :

— Franchement, elle est pas méchante.

Le plafonnier brilla une dernière fois. L'homme referma lentement la porte.

— Revenez lundi, elle commence tôt.

Erick longea les Buttes-Chaumont dans la nuit étrangement claire. À ses yeux, c'était un des rares parcs qui n'inspirait pas l'inquiétude, même en pleine obscurité. Il était souvent venu y courir jusqu'à une heure tardive, sans compter les tours du lac, au moment où l'absence et l'angoisse de mort réclamaient l'effort pour tout remède. Ses pas résonnèrent sur le boulevard désert. Il finit par croiser un homme et ses enfants, dont il reconnut le code vestimentaire et les coutumes des Juifs orthodoxes : une redingote noire, un chapeau, la barbe et des papillotes qui tombaient des tempes. Ce qui le frappait toujours, c'était ce pas pressé, ce regard qu'il avait toujours jugé fuyant – une façon de s'exclure du monde qui les entoure. Ce soir, la réalité lui apparut comme une évidence : ils étaient simplement ailleurs, déjà transportés dans leur univers spirituel, quittant la précarité et l'agressivité de la semaine pour accueillir Shabbat – le jour où la Création connut un terme pour faire place au repos. Lui n'avait joui d'aucune éducation religieuse : ses parents ne s'étaient souvenus de leur obédience catholique qu'à l'occasion du baptême de leur fils et s'étaient empressés de l'oublier ensuite. La foi transportait-elle au-delà de la souffrance, comblait-elle le vide ? Il n'y avait jamais cru, mais si la religion était ne serait-ce qu'un refuge, il en voulait à ses parents de l'en avoir privé. Même si la mort injustifiable et le crime l'avaient conforté dans son athéisme, jusqu'ici. Un court instant, il se prit à envier la foi qui transporte, cette élévation inscrite sur le visage et dans les gestes de ces gens. Lorsqu'il arriva au niveau de l'homme, celui-ci leva la tête et leurs regards se croisèrent. Erick sourit, l'homme n'y répondit pas. Il abandonna très vite le visage du policier, mais c'était assez pour que ce dernier éprouvât l'étrange sentiment d'avoir été *exploré*. Un malaise s'empara de lui, à l'idée que Nadine Mankiewicz possédât la même faculté.

Il pressa le pas et atteignit un grand immeuble en arc de cercle, percé de centaines de fenêtres. Il poussa le portillon en métal, traversa le parvis et s'arrêta devant l'entrée C. Cette fois, il trouva sans difficulté le nom qu'il cherchait. Il pressa un bouton et attendit devant l'interphone muet. Il insista. Il allait rebrousser chemin quand une silhouette glissa dans la pénombre du hall et s'approcha de la porte. Un enfant d'une dizaine d'années, essoufflé, l'observa derrière la vitre. Des yeux immenses mangeaient un visage couvert de taches de rousseur.

– Tu peux ouvrir la porte ?

Le garçon recula d'un pas, au contraire, et entra dans un rai de lumière. Erick vit la calotte de velours sur les cheveux roux, les papillotes qui encadraient le visage. D'un geste vif, l'enfant fit glisser les mèches derrière les oreilles. Erick sortit son insigne et le colla contre le verre.

– Je suis policier. J'aimerais parler à Mme Mankiewicz. C'est ta maman ?

L'enfant acquiesça. Après une hésitation, il abaissa la poignée et Erick poussa le battant de la porte. L'enfant courut jusqu'aux escaliers.

– À quel étage vous habitez ?

– Au 9e étage, dit le gamin en grimpant les premières marches.

– Tu peux prendre l'ascenseur avec moi, je ne mange personne.

– C'est Shabbat, répondit le gosse avec un air réprobateur.

Quand Erick sortit sur le palier, la porte de l'appartement était ouverte. Sur le seuil se tenait une femme menue, noyée dans une robe sans forme qui tombait jusqu'aux chevilles. De ses traits d'enfant, Nadine Kahn-Mankiewicz n'avait conservé que les lèvres charnues et les yeux clairs, vifs. Erick reconnut encore une boucle blonde qui s'échappait du foulard à franges enroulé autour du crâne. Sous le tissu, les cheveux étaient ramassés en un lourd chignon qu'on devinait posé sur la nuque. Nadine Mankiewicz suivit le regard du policier et dissimula la mèche rebelle sous la coiffe. Au même moment, le garçon jaillit de la cage d'escalier, hors d'haleine.

– Maman, c'est la police !

Il resta interdit devant Erick puis s'interposa instinctivement entre sa mère et le policier. Elle passa la main avec douceur sur sa joue.

– Rentre, Aryé. Ton père t'attend pour les *zemirot*[1].

– Et toi ?

– Je viens. Va.

Le garçon jeta un dernier regard en direction d'Erick et disparut.

– Erick Flamand, de la Brigade criminelle. Bonsoir madame.

Nadine Mankiewicz leva timidement les yeux. Il tendit la main, elle se contenta de répondre d'un signe de tête.

– Désolé, j'ai sonné avec un peu d'insistance. J'ai cru qu'on ne m'entendait pas.

– À la tombée de la nuit, nous ne pouvons plus faire fonctionner la moindre installation électrique. Il faut descendre ouvrir. À pied.

Erick se pencha : dans le couloir de l'appartement, le plafonnier était allumé.

– On a installé une minuterie pour les lumières... c'est un peu compliqué.

Erick la dévisagea, sceptique, et finit par détourner les yeux. Son regard semblait mettre la femme mal à l'aise.

– Je n'en aurai pas pour longtemps, dit-il. J'enquête sur la Fondation Mankiewicz et j'aimerais vous poser quelques questions.

– Je ne vais pas pouvoir vous aider. Je n'y ai pas mis les pieds depuis quinze ans.

Elle parlait vite, comme le font certaines personnes que la prise de parole embarrasse.

– J'enquête sur un meurtre, madame.

Nadine Mankiewicz se retourna. De l'appartement montait un

---

1. Chants rituels.

chant mélodieux, empreint de nostalgie. Une voix grave dominait celles des enfants.

– J'ai peu de temps à vous consacrer, dit-elle, excusez-moi... Venez.

Il ferma la porte derrière lui et la suivit dans un corridor tapissé de papier sombre. Ils passèrent devant le séjour. La table, dressée, avait des airs de fête. Deux bougeoirs en argent rayonnaient en son milieu. Erick sentit au même instant le poids d'un regard. Un homme se leva. Sa barbe, rousse, était drue. Il était de très grande taille et maigre. Ses jambes flottaient dans son pantalon. Pourtant, sa démarche était assurée, et de lui se dégageait une impression de solidité. Il dut se baisser pour éviter le lustre au centre de la pièce. Il repoussa avec lenteur la porte, sans quitter Erick du regard. Le policier remarqua que les voix s'étaient tues et regretta son intrusion – même visuelle – dans l'intimité de Nadine Mankiewicz et sa famille. Il tourna la tête : elle l'attendait, immobile, sur le seuil de ce qui devait être un bureau.

– Entrez, je vous en prie.

– Je tombe au mauvais moment, je crois.

– C'est un moment important pour nous, concéda-t-elle, un moment de tradition, en famille, durant lequel nous nous éloignons du profane.

– Désolé. Je vais devoir perturber votre... Shabbat ?

Elle eut un sourire doux. Il entra dans la pièce exiguë qui comportait pour tout mobilier une table, deux sièges et un meuble de rangement. Nadine Mankiewicz resta quelques instants dans le couloir. Le policier perçut une discussion à voix basse, puis elle le rejoignit. Elle laissa ostensiblement la porte entrouverte. Erick crut voir la longue silhouette dans l'entrebâillement ; Serge Kahn disparut. La jeune femme proposa un fauteuil au policier, éloigna le second siège du premier et s'assit.

– Je vous écoute.

46

– JE ne me souviens pas bien d'elle. C'est affreux. Tout ce que vous me dites est dramatique.

Nadine Mankiewicz était pâle. Elle tordit ses mains dans les plis de sa jupe.

– Pourquoi êtes-vous venu me raconter cette terrible histoire, ce soir, ici ?

– Parce que vous pouvez m'aider à la résoudre.

– Comment ?

– La mémoire de Laurent Strelli est ensevelie par pans entiers dans son sommeil. Peut-être même est-elle anéantie. Et le sommeil est votre territoire, je crois.

– Mon père en était le spécialiste dans le sens où vous l'entendez, pas moi. C'est d'un neurologue ou d'un neuropsychiatre dont vous avez besoin. Mon travail est très atypique.

– C'est pour cette raison que je fais appel à vous : la médecine classique est impuissante.

Nadine Mankiewicz se recroquevilla dans son siège.

– Je suis incapable de sonder le sommeil, encore moins d'y récupérer un souvenir qui s'y est égaré.

Erick songea à Eva à cet instant. La difficulté de la mission qu'il lui avait confiée s'imposa à lui avec plus de force encore.

– Ce n'est pas ce que j'attends de vous, madame. Une femme concentre déjà ses efforts sur cette tâche délicate. Elle aura besoin d'un soutien, en revanche. Priver un homme de son sommeil n'est pas sans danger, semble-t-il. Vos connaissances sur le sommeil lui

permettront de maintenir Laurent Strelli éveillé sans lui faire courir de risque.

La thérapeute réfléchit un instant avant de répondre.

– Savez-vous en quoi consiste mon travail ?

– Pas précisément, reconnut Erick.

– Puis-je vous en parler ? dit-elle avec humilité. Vous compren-
drez mieux ma réaction.

Elle sembla chercher une inspiration dans ce qui l'entourait.

– J'envisage le sommeil d'une façon particulière, très différente
de celle des médecins et psychiatres. À mes yeux, ce n'est ni un
terrain d'exploration, ni le miroir des dysfonctionnements du
corps et de l'esprit. Il n'est pas un *symptôme*, ce n'est pas le signe
que la mécanique s'enraye : c'est au contraire le *soin* naturel et
essentiel dont on dispose pour rétablir l'équilibre en soi. Je ne sais
pas si je me fais bien comprendre... Mes patients viennent me voir
quand leur sommeil est perturbé, parce qu'alors c'est tout leur
organisme et leur mental qui en pâtissent ; et pas l'inverse.

Elle se redressa, comme si la teneur de son discours et ses
convictions la grandissaient.

– J'aborde alors le sommeil de front, dit-elle, je tente de le
rééquilibrer avec la participation du patient ; le reste suit, tout
l'édifice en aval se remet d'aplomb. Parfois, il suffit d'expliquer.
L'insomnie, par exemple, n'est pas comme on le croit un trouble
du sommeil, mais plutôt un « excès d'éveil », dont le système est
trop stimulé. Ainsi, les stimulations affectives, comme l'anxiété ou
les émotions, sont de puissants facteurs éveillants : ils maintiennent en effervescence le réseau de l'éveil. En parler suffit souvent
pour retrouver un sommeil réparateur.

Erick l'écoutait avec attention.

– Vous n'êtes pas si atypique, dit-il. La médecine traditionnelle
partage avec vous la notion de sommeil réparateur : le sommeil
profond régénère le corps, tandis que le sommeil paradoxal, temps
de l'esprit, permet d'assimiler les connaissances.

Nadine Mankiewicz laissa échapper un rire.

– Vous avez bien appris votre leçon, à la Fondation.

– Elle ne vous convainc pas ?

– Je la crois... insuffisante, disons.

Son propos semblait troubler le policier. Elle se reprit :

– Ça n'engage que moi, bien sûr, dit-elle.

– Je vous écoute.

Elle hésita. Dans le séjour, les siens avaient entonné un autre chant, plus enjoué. Elle aspira brusquement à la quiétude de son repas, la lueur des bougies rituelles, la densité du chant, alors que cet homme l'en privait pour la plonger dans un monde âpre qui n'avait pas sa place ici, ce soir. Elle s'en voulut. Le regard insistant du policier la décida, pourtant.

– Je pourrais résumer mon principe en vous disant que le sommeil est l'une des quatre composantes fondamentales de la personnalité humaine. C'est pour cette raison qu'en perturbant le sommeil, un homme ou une femme peut basculer dans la maladie physique ou mentale.

Nadine Mankiewicz s'était tue, comme si elle cherchait à sonder son interlocuteur, tester sa réceptivité. Erick l'engagea à poursuivre d'un signe de tête.

– Essayez, dit-elle, essayez de concevoir la personnalité comme une structure géométrique, une pyramide à trois faces et un socle. Les trois faces seraient représentées par les trois énergies fondamentales qui nous animent et nous guident dans nos choix, nos décisions, nos réactions et nos actes. Il s'agit de la peur, de la douleur et du désir – qu'il soit conscient ou qu'il s'agisse d'une pulsion. Nous sommes tous habités par ces énergies, monsieur Flamand, mais dans des proportions différentes, déterminées génétiquement. Notre Pyramide mentale nous est spécifique, et c'est en cela que nos personnalités diffèrent et que nos agissements et nos pensées nous sont propres.

Prise par son explication, elle s'anima peu à peu, desserrant son carcan de timidité.

– Je vais illustrer mon propos. Lorsque nous affrontons un élément extérieur, quel qu'il soit, il passe par le filtre de cette Pyramide, mère de notre personnalité, dont notre réaction dépend. Si dans votre Pyramide, c'est la peur qui prédomine parmi les énergies, votre réaction sera empreinte de timidité et de retenue. Si c'est votre rapport à la douleur qui prédomine dans votre carte énergétique, on parlera de vous comme d'une personnalité souffrante, ou violente, ou au contraire endurante face à la douleur.

En tout cas, votre approche de la douleur dominera le tableau, modèlera vos réactions et définira votre profil.

Erick se prit au jeu, captivé par la théorie de la thérapeute.

– Admettons que chez moi, ce soit la troisième composante de la Pyramide qui soit génétiquement prépondérante...

– Le désir ? Alors vous développerez une personnalité séductrice, passionnée, parfois manipulatrice. Mais ce n'est pas toujours aussi simple, précisa-t-elle. Deux énergies peuvent se disputer la suprématie ; c'est ce qui explique la complexité de certaines personnalités.

Elle laissa le temps au policier d'assimiler ses paroles.

– Vous aurez beau réfléchir, vous verrez que quelle que soit la situation, on ne peut l'aborder qu'à travers la Pyramide mentale et le prisme de ces trois énergies.

– Et au sommet ?

Il y eut de la pudeur dans sa façon de sourire.

– Le plaisir, évidemment. Le plaisir, vers lequel convergent nos actes et nos choix. Là encore, nous nous en faisons tous une idée précise et différente.

– Vous l'avez dit vous-même, objecta Erick, une Pyramide comporte une quatrième face, ou plutôt un socle.

– Le mot est tout à fait approprié, répondit-elle avec douceur. C'est un socle, dans le sens où tout repose sur lui. Vous en devinez la nature, n'est-ce pas ?

– ... Le sommeil, j'imagine.

Nadine Mankiewicz s'anima, son visage s'éclaira et sa voix prit une tessiture particulière.

– Le sommeil est la quatrième énergie qui édifie notre personnalité, en ce sens qu'elle rééquilibre les trois autres, exacerbées pendant la journée. La Pyramide mentale est sollicitée en permanence lorsque nous affrontons l'environnement – physique et psychologique. La nuit, le sommeil paradoxal, en l'occurrence, se charge de remettre les compteurs à zéro : nous retrouvons notre niveau énergétique initial, génétiquement programmé. Comprenez-vous mieux le sens de l'expression « sommeil réparateur » et la place essentielle du sommeil dans l'existence d'un individu ?

– J'essaie surtout d'envisager les conséquences d'un sommeil perturbé, à la lumière de vos explications, répondit le policier.

– Tout est plus clair pour vous, maintenant : perturber le sommeil, c'est porter atteinte aux fondations de la Pyramide et risquer son effondrement. Vous abordez la naissance des pathologies psychiatriques.

– Que voulez-vous dire ?

– Je veux dire que la pathologie psychiatrique n'est rien d'autre qu'une distorsion de la personnalité, et la Pyramide mentale vous en donne la clef. La personnalité résulte d'un équilibre subtil et fragile entre les énergies, propre à chaque être humain et génétiquement déterminé. Si l'une des énergies est sursollicitée et que le sommeil paradoxal ne rétablit pas cet équilibre, un désordre mental peut survenir.

Erick éprouva le besoin de se lever et d'arpenter la petite pièce, traçant une ligne entre le siège et la porte. La jeune femme poursuivit.

– Prenons un exemple, monsieur Flamand. Si l'énergie Peur, prédominante chez vous, est particulièrement sollicitée durant une journée chargée en événements angoissants, et qu'elle ne retrouve pas son niveau d'origine pendant le sommeil, votre personnalité réservée ou simplement timide basculera dans la phobie maladive, les crises d'angoisse, voire l'introversion extrême. Il en est de même pour les autres énergies si elles ne retrouvent pas leurs proportions chaque nuit : à partir d'un certain cap, un homme à la personnalité agressive vire au psychopathe tortionnaire, une personnalité souffrante sombre dans la dépression, et le simple séducteur serait capable de commettre un crime passionnel sous l'effet d'un délire érotomaniaque.

Erick garda le silence. Les révélations de cette femme si réservée donnaient un sens nouveau au sommeil et déstabilisaient son entreprise. Et, au fond de lui, il tentait d'oublier que chaque nuit ses traumatismes volaient à son sommeil des heures précieuses. Saurait-il en voir les dégâts avant qu'il ne soit trop tard ? La voix de Nadine Mankiewicz retomba, comme si ses explications ne nécessitaient plus de conclusion.

– L'état de santé de cet homme est précaire, me dites-vous Vous aider à le priver de sommeil me semble non seulement criminel, mais va à l'encontre de toutes mes convictions. Vous allez probablement précipiter Laurent Strelli dans un chaos mental dont vous ne le sortirez peut-être jamais.

Erick se rapprocha de la porte. Le lieu, les mots, tout l'oppressait.

— Aujourd'hui, en volant l'identité du meurtrier, ce serait le sommeil qui serait criminel, dit-il. Il faut courir le risque de maintenir Strelli en éveil, madame, et avec votre aide nous limiterons le danger.

La jeune femme ouvrit la porte du bureau.

— Si vous estimez mon intervention et votre décision vitales pour cet homme, je vous aiderai.

Son époux apparut dans le couloir. Son attitude n'exprimait pas d'hostilité : un appel, simplement, à les rejoindre et à quitter les eaux sombres du profane. Erick sortit de la pièce. La voix de Nadine Mankiewicz le retint.

— Qu'il s'agisse de génétique, de géométrie ou d'identité, mes convictions puisent leur essence dans ma foi, monsieur Flamand. La génétique parce que je crois aux racines et à la tradition ancestrale ; la structure précise d'une pyramide parce qu'elle s'oppose au tohu-bohu biblique et au chaos, et la spécificité de chaque être humain parce que je crois au rapport intime que l'individu établit avec le Créateur, au-delà du groupe et de la notion de peuple.

Erick ne répondit pas, insensible au discours religieux. Elle devina ses pensées.

— Je ne cherche pas à vous convaincre du bien-fondé de ma foi. Je vous conseille de trouver, vous aussi, une branche à laquelle vous raccrocher. Des repères profondément ancrés en vous. Vous risquez d'en avoir besoin, très vite. Car je sais où vous mettez les pieds.

Le policier ouvrit la porte de l'appartement. Nadine Mankiewicz semblait s'être réfugiée à l'ombre de son époux, comme si ses propres révélations l'avaient ébranlée. Le policier leur présenta ses excuses.

— J'ai troublé votre rituel, j'en suis désolé.

— Ma femme m'a expliqué le motif de votre venue. La vie passe avant le culte, elle compte plus que tout. C'est l'essence même de notre tradition, le sens, aussi, du Shabbat : célébrer la Création. La vie en est l'expression ultime.

La voix de Serge Kahn était chaude, profonde.

– Merci pour votre compréhension, répondit le policier.

La thérapeute fit un pas, puis s'immobilisa, hésitante.

– Monsieur...

– Oui ?

– Le Shabbat dure vingt-cinq heures. Il se termine à la tombée de la nuit, lorsque trois étoiles apparaissent dans le ciel. D'ici demain soir, si vous avez besoin de moi, je serai ici ; je ne bougerai pas. Mais il vous faudra venir.

– Bien sûr, dit-il.

– Je ne répondrai pas au téléphone. Je n'en ai pas le droit.

Serge Kahn apparut à nouveau au côté de son épouse. Il tendit une clef à Erick.

– C'est celle de la porte d'entrée de l'immeuble. Vous êtes policier, on peut vous faire confiance, je crois. Vous nous la rendrez à la fin de Shabbat.

Erick prit la clef et la fixa à son trousseau.

– Merci.

– Seule la vie compte, répéta l'homme.

Le policier descendit les premières marches. La voix fluette de Nadine Mankiewicz se fit entendre.

– Monsieur Flamand, vous pouvez emprunter l'ascenseur. Vous... vous n'êtes pas juif.

Erick sourit.

– Vous êtes solidaires de mon enquête, je le suis de votre Shabbat.

– Une longue nuit vous attend, tous. Gardez vos forces, dit-elle. C'est ma première leçon. Et en voici une deuxième, sans attendre : la règle du quart d'heure.

Erick remonta quelques marches, intrigué.

– Lorsque la fatigue s'empare de vous, dit la jeune femme, si vous parvenez à lutter contre l'endormissement durant un quart d'heure, vous aurez deux heures de répit avant un nouvel assaut. Je vous rassure : la médecine traditionnelle reconnaît elle-même ce phénomène bien établi, précisa-t-elle en souriant. Ça ne fonctionne pas éternellement, bien sûr, mais dans les premiers temps, c'est un stratagème qui pourrait être utile à votre patient.

Erick consulta sa montre : il était 19 h 30.

– Il en faudra d'autres, je crois. Beaucoup d'autres.

47

QUAND il entra dans le séjour, ce fut la table qui attira son attention en premier lieu : l'argenterie, les verres en cristal, la nappe en lin.

— Le traiteur fournit tout : la vaisselle, le caviar, les bulles. Même un maître d'hôtel, mais j'ai dit qu'on s'en passerait.

Elle portait une robe noire, très simple, près du corps. L'encolure s'échancrait sur les épaules, nues. C'était avec ses cheveux courts, naturels, qu'il la préférait. Elle s'était maquillée, les jambes semblaient interminables avec les talons. Il jeta un œil à la table, encore.

— On se serait passés du tout, en fait.

Elle ignora la remarque et lui tendit une coupe.

— Deux heures de transit à Montréal et arrivée à Ottawa en début de soirée, dit-elle. La maison est à mon nom – celui qui figure sur mon nouveau passeport. Une grande maison, un grand jardin, de grands arbres. Tout est grand, là-bas. Notre avenir aussi. Cinquante chercheurs vont travailler à nos côtés, autant de techniciens, les infrastructures sont neuves. Des perspectives infinies.

Elle fit tinter les verres.

— Et de l'argent. Beaucoup d'argent. Au-delà de ce qui est décent. Et toi, tu voudrais qu'on se passe de caviar et de langouste, ce soir.

Il joua avec la coupe sans répondre.

— Buvons à notre nouvelle vie, dit-elle.

— C'est un peu prématuré.

Elle perdit le sourire. Son absence d'enthousiasme la rendait folle. Elle vida sa coupe et lui prit la sienne des mains.

— Tu sais bien que je n'aime pas crier victoire trop tôt, dit-il. Je suis comme ça.

— Oui, tu es comme ça.

Elle se retourna et jeta avec rage la coupe contre la fenêtre. Le cristal vola en éclats et le champagne coula sur la vitre, troublant la vision du Sacré-Cœur illuminé.

Elle s'approcha de la fenêtre.

— C'est ça qui va te manquer ? Pourquoi as-tu si peu d'ambition ?

Il l'observait, immobile au milieu de la pièce.

— J'ai horreur de cet immeuble minable, dit-elle. J'ai horreur de ces gens, là, qui traînent à nos pieds sans aspirer à mieux, j'ai horreur de cette ville, des limites qui ont encerclé mon existence, des obstacles sur mon chemin.

Elle se mit à tourner autour de lui, lentement, et l'effleura du bout des doigts.

— Depuis combien d'années on croupit dans cet arrondissement, mon amour ? Combien ? Quinze ans ? Vingt ? Trente ? Je ne sais plus. Je ne veux plus le savoir.

— Calme-toi, dit-il enfin. Si tu perds ton sang-froid, nous n'y arriverons pas.

— Où est-il ? Où est la fille ?

Elle était devant lui, ses yeux brillaient, écarquillés. Il crut même qu'elle était sous l'emprise d'une substance.

— Ils l'ont mis à l'abri, sous surveillance policière. Elle est avec lui.

Elle s'éloigna et prit place à table. Elle souleva un couvercle d'argent et piocha une cuillerée de petits œufs noirs.

— Elle est dangereuse. Je le sais, je le sens. Elle peut faire quelque chose, malgré la lente décomposition de son mental. Et causer notre perte.

Elle piocha une seconde fois dans la timbale, puis reposa la cuiller avec beaucoup de soin.

— C'est toi qui avais raison, reconnut-elle.

Il s'assit en face d'elle sans toucher à quoi que ce soit.

– Maintenant, tu accepterais que je les tue *tous les deux* ? dit-il. Tu irais même jusqu'à me le demander ? Tu me surprendras toujours.

Elle joua avec sa fourchette, le regard ailleurs.

– C'est toi qui as parlé de risque, de danger. Je croyais qu'on n'avait plus le choix, c'est bien ça, non ?

Il s'adossa et songea à sa tentative ratée, quelques heures plus tôt. Sans l'intervention de l'infirmière dans la chambre de Strelli, la conversation n'aurait plus lieu d'être. Strelli serait mort, ils auraient été délivrés de ce qui n'était qu'un poids après avoir long-temps été une promesse.

– Ce sera certainement plus difficile, maintenant, dit-il. La police ne le lâchera pas d'une semelle. Elle ne commettra pas la même erreur à deux reprises.

– Ils sont inaccessibles ?

– Je les ai vus partir, je connais l'endroit. Rien n'est inaccessible, avec de la méthode.

Ses mains étaient posées à plat sur la table. Il avait prononcé ces mots comme on énonce une évidence, une intime conviction. C'était ainsi qu'elle l'aimait, le désirait. Elle se leva et souffla la flamme des bougies. Elle se passa la main sur l'épaule et fit glisser le décolleté de sa robe. Elle vint se coller à lui. Il tourna la tête, sa joue effleura le sein nu. Elle promena sa jambe le long de la cuisse de son amant, son genou pressa avec douceur l'entrejambe. Elle sentit le renflement, ferme, puis dur. Il la prit par la taille et la guida : elle retroussa sa robe et le chevaucha. Leur respiration se fit plus ample. Il souleva le tissu, sentit la peau se hérisser, les mamelons durcir. D'une main il caressa le ventre de la femme, et de l'autre déboucla la ceinture de son pantalon. Elle interrompit son geste.

– Pas encore. Pas maintenant.

– Pourquoi ?

Elle caressa le torse sous la chemise.

– Va. Trouve-les et fais-moi une démonstration de ta méthode. Ton implacable méthode, dit-elle en rajustant sa robe. Et moi, à ton retour, je te montrerai aussi ce que je sais faire.

48

– **P**EU importe que les mots ne viennent pas. Laissez remonter tout ce qui cherche à remonter, de quelque façon que ce soit. N'importe quelle émotion trouve le moyen de se manifester. Vous pouvez rire, chanter, crier, pleurer, mais laissez l'émotion se manifester.

Laurent Strelli était assis, la tête droite, le regard perdu dans une toile. Debout derrière lui, Eva avait apposé une main sur son front, l'autre sur sa nuque. Strelli avait sursauté : les doigts de la jeune femme étaient glacés. Elle avait tenté, en vain, de les réchauffer dans des gants puis sous l'eau tiède. Dans l'atelier, la température ne devait pas excéder 14 °C. Elle avait fini par s'emmitoufler dans une couverture qui entravait ses gestes. Laura les observait, distante, les écouteurs de son MP3 vissés dans les oreilles.

L'index et le majeur remontèrent de part et d'autre de la colonne cervicale jusqu'à l'occiput. La main gauche appuya légèrement sur le front et la tête bascula en arrière pour reposer sur les doigts de la main droite, ouverts en cône. Eva sentit les muscles para-vertébraux se contracter et rouler, noueux, sous ses phalanges. Il fallait qu'il se détende. Il le *fallait*. Avec la pulpe, un doigt après l'autre, elle palpa la surface accidentée du crâne à la recherche d'encoches osseuses. Elle appliqua alors une légère pression d'un côté à l'autre pour faire rouler la tête dans sa paume. En même temps, pouce et index de l'autre main glissèrent depuis le milieu du front pour atteindre les tempes. Les artères battaient lentement, régulièrement. La respiration de Strelli n'avait pas changé depuis le début de la séance, elle non plus. Dès le départ, Eva avait inspiré et soufflé profondément, bruyamment, pour conduire son patient à caler son rythme sur le sien ; elle n'y parvenait pas.

Après quinze minutes de manipulation, les muscles de l'artiste avaient conservé leur consistance – du bois. Eva était déroutée. Il lui sembla que la résistance dont Strelli faisait preuve ne se limitait pas au blocage des émotions. Elle se manifestait, en amont déjà, à la réceptivité aux signaux extérieurs. Laurent était enfermé dans une carapace. Il semblait parfaitement imperméable à tout type de communication, à cet instant précis, y compris au toucher. Eva avait déjà été confrontée à des cas difficiles, des types insensibles eux aussi au langage tactile : ces individus manifestaient de façon flagrante une aversion pour le contact physique qu'elle décelait très vite sous la forme de mouvements de répulsion. Avec Laurent, c'était différent ; elle avait le sentiment de toucher une coque inerte, un arbre mort – plus précisément un individu protégé par une bulle inviolable, à l'abri dans un univers autonome où tout fonctionnerait selon des rythmes inconnus. Elle ralentit encore ses gestes, qui se firent plus précis ; elle finit par capituler. Les deux mains se rejoignirent sur la nuque et quittèrent le contact.

Elle se pencha : les yeux du jeune homme étaient grands ouverts. Un instant, elle avait craint qu'il se fût endormi. Il reboutonna le haut de sa chemise et rajusta le col de sa veste avant de se lever, comme si rien ne s'était passé.

Laura quitta son siège coincé entre le mur et une poubelle métallique pour s'approcher de la Marseillaise.

– Alors ?

– Alors quoi ? répondit Eva.

– Okay, très bien, j'ai rien dit.

Laura se cala à nouveau dans le fauteuil et s'enveloppa dans une couverture. Eva s'approcha.

– « Alors » tu vois bien, dit-elle, dépitée : j'aurais tout aussi bien pu lui faire un shampooing, l'effet aurait été le même. Vous allez regretter de m'avoir séquestrée, tout compte fait.

Elle s'adossa au mur et frissonna.

– Je ne comprends pas. Je ne m'attendais pas à ce qu'il nous donne le nom du meurtrier de sa femme et de sa fille, mais le contact n'a absolument rien déclenché. C'est étrange.

Laura lui tendit un paquet de biscuits.

– Mangez quelque chose. C'est des calories, ça tient chaud.

– T'as raison, j'en ai besoin, dit Eva.

La flic ne répondit pas. Eva contempla ses formes parfaites.

– Allez, va, donne tes gâteaux, je ne suis plus à ça près. Et ça fait des années que j'ai abandonné les régimes.

Elle attrapa le paquet au vol.

– Je vais t'étonner : il y a même des hommes qui aiment les filles comme moi.

Laura rajusta ses écouteurs. Eva renonça à croire à ses propres mots et fit le tour de l'atelier.

Strelli était dans un angle, penché sur Dieu sait quelle œuvre issue de son cerveau dérangé. Elle s'attarda devant une statue que le froid semblait avoir pétrifiée dans une posture grotesque. Le visage de Karim lui apparut dans cet espace glacé. Il n'avait pas essayé de l'appeler – peut-être n'en avait-il plus l'intention. Peut-être le seul homme à aimer les filles comme elle avait-il décidé de rentrer définitivement dans son foyer, de louer les mérites d'une épouse modèle et de jouer les pères modèles, sans plus penser à la pauvre cloche qui l'attendait en robe d'été sexy au mois de novembre, deux verres de vin à la main, prête à s'allonger sur un claquement de doigts et se convaincre ensuite qu'il était venu pour autre chose.

Elle songeait à la trahison, cherchant à en rire plutôt qu'à en chialer, quand la trahison prit le visage de l'homme qui entra au même instant.

49

ERICK se dirigea vers elle.

— N'approche pas, dit-elle en se détournant. Ne dis rien, n'en rajoute pas. Tu as été minable, mais j'ai trop froid pour te faire une scène.

Erick garda le silence, à la recherche d'une réponse acceptable.

— Tu veux juste savoir ce que j'ai réussi à obtenir de ce pauvre gars, dit-elle, c'est ça ? Et tu ne sais pas comment y venir ? Je vais te faciliter le boulot : je suis bredouille. Quand on fait l'appel, chez lui, y'a *dégun*.

Elle se décida à lui faire face. Elle avait du mal à se contenir.

— Merci, dit simplement Erick. Les conditions n'étaient pas faciles, je sais que tu as fait le maximum.

Il se tut : elle ne l'écoutait pas. Elle passa devant lui comme s'il était transparent, le regard fixé sur un point situé derrière lui. Il se retourna, intrigué, au moment où le fond de l'atelier fut le siège d'une explosion de lumière.

Laurent Strelli se tenait devant une toile, un récipient en plastique près de lui. Dans la main, une spatule avec laquelle il venait de retirer du seau un amas de pâte. Il s'approcha du cadre et effectua un geste précis pour étaler la préparation. Il recula, se concentra sur le tableau, piocha dans le récipient et apposa une nouvelle couche. Les spots irradiaient l'œuvre d'une blancheur aveuglante. Strelli recommença l'opération quatre fois et recula. La toile ne ressemblait à rien.

Laura avait rejoint le couple.

– Qu'est-ce qu'il fait ? Ou plutôt qu'est-ce que vous lui avez fait ?

Eva l'interrompit d'un geste impérieux et croisa le regard d'Erick.

– Tu voulais qu'il te parle, dit-elle à voix basse, alors regarde-le. Regarde-le bien : il te *parle.*

Strelli se dirigea vers le tableau électrique et abaissa une manette : une rampe s'illumina et un rayonnement jaune caressa la toile de biais. Le groupe demeura interdit. Par un jeu de reliefs et d'ombres, deux formes distinctes venaient de naître : une femme, dévêtue, et un enfant. Les images de la villa incendiée, la posture des cadavres telle que les photos la montraient s'imposèrent aux deux policiers.

– Bien sûr, murmura Eva : son langage, c'est l'art. Les voilà, ses émotions.

Elle n'osa pas formuler l'espoir qui germait en elle. Strelli se remit à badigeonner une toile vierge. Lorsque les spots rouges s'enflammèrent, une femme se contorsionnait et l'enfant gisait dans un lit, auréolé d'une tache pourpre.

L'artiste se précipita sur un troisième cadre immaculé, qu'il adossa aux deux précédents. Ses gestes étaient empreints de fureur, la spatule frappait le fond blanc, la préparation volait en éclats sur les murs. Les deux policiers retinrent leur souffle, Eva sentit son cœur s'emballer. Ils suivirent les mouvements de l'instrument, les gestes experts. Tous avaient reconnu les contours d'un visage. Puis les mouvements se firent trop rapides pour distinguer quoi que ce soit.

Quand Laurent s'arrêta, il était hors d'haleine. Il jeta la spatule à terre et recula en titubant. Ses traits déformés le rendaient méconnaissable.

Il courut vers le tableau électrique. Tous gardaient le regard rivé sur la toile, le temps semblait suspendu. Strelli tendit la main et s'effondra sur le sol avant d'avoir touché l'interrupteur.

Ils se précipitèrent vers lui et l'aidèrent à se relever. Erick lui fit face.

– Monsieur Strelli, la toile, le visage...

Eva le retint par le bras avec une expression de désapprobation. Les deux femmes épaulèrent Strelli et le menèrent à un siège. Il se dégagea vivement, allongea le bras et sa main retomba sur le levier du fusible.

Un faisceau bleu sombre balaya la toile.

Ils tournèrent la tête – à cet instant précis, seule une toile compta. Ils distinguèrent les cheveux courts, hirsutes, les contours anguleux. Erick s'approcha de l'œuvre jusqu'à la toucher du bout des doigts, et s'accroupit, hypnotisé. Eva le rejoignit. Ses talons déchirèrent le silence de l'atelier. Elle s'immobilisa devant le portrait.

Un portrait *sans visage*.

Elle posa la main sur l'épaule du policier. Erick se releva.

– Ç'aurait été trop beau, de toute manière.

– Il s'est exprimé, en tout cas, dit-elle. C'est très encourageant. Il est sensible à la thérapie par le toucher. D'autres verrous persistent, d'accord, mais c'est encourageant. Non ?

Il acquiesça et s'éloigna sans quitter la toile des yeux.

– Un homme. On dirait un homme ; c'est aussi ton sentiment ?

– La forme du visage pourrait correspondre à celui d'une femme. Je ne sais pas.

– On va s'en servir comme point de départ pour un portrait-robot, proposa Laura. On va le soumettre à l'entourage des Strelli.

– Et au personnel de la Fondation, ajouta Erick. Si ce type agit seul, c'est lui qui a tenté de le tuer dans sa chambre. Quelqu'un va peut-être le reconnaître.

Laura s'approcha de la toile avec un appareil photo numérique.

– En plein jour, une injection mortelle, entre deux visites. Il faut avoir un culot monstrueux, ou...

– Ou... ?

– ...Ou faire partie des murs pour ne pas éveiller les soupçons quand on se balade avec une seringue grosse comme un obus dans la chambre d'un patient, répondit Laura. Avant de soumettre un embryon de portrait-robot, il faudrait déjà comparer ce portrait à tous les membres de l'équipe soignante. Marina a recensé l'ensemble du personnel, on a mis trois personnes sur le coup pour les interroger et reconstituer leur emploi du temps, le soir du meurtre. On peut compléter avec une étude morpho.

Le flash illumina la toile : les reliefs et les ombres disparurent, ne resta qu'un rectangle vierge sur le cliché. Laura supprima le flash automatique.

— Même sur un tableau, la mémoire de Strelli s'efface. Eva, vous avez du boulot.

Pour la première fois, elle adressa un sourire franc à la Marseillaise.

— En tout cas, chapeau, dit-elle. Vous m'avez impressionnée.

— C'est pour ça que tu continues à me vouvoyer ? Chez moi, quand on aime ou quand on déteste, on tutoie. Au milieu, c'est le vous qui sort.

— Non, ça, c'est pour vous faire sentir que vous êtes vieille, c'est tout.

Erick intervint.

— Eva, il faut continuer. Tu l'as dit toi-même : ça marche. On a une chance.

La jeune femme tomba lourdement dans un fauteuil.

— Je ne sais pas si j'obtiendrai plus...

— Tu vois, dit Laura : une vieille. Une nuit blanche en perspective, elle est déjà assise.

— Erick, répondit Eva, ce type est au bout du rouleau, il va bientôt s'effondrer comme il vient de le faire, et cette fois on ne le relèvera pas.

Elle hésita.

— ... et moi aussi, je suis épuisée. Ça va bientôt faire quarante-huit heures que je n'ai pas dormi, je ne sais pas si tu réalises ce que ça représente. Et cet atelier, ce froid, la tension des dernières heures... Vous allez devoir m'enfermer.

Elle chercha Laurent du regard.

Et se leva.

Erick s'inquiéta.

— Qu'est-ce qui se passe ? Tu ne te sens pas bien ?

Pour toute réponse, elle pointa du doigt un renfoncement sous l'escalier qui menait à la mezzanine.

Strelli s'était accroupi. D'un angle de la spatule, il gravait une croix dans le bois d'une marche. La même croix, au même endroit, inlassablement. Son buste balançait d'avant en arrière, ses lèvres bougeaient sans émettre de son.

Erick voulut le rejoindre, Eva l'en empêcha.

– Il n'est pas avec nous, dans un moment comme celui-ci. Je te l'ai dit, Erick : au-delà d'une mémoire qui s'efface, ce type s'enfonce dans un trouble psychique autrement plus grave. Dès le premier instant où je l'ai vu, j'ai senti qu'il avait des difficultés à établir un contact avec ce qui l'entoure. Regarde cette posture primitive, cette attitude régressive... Vullierme avait raison : le sommeil paradoxal ne se contente pas de gommer ses souvenirs. Il y a eu et il y aura d'autres dégâts.

Elle se tourna vers le policier. Ses yeux, cernés, trahissaient l'inquiétude.

– Je vais rester parce que tu vas avoir besoin de moi. Si tu tiens à récupérer un souvenir, une priorité s'impose : l'empêcher de dormir, mais surtout maintenir le lien fragile entre lui et nous.

Elle observa Strelli.

– Un monde intérieur, le sien, auquel nous n'avons pas accès, tente de l'aspirer. Alors il faut qu'il parle : avec les mots, avec une spatule, avec ce qu'il voudra, mais il faut qu'il nous parle. Cela signifiera qu'autour de lui, nous existons encore.

Elle prit appui sur un accoudoir, lasse.

– J'y arriverai. Je le garderai parmi nous, aussi longtemps que possible. Et je n'abandonnerai pas l'idée de libérer ce maudit visage d'un recoin de sa tête, s'il y est encore. Mais je ne tiendrai pas indéfiniment. On a tous nos limites, Erick. La solution, la vraie, devra venir de toi. À toi de chercher.

Erick se souvint des mots de Nadine Kahn-Mankiewicz : une Pyramide tournoya dans son esprit. Le sommeil paradoxal, le socle de la Pyramide mentale. Perturber les fondations revenait à laisser s'effondrer la structure. Tel était le message de la femme. Le sommeil paradoxal de Strelli, anarchique, avait-il cessé de rééquilibrer les énergies qui forgeaient sa personnalité ? Dans quelle maladie psychiatrique s'apprêtait-il à sombrer ?

– Tiens le coup cette nuit encore, dit-il. Je crois savoir qui détient la solution.

– Qu'est-ce que tu attends ?

Erik contempla le visage d'Eva. Le maquillage s'était estompé, les stigmates de la fatigue prenaient le dessus. Les yeux apparaissaient comme deux trous clairs dans un visage cireux. Laura s'approcha, un gobelet fumant en main.

– Café. Fort.

Les lèvres d'Eva étaient bleues. Erick resserra la couverture autour de ses épaules. Il jeta un dernier regard sous l'escalier. Strelli s'était redressé. Il les observait, immobile, dans la lueur de la lune.

Le policier s'éloigna. Trouver un fantôme : voilà ce qu'il lui restait à faire. Et vite.

– J'y vais, dit-il à Eva. Maintenant. Tenez le coup.

50

– J'AI déjà besoin d'elle.

Serge Kahn acquiesça sans un mot et s'écarta. Erick entra dans l'appartement surchauffé.

Des odeurs de cuisine se mêlaient à celles, plus douces, de chandelle. Nadine Mankiewicz apparut dans le couloir. Elle l'accueillit d'un bref sourire et se dirigea vers le bureau. Erick la suivit.

– Par moments, il semble s'extraire de tout, se retirer de ce monde pour se réfugier dans le sien. Il peut être face à vous et vous donner le sentiment que vous n'existez pas. Pour Eva, le trouble du contact prend des proportions inquiétantes.

– Avez-vous remarqué autre chose ? Un comportement inhabituel ?

Erick sourit.

– Cet homme *est* un être inhabituel. Son physique lui-même est particulier.

– Des postures, des gestes, insista la thérapeute.

– Il a eu tout à l'heure une attitude très mécanique, régressive...

– Mécanique ? Une phrase répétée sans cesse, par exemple ?

Elle semblait inquiète et intéressée en même temps : la curiosité scientifique luttait contre la gravité d'un diagnostic. Erick se concentra sur la dernière mise en scène de Strelli.

– J'ai cru un instant qu'il jouait... mais ce n'était pas le cas. Il était recroquevillé sous les escaliers, comme s'il se protégeait de nous, et répétait le même geste avec son outil contre le bois.

Elle se leva, comme si la description rendait insupportable le simple fait de rester assise, paisible, dans un fauteuil. Elle se retourna et soutint le regard d'Erick pour la première fois.

– Vous avez parlé de *retrait* ; c'était le bon terme.

Elle hésita avant de poursuivre. Elle ressemblait à un médecin qui ne trouve pas les mots pour annoncer une mauvaise nouvelle.

– Laurent Strelli présente ce qu'on appelle en psychiatrie un repli autistique, dit-elle gravement.

– Autistique ? Strelli, autiste ? Les psychiatres qui le suivent auraient certainement fait le diagnostic. Ils m'ont dit qu'il ne souffrait pas d'une véritable pathologie psychiatrique. Il était suivi pour lutter contre un comportement social très introverti, rien de plus...

– Laurent Strelli n'était qu'un homme timide et renfermé... jusqu'au jour où son sommeil s'est dégradé. Aujourd'hui, son équilibre mental est menacé par un sommeil paradoxal dévorant.

– Sa Pyramide mentale...

– ...vacille, oui. La carte énergétique qui lui est propre laissait déjà une part forte à la peur et lui valait une personnalité introvertie. Maintenant, le sommeil ne rééquilibre plus ces énergies : l'une d'elles, la peur, ne revient pas à son niveau initial et submerge les autres. D'un être timide, Strelli sombre dans le retrait profond – l'autisme.

– C'est pour cette raison qu'Eva parle de refuge.

– C'est ce que représente son monde intérieur, en tout cas, pour le protéger d'un environnement qu'il ne comprend plus et dont les codes lui sont toujours plus étrangers. Si cette femme, Eva, a trouvé le moyen de communiquer avec lui, qu'elle le fasse, monsieur Flamand. Qu'elle parle ce langage, tant qu'il signifie quelque chose pour lui.

Erick ne répondit pas. Eva avait vu juste en soupçonnant un désordre plus profond. Vullierme en avait prédit la survenue, et la femme réservée qui lui faisait face confirmait la prédiction. Le policier l'observa : ses propres conclusions semblaient l'avoir assombrie, elle qui était étrangère à toute cette affaire. Il ne voulut pas y voir de mauvais signe ni de fatalité. Si Strelli devait se transformer en légume, en créature retranchée dans un monde secret, alors seulement il se résignerait. Mais avant cela, il y aurait du temps. Il avait toute la nuit devant lui – devant eux. Eva résiste-rait ; Laura, Marina – même Strelli. Sans raison, il sentait qu'une énergie – une cinquième énergie ? – maintiendrait l'artiste hors du champ de la folie, et sa mémoire en un territoire mental encore accessible. Oui, ils avaient toute la nuit devant eux, encore, et Nadine Mankiewicz l'avait répété : elle serait longue.

– Il y a forcément quelque chose à faire, décréta le jeune homme.

Elle réfléchit un instant avant de répondre à l'appel.

– Où est-il ?

La question abrupte et la curiosité qu'elle semblait trahir, sur-prenantes de la part de cette femme, intriguèrent Erick. Il hésita. Tenir secret, autant que possible, le lieu où Strelli se cachait rele-vait de la prudence la plus élémentaire.

– Pardonnez-moi, dit-elle, je ne mesure pas la confidentialité des éléments de votre enquête. Mais je mesure la gravité de la situation, c'est tout. Vous n'êtes pas obligé de répondre.

– Dans son atelier, dit-il enfin.

– Il est artisan ?

– C'est un atelier d'artiste. Il y est en sécurité. On a tout fait pour qu'il reste éveillé : pas de lit, pas de chauffage et deux fem-mes bavardes.

– Pas de chauffage ? Pourquoi ?

– Ses œuvres n'aiment pas la chaleur, et de toute manière on s'est dit que le froid les aiderait à tenir.

– C'est une idée reçue totalement erronée. L'exposition au froid augmente la durée du sommeil, au contraire. Elle en modifie même la composition : le sommeil profond diminue au profit des autres phases. Si vous ne pouvez pas chauffer cet atelier, sortez Strelli de là. Vite.

Erick sortit son téléphone portable. Nadine Mankiewicz eut un mouvement de contrariété qui ne lui échappa pas. Il se souvint de ses mots : durant Shabbat, elle ne pouvait pas faire fonctionner un appareil électrique, elle ne répondrait pas au téléphone. Peut-être était-elle incommodée par le fait qu'il enfreigne la règle dans sa maison. Il reposa l'appareil et lut un soulagement sur les traits de la femme. Décidément, il ne comprendrait jamais la rigueur des orthodoxes même s'il avait saisi le sens de leur attitude.

– Nous avons sans doute commis d'autres erreurs, dans la précipitation. Vos conseils seront bienvenus.

– La lumière, dit-elle. Il en faut, beaucoup. Plus intense elle sera, plus vous retarderez l'endormissement, qui est sensible aux signaux extérieurs. Il en sera de même si l'environnement est bruyant : l'organisme y répondra par l'éveil prolongé. Encore une chose, dit-elle après une courte pause : évitez les circonstances nouvelles, inhabituelles. L'apprentissage augmenterait la part de sommeil paradoxal, si cet homme venait à s'endormir malgré vos efforts. Maintenez-le éveillé avec une activité physique qui solliciterait le sommeil profond, plutôt qu'avec une activité intellectuelle.

Une voix retentit dans le couloir. Un enfant réclamait sa mère. Erick se leva.

– Merci pour vos conseils.

Nadine Mankiewicz ouvrit la porte.

– Une dernière chose, dit-il.

Elle chercha des yeux son fils, comme si l'intuition lui recommandait de ne pas se retourner. Erick savait qu'elle l'écoutait, malgré tout.

– La Pyramide mentale, dit-il, c'est lui, n'est-ce pas ? C'est bien la théorie de votre père, sur laquelle il a fondé ses travaux.

Elle sembla se voûter un instant. Serge Kahn apparut dans la lueur du couloir. Elle y trouva un soutien.

– Oui, répondit-elle. C'est bien la théorie Mankiewicz sur le développement de la personnalité.

Erick était encore dans le bureau. Il prit appui sur le dossier d'un siège. Lui aussi ressentait le poids de la fatigue. Il eut une pensée pour Eva et Strelli, et se redressa.

– Si votre diagnostic est le bon, si Strelli sombre dans une pathologie aussi grave que l'autisme, la véritable urgence consiste à en savoir plus sur votre père et ses travaux.

Elle se rapprocha de son époux, troublée. Serge Kahn vint à son secours.

– Mon épouse n'aurait que des souvenirs d'adolescente. Leurs routes se sont séparées quand elle a fait le choix de vie qui n'était pas celui de son père. Elle ne l'a pas revu depuis des années.

Le visage de Nadine Mankiewicz semblait s'être fermé. Elle

s'était mise à l'abri d'une conversation à laquelle elle ne voulait pas prendre part.

– Vous n'étiez pas brouillés, je crois, dit Erick en s'adressant à la jeune femme.

Elle ne répondit pas. Il fit un pas vers elle.

– Vous avez au moins vécu les circonstances qui ont entouré son départ. On a mis en cause l'éthique de ses travaux, l'efficacité de ses méthodes. Peut-on faire le lien avec ce qui arrive aujourd'hui à Laurent Strelli ? Il faut m'en parler, je vous en prie.

Elle releva la tête vivement. Elle croisa le regard de son mari, entra dans le bureau et referma la porte pour affronter Erick. Ses yeux brillaient de colère.

– Vous n'avez pas le droit de dire cela ! Surtout pas ici. Personne n'avait le droit de remettre en question son travail. En dix ans, mon père a fait progresser les connaissances en matière de sommeil comme personne ne l'a fait durant tout le XXᵉ siècle.

– Je ne mets pas en doute ses compétences, et les scientifiques que j'ai rencontrés les ont louées, tenta Erick pour apaiser la situation.

– Les scientifiques que vous avez rencontrés sont des lâches et des hypocrites.

Elle avait parlé très lentement, détaché chaque syllabe. Elle ferma les yeux et se réfugia derrière le fauteuil.

– Monsieur Flamand, mon père et moi avions des convictions différentes – mais je l'admirais, et avant tout pour la passion qui l'habitait et l'intégrité de ses choix. Il a consacré sa carrière à l'étude du sommeil, en l'occurrence le sommeil paradoxal afin d'améliorer le traitement des criminels atteints de maladies psychiatriques en milieu spécialisé. Mais jamais il n'en a fait de vulgaires cobayes. Il n'a exploité que ce dont il était sûr. Personne n'a prouvé le contraire, à ma connaissance.

Erick se reprit.

– Je ne suis pas venu l'accuser. Laissez-moi vous poser la question différemment : les travaux de votre père pourraient-ils expliquer ce que Laurent Strelli est en train de vivre ?

– Je vous le répète : il a mis en lumière le rôle du sommeil paradoxal et sa place dans l'équilibre de la Pyramide mentale. Cet équilibre est précaire, et ce patient en est la preuve, hélas. Je ne peux rien faire de plus que ce que j'ai fait : vous en expliquer le principe.

– Vous non. Mais votre père, oui.

Elle marqua une pause et sourit, clairvoyante.

– C'est pour cela que vous êtes venu me voir, n'est-ce pas ? Pour lui. Dès le départ.

– Si vous avez un moyen de lui parler et de nous mettre en contact, il faut le faire. Nous avons besoin de lui.

– Je ne sais pas où il est. Personne ne le sait.

Elle ouvrit la porte, Serge Kahn apparut. Il paraissait plus grand encore.

– Regardez autour de vous, dit-il. Il n'y avait pas de place pour ce que vous alliez nous dire, ce soir, et pourtant nous vous avons laissé entrer. Vous allez trop loin.

Erick tendit la clef.

– Je ne veux pas abuser.

– Gardez-la, répondit Serge. Peut-être en aurez-vous encore besoin. Mais maintenant, laissez-nous. S'il vous plaît.

Erick quitta l'appartement. Nadine Mankiewicz le rejoignit sur le palier. Elle ressemblait à nouveau à la petite fille timide de leur première entrevue.

– Je vous aiderai encore, dans la mesure de mes compétences et de mes moyens. Mais ne me demandez pas d'aller en territoire interdit.

– C'est votre père. Vous seule pouvez vous aventurer sur ce chemin.

– Non. Il allait seul, plus souvent que je ne l'aurais voulu.

Un sourire triste changea son expression.

– Sortez Laurent Strelli de son atelier. N'oubliez pas : lumière, bruit, chaleur. Tout ce que son organisme peut interpréter comme des signes d'éveil nécessaire. Nous aurons d'autres cartes à jouer, s'il le faut.

– Pourtant vous refusez d'abattre la carte que vous jugiez essentielle : celle qui permettrait d'enrayer le mécanisme.

– Je ne la possède pas. N'insistez pas.

L'ascenseur s'ouvrit. Erick y entra. La voix de Nadine Mankiewicz résonna.

– Je ne suis pas en mesure de retenir cet homme dans sa chute.

Mais je vous aide parce que, à mon sens, la seule chose qu'on puisse encore faire pour lui, c'est retrouver l'identité du meurtrier dans sa mémoire ou ailleurs. Faites vite.

– Je m'en occupe. Soyez à Orly dans quarante-cinq minutes.

– Merci, Marina.

Il raccrocha. Il était sorti de l'immeuble, et le froid était plus mordant encore. La météo prévoyait une chute des températures durant la nuit et un ciel dégagé le lendemain. Il composa un numéro sur son portable.

– Eva ? C'est Erick.

– Tiens, tu m'as manqué.

– Moins que Marseille, non ?

– Arrête de jouer avec mes nerfs.

– J'ai une bonne nouvelle : tu rentres.

51

– SIX degrés de plus : vous resterez éveillés plus aisément. Et je préfère le mettre à l'abri, loin d'ici, dans l'anonymat d'une autre grande ville, sous surveillance

Eva le dévisagea, déroutée.

– Je ne te comprends pas, dit-il. Tu voulais rentrer.

La Marseillaise regarda autour d'elle. Laura s'affairait dans l'atelier, Marina et deux hommes en civil embarquaient quelques œuvres. Strelli était près d'eux et suivait leurs manipulations d'un œil inquiet.

– Oui, je voulais rentrer, dit-elle. Je voulais dormir, me réveiller et me dire que tout ça n'était qu'un sale rêve, et toi avec.

Elle se prit la tête entre les mains et le flot de paroles, contenu, se déversa comme une digue qui cède.

– Tu me demandes d'embarquer ce type dans le Sud, de le prendre chez moi avec ses peintures, ses statues effrayantes et ses ampoules multicolores, et de prolonger le cauchemar à la maison. Tu réalises ce que tu exiges ? Tu n'as pas de limites, ou aucune conscience des autres. Tu ne respectes rien.

Elle s'éloigna pour retrouver son sang-froid.

– Écoute, répondit le policier, je comprends parfaitement que tu veuilles préserver ton intimité. Si c'est ça, on peut trouver un autre endroit que ton appartement.

L'image de Karim, éternellement de passage, apparut à Eva.

– Ne t'occupe pas de mon intimité, dit-elle. Pense à lui, plutôt. Tu me dis qu'il est en train de virer autiste, qu'il faut ménager un environnement familier, rassurant, et tu l'expédies comme un Chronopost sur le Vieux Port.

– C'est pour ça qu'on emporte quelques-unes de ses œuvres, répondit-il sans conviction. Et je veux privilégier ta pratique : tu seras dans ton élément, ce sera forcément plus efficace. Pour l'instant, je n'ai que toi pour m'en sortir. Il faut que je te bichonne.

– Arrête ton baratin ! Autiste, Bonne Mère... L'autisme, Erick, tu sais ce que c'est ? Une maladie difficile, terrible, qui met la vie en péril. C'est une responsabilité lourde, je n'ai pas à l'assumer.

– Bien sûr que je pense à lui, finit par dire le jeune homme. C'est essentiellement pour le protéger que je l'éloigne d'ici.

– Ah, j'oubliais : on a aussi un meurtrier aux fesses. Alors on se planque, voilà tout ! Tu es tellement jeune. Oui, je sais, tu n'aimes pas qu'on te dise ça. Tant pis, tu l'entendras tout de même. D'ailleurs, ce n'est pas un problème d'âge : tu es immature, surtout. Tu crois que la vie est comme un jeu de construction, les individus sont de vulgaires pièces qu'on empile, qu'on déplace à son gré. Un problème ? Hop, on défait, on refait – en réalité, il n'y a *pas* de problème.

Elle l'affronta, le regard fixe, poings sur les hanches.

– Aujourd'hui c'est ça. Et dans vingt-quatre heures, qu'est-ce que tu vas trouver ? Tu as autre chose, dans ton chapeau ?

– Rien. Dans vingt-quatre heures, ce sera foutu : vous ne tiendrez plus. Vous dormirez, dans vingt-quatre heures. C'est cette nuit ou jamais.

Marina s'approcha.

– Il faut partir, maintenant.

Ce n'est qu'en salle d'embarquement que Strelli donna les premiers signes d'épuisement.

Il dut s'y reprendre à quatre fois pour sortir sa carte d'identité. Les mots de l'agent avaient une signification qui ne suscitait chez lui aucune réaction. Lui-même ressentait une différence entre l'irrépressible besoin de se retirer dans sa bulle et son état actuel, qui l'obligeait à lutter pour rester attentif. Il prit sa carte d'embarquement et se dirigea vers une rangée de sièges au milieu de la salle. Il serra contre lui le buste en bronze qu'il avait emballé avec soin et dont il n'avait pas voulu se séparer. Erick avait dû user de toute son influence pour que les services de sécurité autorisent un passager à conserver un tel objet métallique dans la cabine.

Marina retint l'artiste avec douceur lorsqu'il voulut s'asseoir. Il eut pour elle une ébauche de sourire. Dans la voiture, Eva avait pris le parti de tout lui expliquer. Erick lui avait lancé un regard réprobateur dont elle n'avait pas tenu compte.

– Pourquoi ? On va faire équipe, Laurent et moi. Autant qu'il sache exactement de quoi il retourne.

– Elle a raison, avait fini par dire Strelli, le regard rivé sur les voitures qui filaient dans la nuit.

Laurent s'approcha de la porte 24. L'embarquement ne commençait que dans dix minutes. Le numéro de vol se dédoubla dans son champ de vision. Il tituba et se rattrapa à une barrière de sécurité. Eva surveillait ses mouvements, inquiète. Elle-même ressentait le poids de la fatigue. Des nausées la tenaillaient. Erick lui tendit une liste de numéros de téléphone.

– Le premier, c'est celui de la Fondation. Les deux, là, sont ceux de Vullierme et de Meer – leur numéro privé. Tu peux les appeler toute la nuit.

Les mots du policier lui parvenaient comme un écho. Elle eut un mouvement de recul, il s'inquiéta.

– Ça va ? dit-il.

– Oui, ça va. Un peu... je ne trouve pas le mot – *fatiguée*, peut-être ?

Il sourit. Elle avait l'air fatigué, oui. Ses boucles exubérantes s'étaient aplaties sur le crâne, elle avait retiré ses bijoux et il ne restait rien de son maquillage tapageur. Elle apparaissait telle qu'elle était : les traits marqués, les épaules affaissées, chiffonnée. Mais dans son regard sans fards, Erick décela encore la vigueur qu'il lui connaissait. Elle tiendrait le coup. Son courage la rendait touchante. Il aurait voulu lui dire sa reconnaissance, l'admiration qu'elle suscitait, des choses qu'elle aimerait entendre alors qu'elle puisait dans ses ressources. Au lieu de cela, il se concentra sur sa feuille.

– Là, les coordonnées des filles, et je t'ai rappelé les miennes, en dessous.

Il lui tendit une boîte de comprimés.

— Qu'est-ce que c'est ?

— Un cadeau de Françoise Meer : des amphétamines, au besoin. La posologie est inscrite sur le côté.

Elle acquiesça sans un mot.

— À n'importe quelle heure du jour et de la nuit, Eva. Tu m'appelles n'importe quand. (Il sourit :) Tu ne me réveilleras pas.

— Dommage. Une dernière question, fit-elle.

— Tout ce que tu veux.

— Je veux juste savoir pourquoi tu te planques ici au lieu de prendre ce foutu avion avec nous.

— Je n'en ai pas fini avec Mankiewicz. Je veux y être à la première heure, demain matin. Avant ça, j'irai à la Fondation. Tant qu'il y aura un espoir quelque part, je me battrai. Tu n'es pas seule au front.

— On n'a même pas de garde du corps ?

— Les camarades de Marseille vous attendent à la sortie de l'avion, répondit Laura.

On annonça l'embarquement. Strelli tourna la tête vers Eva, le dos voûté. Sous son bras, il tenait le buste dépouillé de son emballage : un visage martyrisé, la bouche ouverte sur un cri. Eva serra son sac contre elle et s'approcha de l'artiste.

— Prêt pour une petite balade dans le Sud ?

Il se redressa péniblement et observa les gens dans la file d'attente. Eva croisa le regard d'Erick.

— Tu veux faire preuve d'un peu de solidarité ?

— Je *suis* solidaire.

— Alors va boire un verre pour moi, dit-elle. Un truc fort, ce que tu veux. Et dors, ensuite. Tu as vraiment une sale tête, ce soir.

Elle se retourna au moment où l'hôtesse lui rendait son coupon. Un souffle d'air frais lui parvint depuis la passerelle et lui procura un instant de bien-être. Ils allaient se faire rares, ces instants.

52

ERICK resta plus d'un quart d'heure dans la voiture, moteur éteint, avant de se décider.

Il finit par en sortir, verrouilla les portières et remonta le col de son manteau comme s'il se protégeait de sa résolution.

Il marcha, le regard fixe, le long de la rue Vivienne, jusqu'à l'angle qu'elle formait avec la rue Saint-Marc. Les trottoirs charriaient la foule du vendredi soir, celle des spectacles des boulevards, des restaurants asiatiques proches de la Bourse, une foule insouciante. Il ne vit personne et s'arrêta avant la rue de Richelieu.

Une devanture noire, des vitres opaques et une plaque laconique : *STORM*. Un petit groupe passa près de lui – trois filles. L'une était plutôt jolie, les deux autres quelconques. La plus convaincante le toisa avec insistance. Quelques mètres plus loin, elle se retourna. Erick attendit qu'elles disparaissent et pressa sur le bouton. La porte s'ouvrit sur un homme massif, au crâne rasé. Erick reconnut en lui l'haltérophile mal entraîné. Le type barrait l'entrée.

– C'est un bar réservé aux hommes.

– J'en suis un.

Le videur l'observa puis s'écarta. Erick jeta un œil vers l'angle de la rue. Les trois filles s'étaient arrêtées, elles lui faisaient de grands gestes en riant. Il entra.

Un garçon typé prit son manteau. Erick insista pour garder sa veste. Il observa les deux hommes qui étaient entrés en même temps que lui : le premier, très grand, portait un tee-shirt qui laissait deviner ses côtes. L'autre cachait ses formes dans une chemise large et un pantalon *street*. Ils le frôlèrent au moment de descendre. Erick les laissa passer.

Au sous-sol, le bar s'ouvrait en demi-cercle, au fond d'une salle plutôt exiguë. Il était encore tôt. La piste de danse était déserte, quelques tables occupées et la sono déjà assourdissante. Erick se réfugia à l'extrémité du bar. Un type trop jeune s'approcha.

– Qu'est-ce que je te sers ?

Son épaule était animée d'un tic, une sorte de tressaillement, comme si le tatouage le gênait.

– Je sais pas. Un truc un peu fort.

Le gamin tira ostensiblement une langue piercée.

– Tu me laisses faire ?

Le policier reconnut une version remixée d'un tube des années 80 dont il avait oublié le titre. Il jeta un œil vers la piste : sur une estrade, un travesti affublé d'une perruque rousse s'essayait à une improbable chorégraphie façon Mylène Farmer. Erick n'eut même pas envie d'en rire. Le barman pré-pubère posa un verre devant lui.

– Je suis le seul à savoir le faire, dit-il, plein de sous-entendus.

Erick joua avec le verre sans y toucher. Il détestait l'alcool. Le visage d'Eva et celui de Laurent Strelli l'obsédaient. Qu'est-ce qu'il fichait dans ce bar sordide ? Pourquoi la solitude lui était-elle apparue plus pénible ce soir ? Une boîte gay – probablement celle dont plus un gay ne voulait. Cette fois, un sourire lui vint aux lèvres. Il n'aurait pas pu choisir pire soir pour tester ses propres mœurs et trouver une réponse, parmi tant d'autres, à la résistance qu'il opposait aux femmes. Elle s'imposait d'elle-même : il ne se sentait pas le moins du monde à sa place dans ce bar, avec son costard, son verre d'alcool à la main et son mal-être tout au fond. Un extraterrestre sur Terre. Ou plutôt étaient-ce ces types qui lui semblaient être des OVNI.

Le bar commençait à se remplir. Il leva les yeux de son verre et vit des couples, des hommes seuls, des types plus âgés qui adoptaient une pose faussement décontractée devant de jeunes garçons qui riaient très fort. Il croisa enfin le regard insistant d'un homme d'une trentaine d'années, assis à l'autre extrémité du comptoir. Chemise sombre, jeans, baskets. Normal, songea le policier. Le type lui sourit. Erick se leva. Il avait son compte, l'expérience était concluante, les hommes ne l'intéressaient pas.

En repoussant son tabouret, il bouscula un type en débardeur. Une barbe de deux jours et une cicatrice près de l'œil gauche lui donnaient un air de racaille qu'il devait peaufiner un bon moment, le soir, dans son appartement d'un quartier tendance, avant de sortir en boîte. Le niveau sonore était encore monté d'un cran. Le type se pencha à l'oreille d'Erick.

— C'est pas avec un tabouret qu'on branche un mec, tu sais...

Erick s'écarta. L'autre passa la main sous la veste, dans son dos. Ses doigts trouvèrent la courroie de cuir et le holster. Erick saisit le poignet et le serra avec force.

— Okay, t'énerve pas... Comment t'aurais réagi si j'avais mis la main là ?

Il accompagna le mot d'un geste vers l'entrejambe du policier. Erick le repoussa violemment. Le type trébucha et tomba en arrière. Les gens s'écartèrent, il se releva.

— Putain, calme-toi !

Il fit un geste vers la poche arrière de son jean. Erick détendit le bras et son poing alla heurter l'épaule d'un coup sec. L'homme poussa un cri de douleur et recula. Par réflexe, le policier sortit son arme et observa les gens attroupés. Tous reculèrent, effrayés. Le type se tenait l'épaule, plié en deux. Erick rangea l'arme et respira plus calmement. Au même instant, quatre mains immobilisèrent ses bras dans le dos et le poussèrent vers l'escalier. Le blessé se redressa au moment où Erick passait devant lui. Le policier n'eut que le temps de détourner le visage. Le jet lui brûla les yeux et le fit suffoquer. Des cris fusèrent, les gens se précipitèrent vers la sortie.

Aveuglé par le gaz, Erick fut poussé hors de la boîte et roula sur le trottoir. Sa tête heurta une surface métallique. Une portière de voiture. Il vit le sang maculer la tôle et couler le long de sa tempe. À tâtons, il réussit à se redresser et à ouvrir les yeux. Les gens sortaient du bar en toussant et pleurant. Il se releva en prenant appui sur le capot pour éviter de se faire piétiner et marcha jusqu'à l'angle de la rue, où il prit le temps de s'adosser au mur d'une banque, dans le renfoncement destiné au distributeur de billets. Il fouilla dans ses poches.

– Tiens.

Il ouvrait les yeux plus facilement et reconnut le type en chemise sombre dont il avait fui le regard. Il hésita, puis finit par prendre le paquet de mouchoirs en papier.

– Merci, dit-il.

Il n'avait qu'une envie, retrouver sa voiture, s'éloigner de cet endroit et oublier ce qui s'était passé. Il sortit son trousseau de clefs et réalisa que celles de la Twingo étaient restées dans son manteau, au vestiaire du bar. L'homme sourit.

– Si tu as oublié quelque chose là-bas, ça va être difficile de le récupérer ce soir. Les clefs de ta bagnole, c'est ça ?

Il regarda autour de lui, puis finit par proposer :

– Je te ramène ?

– Non, je vais prendre un taxi.

– Ne t'inquiète pas, je suis moins con que ce type. Au premier coup d'œil, on devine que tu n'es pas homo.

Erick garda le silence. La seule voix de ce type le plongeait à nouveau dans cet univers qui lui semblait tellement étranger. Il songea à Laura, tellement féminine, jusque dans ses provocations. Ces images l'apaisèrent.

– C'est indiscret de te demander ce que tu fichais dans ce bar ? demanda l'homme.

Erick tourna la tête vers lui, pour la première fois, et héla un taxi.

– Rien. Je voulais juste entendre ce que tu m'as dit.

Erick ferma la portière et la voiture s'éloigna sur le boulevard des Batignolles.

Il resta immobile sur le trottoir, perdu dans ses pensées. Il eut brusquement envie d'appeler Laura, de lui proposer de sortir et si elle n'avait rien d'autre en perspective, de passer la nuit avec lui. Au moment d'ouvrir la porte de l'immeuble, son téléphone sonna. Il lut le numéro qui s'affichait et son rythme cardiaque s'emballa.

Le numéro d'Eva.

53

L'AVION avait atterri à 22 h 50 à l'aéroport de Marignane. Le commandant de bord avait annoncé une température extérieure de 14°C – presque dix degrés de plus qu'à Paris. Quel répit leur offrirait cette douceur ? À l'extrémité de la passerelle, deux officiers en civil les attendaient.

Leurs bagages et les toiles de Strelli furent acheminés en priorité jusqu'au tapis et tous quittèrent l'aéroport un quart d'heure plus tard dans une berline banalisée.

Eva surveillait Laurent sans relâche, luttant elle-même pour ne pas s'assoupir. Durant le vol, elle l'avait contraint à marcher dans les allées dès que les hôtesses les eurent autorisés à détacher leur ceinture de sécurité. À Marseille, le mistral soufflait avec violence depuis deux jours. Eva avait en horreur ce vent qui la glaçait en hiver et lui collait d'épouvantables maux de tête en toutes saisons. Pour une fois, elle ne s'en plaignait pas : des rafales avaient secoué l'appareil jusqu'au moment où il avait touché le sol. Même au bord du coma, il eût été impossible de s'endormir. Maintenant qu'ils roulaient vers le centre-ville, confortablement installés sur la banquette arrière, elle s'inquiétait. Pourtant les yeux de Laurent étaient presque écarquillés, mais elle savait que certaines personnes pouvaient dormir les yeux ouverts. Elle finit par se rassurer : il ne dormait pas. L'application dont il faisait preuve pour se retirer de l'environnement et transformer son corps en momie requérait une forme de vigilance, elle en était convaincue. Régulièrement, malgré tout, elle secouait son bras, heurtait son épaule, produisait un son métallique en frappant son poudrier contre la portière. *Ils doivent me prendre pour une folle*, songea-t-elle en remarquant le regard des policiers. *Ils ont raison : je deviens complètement folle, de toute manière.* Elle persista cependant : son acharnement à s'opposer à l'endormissement de Strelli la maintenait elle-même éveillée.

Les nausées qui l'avaient à nouveau assaillie dans l'avion après un court répit la harcelaient encore. Et la perspective d'une nuit blanche durant laquelle elle concentrerait tous ses efforts et ses compétences sur son hôte l'accablait, lorsque la voiture s'arrêta rue Marengo. Ils avaient longé les docks, au loin les grues illuminées du port avaient déployé leurs couleurs criardes et le Vieux Port, animé comme il pouvait l'être un vendredi soir, s'était offert à son regard sans qu'elle y prête attention. En revanche, la vue de son immeuble l'apaisa miraculeusement. Elle oublia l'engrenage dans lequel cette journée l'avait entraînée, la nuit que Laurent Strelli lui réservait, le danger auquel on l'exposait, l'issue incertaine et même le vent entêtant. C'est d'un pas décidé qu'elle entraîna l'artiste vers l'entrée de la résidence.

Elle eut besoin de saluer la concierge qui passait la tête par la porte à toute heure du jour et de la nuit, de récupérer et décacheter son courrier, comme si de rien n'était, avant de traverser le hall marbré et le couloir qui menait aux ascenseurs. Un des flics l'interpella.

– Où mènent ces ascenseurs ?

– Le bâtiment est séparé en deux ailes. Aux extrémités de chacune, il y a un ascenseur. On peut emprunter celui-ci, mais il faut ensuite traverser tout l'étage pour rejoindre mon appartement. L'ascenseur du fond s'ouvre directement devant la porte.

L'homme s'adressa à son collègue.

– Poste un gars aux deux ascenseurs de l'aile, un devant la cage d'escalier et un quatrième devant l'immeuble. Je reste sur le palier de l'appartement.

Eva l'arrêta.

– Pas question. Vous ne montez pas : vous allez affoler tout l'étage.

– Écoutez, laissez-moi faire mon boulot. J'ai des consignes.

– Je ne veux pas que vous montiez la garde là-haut.

Elle avait besoin d'intimité, de calme – tout ce que Paris lui avait volé. La présence du flic derrière sa porte lui sembla insupportable.

– Il n'y a pas d'autre accès à l'appartement que ces ascenseurs et les escaliers, dit-elle encore. Vous ferez parfaitement votre boulot en restant ici.

Le policier céda.

– D'accord. À quel étage vivez-vous ?

– Au 8ᵉ.

– Mettez-vous sur le balcon pour que mes types le repèrent sur la façade. Faites la même chose pour les fenêtres : une lumière qui clignote quelques instants, un signe.

Les portes de l'ascenseur s'ouvrirent. Le policier entra dans la cabine.

– Qu'est-ce que vous faites ? dit-elle, agressive.

– Je vous aide à monter tous vos paquets et je m'assure qu'on ne vous attend pas dans votre appartement. C'est tout. Je vous fais peur ou quoi ?

Elle se tut. Laurent Strelli s'adossa au miroir pendant que l'ascenseur passait les étages. Il croisa le regard d'Eva et se redressa. Elle en eut mal au cœur.

Elle referma la porte derrière le policier et se retourna pour contempler son appartement. Elle se souvint des recommandations de Nadine Mankiewicz, scrupuleusement répétées par Erick. Elle alluma toutes les lampes du séjour et les appliques, et mit en marche la radio. Elle sélectionna un programme musical dédié aux ados : bruyant, dominé par les basses. Un rap agressif envahit l'appartement. Au bout de quelques instants, elle jugea la musique et la scansion des paroles trop répétitives : la régularité risquait de les abrutir. Le silence de Strelli l'inquiéta, elle le chercha des yeux : il était sur la terrasse, dans le froid, captivé par le spectacle. Les lumières de la ville s'étendaient à leurs pieds, les collines scintillaient dans un ciel d'encre, les mâts dansaient au loin dans la lueur du Port, et Notre-Dame-de-la-Garde, tournée vers la mer et ses hommes qu'elle protégeait, rayonnait au-dessus de la cité phocéenne. C'était absolument grandiose.

Elle le rejoignit et baissa les yeux : huit étages plus bas, deux hommes lui firent un signe. Elle retourna dans le séjour, s'approcha des autres fenêtres qui donnaient sur la rue et ferma les volets. Retrouver un peu de sérénité, créer un univers protégé et clos pour mettre Laurent en confiance. Elle l'observa : la contemplation semblait le tenir éveillé autant qu'elle l'apaisait. Elle fut heureuse de partager avec lui ce sentiment de quiétude, et que ce soit Marseille qui le lui procure. Erick avait vu juste en les envoyant dans le Sud.

Elle s'approcha de la longue silhouette.

— Rentrez, Laurent. une bronchite serait plutôt malvenue.

Il recula jusqu'à la limite de la porte-fenêtre, sans quitter la ville des yeux. Enfin, son regard croisa celui de la jeune femme avant de se poser sur ses toiles emballées. Elle y vit le besoin de rendre l'endroit familier.

— Venez, je vous fais visiter l'appartement et on ouvre tout ça. Vous les disposerez où vous voudrez, comme bon vous semblera. Vous êtes chez vous, ici.

Il acquiesça. Elle se dirigea vers les chambres du fond où elle alluma toutes les lumières, là encore. L'atmosphère lui sembla fraîche ; elle régla à la hausse le thermostat de chaque radiateur.

— Ma chambre, dit-elle. De ce côté, ce sont les collines plutôt que la mer. C'est beau aussi, vous verrez, quand le jour se lève.

Elle n'eut droit à aucune réponse. Elle se retourna : elle était seule.

— Laurent ?

Elle sortit précipitamment de la chambre. Du couloir, elle vit avec effroi qu'il s'était assis, affalé sur la table, la tête posée sur ses avant-bras. Elle courut à lui.

— Laurent ! Réveillez-vous ! Dites donc, je me fends d'une visite guidée du palais, et vous vous payez une petite sieste en douce !

Elle le prit par le bras. Elle sentait son cœur battre à tout rompre. Dorénavant, elle ne baisserait pas la garde. Relâcher sa vigilance, même un court instant, pouvait être fatal. Une nuit terrible s'annonçait.

— Levez-vous, allez, on va s'occuper de vos peintures.

Il se redressa péniblement et finit de déballer le buste partiellement découvert. Il le posa sur la table et déchira le papier kraft qui protégeait une toile carrée. Eva retira une autre œuvre de sa housse : elle reconnut immédiatement les reliefs du portrait sans visage. Il avait choisi de l'emporter ; croyait-il pouvoir en finir les traits ? Elle le plaça au milieu de la pièce et attendit en vain une réaction de Laurent. L'œuvre et ce qu'elle représentait semblaient avoir perdu toute signification pour l'artiste. Elle finit par rire intérieurement de sa tentative illusoire, tout en réservant ses espoirs au travail qu'elle comptait réaliser sur lui. Elle se redressa un peu trop vite et fut saisie de vertiges. Elle s'appuya sur l'accoudoir d'un fauteuil, il tourna la tête vers elle, inquiet. Elle s'empressa de sourire.

– J'ai une proposition à vous faire : une bonne douche bien chaude.

Il la dévisagea, sans comprendre. Elle saisit l'ambiguïté de ses mots et rit franchement.

– Non. Vous serez seul, mais vous courez le risque de me voir débarquer si vous ne répondez pas à mes appels ou si vous vous endormez dans la baignoire.

– Je ne dors jamais dans la baignoire.

– Alors allez-y, dit-elle, amusée d'être ainsi prise au sérieux par ce type étrange. Après ça, on se met au travail.

Il hésita puis se dirigea vers la salle de bains qu'il semblait avoir repérée. Elle lui tendit une serviette et ferma la porte. Elle s'interdit de s'asseoir dans le couloir mais guetta les mouvements de Strelli, puis les bruits de l'eau à travers la cloison.

Quelques minutes plus tard, il sortit, habillé et la peau rougie. Les cernes semblaient plus marqués, les yeux enfoncés dans le visage, le regard trouble. Les derniers mots qu'elle avait échangés avec Erick en salle d'embarquement lui vinrent à l'esprit. Elle retourna dans le séjour et fouilla dans son sac à main. Elle posa les plaquettes de comprimés sur la table, hésitante. Erick ne lui avait pas précisé quelles circonstances justifieraient qu'elle en ait l'usage. Arrivée à Marseille, à l'aéroport, elle avait téléphoné à la Fondation : elle était tombée sur l'infirmier, qui finissait son service.

– Le Dr Meer vient de partir, avait répondu Stéphane Mathis. Le Dr Vullierme devrait être chez lui. Vous avez son adresse ?

– Je suis à Marseille. Je vais lui téléphoner.

Quelques instants plus tard, elle réussissait à s'entretenir avec le psychiatre.

– Vous pouvez lui en donner dès maintenant, jusqu'à six par jour.

– D'accord, dit Eva. Je crois que je vais en croquer quelques-unes, moi aussi.

– Bon courage. Vous tenez le coup ?

– Il le faut.

Vullierme hésita.

– Avez-vous obtenu quelque chose de Laurent Strelli ? finit-il par demander.

– Oui.

Un silence s'était installé. Eva se décida.

– J'ai obtenu qu'il reste éveillé et qu'il maintienne le contact avec ce qui l'entoure. C'est déjà un miracle.

– Vous pouvez m'appeler quand vous le voulez.

Strelli se plia à la prescription sans discuter. Elle-même avala une gélule avec un café fort. Elle posa la Thermos sur la table et composa un numéro. Erick décrocha à la première sonnerie.

– C'est juste pour te dire qu'on est bien arrivés.

– Tant mieux, dit-il. Je craignais que tu aies des problèmes.

Elle observait Laurent, planté au milieu du salon.

– Ça ne saurait tarder, dit-elle.

– N'oublie pas : on a encore quelques cartes à jouer pour le maintenir en éveil.

– J'ai déjà abattu l'une d'elles.

– Laquelle ?

– Vullierme m'a autorisée à doper l'animal, répondit Eva. On est shootés aux amphétamines.

– Les amphétamines ? Déjà ?

Elle soupira. Décidément, ce type ne semblait pas conscient de la situation.

– On est presque à bout, Erick, et la nuit est encore longue.

– Je sais.

Il était toujours sur le trottoir, en bas de son immeuble. Une pluie fine l'obligea à se mettre à l'abri avant d'ajouter :

– Tu as pu travailler avec lui ?

– Pas encore. Je ne veux pas me précipiter, il faut qu'il s'approprie les lieux.

Du bruit attira son attention. Elle se tourna : Strelli était à côté d'elle et la fixait. Elle eut un mouvement de recul.

– Je suis prêt, dit-il.

54

IL détestait la précipitation.

Les rendez-vous de dernière minute, les courses contre la montre : il était aux antipodes de ces rythmes. C'était pour lui la porte ouverte aux aléas et à l'échec.

Pourtant, il courait.

Il avait couru jusqu'à la station de taxis, couru dans la gare, bousculé les gens pour récupérer un billet, et couru sur le quai. Il était monté au hasard dans un wagon alors que les portes se fermaient.

Il prit quelques instants pour retrouver son souffle, puis traversa les voitures bondées à la recherche d'un siège. Près du bar, il aperçut un type au crâne rasé et une fille obèse près de lui, saucissonnée dans une jupe en stretch. Il jura et se retourna machinalement. La fille avait appelé la Fondation depuis Marseille – de l'aéroport, semblait-il. Qu'est-ce qu'ils faisaient dans ce train ? Il s'aventura plus près d'eux et réalisa qu'il ne s'agissait que d'une vague ressemblance. La fille, surtout, était très différente de la Marseillaise : moins jolie, certes, mais moins vulgaire. Il attribua sa méprise à une perte de sang-froid et s'en voulut.

Il progressa péniblement entre les voyageurs et s'installa dans un wagon de première classe, où une place isolée restait libre. Il aimait voyager seul, ces heures silencieuses, bercé au rythme d'un train – qu'il privilégiait toujours par rapport à l'avion. Même lorsqu'il voyageait avec elle, il refusait de s'asseoir à ses côtés. Son visage lui apparut. Forte et inquiète à la fois. Intelligente et impulsive. Elle n'avait pas sa rigueur, il ne possédait pas son ambition. Il en était conscient, tout comme elle savait que lui seul était capable d'organiser et de mettre en œuvre les plans qu'elle échafaudait. Il donnait corps à ses aspirations. Il y avait entre eux un accord tacite, une complémentarité qui les liait au-delà de toute raison, et chacun acceptait son rôle. Parfois – très rarement –, il y avait suppléance. Il arrivait, lorsque les choses se compliquaient, lorsque les événements prenaient une tournure inattendue, qu'il inter-vienne dans les décisions et modifie la donne. Comme cette fois.

Pour cette raison, c'était lui qui courait, aujourd'hui. C'était lui, dans ce train, ce soir, pour accomplir ce qui lui paraissait nécessaire, et elle s'y était résolue.

Dans moins de deux heures et trente minutes, il serait à la gare Saint-Charles. Obtenir son adresse avait relevé d'une simplicité enfantine : il les retrouverait très vite. Cette nuit, Strelli devait mourir, et il mourrait.

L'homme ferma les yeux et s'endormit sans effort.

55

C'EST la chute de sa propre main qui la fit sursauter. Devant elle, Laurent Strelli s'était redressé et la regardait.

– Réveillez-vous, dit-il.

Un court instant, le spectacle de cet homme chez elle lui parut irréel. Elle chercha autour d'eux des éléments familiers pour se rassurer – des repères. Son cœur battait à tout rompre. Elle crut qu'elle allait vomir.

– Vous ne devez pas dormir, dit Strelli. Moi non plus.

– Vous avez raison, excusez-moi. C'est la première fois que je m'endors pendant le boulot.

L'heure qui venait de s'écouler lui revint par bribes. Elle reconstitua péniblement le puzzle de son esprit embrumé. Quand Laurent s'était assis, le regard fuyant, les traits figés, elle avait pressenti la survenue imminente du retrait. Très vite, il serait cet être absent, vide. Elle s'était alors concentrée sur la nécessité de maintenir un équilibre entre le corps et l'esprit, de retenir la vie qui s'échappait, plutôt que de libérer des émotions et des souvenirs inaccessibles. Elle avait travaillé sur les chakras, les centres d'énergie corporelle, afin de les activer et de fluidifier la circulation de cette énergie.

Manifestement, elle avait atteint son objectif : Laurent Strelli était revenu à la conscience de lui-même et de ce qui l'entourait. En revanche, l'exercice avait aspiré les ultimes ressources de la thérapeute ; Eva s'était assoupie.

– Je crois qu'on va faire une pause, dit-elle.

Strelli voulut se lever ; il vacilla et retomba dans le fauteuil. Elle prit la chemise et la posa sur les épaules du jeune homme.

– J'ai froid, reconnut-il.

Elle observa ses traits : la peau de Strelli prenait une teinte cireuse. Les paupières laissaient à peine apparaître un regard éteint. Elle n'osa pas découvrir son propre reflet dans le miroir.

– Les radiateurs fonctionnent à plein régime, dit-elle. On est à Marseille, Laurent, pitié pour eux. Je vais vous chercher une couverture.

Elle se dirigea vers la cuisine. Son estomac grogna. Erick l'avait prévenue : le manque de sommeil stimulait la faim.

– Vous avez faim, vous aussi ?

Il acquiesça.

– On vous a dit que vous passiez la nuit ave la reine des sandwiches ?

– Non, répondit Laurent après un instant de réflexion.

Eva résolut d'abandonner la dérision. Les mots d'Erick, terribles, résonnèrent à nouveau : retrait, autisme. Elle savait que parmi tous les troubles dont souffrent les autistes, les anomalies de la communication étaient marquantes. Certains utilisent même des mots ou des expressions qui leur sont propres, tandis que le langage, abstrait surtout, est mal compris.

Elle disparut dans la cuisine après avoir monté le niveau sonore de la radio. Le rock alternatif lui vrillait les oreilles – Strelli, lui, semblait sourd à la musique.

Lorsqu'elle revint, il était assis à table. Elle posa devant lui une assiette couverte de triangles de pain de mie et fit l'inventaire.

– Charcuterie, fromage – crudités, thon – tapenade – paprika.

Strelli repoussa ses affaires et se jeta sur le plat. Elle s'assit à ses côtés et l'observa, intriguée. À l'hôpital, elle avait entendu l'ASH se plaindre de son manque d'appétit. Ici, il dévorait. Elle étouffa un bâillement puis se laissa aller. Lionel Vullierme leur avait recommandé, quelques heures plus tôt, de ne pas les réprimer : les bâillements faisaient intervenir une série de substances chimiques qui stimulaient la vigilance. Elle se décida à entamer un sandwich. Strelli reposa le sien, prit un feutre épais et ouvrit un bloc de feuilles vierges. Lentement, il ébaucha un visage féminin. Les cheveux bouclés retombaient sur les épaules, la femme riait. Sur la même page, il croqua une femme en blouse, avec un chignon sur la nuque. Eva se pencha sur le dessin.

– Votre femme ?

Laurent ne répondit pas, son visage s'assombrit et il passa les doigts sur le visage. L'encre n'avait pas eu le temps de sécher, des traînées noires troublèrent l'image.

– Stefania, dit-il simplement.

Il tourna la page et en quelques traits esquissa un couple devant une maison.

– C'est vous...

Strelli acquiesça et ajouta un landau près du couple. En dessous apparut une façade d'immeuble qu'Eva reconnut. La Fondation, ses grilles ouvragées, son perron. Progressivement, les étages s'ajoutèrent, une toiture domina l'édifice et couvrit le couple, noircit l'enfant, puis la maison elle-même disparut derrière les traits de crayon. Tout fut englouti par la Fondation.

L'artiste changea de feuille et dessina une série de femmes en blouse, toujours la même, toujours plus vite, jusqu'à remplir la page. Le visage de la femme vieillissait. Elle semblait fuir l'enfant. La main de Strelli fut prise de tremblements.

Eva posa la main sur celle du jeune homme.

– Vous n'aviez qu'un enfant ?

– Stefania... nous deux...

Il chercha ses mots, et finit par tendre la main vers l'interrupteur d'une lampe. À plusieurs reprises, il éteignit puis ralluma l'ampoule.

– Comme ça, entre nous, dit-il.

La métaphore la fit sourire. Laurent Strelli contempla la page et referma le bloc. Il s'adossa et ferma les yeux. Eva le secoua.

– Voulez-vous que l'on reprenne notre travail par le toucher ?

– Par le toucher ?

– Oui, comme tout à l'heure.

– ...comme tout à l'heure.

Elle l'observa attentivement, à l'affût de ce qu'elle redoutait. Le corps se mit à balancer d'avant en arrière, de façon régulière, avec une amplitude croissante. Elle tenta d'interrompre le mouvement, puis, instinctivement, recula.

Strelli se raidit sur son siège. Il serra les poings, les muscles de son visage se contractèrent, ceux des avant-bras roulèrent sous la peau. Il poussa un hurlement de bête et d'un geste balaya tout ce qui se trouvait sur la table. Eva demeura silencieuse. Une bouffée d'angoisse la submergea, elle sentit ses tempes battre et tenta de se contrôler pendant la crise.

L'homme se leva, déambula quelques secondes et s'assit sur le canapé, les genoux ramenés à lui. Il marmonna quelques mots incompréhensibles et se tut. Eva s'éloigna de lui avec prudence tout en surveillant son attitude. Quand il parut s'être calmé, elle s'approcha et lui tendit son pull et son manteau.

– Tenez, Laurent.

Il leva la tête. Son regard semblait apaisé.

– Habillez-vous, dit-elle. Et couvrez-vous bien. On va sortir. Un peu d'exercice nous fera du bien, ça nous aidera à tenir le coup.

Il se leva sans rechigner, tandis qu'elle s'enveloppait dans une doudoune rose pâle.

Elle prit les clefs de l'appartement, alluma la lumière du palier, et Laurent Strelli la suivit.

56

Ù allez-vous ?

Le flic s'était précipité vers eux. Eva entraîna Laurent dans le hall sans s'arrêter.

– On va faire quelques pas.

Il se mit en travers de leur chemin.

– C'est vraiment pas prudent.

– Il est deux heures du matin, dit-elle. Il faut qu'on tienne le coup – plusieurs heures. Si on ne se remue pas, on va tomber.

– Vous ne sortez pas seuls.

– Je connais le quartier comme ma poche, dit-elle, déterminée.

Le policier perdit patience.

– Vous allez arrêter de faire la loi dans cette affaire. J'ai une mission : vous protéger, même si vous avez décidé de jouer les têtes brûlées. J'ai cédé sur ma présence à l'étage mais cette fois c'est vous qui allez faire ce que je vous dis. Est-ce clair ?

Eva prit le parti de calmer le jeu.

– Comme vous voudrez.

Il les accompagna jusqu'à la porte de l'immeuble et fit un signe de tête à l'un des hommes réfugiés dans une voiture, dix mètres plus bas.

– Cossé vous escorte. C'est à prendre ou à laisser. Sinon, vous remontez – et ne discutez pas.

Eva et Laurent passèrent le portillon sans attendre et tournèrent à droite. Un gars trapu emmitouflé dans une parka sortit de la voiture, alluma une cigarette et pressa le pas pour les rattraper.

La jeune femme prit le bras de Laurent et remonta la rue des Bergers jusqu'à la place Notre-Dame-du-Mont. L'air frais lui fit du bien. Elle eut le sentiment de recouvrer ses esprits après une anesthésie. Strelli aussi semblait revigoré. Son regard courait sur les immeubles alentour, les pavés glissants, les lampadaires. D'un pas mal assuré, ils longèrent la rue de Lodi jusqu'au cours Julien. Marc Cossé les rejoignit aux abords de la place. Eva se retourna.

– Vous n'êtes pas obligé de nous coller aux fesses non plus, dit-elle, agressive.

Le policier capitula et prit ses distances. Elle en profita pour attirer Laurent au milieu des jeunes qui arpentaient l'esplanade sous les arbres dénudés. Le bras de Strelli se raidit.

– Venez, dit-elle, on va marcher dans les ruelles piétonnes, il y aura moins de monde.

Il répondit par un regard angoissé.

– ... moins de monde, répéta Strelli.

L'écholalie, cette façon particulière de répéter les mots de son interlocuteur. Eva craignit une nouvelle crise. Elle poussa l'artiste vers l'entrée de la rue Busny-l'Indien. La voie était plutôt dégagée, les traits du jeune homme se détendirent. Elle se retourna : dans leur précipitation, ils avaient semé leur cerbère. Elle haussa les épaules. On interpréterait son geste comme un signe de rébellion qui leur vaudrait une réprimande du cerbère-chef, point final. Ils empruntèrent la rue des Trois-Rois, plus calme, puis la rue Poggioli, sombre, pour déboucher sur la place Jean-Jaurès.

Leurs pas résonnèrent sur les trottoirs humides. Le long du caniveau, des végétaux abîmés, vestiges du marché du jour, se mêlaient aux déchets de la vie nocturne. Ils croisèrent un groupe d'adolescents qui éclatèrent de rire dans leur dos. Instinctivement, Eva se rapprocha de Strelli et croisa son regard un court instant. Sans s'en rendre compte, elle avait ralenti le pas et il lui imposait une cadence quasi militaire, alors que son visage, son corps, son être tout entier succombait à la fatigue. Elle s'essouffla. Son obésité mua sa démarche en un dandinement disgracieux. Elle n'avait pas l'habitude de faire de l'exercice, encore moins l'hiver en pleine nuit, dans les rues désertes de Marseille, après deux nuits blanches et une journée éprouvante. Elle le força à s'arrêter.

– Vous voulez continuer, ou on rentre ? dit-elle, au bord de la crise cardiaque.

Elle ne prêta pas attention à une hypothétique réponse. Dans le silence de la place, un bruit qu'elle avait pris pour l'écho de leurs pas s'était prolongé un court instant après qu'ils se furent arrêtés. Elle se retourna sans précipitation, pour ne pas alerter Laurent – et pour se convaincre qu'elle avait tort de s'inquiéter. Pourtant, l'inquiétude la submergea en une fraction de seconde. Elle crut voir une silhouette disparaître dans la rue Ferrari, à trente mètres d'eux. Elle maudit son entêtement à se passer d'une surveillance policière. Cossé ne pouvait pas être loin. Peut-être était-ce lui qui respectait les distances qu'elle avait imposées. Le silence qui suivit la convainquit du contraire. Elle était instinctive, et tout en elle pressentait l'imminence d'un danger. Et l'urgence de rebrousser chemin, s'ils le pouvaient encore.

– On marche encore un peu, suggéra Strelli.

– Venez, dit-elle sans même l'entendre.

Elle l'entraîna vers le centre de la place en direction de la rue Saint-Michel. Elle comptait emprunter des voies plus animées : les trottoirs étaient désespérément déserts.

Ils s'étaient presque mis à courir. Son cœur cognait jusque dans sa tête, mais elle crut ne plus discerner le bruit des pas derrière eux. À l'angle des rues Fontange et de la Loubière, elle trébucha sur une bordure de trottoir. Elle était trop engourdie pour conserver ses réflexes : le bras de Laurent lui échappa et elle bascula vers l'avant. Au moment de heurter le sol, elle sentit une poigne de fer enserrer ses épaules tandis que Laurent Strelli s'éloignait d'une démarche mécanique, tel un homme ivre. Une force phénoménale la tira vers l'arrière. Elle voulut hurler, une main se plaqua sur sa bouche. Elle se débattit, à bout de force, mais le bras qui l'enlaçait l'immobilisa. Un peu plus bas, Strelli s'était arrêté, lui aussi, sans se retourner. Eva sentit les larmes de l'impuissance et de la rage monter en elle, en même temps qu'une peur indicible. L'étreinte se relâcha et elle put tourner la tête. Elle ferma les yeux et inspira profondément. Sous le lampadaire, elle avait reconnu le visage juvénile.

Erick lui sourit, elle eut envie de le gifler.

– À quoi tu joues, idiot ?

– À te retenir quand tu tombes. Qu'est-ce que vous fichez ici ? Où est Cossé ? Je croyais qu'il vous chaperonnait.

– Et toi, qu'est-ce que tu fais ici, à Marseille, loin de ton lit ?

– J'ai bu quelque chose de fort, comme tu me l'as demandé, mais je ne me suis pas senti très solidaire pour autant, au bout du verre.

Strelli semblait l'avoir reconnu, lui aussi. Il s'approcha d'un pas hésitant. Erick l'observa quelques instants et se tourna vers Eva.

– Je crois que votre balade a assez duré, dit-il, inquiet. On rentre.

Dans l'ascenseur, il observa ses deux compagnons. Eva était méconnaissable. Strelli se tenait étrangement droit, son buste oscillait – il semblait se bercer. Dans la lumière de la cabine, il paraissait spectral. Le policier eut envie de les réconforter par n'importe quel moyen.

– Je vous ai apporté un petit cadeau, dit-il.

Eva ne prit même pas la peine de tourner la tête.

– Qu'est-ce que c'est ? demanda-t-elle.

– De l'Humoryl.

Le nom ne lui était pas étranger.

– Un antidépresseur ? dit-elle au prix d'un effort de concentration éprouvant.

Laurent releva la tête, vaguement attentif.

– Un inhibiteur de la monoamine-oxydase, précisa Erick. Le nom était joli, j'ai pensé que ça vous ferait plaisir.

Eva colla le front à la paroi. Elle frissonna comme si elle était exposée au froid et au vent.

– On a toutes les raisons de déprimer, certes... inutile de nous le rappeler.

– Il a surtout la faculté de diminuer le sommeil paradoxal si d'aventure vous deviez vous endormir, dit Erick.

– On a déjà pris tant de choses.

– Selon Vullierme, on peut l'associer aux autres médicaments. Il faut juste arrêter l'alcool.

Les portes de l'ascenseur s'ouvrirent, et Eva n'eut pas le temps de répondre.

57

TOUT se passa très vite.

Erick lui-même ne sut pas ce qui avait mis tous ses sens en alerte maximale. Le sentiment qu'Eva et Strelli avaient eu un peu trop de chance, dans ces rues désertes de Marseille, en pleine nuit ? Ou le scintillement du métal sur le palier ? Il plaqua Laurent contre la paroi et rattrapa Eva par le col de son manteau. Elle chancela.

– Mais qu'est-ce qui...

Il mit un doigt sur ses lèvres, sortit son arme et appuya sur le bouton REZ-DE-CHAUSSÉE pour faire redescendre la cabine. Il plongea hors de l'ascenseur, glissa dos contre sol et pointa son arme, bras tendus, vers l'ombre tapie contre le mur.

– Ferme les portes, Eva, ferme les portes ! hurla Erick.

Il appuya sur la détente. L'homme recula et la balle s'impacta dans le mur dans une explosion de plâtre. Erick se redressa : devant lui, dans la cabine, Eva et Laurent le fixaient, tétanisés. Françoise Meer l'avait prévenu : l'amnésie du futur frappait les gens épuisés. Incapables de se projeter dans un avenir proche et d'évaluer les conséquences de leurs actes. Un temps de réaction décuplé.

L'homme s'était redressé. Dans la pénombre, Erick vit le canon pointé sur lui. Il roula sur le sol tandis qu'autour de lui le marbre volait en éclats. Il tira encore et vit la porte de la cage d'escalier se rabattre. Il bondit alors que l'ascenseur se refermait enfin sur ses deux occupants.

Il se précipita à la suite de l'agresseur, alluma la lumière dans la spirale de béton et dévala les marches. Deux étages plus bas, il entendit une porte claquer. Il suivit le fuyard dans un long couloir entrecoupé d'une série de paliers. Quand il ouvrit la dernière porte à l'autre bout de l'aile, hors d'haleine, l'autre ascenseur du bâtiment s'était refermé et atteignait déjà le quatrième étage. Il s'élança à nouveau dans l'escalier et surgit dans le hall.

Le flic en faction se leva d'un bond.

– L'ascenseur ! hurla Erick. Il est dedans !

Les deux hommes se précipitèrent devant les battants métalliques, arme au poing. La cabine venait de passer le premier étage. Erick maîtrisa le tremblement infime qui secouait son bras. Les panneaux coulissèrent sur leur rail : vide.

– Nom de Dieu ! jura Erick.

– Je n'ai pas bougé d'ici !

Erick s'engouffra dans la cabine et observa les boutons correspondant aux étages. Une onde glacée le parcourut. Il en ressortit et s'élança vers la sortie. L'autre le suivit.

– Il ne peut pas s'échapper, cria l'autre homme. Les collègues surveillent les deux sorties de la résidence !

Erick dévala les marches et longea la façade. Les deux flics sortirent de la voiture, un troisième fit irruption dans le bâtiment. Erick se retourna.

– Les *sous-sols*, bon dieu ! Il est dans un des deux sous-sols !

Cossé croisa le regard de son collègue.

– Merde, le parking ! Il y a un putain de parking !

Les deux hommes contournèrent l'immeuble par la droite. Quand les trois policiers se rejoignirent derrière la résidence, les portes du garage, dont la pente s'ouvrait dans une ruelle perpendiculaire, étaient déjà refermées. Et la rue déserte.

Erick entra dans l'appartement.

Strelli était prostré, les paumes plaquées contre la baie, le regard perdu dans la ville. Eva se tenait près de lui, la main sur son épaule. Elle se retourna. L'effroi se lisait encore sur son visage.

– Et maintenant ? Où tu vas nous cacher, maintenant ?

Erick s'approcha de la fenêtre. La cité dormait, seules les étoiles

éclairaient encore Notre-Dame. Ici, une femme et un homme lut-
taient pour veiller et sauver leur peau. Il sentit d'un coup la vacuité
de ses actes comme de ses efforts. Il se raccrocha au répit que leur
offrait la médecine.

— Les comprimés, les amphétamines...

— On n'en peut plus, Erick, dit-elle simplement. Et ces comprimés vont nous tuer. Tu comprends ?

Il acquiesça, s'approcha d'elle et affronta son regard injecté de
sang.

— Encore un peu, Eva. Quelques heures. Bouffez tous les médicaments du monde, faites n'importe quoi, et je vais vous tirer de
là. On va trouver ce salaud.

Sa propre promesse l'apaisa.

— Ça ne suffit pas, dit-elle.

Elle tourna la tête vers l'homme près d'eux et absent en même
temps.

— Et pour lui ? Qu'est-ce que tu vas faire pour lui ?

— Le protéger de ce malade, d'abord. Et plus si je peux, mais
pour cela, il n'y a plus qu'une solution. Une seule et véritable
solution, perdue dans la nature. Et je vais mettre la main dessus,
coûte que coûte.

58

– DÉPART à minuit avec un vol de fret, cinq heures sur place et retour ici à 6 heures du matin... Si c'est pas de l'amour, ça !

Laura sourit, concentrée sur la circulation. L'A6 était dégagée. Erick voulut répondre, une douleur aiguë à l'épaule droite l'en empêcha.

– Qu'est-ce que tu as ?

– On a fait l'amour sauvagement sur le marbre.

Laura se mit à rire, surprise.

– Et la plaie, là, sur la tempe ? Attends, laisse-moi deviner.

Erick préféra l'interrompre.

– Un éclat de marbre. Rien. Je crois que j'ai eu beaucoup de chance.

Elle retrouva son sérieux.

– Eux aussi. Si tu n'étais pas monté avec eux, c'était terminé, la romance en Provence.

– On l'a laissé partir. Ça me rend fou.

– « On » ? Tu veux dire que ces ânes n'ont même pas eu la présence d'esprit de surveiller la sortie de parking une rue plus loin, c'est ça ?

Ils se turent pendant un long moment. La voiture quittait le périphérique quand Erick prit conscience qu'il s'était assoupi un instant.

– Mankiewicz, dit-il. La Pyramide mentale de Strelli... Je dois remonter le parcours du professeur. On y trouvera une clef.

– On s'y est mises dès trois heures ce matin, quand tu as appelé. Rien, pour l'instant : impossible de le localiser.

Elle démarra dans un crissement de pneus. Erick ferma les yeux, barbouillé.

– Marina est crevée, reprit Laura. Elle a passé l'âge des nuits de travail.

Il ne répondit pas, contrarié qu'elle dénigre les compétences de leur collègue. Il refusait autant l'hypothétique déclin de Marina que le moyen dont usait Laura pour se mettre en valeur.

– Elle le fera encore quand on n'en sera qu'au B.A.BA de notre métier, dit-il sans la regarder.

Elle n'insista pas, tout en se demandant quelle idée il lui prêtait.

– On a commencé par le casier judiciaire, dit-elle. Vierge. Et Nathanael Mankiewicz n'a jamais fait l'objet de la moindre plainte.

– Aucune famille de détenus n'a engagé de procédure ?

– Jamais. Le seul procès auquel il a eu à faire face est moral, celui qu'ont intenté ses confrères au sujet de la valeur de ses travaux. Pour lui, c'était le pire : le désaveu d'une profession qui l'encensait jusqu'ici.

Lorsque Erick avait quitté le domicile de Nadine Kahn-Mankiewicz, il avait été troublé par son indignation. Le tableau qu'elle avait tracé de son père, radicalement positif, s'était démarqué du discours plus ambigu de Françoise Meer. Une fille marginale d'un côté, une femme amère de l'autre. Où se situait le juste milieu ?

Laura poursuivit son récit.

– On a épluché la presse générale et spécialisée publiée pendant les douze mois qui ont entouré son départ.

– Il faut retrouver les détenus traités par le professeur avant cette période, intervint Erick.

– J'ai déjà les noms des patients qui l'ont fait plonger.

– Bravo, dit-il, admiratif. Ça va nous faire gagner du temps. Quel est ton secret ? Les archives de la Fondation ?

– Inaccessibles en pleine nuit. Non, ce sont nos amis les journalistes qui nous ont aidées : les articles de presse ont couvert l'affaire dans les détails, et ce sont les circonstances dans lesquelles le professeur a été mis en cause qui nous ont aiguillées.

– Je t'écoute.

– Tout est parti d'une demande de grâce et d'une révision de peine. Des experts psychiatres extérieurs à la Fondation ont été mandatés par le Tribunal pour juger de l'état des détenus concernés. La machine a démarré...

– Qui étaient ces types, ces détenus ?

– Trois hommes et trois femmes. (Elle sourit.) Les femmes tuent aussi, tu sais ? Pas avec les mêmes armes, mais elles tuent. Et beaucoup sont en liberté.

– Les motifs de la condamnation ?

– Tous inculpés de meurtre. Avec préméditation, bien sûr. Et tous auraient agi sous l'emprise d'une pathologie psychiatrique. Bref, coupables mais pas responsables. Les peines allaient de dix à trente ans.

– Si on a réclamé une révision de peine, c'est que l'évolution de ces patients semblait favorable, forcément. Alors pourquoi a-t-on mis en cause l'efficacité du traitement de Mankiewicz ?

– Tu connais la lenteur des procédures. Quand les premières requêtes ont été déposées, l'état mental de ces détenus s'était nettement amélioré, c'est vrai. Ce n'est qu'entre cette période et le moment où les experts assermentés ont examiné les patients que leur état s'est dégradé.

– Combien de temps s'était écoulé ?

– Un peu plus d'un an.

Peu à peu, Erick avait retrouvé de l'énergie, porté par les révélations de sa collaboratrice. Six détenus dont l'état mental s'est brutalement dégradé. Le visage de Laurent Strelli envahit son esprit. Mankiewicz et ses travaux sur le sommeil étaient forcément liés à ce que Laurent vivait. Le discours de Laura le confortait dans sa démarche : découvrir l'homme et son passé les conduirait aux portes du cerveau de Strelli. Il décida de la provoquer.

– Si je t'invite au restaurant, tu vas me sortir une pochette rouge avec le compte rendu des experts assermentés ?

Laura ralentit et finit par immobiliser la voiture. Elle plongea dans son regard, se pencha vers lui et tendit le bras. Il eut un mouvement de recul qu'il aurait voulu imperceptible. Il sentit la portière se dérober sur sa droite.

– Descends, dit-elle en lâchant la poignée.

Erick se retourna : ils étaient devant la Fondation.

– J'en veux pas, de ton restaurant. Tu n'as pas besoin de m'acheter, Erick. Je fais mon boulot, c'est tout. C'est ce que tu veux, non ? (Elle finit par sourire, désenchantée.) Une cafétéria d'hôpital, ça m'ira très bien.

Il était debout, sur le trottoir, plus stupide que jamais devant cette fille.

– Va, dit-elle pour le libérer. Je trouve une place et je te rejoins.

59

LAURA s'amusa à détailler les traits de Stéphane Mathis. Des cheveux raides en bataille – une forme de négligence, à son sens. La mâchoire carrée – la détermination. Un nez long – la persévérance, sans doute l'obstination. La même que celle qui se lisait dans le regard, dans ces yeux petits et enfoncés. Comme maintenant, au milieu de ce hall à l'élégance désuète.

– Les archives sont la propriété de la Fondation et des médecins, dit-il pour la troisième fois. Et les médecins sont tenus au secret médical.

– J'agis avec la bénédiction des psychiatres de la Fondation, vous le savez bien, répondit patiemment Erick.

– Le Dr Vullierme ne va pas tarder. Je préfère attendre son aval.

Laura s'interposa. L'infirmier la dépassait de deux têtes, elle adorait engager le combat avec un déséquilibre de cet ordre – en sa défaveur. L'inversion du rapport de force n'en était que plus jouissive. Elle sourit et Erick reconnut ce sourire. Il se mit à l'écart pour se placer dans la ligne de mire du standardiste, captivé par leur conversation. Du coup, gêné, il plongea dans ses papiers.

Laura s'approcha de Mathis.

– Écoutez-moi. Vous avez raison de vous en tenir à vos règles. C'est louable. C'est bien. Et vous aurez le temps de vous le répéter quand je vous aurai embarqué parce qu'on m'aura donné votre signalement lors d'un délit de fuite, quand j'aurai retrouvé un sachet de poudre suspecte dans votre vestiaire, puis des produits toxiques qui auront disparu de la pharmacie de la Fondation dans le coffre de votre voiture. Et bien d'autres choses encore. J'ai plein de tours dans mon chapeau. Même une déposition de viol très convaincante, toute neuve. Une copine, comédienne. Et je me demande si vous ne correspondez pas au signalement du salaud qui a fait ça.

Elle joua avec le bouton-pression de sa blouse. Mathis recula.

– Vous serez sous les verrous pendant au moins quarante-huit heures, et vous aurez effectivement le temps de vous dire que vous êtes un bon citoyen, un infirmier respectueux des règles – un con en tôle, aussi, qui aurait pu éviter tout ça sans trahir pour autant toute la profession. (Elle tortilla négligemment une de ses tresses.) Stéphane, Stéphane, vous le savez bien : on va les voir, de toute façon, ces dossiers, alors... ne soyez pas un con en tôle. Allez.

Elle lui tapota l'épaule. L'infirmier tourna la tête vers Erick. Le policier croisa les mains devant lui et haussa les épaules.

– C'est elle, la chef.

Les archives étaient désertes, la lumière éteinte, les machines en veille. Laura resta près de la porte, attentive à tout ce qui l'entourait. Erick tendit à l'infirmier une feuille. Mathis lut les six noms et attendit les instructions.

– Ils étaient hospitalisés l'année où le Pr Mankiewicz a quitté la Fondation. Ils le sont peut-être toujours.

L'infirmier s'assit devant un ordinateur.

– En unité IV, précisa Erick. En Haute Sécurité.

Stéphane Mathis releva la tête, troublé.

– Ces fichiers sont protégés, dit-il. C'est une mesure médico-légale.

Laura l'interrompit.

– Le dossier médical, mais pas la partie administrative.

Quelques instants plus tard, les premiers feuillets sortirent d'une imprimante. Laura les intercepta avant l'infirmier. Des grilles calibrées, des dates, des matricules.

– Qu'est-ce que c'est ?

– Vous vouliez savoir s'ils étaient encore dans nos murs.

Laura lui tendit les documents à contrecœur. L'infirmier jeta un coup d'œil.

– Ils n'y sont plus.

– Aucun d'eux ? demanda Erick, déçu.

– Non.

– Ils ont été graciés ou la peine a effectivement été revue à la baisse, suggéra Laura.

– Ils sont morts, répondit Stéphane Mathis.

Les deux policiers demeurèrent interdits.

– Morts ? Morts de quoi ?

– Je ne sais pas, dit-il. Je n'y travaillais pas, je n'étais même pas en poste à la Fondation.

Laura frappa sur la table.

– Comme par hasard, les six détenus sont morts, comme ça !

– Ce n'est pas si rare, en unité IV. Ce sont des pathologies lourdes. L'état physique n'est souvent pas meilleur que le statut psychiatrique.

– J'ai besoin de savoir de quoi ces gens sont morts, insista Erick. Et je veux consulter le rapport des experts qui les ont examinés lors de la demande de grâce.

– Je ne peux pas, répondit l'infirmier, catégorique.

– Stéphane, dit Laura, pensez au con en tôle...

– Vos menaces ne m'impressionnent plus, dit-il. Et je ne peux rien faire de plus. Les dossiers des détenus de l'unité IV sont protégés. C'est une mesure médico-légale, je vous l'ai déjà dit.

– Je me fous de tout ça, cria Erick. Je veux savoir ce qui leur est arrivé !

Une voix familière résonna derrière eux.

– Je vais vous le dire.

60

ERICK arpentait la salle d'archives, incrédule. Vullierme était immobile, dans la lumière blafarde des écrans.

— Six détenus meurent en six mois, résuma Erick, et tous ont été soignés par le même psychiatre... Sans être médecin, je peux comprendre qu'on mette en cause son travail.

Vullierme trancha froidement.

— C'est parce que vous ne l'êtes pas que vous incriminez injustement la thérapie. Les circonstances de leur mort ont été très différentes.

Laura déchiffrait progressivement les imprimés administratifs.

— Ils avaient tous moins de cinquante ans, sauf une femme. J'imagine qu'ils n'ont pas disparu de mort naturelle.

— Vous ne croyez pas si bien dire — si tant est qu'on puisse qualifier de naturelle l'évolution de certaines maladies psychiatriques.

— Pour vous, ils sont morts des suites de leur trouble mental ? demanda Erick. Je croyais que leur état méritait au contraire une remise de peine.

— C'est toute l'ambiguïté et la complexité de notre spécialité. Une évolution favorable peut être émaillée de crises qu'on ne prévoit pas, sans pour autant noircir le pronostic.

Il s'approcha de l'infirmier et lui prit les feuilles des mains, sans un mot. Ils n'échangèrent pas un regard. Il lut en silence la première feuille.

— Edwige Reinhart. Je me souviens d'elle.

La contrariété se lut sur ses traits. Il se ressaisit.

– Tant pis pour le secret médical, dit-il pour lui-même. De toute manière, cela ne lui fera plus de tort.

Il se tourna vers les deux policiers.

– Edwige Reinhart était nourrice agréée. Elle a été admise en unité IV après avoir été étiquetée « psychotique sévère » aux Assises. Elle avait étouffé deux des nourrissons qu'elle gardait pour les empêcher de respirer les gaz toxiques que ses voisins insufflaient, selon elle, dans son appartement. Au bout de trois ans de thérapie, elle pouvait presque aborder le sujet. Elle comprenait la gravité de son geste, bien sûr, et pouvait admettre, par moments, la folie du raisonnement qui l'avait conduite à tuer ces enfants. C'est rarissime. Six mois plus tard, elle reçoit la visite du nouvel avocat engagé par sa famille. Elle lui trouve une ressemblance frappante avec son voisin de l'époque. Elle en parle en séance de thérapie – une fois, quelques secondes, de façon très évasive. Deux jours plus tard, elle s'est asphyxiée en se forçant à avaler son drap-housse en éponge, qu'elle a aspergé d'eau alors qu'elle étouffait déjà. On a retrouvé la bouteille en plastique dans sa main. Le drap avait gonflé dans la bouche, dans le pharynx, jusque dans les fosses nasales.

Vullierme ne leur laissa pas le temps d'assimiler l'horreur du geste. Les mots s'enchaînèrent.

– Sabine Wery a tué la collaboratrice de son mari. Jalousie morbide, appuyée sur des bouffées délirantes aiguës. Rien de très original, dit-il, cynique. Elle avait cru surprendre le couple adultère la veille du meurtre. Elle allait mieux, ici, oui, on peut le dire... Pas le jour où l'expert est venu la voir. Elle a décrété qu'il était un amant toujours fou d'elle. La remise de peine n'était plus vraiment d'actualité, vous pouvez le concevoir. Une semaine plus tard, elle l'a accusé de viol et sévices. Examen gynécologique normal, bien sûr. Trois mois après le départ du Pr Mankiewicz, on l'a retrouvée exsangue, le vagin atrocement mutilé avec tout ce qu'elle avait trouvé, y compris le piston métallique rouillé du lavabo.

Il se tut enfin.

– Dois-je continuer ?

Il chercha le regard d'Erick.

– Quand une maladie psychiatrique renaît de ses cendres, même celles qu'on croyait éteintes, quand le monstre endormi s'éveille sans crier gare, nous sommes souvent impuissants, mais ce n'est pas nous qui en subissons les pires conséquences. Les patients en sont les premières victimes. Un expert ne peut qu'en faire le constat et chercher, parfois, un responsable. Le Pr Mankiewicz était celui-là.

Le psychiatre se voûta légèrement comme si les souvenirs pesaient sur ses épaules et que l'évocation de ces morts revenaient à lever le voile sur un épisode qu'il n'aurait pas voulu éclairer.

– Je reste à votre disposition pour aider Laurent Strelli.

Au seuil de la porte, il se retourna.

– Vous êtes sur une fausse piste, Flamand. Ne vous trompez pas de combat. Vous n'en avez ni le droit, ni le temps.

Erick prit le volant. Il laissa retomber la tête en arrière, désabusé.

– Pourtant, dit-il, c'est de ce côté qu'il faut chercher, je le sais. Quoi qu'en dise Vullierme, ces gens ont rechuté alors qu'ils évoluaient favorablement.

– Il nous l'a dit : peut-être n'était-ce qu'une crise, un pic ponctuel mais dont on ne peut mesurer ni la gravité ni les conséquences.

– Peut-être... mais peut-être aussi qu'ils ont basculé et chuté plus bas encore que le mal qui les avait conduits en hôpital psychiatrique, supposa Erick. Comme Strelli aujourd'hui.

– On doit pouvoir mettre la main sur le compte rendu des experts, dit Laura. Je vais faire une nouvelle recherche. Il n'y a peut-être pas eu de plainte contre Mankiewicz, mais contre X ou contre la Fondation, probablement. Si ces rapports d'experts sont quelque part, c'est dans ces dossiers de justice.

Erick démarra. Combien la machine judiciaire réclamerait-elle de temps pour éclairer leur enquête ? La dernière image de Strelli et Eva, à bout de force, lui rappela l'urgence de sa démarche.

– Il faut faire plus vite, dit-il, la rage au cœur. Rester sur cette voie, et creuser plus vite.

Laura agrippa son poignet sur le levier de vitesses.

– Arrête-toi.

– Quoi ?

– Arrête-toi, là, tout de suite, dit-elle, sans quitter des yeux les feuilles qu'elle parcourait du regard.

Erick reconnut les fiches administratives imprimées par Stéphane Mathis.

– Tu les as gardées ?

– Oui, je les ai *volées* pendant vos palabres, et tu vas me remercier.

Erick s'arrêta sur un passage clouté. Un concert de klaxons accueillit sa manœuvre, accompagné du chœur des piétons.

– Franck Berlin, dit simplement Laura. La sixième fiche. Il a hésité avant de l'imprimer.

Le policier se pencha. Elle pointait le doigt sur une ligne.

– Une adresse dans le 15e arrondissement.

Elle leva les yeux sur son chef.

– Pas une simple adresse, Erick. Son adresse. Son adresse *actuelle*.

Erick lui prit la feuille des mains.

– Il est vivant, dit-elle. Et il nous attend. Démarre.

61

EVA redressa la tête : il lui sembla soulever un boulet de plomb.

Le jour s'était levé et elle n'avait rien remarqué. Une bouffée d'angoisse monta en elle : avait-elle dormi ? Avait-elle dépassé cette limite au-delà de laquelle le sommeil s'abat sur soi envers et contre tout, sans qu'on puisse lutter ni même en prendre conscience ?

Elle se souvint du millième stratagème qu'elle avait élaboré cette nuit pour résister au sommeil et maintenir Strelli éveillé. Elle avait noté sur une feuille l'heure qu'elle lisait sur l'horloge toutes les cinq minutes. Si l'écart se creusait entre les chiffres qu'elle inscrivait, elle savait qu'elle devait redoubler d'efforts et trouver un artifice. Ils marchaient alors tous les deux dans l'appartement, montaient le niveau sonore de la musique, elle lisait un texte à haute voix et l'obligeait ensuite à répéter. Eva saisit son carnet de notes. Elle tremblait, les lignes se dédoublaient. Elle distingua malgré tout les derniers chiffres calligraphiés d'une main mal assurée : 7 h 24. Onze minutes s'étaient écoulées. Elle chercha Laurent du regard.

Il était assis dans un fauteuil, un peu à l'écart, face à la porte-fenêtre de la terrasse. La tête dodelinait insensiblement. Les yeux restaient ouverts sur la ville qui émergeait à peine, elle, du sommeil. Il s'était répété inlassablement les recommandations de la jeune femme. Ne pas dormir, ne pas s'adosser. Ne pas fermer les yeux. Bouger. L'écho de ces consignes résonnait à l'infini sous son crâne – qu'il aurait voulu arracher. Plus que jamais il aurait aimé se désolidariser de son corps, se désincarner – se retirer. Tous ses muscles le faisaient souffrir, il lui semblait avoir été battu toute la nuit, ici, dans cet appartement inconnu, avec cette femme qui l'était tout autant, dont il ne comprenait ni tous les mots ni toutes les intentions.

Eva s'approcha et le prit par le bras.

– Levez-vous, dit-elle. Allez, Laurent, un petit effort. Il faut qu'on marche. Pas longtemps.

Il tenta de la repousser, elle vacilla et se rattrapa au rebord de la fenêtre. Alors, seulement, elle réalisa que le soleil montait dans un ciel rosi et que la statue de la Vierge, au sommet de l'église, brillait sans doute depuis une heure.

– Regardez, dit-elle simplement.

Elle avait abandonné le ton directif et las des derniers mots. Strelli leva les yeux. Dans la voix d'Eva, il y avait une vie inhabituelle, une forme d'espoir. Il contempla le ciel un bon moment avant de parler.

– J'ai faim.

– Encore ? Vous avez une conversation formidable.

Eva se tourna vers la table basse, jonchée de cadavres de canettes, de barquettes de surgelés, de paquets de chips éventrés, de bocaux vides et autres boîtes de biscuits.

– Qu'est-ce que vous voulez manger ?

Il haussa les épaules, ailleurs.

– Moi aussi, reconnut-elle, je boufferais n'importe quoi.

Avec les heures, ils avaient senti la faim les tenailler. Toujours plus pressante, telle une interminable dilatation de l'estomac que rien ne suffisait à remplir. En même temps, le froid les avait enveloppés, puis pénétrés jusqu'aux entrailles.

Eva noua le châle qui lui tombait des épaules. Des frissons hérissèrent sa peau. Elle remarqua que Strelli ne portait qu'une chemise.

– Je vais fouiller dans les placards et nous trouver quelque chose pour le petit déjeuner. En attendant, allez sous une douche bien chaude. Ça va vous...

Elle hésita. *Vous réveiller.* Elle n'osait plus prononcer le mot, qui la renvoyait instantanément à la fatigue accablante. Strelli semblait ne pas l'avoir entendue, comme cela se produisait de plus en plus souvent. Elle n'avait plus la force de s'en inquiéter. Elle se contentait, résignée, d'accompagner ses mots de gestes auxquels il n'avait plus la force, lui, de résister. Il obéissait comme un automate obéit à l'impulsion mécanique. Elle le guida jusqu'à la salle de bains, attendit un instant derrière la porte jusqu'à ce que retentisse le crépitement du jet sur le carrelage, puis retourna dans le séjour.

Elle réalisa que le téléphone n'avait pas encore sonné, que Erick ne s'était pas manifesté depuis son départ, et elle savait ce que cela signifiait : il piétinait. Peut-être était-il vain de résister comme ils le faisaient, Strelli et elle. Cette idée, curieusement, lui procura un certain soulagement. Elle augurait la fin du calvaire.

Alors elle le vit.

Il venait de refermer la porte de l'appartement – elle ne l'avait pas entendu entrer, couvert par la musique. Sans l'avoir oublié, elle dut chercher dans un espace reculé de sa mémoire pour identifier le visage, la silhouette. Un cortège de douleur et de plaisir mêlés déferla en elle lorsqu'elle mit un nom sur lui. Qu'elle n'avait quitté qu'une quarantaine d'heures plus tôt.

– C'est qui, ce flic devant la porte ? J'ai dû lui dire qu'on était fiancés et lui montrer mes papiers, malgré le fait que j'avais les clefs.

Karim s'approcha d'elle. Elle eut un mouvement de recul et fut prise au même moment d'un vertige. Il n'y avait pas de place pour ce registre émotionnel, ce matin – était-ce bien le matin ? Après combien de nuits blanches et de voyages précipités ? Elle ne savait plus. Elle n'était convaincue que d'une chose : elle n'était pas prête pour une confrontation avec son amant. Une inquiétude monta en elle, et songer à Erick à cet instant précis la rassura. Karim l'observa, intrigué.

– Qu'est-ce que tu as ? Qu'est-ce que c'est que cette tenue ?
Elle ne répondit pas et s'adossa au mur. Il tenta de l'enlacer.
– Je passe avant d'aller au boulot et tu m'accueilles comme ça ?
Elle ne réagit pas à ses caresses. Il recula, dépité.
– Va te coiffer, te maquiller, je sais pas, moi, tu fais peur.
Elle sourit, lasse. C'était tout ce qu'elle pouvait attendre de lui.

Au fond, ce constat l'apaisait : il était temps qu'elle ne nourrisse plus d'illusions à l'égard de ce type.

Karim releva la tête, contrarié.

– C'est quoi ?

– De quoi tu parles ?

– Ce bruit... la douche, dit-il.

Il s'écarta.

– Rien, répondit Eva. Une amie.

– Une amie, à sept heures et demie du matin ?

– Elle a dormi ici. J'étais pas bien, cette nuit.

L'eau avait cessé de couler. Eva respira plus calmement. Karim la dévisagea comme on observe un objet. Un objet inconnu.

– Elle a peut-être dormi. Toi, pas assez.

Il l'avait à nouveau enlacée. Elle s'échappa de ses bras.

– On se voit demain ?

Il ne répondit pas. Il s'était aventuré dans le séjour en désordre. Il s'arrêta devant les restes alimentaires qui couvraient la table.

– Qu'est-ce que c'est que ce bordel ? C'était la fête ici, hier soir, ou quoi ?

Elle hésita – trop longtemps.

– Si on veut. Écoute, il vaut mieux que tu partes, excuse-moi, je ne suis pas... je ne suis pas en état.

Il l'empoigna par le bras.

– Tu te fous de moi ? Tes réponses à demi-mot, ça commence à m'énerver.

Elle s'emporta.

– Depuis quand j'ai des comptes à te rendre, comme ça ? Et depuis quand tu t'intéresses à autre chose qu'à mon cul ?

Il la lâcha. Mais pas à cause des mots.

La colère et la fatigue troublaient sa vue, mais Eva distingua le regard de Karim qui se portait au-delà d'elle. Sur son visage, elle vit la surprise se muer en fureur.

– C'est qui ce type ? C'est qui ?

Il passa la main derrière la nuque d'Eva et l'agrippa par les cheveux.

– C'est ça, ta copine, hein ? Espèce de pute !

Il desserra son poing, elle tituba.

– Je vais le tuer, moi, ce mec !

– Non, Karim, attends !

Elle tenta de s'interposer. Il la repoussa violemment et elle s'accrocha à son bras pour ne pas tomber. Du revers de la main, il la gifla. Un goût de sang envahit sa bouche et elle s'effondra. Elle vit Karim s'éloigner d'elle dans un brouillard. Elle hurla :

– Ne le touche pas ! Et ne me touche plus, tu m'entends ! Casse-toi, fous le camp, ne reviens plus, salaud !

La porte claqua, laissant l'appartement dans un silence de mort.

Eva se redressa péniblement sur ses avant-bras. Son coude la faisait souffrir, sa joue était tuméfiée. Elle mit quelques secondes à se remémorer la scène et tourna la tête, inquiète : Laurent avait disparu, probablement réfugié dans le couloir. La violence qu'elle venait de subir lui apparut comme un film qu'on déroulerait devant elle, avec, au bout de la projection, la vacuité de sa vie affective. Elle se laissa glisser sur le sol, secouée par les sanglots.

Quand elle ouvrit les yeux, elle mit quelques instants avant d'avoir le bon réflexe : regarder l'heure. Elle se leva aussi vite qu'elle put, affolée. Vingt-cinq minutes s'étaient écoulées. Vingt-cinq minutes durant lesquelles elle avait sans doute dormi. Elle n'osa pas envisager la même hypothèse – dramatique – pour Strelli. Elle se précipita vers les chambres à coucher en se tenant aux murs.

– Laurent ! Répondez-moi ! Laurent !

Elle entendit plus distinctement le bruit sec, répétitif, qu'elle avait pris au départ pour le martèlement des vaisseaux de son crâne, et qui l'avait sans doute réveillée. Un objet qu'on cogne contre une surface dure, un coup qu'on porte à un mur, très régulier. Il y avait encore de la lumière dans la salle de bains. Elle y entra et vit la serviette sur le seuil. Couverte de sang. Une sensation glacée envahit son corps. Elle se retourna et suivit, horrifiée, la trajectoire que traçaient les gouttes rouges sur le carrelage. Elle heurta le chambranle, se rattrapa au porte-manteau, prit appui sur les murs jusqu'à l'entrée de sa propre chambre. Ce qu'elle y vit lui arracha un cri.

Au fond de la pièce, dans l'angle, Laurent était recroquevillé sur le sol dans une flaque de sang, torse nu. Ses bras et sa poitrine étaient lacérés, des rigoles pourpres couraient sur la peau. La lame de rasoir luisait près de lui. D'un mouvement répété, le jeune homme heurtait le haut de son crâne contre le bord du radiateur. Le cuir chevelu ruisselait.

Eva s'agenouilla, désemparée. Elle mit la main sur la tête de Laurent pour interrompre le supplice qu'il s'infligeait. Il força le mouvement, elle résista comme elle put. Il cessa enfin de se meurtrir. Il tourna vers elle un regard épouvanté. Il passa un doigt tremblant sur la joue ouverte d'Eva.

Elle se pencha et prit la tête de Laurent Strelli dans ses bras ; elle sentit le sang couler sur sa peau.

Dehors, derrière la ville, les collines s'embrasaient. Elle serra l'homme blessé contre elle.

— C'est rien, dit-elle d'une voix qu'elle tentait de contrôler. C'est rien. Ça y est, c'est fini. Pour nous deux.

62

IL était 8 h 15. Le 15ᵉ arrondissement déversait ses enfants vers l'école et leurs parents dans les rues de Paris et sur le périphérique. La voiture finit par accéder à la rue des Favorites.

Erick et Laura traversèrent la cour jusqu'à un petit immeuble de quatre étages bien entretenu. La concierge frottait la poignée en cuivre comme si elle eût voulu en faire partir la teinte dorée. Ils montèrent au troisième étage et sonnèrent à la seule porte du palier. Le bois craquait sous leurs pieds, la cage d'escalier empestait l'encaustique.

– Qu'est-ce que c'est ?

C'était une voix de femme, plutôt âgée.

– Nous cherchons le domicile de Franck Berlin.

– Qui êtes-vous ?

La voix semblait plus proche, juste derrière le battant de la porte. Erick et Laura se tinrent délibérément devant le judas pour rassurer la vieille dame.

– Commissaire Flamand et inspecteur Génisier, madame, répondit Laura.

On entrouvrit la porte. Ils devinèrent la silhouette fragile derrière la chaînette de sécurité. La dame semblait inquiète.

– C'est la police ? Je ne comprends pas, le docteur est passé hier, tout est en ordre, m'a-t-il dit.

– Nous avons juste quelques questions à poser à M. Berlin, dit Erick. Rien de grave, n'ayez crainte.

Elle referma la porte. Ils entendirent le cliquetis de la chaîne que l'on retire, et une dame septuagénaire apparut sur le seuil. Son visage et sa mise trahissaient l'usure du temps sur un passé de coquetterie. Une jupe et des bas sombres, un chemisier gris perle, comme la chevelure. Prête à entamer un deuil. Elle s'effaça, ils entrèrent.

L'intérieur était propre, soigné. Figé. Les tapisseries avaient jauni, les meubles semblaient n'avoir jamais été découverts. La dame prit place au bord d'un fauteuil Voltaire et les invita à s'asseoir. À côté du canapé, Erick remarqua un siège équipé d'un repose-tête et d'un harnais compliqué.

— C'est mon fils que cherchez, dit Mme Berlin. Franck.

— J'aimerais lui parler, oui, répondit le policier.

— De quoi voudriez-vous vous entretenir avec lui ?

— De ses années à la Fondation Mankiewicz.

La dame s'assombrit.

— C'était il y a plusieurs années. Maintenant, la page est tournée. Heureusement.

— Bien sûr. Mais ce qu'il pourra en dire nous aidera dans une affaire qui ne le concerne pas, soyez tranquille.

La dame eut un geste d'impuissance.

— Franck n'est pas ici. Il ne l'est plus depuis un certain temps.

Laura prit son carnet.

— Savez-vous où nous pouvons le trouver ?

Elle sourit, comme si ce n'était pas la première fois qu'elle avait à répondre à cette question.

— Je ne sais pas au juste. Il a toujours aimé voyager.

Elle tourna la tête vers un cadre. Sur un cliché abîmé, un jeune homme semblait ignorer l'objectif.

— C'est un garçon formidable – si curieux, si vif !

— Quand votre fils est-il parti, madame ?

— Après être sorti de la Fondation, il m'a très vite quittée.

Son regard se perdit dans un détail du tapis.

— Avant cette triste histoire, c'était un garçon réservé, timide – même avec sa propre mère, dit-elle. Tant d'années, c'était si injuste... On devait le gracier, pourtant, le saviez-vous ? Il avait besoin de partir, en sortant de là. C'est pour cela que je n'ai rien dit, je ne me suis pas opposée à son départ.

Elle sembla chercher l'approbation des deux jeunes gens. Erick sourit pour l'engager à poursuivre. Soudainement anxieuse, elle se crispa.

– Il n'a rien fait de mal. En tout cas, il n'en avait pas l'intention. Elle... elle ne le comprenait pas, personne ne l'a réellement compris, jamais. Il n'y avait pas une once de mal en lui, croyez-moi. C'était un rêveur, voyez-vous ?

Un rêveur qui avait attaché une jeune fille de seize ans avant d'inciser, à vif, chaque membre, d'en décoller la peau puis les muscles pour mettre les os à nu. Mme Berlin contempla une nature morte avec l'attention de celle qui la découvrait. L'embrasse d'un rideau s'était défaite : le tissu, lourd, retombait. Elle eut envie de l'attacher de nouveau, mais la vanité du geste lui apparut.

Ce fut un bruit – une chute – qui l'obligea à se lever.

– Excusez-moi.

Elle disparut derrière une porte qui s'ouvrait près de la cheminée. Sa voix leur parvint, assourdie.

– Il faut que tu m'aides... Lève-toi, fais un effort.

Erick s'engagea dans un couloir aveugle et poussa la porte. Un homme d'une quarantaine d'années était allongé sur le sol en chien de fusil. Le policier entra dans la pièce et l'homme tourna la tête. Il posa sur lui un regard qu'on sentait destiné à tous et à toute chose : une absence. Le policier le prit sous les bras et le souleva pour l'asseoir sur une chaise. La vieille femme ferma le dernier bouton de la chemise en flanelle et recoiffa l'homme prostré.

– Franck est parti, je ne sais pas quand il reviendra, dit-elle comme on réciterait un texte. Il voyage tant...

L'homme répéta d'une voix pâteuse.

– Franck... reviendra...

La dame lissa son chemisier et sourit à Erick. Depuis son fauteuil, Franck Berlin releva péniblement la tête pour pousser un cri guttural, puis se tut. Elle l'observa sans émotion.

– Lui, c'est autre chose. Il est si différent.

Erick sortit sans un mot. Laura l'attendait dans le couloir.

La dame ouvrit la porte de l'appartement.

– Il ne manquera pas de vous appeler quand il rentrera.

Elle s'approcha de Laura.

– Vous êtes ravissante, mademoiselle. Mon fils m'a souvent parlé de vous, vous savez. Je lui dirai que vous êtes passée.

Erick marcha jusqu'à la voiture et prit le volant.

Ils avaient déjà passé le jardin du Luxembourg et à peine échangé un regard. À un feu, Erick éprouva le besoin irrépressible de poser la main sur celle de Laura. Il la serra un bref instant, avec force. Elle ne quitta pas la route du regard. Elle attendit un long moment avant de retirer sa main et de ranger dans son sac les feuilles qu'elle avait prises à la Fondation.

Mentalement, Erick n'était pas sorti de la chambre de Franck Berlin. Le visage de Strelli venait inlassablement remplacer celui du criminel. Le policier tenta désespérément de s'accrocher à son enquête pour émerger de ce qu'ils venaient de vivre. La même question concluait son analyse : la dégradation de l'état mental de Strelli ressemblait à celle des meurtriers soignés par Nathanael Mankiewicz. Tous avaient fini par plonger dans la maladie psychiatrique – et la mort, pour la plupart. Strelli allait connaître le même sort. Fallait-il en déduire qu'il avait subi le même traitement ? Quel lien rapprochait ces malades de l'artiste ? Vullierme s'était trompé : en remontant le parcours de Mankiewicz et de ses travaux, Erick choisissait la bonne – la seule – piste.

Ils arrivèrent enfin devant les Buttes-Chaumont. La pluie s'était mise à tomber. La rue Botzaris enserrait le parc de ses immeubles imposants. Erick coupa le contact et tendit les clefs à Laura.

– Garde la voiture et donne-moi les fiches. Je me débrouille pour rentrer.

– Appelle-moi si tu ne trouves pas de taxi. On est samedi.

Il allait fermer la porte. Elle se pencha.

– Erick...

L'averse s'était transformée en véritable déluge. Le policier tenta de se protéger en remontant le col de son manteau.

– Oui ?

– Un jour, on ne sortira pas d'un appartement triste, on n'y aura pas vu une mère que le chagrin a rendu folle ni un type qui nous rappelle qu'on va bientôt vivre un drame, et ce jour-là, tu auras peut-être envie, pour une tout autre raison, de me prendre la main. (Elle sourit) : Ce jour-là, fais-le.

Il s'éloignait déjà quand il entendit la voix sur la fréquence radio de la police.

– Voiture 24 ?

Laura décrocha.

– Oui ?

– Vos portables sont éteints, dit la femme sur un ton de reproche. Rappelez Marina Trévès : problème à Marseille. C'est urgent.

63

NADINE Mankiewicz ouvrit la porte juste après l'unique coup de sonnette, comme si elle attendait sa visite. Il n'était pas encore neuf heures, on était samedi, et elle était habillée – ou plutôt perdue dans une longue robe en lainage sans manches sur un col roulé. Elle s'était permis une seule coquetterie : sa chevelure était prise, cette fois, dans un foulard moiré.

Erick dégoulinait sur la moquette du palier. Ses cheveux luisaient sur son front humide.

– Je peux entrer ? demanda-t-il.

Elle tourna la tête vers l'appartement vide. Elle était visiblement embarrassée.

– Mon mari est absent. Il est à la synagogue avec les garçons.

Erick eut envie de lui dire que l'absence de Serge Kahn ne ferait pas de lui un violeur, que des préoccupations de bienséance lui paraissaient inappropriées par rapport au sort de Strelli, et que s'il s'agissait d'une pratique liée à la religion, il était plus heureux que jamais d'être athée. Il s'accommoda malgré tout de l'humidité qui le transperçait et lui tendit les feuilles.

– Qu'est-ce que c'est ?

– Ces noms vous évoquent-ils quelque chose ?

Elle les parcourut rapidement.

– Non.

– Ce sont six criminels atteints d'une pathologie psychiatrique. Tous ont été admis en unité de Haute Sécurité à la Fondation.

Après une nette amélioration, leur état s'est brutalement dégradé, quelques mois avant que des experts ne le constatent, que le scandale n'éclate et qu'on ne reproche à votre père d'expérimenter des thérapies incertaines sur ces détenus.

Elle fit un pas en arrière. Dans la lumière du couloir, la pâleur de ses traits contrastait avec ses vêtements sombres.

– Pourquoi vous acharnez-vous sur mon père et son passé ? Pourquoi le faites-vous ici, et chez moi ?

– Ce n'est pas sur votre père que je m'acharne, mais sur le sort de Laurent Strelli. Lui aussi était suivi à la Fondation. Mais lui ne souffrait pas d'une maladie mentale, il n'a tué personne. Pourtant, comme les autres, il s'enfonce. Comme ceux qui se sont tués. Comme Franck Berlin, anéanti au fond d'un fauteuil. La Pyramide mentale de Strelli s'effondre et sa personnalité se désagrège. Il suit leur chemin, il va finir comme eux. Je dois savoir ce que votre père faisait dans cette unité.

Elle se retrancha derrière ses positions, imperméable.

– Je vous ai aidé quand je l'ai pu, parce qu'une vie est en jeu. Cette fois, je ne peux rien pour vous. Respectez le passé de mon père et mon présent.

Elle baissa les yeux.

– C'est... c'est Shabbat. C'est important pour moi.

Erick perdit le contrôle de lui-même.

– Je me fous de votre Shabbat ! Pendant Shabbat, on peut laisser les gens crever ?

Il avait élevé la voix, Nadine Mankiewicz sembla se replier sur elle-même. Sur le palier, on venait d'entrebâiller une porte. Le policier tenta de retrouver son sang-froid.

– Cette nuit, dit-il, Strelli s'est mutilé. Il baignait dans son sang. Quelle sera la prochaine étape ?

Il s'adossa au mur. Le tissu mouillé le fit frissonner.

– On a touché au socle de la Pyramide, chez ces gens. Tous. Vous le savez mieux que moi.

Nadine Mankiewicz disparut dans l'appartement et laissa la porte ouverte.

Dans le salon, elle s'était réfugiée près d'une table sur laquelle s'entassaient des livres de prière, à côté du chandelier rituel à neuf branches, comme si la proximité de ces objets la protégeait de la transgression du Jour saint. Elle resta debout, sur la défensive. Elle invita néanmoins Erick à s'asseoir – loin d'elle.

Elle caressa la couverture d'un traité sur le Talmud.

– Il est parti le lendemain, dit-elle enfin.

– Le lendemain de quoi ?

– Du jour où son nom s'est étalé dans la presse. Manifestement, mon père avait tout préparé. Il s'y attendait. Ou peut-être était-ce le fait de sa méfiance maladive.

– Vous étiez restée en contact jusqu'à son départ, n'est-ce pas ?

Elle choisit de s'asseoir.

– Nous n'avons jamais cessé de tout partager. Tout, confia-t-elle. J'ouvrais pour lui les portes de mon existence – parfois malgré lui, et lui me laissait investir la sienne tout comme j'allais librement, enfant, à travers les couloirs de la Fondation.

Une nostalgie douloureuse l'avait saisie. Elle se tut un instant avant de reprendre.

– Ses travaux me fascinaient, avant même que je n'en comprenne la teneur et la portée. Aujourd'hui encore, je réalise combien ces travaux représentaient une véritable révolution. Quand j'ai refusé d'exercer la psychiatrie pour proposer une consultation du sommeil, il avait compris mieux que personne que je n'abandonnais rien, au contraire ; j'explorais la voie qu'il avait ouverte, mais sous un angle moins scientifique, plus spirituel. Nous progressions en parallèle, sur deux routes différentes, mais dans la même direction. Je me nourrissais de ses idées, et lui contemplait en moi une autre manière de les aborder et d'envisager la Pyramide mentale comme le sommeil. C'était tellement enrichissant...

Elle laissa le silence s'installer, plongeant quelques instants en elle-même. Quand elle releva la tête, ses yeux brillaient, comme si elle avait su puiser en elle une ultime énergie. Erick y vit la résolution d'aller plus loin, de libérer des mots empoisonnés.

– J'ai très vite compris qu'il s'engagerait dans le seul combat qui vaille la peine, à ses yeux.

Il prit soin de ne pas intervenir. Jamais Nadine Mankiewicz n'avait laissé le champ libre à la moindre confidence. Elle s'abandonnait : elle s'était engagée dans une voie sur laquelle on ne s'arrête pas.

– Quand on sait ce qui dépend du sommeil paradoxal, l'équilibre ou au contraire le bouleversement dont il peut être responsable, quand on touche du doigt la pierre angulaire d'un processus aussi fondamental que celui de la personnalité humaine, et quand, dans le même temps, on consacre sa vie à soigner, on n'a plus le choix. Ce choix s'impose, on ne vit que pour cela : apprendre à maîtriser ce formidable outil.

– Votre père voulait maîtriser le sommeil paradoxal ?

Elle acquiesça, empreinte de fierté.

– Contrôler la cinquième phase du sommeil, monsieur Flamand. La mettre au service de la santé et de la société en améliorant la condition de ces criminels.

Erick se leva, sous le choc.

– Ainsi les experts avaient raison : les malades ont servi de cobayes aux ambitions de votre père.

Nadine Mankiewicz regretta la liberté de son aveu. Elle rougit.

– Non, dit-elle, les mains crispées sur les accoudoirs. Jamais. Il n'a pas expérimenté ses théories ni le résultat de ses recherches sur le moindre patient. Il les estimait insuffisants pour en faire une application thérapeutique. Quels que furent leurs crimes, les patients de l'unité de Haute Sécurité n'ont jamais été considérés par mon père comme des animaux de laboratoire. Je n'ai aucun doute là-dessus : il ne me cachait rien.

– Vous avait-il dit qu'il n'avait rien tenté ?

Elle hésita.

– Si vous l'aviez connu, s'il vous avait fait partager sa vocation, vous ne poseriez pas cette question. Son intégrité vous aurait semblé évidente. C'était un homme bien, et on l'a traîné dans la boue. Je connaissais assez précisément l'état d'avancement de ses travaux : ils n'avaient pas encore abouti lorsqu'il a quitté la Fondation. Il ne peut pas être responsable de ce qui est arrivé à ces six détenus.

Erick s'approcha de la bibliothèque. Spontanément, il passa le doigt sur un beau livre en hébreu, comme si la question qui l'obsédait en appelait à un mode de réflexion qui lui était inconnu. Le souvenir de Franck Berlin le poussa à la formuler.

– J'ai tendance à vous croire, dit-il. Votre père n'a pas soigné Strelli, qui pourtant suit le chemin psychiatrique des criminels de l'unité de Haute Sécurité. Quel peut être le point commun entre eux ? Vous seule pouvez me dire, aujourd'hui, ce qu'on a réellement pratiqué sur ces patients.

– Non, je ne le peux pas, croyez-moi. Tout ce que je peux vous dire, c'est que la thérapie couplée est née des découvertes de mon père et de la vocation de l'unité IV : offrir à ses malades l'opportunité de recouvrer un équilibre mental et une vie sociale – au moins au sein de l'hôpital. Si on y a fait autre chose, je n'en ai pas la moindre idée – et mon père non plus, j'en suis convaincue.

Elle se tut, puis s'aventura dans une hypothèse.

– Il y a peut-être une façon de le savoir, dit-elle.

– Laquelle ?

– Retrouver et analyser les tracés polysomnographiques de ces patients. Si leur Pyramide mentale a vacillé, seul le sommeil, à travers les enregistrements, révélera ce qu'il a subi.

– Vous les aurez, promit Erick. Je vous les ramènerai, même si je dois retourner la Fondation du sous-sol au dernier étage.

Nadine Mankiewicz prit appui sur la table, elle éprouvait maintenant seulement le poids des révélations dont elle avait cru se libérer.

– Pourquoi retourner toute cette boue, monsieur Flamand ? Nous avons tous tourné la page. Même lui, dit-elle.

Erick l'observa, intrigué. Elle se reprit.

– On ne peut plus rien pour ces gens, dit-elle encore en lui tendant les feuillets.

– Non, c'est vrai, répondit Erick. Mais vous pouvez encore faire quelque chose pour Strelli.

– Quoi ? demanda-t-elle, résignée.

Il s'approcha d'elle. Elle ne put fuir son regard, cette fois.

– Vous savez où se trouve votre père.

– Non, dit-elle trop vite.

– Mais vous êtes toujours en contact avec lui, n'est-ce pas ?
Elle lutta, en vain.

– Oui, reconnut-elle enfin. Mais par mail, exclusivement.

– Pourquoi ?

Il lui épargna la réponse, qui s'imposa naturellement.

– Bien sûr. Le professeur Mankiewicz n'a jamais cessé ses travaux. Il aurait tort de le révéler et de se mettre sous le feu de ses confrères ou de la presse. J'imagine que dans le même esprit, il vous protège des pressions extérieures en vous cachant le lieu exact de sa retraite scientifique.

Nadine ouvrit la fenêtre. Elle étouffait.

— Madame, si votre père est en mesure, aujourd'hui, de contrôler le sommeil paradoxal, il peut peut-être sauver Laurent Strelli. Le sort de cet homme est entre vos mains.

— Ne cherchez pas à me tenir responsable de quoi que ce soit, et encore moins à me culpabiliser.

— Rien de tout cela : vous m'avez dit que votre père avait toujours mis ses travaux et son ambition au service du soin et des malades. C'est le moment ou jamais de le prouver.

Elle ne sut que répondre. Le déchirement intérieur se lisait jusque dans sa posture. Elle s'échappa longuement, le regard perdu au loin. Le froid envahissait le séjour et s'infiltrait en elle. Elle se décida.

— Où sont Laurent Strelli et la jeune femme dont vous m'avez parlé ?

— À Marseille, répondit Erick.

Elle lui fit face. Sa physionomie avait changé, sa décision était prise et elle en éprouvait enfin un soulagement. L'étau qui l'enserrait depuis que ce policier avait fait irruption dans sa vie et bousculé toutes ses résolutions se relâchait enfin. Elle eut le sentiment d'accomplir ce qu'elle n'aurait pas dû remettre, dès le départ. Peut-être devait-elle voir en cet homme — et ce qu'il la poussait à faire — l'issue de toutes ces années d'attente et de labeur.

— Faites-les revenir, dit-elle. Vite. La route sera longue pour eux, ensuite. Quant à vous, n'abandonnez pas le combat, monsieur Flamand. Vous allez courir contre la montre, deux fronts simultanés ne seront pas de trop. Si mon père peut encore aider Laurent Strelli, il faut que ce soit avant ce soir.

Elle prit une feuille vierge sur un secrétaire.

— Écrivez votre adresse électronique sur cette feuille.

Erick s'exécuta et elle déchiffra la calligraphie nerveuse.

— Je vais faire ce qu'il faut, dès maintenant. Vous voyez, dit-elle : pendant Shabbat, on ne laisse personne mourir, non. Ni Shabbat, ni un autre jour. Quitte à transgresser nos lois.

— Où se trouve le professeur ?

Nadine Mankiewicz ouvrit l'armoire proche du secrétaire : devant elle, sur l'étagère, des livres scolaires encadraient un globe jauni. Erick s'approcha. Elle posa le doigt sur un point précis de la sphère. Il vérifia la destination à deux reprises, troublé.

– Avant... ce soir ?

– C'est encore possible, dit-elle. Le décalage horaire jouera en leur faveur : il y a trois heures de moins, là-bas. (Elle referma l'armoire.) Vous n'avez pas le choix. Laurent Strelli et votre amie vont atteindre leurs limites, la limite fatidique des trois jours, au-delà de laquelle nul ne résiste au sommeil. Des épisodes d'endor-missement très courts vont survenir, contre lesquels ils ne pour-ront rien, malgré toutes les substances qu'on leur administrera.

– Si c'est très court, il faut espérer que le sommeil paradoxal n'aura pas le temps de survenir.

– Détrompez-vous : ces flashes de sommeil ne durent que quel-ques minutes, mais comportent toutes les phases du sommeil, y compris la cinquième. C'est grâce à ce sommeil que les navigateurs tiennent le coup.

Elle s'assit, apaisée maintenant.

– Qu'ils partent tout de suite, dit-elle. Une autre nuit blanche leur serait fatale.

64

L'AMBULANCE les attendait devant la porte C, la plus proche de la zone de débarquement.

Eva et Laurent étaient agrippés l'un à l'autre comme un couple pris dans la tempête. Marina et Erick les encadraient. Les portes en verre glissèrent et un souffle froid les gifla.

Laurent s'immobilisa. Son regard courut de voiture en visage, de taxi en valise, affolé. Sa main se resserra sur l'avant-bras d'Eva.

– Je suis là, dit-elle.

Elle savait que sa voix, maintenant, le rassurait. Il ne l'entendit pas.

– Mes tableaux, dit-il. Mes tableaux, mes sculptures...

Marina lui prit le bras. Il se tourna vers elle, son regard la traversa et il se dégagea.

– On est en train de les récupérer, dit-elle d'une voix calme. Voulez-vous conserver quelque chose avec vous ?

Erick eut un mouvement d'humeur : le temps leur était compté. Marina n'en tint pas compte. Les épreuves qu'allait encore endurer Strelli justifiait qu'on les adoucisse en l'entourant d'objets familiers ou de quoi que ce fût qui l'apaisât. Eva répondit pour lui :

– Le buste, peut-être. Je peux le prendre dans mon sac.

– Dans mon sac, répéta laborieusement l'artiste.

La portière latérale de l'ambulance glissa sur son rail. Stéphane Mathis apparut dans l'encadrement. Eva prit appui sur son bras pour monter dans le véhicule. Les vertiges qui la torturaient depuis qu'elle avait quitté Marseille la contraignirent à s'allonger. Laurent se posta près d'elle, le regard fixé sur son visage. Erick grimpa près du chauffeur, Marina s'installa dans le fond du véhicule. L'ambulance quitta le Terminal.

Il était 11 h 45, l'autoroute était encombrée.

– Combien de temps, pour atteindre Roissy ?

Le chauffeur appuya sur un bouton. La sirène retentit et les files de voitures s'écartaient déjà.

– Maintenant, un peu moins de trente minutes. À quelle heure décolle l'avion ?

– À 13 heures.

– Un vol international ? Mais...

– Ils attendront, coupa Erick. Roulez.

Laurent consentit à s'asseoir. Marina observa le jeune homme, puis Eva. L'épuisement se lisait, telle une évidence douloureuse pour celui qui la contemplait. Elle en éprouva une véritable souffrance : leur regard errait, des ombres creusaient leurs visages dont la peau, marbrée, prenait une teinte terreuse. Des corps en ruine, assoiffés de repos. Elle aurait voulu sortir, pousser l'ambulance, tout accélérer – en finir et les voir plonger dans un sommeil salvateur. Elle aimait la résurgence de la vie, alors que la mort, sans retour, ne la touchait plus. Elle avait vu passer les corps de la femme et de l'enfant sans ressentir autre chose que de la compassion pour lui, qui restait. La vie détruite, voilà ce qui la remuait encore. Et c'est ce qui s'étalait là, en face d'elle qui restait impuissante.

L'infirmier posa une seringue sur un plateau, dénuda le bras d'Eva et désinfecta le pli du coude. Marina l'envia de pouvoir intervenir.

Eva tourna péniblement la tête.

– Qu'est-ce que vous allez injecter ?

– Du modafinil en intraveineux direct, répondit Stéphane.

– Qu'est-ce que c'est ?

– La prescription du Dr Meer : une substance éveillante commercialisée depuis peu. Conditionnée tout spécialement en injectable pour vous.

Eva ferma les yeux.

– Une molécule éveillante, Bonne Mère... Vous êtes en train de nous tuer.

Elle chercha Laurent du regard : il semblait ne pas avoir entendu ses mots. Elle en fut soulagée.

– Effets secondaires ?

– Aucun, a priori, répondit l'infirmier. Certains patients hyper-somniaques dorment plus de vingt heures pas jour. Le modafinil a changé leur vie.

... *Et va détruire la nôtre*, songea la Marseillaise. Elle n'eut pas la force de répondre. Elle sentit vaguement la piqûre de l'aiguille et une chaleur envahit son bras quelques secondes plus tard. Elle se redressa avec précaution et prit la main de Strelli. Il se laissait faire par Mathis. Eva croisa le regard d'Erick.

– Le Brésil, dit-elle, comme si ce mot résumait son état – ou le rendait moins supportable encore. Dix heures de vol ; on ne tien-dra pas le coup.

– Je vous ai pris deux places en première. Vous êtes seuls et deux hôtesses ont pour mission de vous nourrir et de vous empê-cher de dormir. Une fois là-bas, avec le décalage, ça vous sera moins difficile de résister : pendant trois heures, l'animation vous fera oublier ce qui vous manque le plus...

– On a arrêté de compter depuis longtemps, dit-elle.

– Pas votre horloge biologique. C'est elle qui gère votre cycle veille-sommeil. Si elle capte les signaux de jour – le bruit la lumière, l'activité diurne – elle repoussera d'autant l'endormis-sement.

Il leur sourit. Il ressentait, lui aussi, l'effet de la fatigue, et en eut honte : eux n'avaient pas fermé l'œil quand lui avait totalisé cinq petites heures en deux nuits. C'était déjà ça. Stéphane ter-mina d'injecter le produit dans les veines de Strelli.

– Vous résisterez, je le sais, dit-il. Parce que, au bout, une chance subsiste. Elle est pour nous.

En salle d'embarquement, Eva et Strelli semblèrent plus vigi-lants. L'atmosphère de l'aéroport de Roissy complétait sans doute l'effet de l'injection. L'architecture agressive et les hordes de voyageurs les arrachaient à leur torpeur. Pour combien de temps ?

Erick chassa cette question : un membre de l'équipage s'approcha d'eux.

— Le décollage est prévu dans quarante minutes, tous les passagers sont en cabine. On n'attend plus que vous.

Deux agents s'approchèrent. Eva repoussa les fauteuils roulants.

— Non. On n'en est pas encore là, dit-elle. Laissez-nous croire le contraire, en tout cas.

Elle chancela, Erick la rattrapa.

— Je me suis levée trop vite.

— Tu es sûre que tu ne veux pas...

— Certaine. On va marcher.

Elle inspira profondément et se redressa. Le vert de ses yeux semblait s'être dilué dans le gris. Son visage s'éteignait. Erick l'épaula.

— Je vous accompagne jusque dans l'avion.

Marina posa un paquet sur le siège, au côté de Strelli. Il parut en reconnaître la forme, et ses traits s'illuminèrent un court instant.

— Il faut y aller, monsieur Strelli, dit-elle.

Les quatre longèrent la passerelle jusqu'à la porte de l'avion, où les attendait un homme d'une cinquantaine d'années en uniforme et une jeune femme trop maquillée.

— Commandant Joubert et Lorraine Fourchet, chef de cabine. On va pouvoir partir.

Eva et Laurent s'installèrent. Eva posa le casque sur les oreilles de son voisin et sélectionna une plage musicale tonitruante.

— Vous arriverez à Rio à 19 heures, heure locale, précisa Erick. Entre-temps, j'aurai eu des consignes de Nadine Mankiewicz.

Eva consulta l'heure : il était 12 h 30.

— Tu as confiance en elle ?

— Oui, dit-il sans hésiter, conscient de la réponse qu'elle attendait.

— Peut-être qu'elle ne parviendra pas à joindre son père.

— Ça vaut le coup d'y croire, non ?

Eva s'enfonça dans son siège. L'hôtesse s'approcha en souriant et redressa le dossier.

— Pas tout de suite, dit Erick. Mais pendant le vol, tu pourras sans doute te reposer. Les hôtesses s'occuperont de Strelli.

— Non. Il ne les connaît pas, il les ignorera. Il faut que je veille.

Elle l'observa. Laurent caressait machinalement l'accoudoir. Elle se tourna vers le policier.

— C'est trop tard pour attendre de lui qu'il intègre des éléments nouveaux dans son univers. On est déjà très loin dans le processus de régression, j'en suis convaincue. Bien plus loin que tu ne l'imagines. Françoise Meer avait raison, Erick : en le privant de sommeil, on protège peut-être les vestiges de sa mémoire, mais ta fameuse Pyramide mentale en prend un coup.

Elle se tut un instant et vérifia que Strelli s'était bien retranché dans son univers avant de poursuivre.

— Ma voix lui est familière, pourtant je sens bien que de plus en plus souvent elle s'égare dans le vide qu'il crée autour de lui. Ce vide se creuse chaque minute qui passe. Il faudra beaucoup de talent à ce professeur pour ramener ce garçon depuis la planète qui est la sienne maintenant.

La chef de cabine s'approcha. Erick se leva : il fallait sortir.

— À l'aéroport de Rio, appelle-moi, et si la communication ne passe pas, consulte ta messagerie Internet dans le salon Air France.

La voix du commandant de bord retentit. Elle annonçait un décollage imminent.

— Monsieur, dit Lorraine, il faut que vous quittiez l'appareil.

Erick tendit un coffret en plastique rigide à Eva. Elle l'interrogea du regard.

— En cas de coup dur, dit-il. C'est Vullierme qui me l'a remis pour vous : un kit d'injection. Tout est prêt, il n'y a plus qu'à presser sur le piston.

— Encore ? dit-elle d'une voix suppliante. Une devrait suffire, non ?

— Ce n'est pas le même produit. Je ne pouvais pas te le remettre devant Stéphane Mathis.

— Pourquoi ?

Erick hésita.

— Si j'ai bien compris, ce n'est pas encore commercialisé.

— Une substance expérimentale ?

Elle repoussa le kit et s'emporta.

— Ça suffit ! Ce n'est pas d'un manque de sommeil qu'on va crever, c'est d'un empoisonnement !

Il la força à conserver le dispositif.

– Le neuropeptide S est une substance qu'on trouve naturellement dans le cerveau. Il augmente le seuil de vigilance et supprime le sommeil. C'est un miracle qu'on ait pu l'obtenir, Eva. garde-le. Ne te prive pas d'une roue de secours.

– Je ne crois plus aux miracles.

– Tu trouveras un infirmier pour vous injecter ce produit, au besoin.

Elle capitula. Erick lui prit la main. Elle était glacée. Il chercha à capter l'attention de Strelli, en vain, puis s'éloigna. La passerelle se rétracta.

Une angoisse monta en lui en même temps que l'appareil s'engageait sur la piste. Eva avait raison : les miracles n'existaient pas. Il ne fallait compter que sur l'acharnement, sourd et aveugle aux signes pessimistes. Et parfois, il fallait accepter la défaite. Saurait-il reconnaître ce moment ? Pour l'instant, il refusait de s'y résoudre. Marina s'approcha.

– Il y a encore d'autres pistes, dit-elle comme si elle lisait en lui. On continue à interroger le personnel de la Fondation et tous ceux que Stefania Strelli a rencontrés le mois qui a précédé sa mort. Et on devrait obtenir les premiers résultats du laboratoire. Ceux du légiste, aussi. La science et ses professeurs sont un support, Erick, mais ils ne font pas tout. On aurait tort de tout miser sur elle.

Erick suivit l'avion sur l'asphalte. Oui, il pouvait y avoir d'autres pistes. Pourtant elles s'effaçaient toutes, aujourd'hui, ou convergeaient vers le même point, et à l'horizon de l'enquête perçait toujours la science. Que Marina l'accepte ou non, cette enquête les mènerait fatalement à une Pyramide au cœur de laquelle se cachait la clef manquante. C'était là que se trouvait la réponse : dans le secret du sommeil, dans les décombres de ces personnalités torturées. Il aurait pu résumer la situation en quelques mots : le sommeil était fou, la Pyramide s'effondrait, il fallait savoir pourquoi et il fallait faire vite.

– Elle t'obsède, cette Pyramide, n'est-ce pas ?

Erick se souvint de l'engagement qu'il avait pris à l'égard de Nadine Mankiewicz : retrouver les enregistrements des six criminels pour faire parler le sommeil.

– C'est sa base qui m'obsède, dit-il.

Elle hésita avant de répondre.

– Ne te laisse pas dominer par tes propres problèmes, Erick. La projection de soi dans une enquête nous égare toujours.

L'allusion à ses insomnies le perturba.

– Ça n'a rien à voir avec moi.

Elle l'observa et le crut : brusquement son visage était celui d'un adulte.

– Alors tu as raison de t'écouter. Si tu crois que tout réside dans ce sommeil anarchique, allons-y, et cherchons. Mais où ?

– Je sais où, dit-il.

Il tourna la tête vers elle, décidé.

– Au fond d'un jardin.

65

UN exécutant.

Organisé, sachant faire preuve de sang-froid, déterminé ; un exécutant de qualité, en somme. Mais il n'était rien de plus.

Elle ouvrit la valise sur le lit. L'édredon jaune lui donna envie de rire. Rire de ce qu'elle avait accepté jusqu'ici, ce qu'elle avait accepté depuis deux jours. Deux jours de rancœur incontrôlable, durant lesquels elle avait vomi quinze ans de projets ruminés, d'espoirs avortés, quinze ans de désenchantement. Alors elle pouvait bien rire, aujourd'hui. Et de tout, même des années passées auprès de lui, dans le secret, dans l'intimité volée – et peut-être un peu dans la honte, aussi. Il était révolu, le temps où elle en aurait chialé. Le départ et les perspectives donnaient une autre tonalité aux événements, une autre teinte aux simples objets.

Des perspectives : voilà ce dont il manquait. C'était exactement cela. Une mission n'avait de sens que dans son aboutissement, alors il la remplissait jusqu'au bout. Derrière, plus rien – ou une autre mission. Pas question de les juxtaposer, de les réfléchir dans leur globalité ou de les associer dans un grand projet. Alors forcément, les missions, c'était elle qui les avait toujours déterminées. Au préalable, elle avait tracé dans sa tête un long chemin qui la mènerait loin, et qu'elle avait découpé ensuite en tronçons successifs, à la mesure des courtes distances qu'il était capable de parcourir à la perfection sans jamais regarder l'horizon.

Elle plaça au fond de la valise des documents, des livres et les rares photos où elle figurait, très jeune, aux côtés de ses parents. Cet accès de sentimentalisme lui plaisait d'autant plus qu'il ne correspondait pas à sa personnalité. Elle ouvrit une pochette dont le rabat ne collait plus et parcourut sans émotion le duplicata d'un contrat de mariage. Elle referma la pochette, la glissa entre deux vêtements, hésita et finit par la retirer de la valise.

Elle se rendit dans la cuisine, ouvrit le robinet de gaz, alluma un des feux. Elle vit les premières flammes mordre un angle puis dévorer le papier. Elle jeta les feuilles dans une casserole et les observa jusqu'à ce qu'elles cessent de se tordre et finissent par former des pellicules noires.

Elle retourna dans la chambre, essaya la perruque et contempla une dernière fois son reflet dans la glace : sur ce chapitre il n'avait pas tort, elle n'était vraiment pas faite pour être blonde.

Elle sortit plusieurs chemisiers de l'armoire, en remit quelques-uns, et finit par n'en prendre aucun. Qu'est-ce qui valait la peine d'être emporté ? Elle s'assit puis s'allongea sur le lit. L'odeur de renfermé que dégageait la valise lui plut – à l'image de ce qu'elle quittait. Elle était bien, là, dans l'idée de partir et de ne rien emporter d'autre qu'un bagage quasiment vide. Un espace à remplir, dans une autre vie où l'on arrive les mains ouvertes, l'esprit libre, un monde à ses pieds, offert. Elle envisagea à nouveau – comme elle l'avait fait depuis quelques jours – de partir seule. Au même instant, une ampoule grésilla et la lampe de chevet s'éteignit. Elle n'était pas superstitieuse et n'y vit rien d'autre qu'un hasard. Partir seule, et le rester.

Il ne serait plus qu'un poids, là-bas, où tout lui souriait déjà, à elle. Où la gloire la guettait, la gloire et la reconnaissance, la dimension – tout ce à quoi il n'aspirait pas et qu'elle n'aurait pas à partager, de toute manière. Les compétences de son amant ne seraient d'aucune utilité : elle l'avait su très tôt, quand elle-même déployait des aptitudes hors du commun. Elle l'avait vite su, ça aussi.

Là-bas, elle n'aurait plus besoin d'un exécutant ni d'un amant. La sexualité était à l'image de son compagnon : des bouts de chemin courts et sans cohésion ; des missions isolées. Elle avait préféré se convaincre qu'elle s'en passerait, et la privation fut vite moins cruelle.

Alors elle l'avait encouragé, ce matin.

Elle l'avait poussé à prendre cet avion en urgence, dès qu'ils avaient su que les deux partiraient. Quand le choix ne s'est plus posé, en somme, et qu'il fallait être prêt à se rendre au Brésil ou à l'autre bout du monde pour les retrouver.

La dernière mission.

66

ERICK plaqua son insigne contre la meurtrière. Derrière lui, le parc était désert. Une silhouette blanche le traversa, peut-être un patient qui tentait d'oublier que le week-end, sa famille préférait emmener les gamins à Euro-Disney plutôt que lui donner le bras dans les allées de la Fondation. L'hôpital serait toujours le dernier maillon d'une chaîne au bout de laquelle on déposait, vaguement honteux, celui ou celle dont on ne savait plus que faire.

Erick se tourna vers la porte qui restait close – sans surprise.

– Désolé, commissaire. Vous ne pouvez pas entrer. Pas par cette porte, en tout cas. Il faut passer par l'entrée principale du bâtiment.

– Où est-elle ?

– Dans le passage Dubois. Mais l'unité est sous autorité pénitentiaire, il faut suivre la démarche administrative réglementaire, si c'est une visite.

Erick rangea son insigne sans donner d'explication supplémentaire et s'éloigna de l'enceinte. Il traversa le parc et monta au premier étage sans un regard pour le personnel de l'unité. Il ne s'arrêta qu'en ouvrant la porte des Soins intensifs.

Stéphane Mathis releva la tête. Accroupi devant l'armoire à pharmacie, en salle de soins, il considéra quelques instants le policier. Erick, immobile, le fixait à travers la vitre. L'infirmier ne posa aucune question, comme si toute opposition lui semblait perdue d'avance.

– Il faut que j'y aille, dit Erick.

– Où ?

– L'unité IV. Celle de Haute Sécurité. Il faut que j'y aille. Aujourd'hui.

Un patient gémit dans un box. Stéphane Mathis se retourna. Erick fit un pas en avant.

– Je n'ai pas le temps de suivre le protocole de visite.

L'infirmier haussa les épaules.

– Je ne peux rien pour vous.

– Si. Me dire par où passent les médecins. J'imagine que Françoise Meer ne fait pas le tour. Vullierme non plus, pas plus que Stefania Strelli ne le faisait.

– Écoutez...

Erick lui coupa la parole d'un geste autoritaire.

– Accompagnez-moi.

Mathis hésita. L'élève-infirmière les observait, silencieuse.

– Je n'en ai pas pour longtemps, lui dit-il. Si tu as un problème, tu appelles une fille de l'unité I. J'ai aussi mon bip.

Erick le suivit. Ils traversèrent le service des soins, le bâtiment central pour s'engager dans l'autre aile. Ils passèrent devant les boxes d'exploration du sommeil. Erick songea à Laurent Strelli. À quoi ressemblerait son sommeil, aujourd'hui, s'il s'endormait ? Il avait ralenti le pas : Stéphane avait déjà dépassé les consultations. Il le rejoignit devant une double porte de bois qu'il reconnut.

– Ce n'est pas la bibliothèque ?

L'infirmier fouilla dans son trousseau de clefs.

– Vous avez de la chance : je suis le seul infirmier à posséder cette clef. Mme Strelli me laissait consulter les ouvrages.

Il ouvrit la porte et les deux hommes descendirent les marches.

Mathis traversa la salle. Erick éprouva le même sentiment que la veille : le lieu était empreint d'une solennité qui l'intimidait. Il n'eut pas le temps de l'admirer : son guide avait disparu derrière les derniers rayonnages. Il pressa le pas. Devant les photographies sous verre, il tourna la tête ; l'étrange regard de Nadine Mankiewicz enfant était magnétique. Il s'en détacha et rejoignit l'infirmier.

Mathis se tenait devant une porte qu'Erick n'avait pas remarquée alors qu'il s'était tenu à quelques mètres d'elle, en présence de Françoise Meer. Un blindage épais et percé d'un carré de verre la dissimulait.

Mathis s'écarta pour révéler le boîtier fixé au mur : un système de reconnaissance électronique.

– Trois médecins ont – ou avaient – le droit d'emprunter ce passage. Chacun possède une carte d'identification qui leur est propre. On ne peut pas aller plus loin, dit-il, satisfait. Même avec une plaque professionnelle.

Erick s'approcha de la plaque de verre. Il ne vit qu'un mur blanc.

– Et j'imagine que vous n'avez pas cette carte.

Mathis se contenta de hausser les épaules. Erick sortit son arme et visa le boîtier. L'infirmier recula.

– Vous êtes dingue !

– Quand ma plaque n'ouvre pas une porte, il ne me reste que ça.

– Vous allez déclencher l'alarme et vous ne passerez pas les sas intermédiaires.

– Et je vous jure qu'on partagera les ennuis. Vous avez peut-être une autre solution ? Faites vite.

L'infirmier le dévisagea, déstabilisé.

– Le cadre infirmier de garde possède aussi une carte, concéda-t-il. Mais il faut...

– Je ferai ce qu'il faut, dit Erick en rangeant son arme. Allez-y. Je vous attends.

L'infirmier rebroussa chemin.

– Mathis ? Dans cinq minutes, je me rabats sur ma méthode. Alors ne perdez pas de temps à prévenir qui que ce soit.

Il lui tendit la carte.

– J'ai dû signer un registre et batailler. J'y ai inscrit votre nom aussi.

Erick ne prêtait plus attention aux mots. Il introduisit la carte dans le boîtier. Il entendit le bruit du mécanisme de déblocage électromagnétique et la porte s'ouvrit. C'était trop simple. Mathis anticipa la question.

– Les filtres sont au-delà.

L'infirmier s'avança, Erick le saisit par le bras.

– Vous restez ici, bien sûr. On me reprocherait de vous avoir incité à déserter votre unité.

Il passa le seuil et se retourna avant de refermer la porte.

– Si je ne suis pas de retour dans une heure, vous pouvez commencer à téléphoner un peu partout.

67

LA porte se referma dans un bruit d'aspiration.

Le sas, un carré de deux mètres sur deux, était totalement vide. Sur la droite, une autre porte – pleine, cette fois – constituait la seule issue. En haut d'un mur, dans l'angle, une caméra bougea sensiblement. Une rangée de spots dans le plafond l'éblouirent. Une voix retentit.

– Déclinez votre identité, s'il vous plaît.

Il hésita un instant et fut tenté de donner le nom d'un médecin – Vullierme. Mais la chaîne de contrôle prévoyait forcément une vérification d'identité – certains établissements de soins du monde carcéral avaient mis en place une reconnaissance rétinienne. Par ailleurs, commencer par une imposture le priverait probablement d'une coopération. Or il allait certainement devoir compter dessus.

– Erick Flamand, dit-il en exposant sa plaque devant la caméra. Brigade criminelle.

Il préféra anticiper la réaction du service de sécurité.

– En mission urgente, dit-il.

Le silence dura quelques secondes qui lui parurent interminables. Il échafauda d'emblée un plan pour parer à un refus : réclamer un mandat en urgence avec l'intervention de ses supérieurs lui semblait envisageable. La voix l'arracha à sa démarche.

– Retirez de vos vêtements tous les objets métalliques. Si vous avez une arme sur vous, sortez-la, retirez les balles et disposez le tout dans une enveloppe plastifiée transparente située à gauche de la porte. Vous remettrez le sac à la sortie du sas.

Erick suivit scrupuleusement les ordres. La porte s'ouvrit sur une pièce plus grande. Il passa un premier portique de détection. Un homme armé, debout devant un bureau, l'accueillit et lui prit l'arme des mains. Le policier enleva sa veste, sa ceinture et ses chaussures et se prêta à l'examen. Il se demanda si les médecins étaient soumis chaque jour à un examen similaire. L'agent de sécurité passa le détecteur avec minutie sur le corps d'Erick et lui permit de se rhabiller.

Il déposa sa plaque, fit passer la carte magnétique dans un système d'identification.

– Ce n'est pas votre carte, dit le garde.

– Vous pouvez joindre le cadre infirmier de la Fondation. Je l'utilise avec son autorisation.

L'homme considéra une nouvelle fois les documents professionnels d'Erick et trancha.

– Je vais le faire. Vous pouvez y aller.

Erick traversa un second portail et quand l'ultime porte se referma derrière lui, il fut incapable de bouger.

Il regarda autour de lui, troublé. Il se trouvait au bout d'un couloir baigné de lumière très crue. Il fit quelques pas. L'écho se répercuta à l'infini sur le carrelage qui recouvrait tout. Le long des murs blancs, de lourdes portes métalliques étaient encastrées. Une grille glissait devant chacune d'elles pour la doubler de l'extérieur. Il tourna la tête : le bruit d'une clef dans une serrure lui parut assourdissant.

Il sentit monter en lui une tension incontrôlable, au centre de laquelle naissaient des images d'hommes et de femmes, meurtriers prostrés dans ces cellules, et celles, violentes, d'un père ensanglanté et d'une mère défigurée. Derrière quels barreaux aurait dû croupir celui qui avait le sang de ses parents sur les mains ? Où courait-il, au lieu d'être ici ? Un son métallique régulier traversait le couloir de part en part et lui vrillait les tympans. La lumière l'aveuglait. Il s'approcha d'une cellule. Un poids sembla s'abattre contre la porte. Il sursauta. Il crut entendre un râle, étouffé par l'épaisseur du blindage. Il imagina un être en souffrance et en conçut une forme de plaisir, un soulagement.

– Qui êtes-vous, monsieur ?

Erick se retourna brusquement. La sueur perlait sur son front,

coulait dans son cou, mouillait sa chemise. Une femme d'une cinquantaine d'années, aux cheveux très courts poivre et sel, l'observait à distance.

Il se ressaisit et se présenta.

— Vous êtes venu voir un patient ? demanda l'infirmière.

Un *patient*. Le mot le fit sourire et le révolta en même temps.
Il lui sembla en entendre longtemps l'écho dans le couloir.

— Non, dit-il. Je suis ici pour récupérer des documents. C'est
tout.

— Quels documents ?

— Des enregistrements du sommeil. Les patients ne sont plus
hospitalisés, dit-il en tendant la liste des six détenus.

La femme jeta un œil sur les noms.

— Avez-vous un papier, un mandat, une attestation qui vous y
autorise ?

— J'ai l'accord du Dr Meer.

— Elle n'est pas là.

Il joua le tout pour le tout.

— Je sais. Elle part demain pour le Canada. Vous pouvez l'appeler, si vous avez un doute. Vous pouvez aussi vérifier mon identité
auprès des agents de sécurité.

— Ils l'ont déjà fait, sinon vous ne seriez pas ici en train de
discuter avec moi.

Elle lui rendit la feuille.

— Ces patients ont quitté la Fondation il y a trois ans et sont
décédés, dit-il pour la convaincre.

— Je sais qui sont ces gens, répondit-elle sans plus de détail.
Leurs dossiers restent soumis au secret médical, même à titre post-
hume. Venez, je vous fais patienter dans le bureau pendant que
j'essaie de joindre le Dr Meer.

Erick suivit l'infirmière. Dans le bureau, il trouverait peut-être
un artifice pour obtenir ce qu'il voulait avant le veto éventuel de
la psychiatre.

Ils passèrent devant deux femmes en tenue hospitalière qui
poussaient un chariot, escortées d'un gardien. Erick essaya d'ignorer ce qui l'entourait. L'arme à la main attira son regard. Il se
tourna vers la femme qui l'accompagnait.

— Ils sont tous incarcérés pour...

– Ils sont en *soins* ici pour homicide, oui. Des précautions s'imposent.

Derrière lui, Erick entendit la grille coulisser lourdement sur son rail, puis le bruit de la clef dans la serrure.

– De l'intérieur, précisa la femme, ils ne voient pas la grille. Ils ont le sentiment d'être dans une chambre d'hôpital. Ils envisagent leur détention comme un traitement.

Elle semblait fière des mesures qu'elle énonçait. Il bouillonnait intérieurement et resta silencieux. Il savait, bien sûr, que l'objectivité lui faisait défaut et que la mort des siens alimenterait longtemps sa révolte. Et ce fut pour épancher sa rage et lutter contre elle en même temps qu'il se retourna. Voir son visage – le visage du criminel psychopathe. Matérialiser le mal et l'exorciser.

Il mit alors une fraction de seconde pour comprendre ce qu'il voyait.

Un être – une femme ? un homme ? il fut incapable de déterminer son sexe – surgit de la cellule telle une furie. Son visage était déformé par une grimace hideuse. Il se servit de sa tête comme d'un bélier. L'aide-soignante se plia en deux comme un pantin qu'on tord et bascula en arrière sous l'effet du choc. Elle tomba lourdement sur le carrelage, le souffle coupé. Le plateau se renversa et le bol de potage éclaboussa son visage et son cou. La brûlure lui arracha un cri. La bête humaine – il ressemblait à un animal, à cet instant – se jeta sur l'autre femme, bouche ouverte. La fille n'eut pas le temps de le repousser : elle sentit la morsure déchirer son cou et le sang jaillit. Elle hurla. Tel un bouclier entre le gardien impuissant et le détenu, elle tentait désespérément de repousser le visage convulsé. Les mâchoires creusaient toujours plus dans sa chair, la chemise s'empourpra. L'infirmière glissa vers le sol, lentement, alors que la matraque du vigile s'abattait sans effet.

Erick crut entendre le rire de l'homme dans le bouillonnement du sang. Il se précipita vers le prisonnier. Il tendait le bras pour l'arracher à sa victime quand l'homme lâcha prise et se retourna. Il sourit, ses gencives sanguinolentes dessinaient des arcades irrégulières. Le gardien abattit la crosse de son arme et le forcené s'écroula. Erick le saisit à la gorge. Il plongea son regard dans celui du détenu et serra. Plus fort. Sa main devenait un étau incontrôlable. Il n'entendait plus les voix autour de lui, il résistait aux bras qui le tiraient en arrière, qui tentaient d'ouvrir le crochet de ses doigts. Le déséquilibré ploya comme un jonc, ses jambes se dérobèrent. Erick sentit monter en lui une sorte de satisfaction à la vue du visage congestionné, la langue qui sortait, les vaisseaux turgescents. Le visage souriant de ses parents, qu'il avait oublié ou dissimulé derrière celui de la mort, lui apparut, telle une absolution pour son geste. Il sentit un craquement sous sa paume. Il se concentra sur les yeux égarés, qui roulaient en tous sens. Il vit enfin cette folie inaccessible au fond des pupilles, l'aliénation qui échappe à tout, à celui qui en est la proie avant tout. Alors seulement ses doigts se détendirent. L'homme s'affaissa, aspirant l'air avec avidité. Le sourire aux lèvres, toujours. Erick se redressa et s'éloigna loin du bruit, des cris et des pas précipités. L'infirmière le dévisagea, incrédule, et se mêla à l'agitation générale pour secourir les blessés.

Il se laissa glisser contre le mur, épuisé. La scène lui parut irréelle, étrangère à son vécu. Il se releva précipitamment et courut à l'autre bout de l'unité. Ses tempes battaient encore. Il s'arrêta devant une porte où il put lire la mention *BUREAU DES MÉDECINS* sur une plaque dont les bords étaient soigneusement émoussés. Il voulut entrer, la porte était fermée. Il insista, finit par frapper sur le bois du plat de la main, avec une force mal maîtrisée. Il vit enfin, à droite de la porte, un boîtier d'identification identique à celui qui se trouvait au fond de la bibliothèque. La mesure de protection confirma son instinct : ici, il trouverait probablement ce qu'il cherchait. Il glissa la carte dans l'appareil.

Il s'installa devant une rangée d'ordinateurs et tenta d'accéder aux fichiers-patients : un code en protégeait la consultation. Les gestes et les mots de Stéphane Mathis lui vinrent alors à l'esprit : les enregistrements étaient gravés sur des CD-rom et archivés. Il ouvrit une première armoire. Elle ne contenait que des classeurs. La seconde résista à ses efforts. D'un coup de pied, la poignée se désolidarisa de la serrure et le battant s'ouvrit.

Les CD-rom étaient classés par année et par ordre alphabétique dans des bacs alignés. Il retrouva les six disques assez rapidement.

Il les fourra dans la poche intérieure de son manteau et ouvrit la porte, puis changea d'avis. Il mit en route une imprimante et inséra un premier CD dans le lecteur. Après quelques manipulations, les tracés apparurent. Les premières feuilles sortirent un instant plus tard. Dehors, le calme avait repris ses droits.

Il n'en était qu'au troisième CD quand la porte s'ouvrit précipitamment. Derrière l'infirmière, il reconnut la posture sévère d'une femme en blouse.

Françoise Meer s'approcha de lui. Elle tourna la tête, l'infirmière s'éclipsa.

— Vous savez certainement que tout ce que contiennent les dossiers médicaux est soumis au secret médical. Vous n'y avez accès qu'au terme d'une procédure judiciaire précise.

Elle interrompit l'impression et prit la pile de papiers. Erick fixa les lignes accidentées qui lui échappaient.

— Que vous preniez des libertés vis-à-vis de la loi, c'est une chose, dit-elle. Mais il me semble que je ne vous ai jamais refusé mon aide, même quand je n'étais pas de votre avis. Fallait-il que vous passiez outre mon autorité, ici, chez moi ?

Erick se leva.

— Faut-il absolument que vous me parliez comme à un gosse de cinq ans ? Vous ne m'avez pas surpris en train de voler des bonbons, docteur Meer.

Il passa devant elle.

— Je n'étais pas en mesure d'attendre votre bon vouloir ni d'écoper un refus. L'écoute polie et les conseils, c'est terminé. J'ai besoin de bien plus que ce que vos bonnes manières m'offrent. Il est en train de crever et les bonnes manières ne le sauveront pas.

Erick sortit du bureau et marcha dans le couloir, apaisé. Son rythme cardiaque s'était normalisé, les cellules n'existaient plus, la lumière ne lui était plus intolérable. Même le bruit de ses pas s'était dissipé. Dans sa main droite, il sentait encore la gorge palpitante du détenu. Il n'avait pas serré plus fort. Il n'était pas allé au bout de ce qu'exigeait son passé, de l'autre côté, il n'avait pas commis l'irréparable – où seule la folie mène ; il l'avait compris, l'avait lu dans les yeux sans fond. Pour la première fois depuis quatre ans, il était en paix. Enfin.

Dans l'autre main, au fond d'une poche de manteau, il jouait avec quatre CD-rom.

Lorsqu'il passa le portail de détection et que l'alarme retentit, il écarta un pan de sa veste pour découvrir la boucle de sa ceinture.

– Encore elle, dit-il sans ciller.

Le vigile lui remit son arme et son insigne.

Erick traversa la bibliothèque : la porte d'entrée était ouverte. Il longea l'unité de soins jusqu'à l'ascenseur et descendit au sous-sol.

Il poussa la porte des archives sans hésiter : Stéphane Mathis masquait l'écran devant lequel il travaillait. Erick referma la porte.

– C'est probablement le tracé qui me manque, dit-il.

Il tendit la main.

– Donnez-le-moi.

– J'ai des consignes du Dr Meer...

– Je m'arrangerai avec le Dr Meer.

Il s'approcha de l'infirmier. Mathis maîtrisa un mouvement de recul. Quelque chose dans son attitude rendait le policier plus imposant encore.

– Donnez-moi le CD-rom de Strelli.

68

LES hallucinations se produisirent durant la dernière heure de vol.

Laurent s'agrippa violemment au bras d'Eva et se protégea le visage de l'autre main. Elle s'affola.

– Qu'est-ce qui se passe ? Qu'est-ce que vous avez ?

– Les insectes, dit-il. Partout.

Sa main chassait l'air, son visage se contractait, le dégoût déformait ses traits. Eva se sentit totalement impuissante et ne put que prolonger le contact en lui prenant la main. Il la serra avec tant de force qu'elle faillit hurler. Désemparée, elle finit par recouvrir la tête de Laurent d'une couverture. Elle-même souffrait de troubles contre lesquels elle ne pouvait pas lutter : les objets se dédoublaient, les voix muaient en sons caverneux, les gestes lui semblaient hachés, comme un film qu'on passerait au ralenti. Une hôtesse s'approcha, inquiète.

– Mon sac, dit Eva. Le sac rouge.

La jeune femme fouilla dans le coffre à bagages. Eva le retourna d'une main et s'empara maladroitement du boîtier jaune. Elle fixa le kit d'injection de Neuropeptide S, hypnotisée, puis leva les yeux.

– Vous avez déjà pratiqué une injection ? demanda Eva.

L'hôtesse recula.

– Non, dit Lorraine. La vue du sang... Je ne peux pas. Mais je vais voir si je trouve un médecin dans l'avion.

Eva ferma les yeux. Elle-même avait lutté contre la répulsion qu'elle éprouvait à l'égard d'une aiguille quand elle avait dû injecter chaque jour l'anticoagulant dans le ventre de son père, dix ans plus tôt. Quand elle avait accepté de le revoir, malade, puis de s'en occuper. Ça ne l'avait pas empêchée de ressentir un soulagement dont elle n'avait pas eu honte, à sa mort. Mais elle avait fait ce qu'il fallait : la fille avait tenu son rôle, même si le père s'était toujours montré indigne. Elle était en paix avec lui et avec elle-même. Mais là, aujourd'hui, au-delà du devoir, du contrôle de soi, plus forte que la détermination, il y avait la fatigue. L'épuisement qui n'avait plus de nom. Le plomb qui coule dans le corps, s'insinue dans les membres, le brouillard épais devant les yeux, la sensation que tous les sens échappent à la conscience, la chute vertigineuse et l'effort désespéré pour ne pas s'abandonner, pour ouvrir les yeux, pour entendre – plus écouter, mais entendre au moins. Pour respirer. La faim qui tenaille, mêlée aux nausées. Elle savait qu'elle n'aurait même pas la force de tenir la seringue en main.

L'étreinte de Laurent se desserra au même instant, comme si l'impuissance d'Eva lui avait donné la force de surmonter l'épreuve, de maîtriser les sens qui le harcelaient. Il se découvrit le visage. En sueur, il frissonnait. Il tourna la tête vers elle.

– Encore. Tenir encore.

À ces mots trop rares, elle acquiesça et sourit. Peut-être était-ce sa manière à lui de lui faire comprendre qu'elle avait aussi le droit de se reposer sur lui. Il était plus fort qu'elle ne le croyait, dans ces instants où son esprit le maintenait conscient, près d'elle et de ce qui l'entourait. Elle posa le kit d'injection sur la tablette. De toute manière, il était plus prudent d'y surseoir. Erick lui avait recommandé de n'y avoir recours qu'au Brésil, et elle avait déjà abusé des médicaments à leur disposition. Elle ne comptait plus les comprimés d'amphétamines avalés avec ceux de modafinil, en complément de l'injection pratiquée dans l'ambulance. Elle ne respectait même plus la posologie.

Ses réticences avaient disparu dès le décollage : la notion de risque ou de danger ne signifiait plus rien ; seuls comptaient l'issue et les moyens qu'elle était prête à mettre en œuvre pour y parvenir. Les médicaments en faisaient partie. Elle était prête à tout. Pour Laurent, pour elle, pour que tout cela finisse. Elle observa l'homme à ses côtés, immense et recroquevillé. Serrés comme deux gosses effrayés dans la nuit, chacun était le rocher de l'autre. Ils formaient une seule embarcation sur une mer déchaînée. Ce ne serait pas elle qui capitulerait, elle s'en fit le serment. Elle ne serait pas la cause du naufrage.

Pour réserver ses dernières ressources à l'ultime combat, elle avait involontairement gommé tout ce qui parasitait son existence. Ainsi le visage de Karim, trouble mais présent dans l'espace confus de sa pensée au début du voyage, avait progressivement disparu. Ne restaient que l'obsession de l'éveil, l'acharnement sans nom. Elle avait parlé, durant toutes ces heures, dans cette cabine abrutissante, de tout ce qui lui passait par la tête. D'elle, sa vie, ses craintes et ses joies. De lui, Laurent, et de son avenir. Elle lui avait posé des questions qui restaient souvent sans réponse, mais il écoutait. Parfois, quand son état le permettait, il participait au même élan. Quelques mots maladroits se bousculaient, sa femme et sa fille surgissaient du silence jusqu'au moment où la mort et ses ombres prenaient le dessus, et il se taisait. Ils s'abîmèrent ainsi dans l'effort, se découvrant mutuellement tout au long d'une lutte qui durerait encore. Des heures.

Quand l'avion atterrit, ils étaient ivres l'un de l'autre et animés d'une rage dont ils avaient presque oublié le motif. Eva n'avait plus la capacité de reconstituer les événements survenus depuis bientôt quarante-huit heures. Elle ne se souvenait que d'une chose, confusément : Erick l'avait arrachée à Marseille après une première nuit sans sommeil pour l'embarquer dans un interminable cauchemar, à des kilomètres de chez elle. Pourtant, à cet instant précis, ils savaient chacun à sa façon qu'ils trouveraient la force de tenir. Ils venaient de se poser à Rio – mais peu importait l'endroit : ici se cachait l'issue, heureuse ou pas, de leur calvaire. Ils iraient et ils la trouveraient.

Ils traversèrent la passerelle au bras de deux hôtesses. Eva refusa là encore les fauteuils roulants. Ils avaient besoin de marcher, de dégourdir leurs membres ankylosés. Elle grelottait et se tourna instinctivement vers Laurent : ses lèvres étaient violacées. Elle l'enveloppa dans une des couvertures qu'elle avait conservées par précaution et fit de même pour elle. Dehors, le jour déclinait ; l'équipage avait tout de même annoncé une température extérieure de 25°C. Comme tous les pays au sud de l'Équateur, le Brésil entrait en saison estivale : la chaleur les aiderait à maintenir une température corporelle qui chutait avec le manque de sommeil.

Arrivés en salle de débarquement, l'explosion de bruits, de cris et l'agitation de l'aéroport unternational du Galeão les firent chanceler. La sollicitation brutale de leurs sens anesthésiés était insoutenable.

– Le salon d'Air France, demanda Eva. Vite.

Ils se réfugièrent dans l'espace réservé aux voyageurs de première classe. Laurent se précipita sur le café et les pâtisseries qu'on leur offrit. Eva, elle, se mit à batailler avec l'ordinateur. Les lettres dansaient devant ses yeux, les lignes se confondaient. Elle frappait avec difficulté sur les touches. Elle sentit un contact fugace sur l'épaule. Laurent posa une tasse de café près d'elle et s'enferma immédiatement dans la contemplation de l'écran. Eva but le liquide brûlant et se concentra. Elle se connecta au Net sur le site de son serveur. Elle entra péniblement identifiant et mot de passe, et la liste des messages apparut. Elle mit quelques secondes à reconnaître le mail qu'elle attendait. L'adresse électronique de l'expéditeur comportait en abrégé la mention gouvernementale.

Un mail d'Erick, daté d'il y avait quatre heures.

Contact : HipolitoB@mondogira.br
Il attend ton mail pour confirmer votre arrivée.
Les coordonnées de votre hôtel :
Caesar Park 460, avenida Vieira Souto, à Ipanema.
Une chambre est réservée à ton nom.
Prenez une douche et SORTEZ.
E.
PS : coupe la climatisation, ouvre les fenêtres.

À 19 h 30, ils montèrent dans un taxi officiel obtenu à l'arraché. Le chauffeur, un grand rouquin, leur sourit et fit fonctionner l'air conditionné. Un souffle glacial envahit le véhicule.

– Ah, comme à Paris, dit-il en brésilien : l'hiver !

Eva baissa la vitre. La voiture s'engagea sur le pont qui reliait l'île du Governador à la ville de Rio, puis le long de la baie de Guanabara. Ils traversèrent les quartiers nord de la ville et contournèrent le stade du Maracanã. Ils croisèrent des voitures bondées de supporters sur la via Elevada avant d'emprunter le tunnel creusé sous le parc de Tijuca.

Quand la voiture émergea du tunnel, elle laissait derrière elle le Corcovado. De son sommet, le Christ Rédempteur monumental écartait les bras dans un ciel rose sombre.

Indifférente à la statue mythique, Eva fixait la route. Erick lui avait répété les mots de Nadine Mankiewicz : le pire ennemi serait ce sommeil polyphasique des navigateurs, fait de courtes périodes d'endormissement où le sommeil paradoxal s'infiltrait. Elle ferma les yeux pour apaiser la brûlure qu'elle ressentait de façon quasi permanente, maintenant. Elle accordait à Laurent et elle-même toute la vigilance dont elle pouvait encore faire preuve ; s'il avait dormi quelques instants, c'était au-delà de ce à quoi elle était encore capable de s'opposer. Elle refusa d'envisager les dégâts que ces minutes volées auraient pu causer. Elle tourna la tête vers lui : Laurent s'était réfugié dans l'examen minutieux du buste qu'il avait sorti du sac, insensible, comme elle, à la magie de Rio.

Le taxi contourna la lagune Rodrigo de Freitas pour couper dans le quartier d'Ipanema jusqu'au bord de mer. Le crépitement des vagues se mêla au bruit de la circulation et à la musique nostalgique de Maria Rita. Le chauffeur coula un regard enjôleur dans le rétroviseur en reprenant les paroles : « *Princeza, olhos d'água* ». Eva sourit. Le reflet dévasté de son visage ne méritait aucun compliment. La voiture s'arrêta devant l'hôtel.

Ils s'installèrent dans une chambre glacée. Eva s'empressa d'ouvrir les baies vitrées de la terrasse : un air chaud et chargé d'océan pénétra dans la pièce. Elle inspira profondément. Et se retourna brusquement, comme si un rappel à l'ordre permanent résonnait en elle. *Parviendrai-je un jour à dormir, vivre, manger en paix ?* se dit-elle. Elle n'eut pas le temps de répondre : Laurent s'était affalé sur le lit. Elle rentra précipitamment et le secoua. Il leva la tête, les yeux bien ouverts.

– Une douche, dit-il.

Il enleva sa chemise et, torse nu, entreprit d'enlever ses chaussures. Pour la première fois, Eva détourna le regard, gênée de voir ce qu'elle avait si souvent vu mais qu'il n'avait pas cherché, lui, à montrer. Sans manquer de pudeur, il semblait simplement se déshabiller comme s'il était seul. Ses gestes étaient précis, il était étrangement tonique, comme si la ville et ses promesses lui avaient insufflé une énergie nouvelle. Les plaies s'étaient à peine refermées sur sa poitrine et ses bras. Il était d'une pâleur étonnante.

– Après, dit-elle, on descendra dîner. J'ai horriblement faim. Pas vous ?

Il ne répondit pas. Elle eut une terrible envie de le toucher, juste pour le toucher, comme ça. Effleurer les blessures, frôler la peau. Elle s'en voulut immédiatement. Se prêter à une telle confusion de sentiments à l'égard de Strelli lui sembla indigne de sa vocation et inapproprié à la situation. Elle chassa ces pensées en se rapprochant du balcon : sur la plage, des hommes au corps luisant jouaient au volley dans la moiteur du soir, et des femmes couvraient à peine leurs courbes somptueuses dont elles étaient fières. La fierté. En aurait-elle un jour ? Elle, elle faisait semblant depuis des années d'accepter son obésité avec des vêtements moulants, elle fuyait la vue d'un homme dénudé par accident, elle songeait à manger au moment le plus tendu de sa mission et – un détail – s'évertuait à sauver leur peau.

Elle envia l'insouciance de ces gens, alors qu'eux se tenaient dans cette chambre, guettant le signe d'un homme. Depuis leur arrivée, leur contact n'avait pas donné signe de vie. Erick avait-il eu raison de faire confiance à Nadine Mankiewicz ? Qu'aurait-il pu faire d'autre ? Elle tenta de se rassurer : elle avait suivi les consignes à la lettre à l'aéroport. Le fameux Hipolito finirait bien par se manifester.

Un bruit attira son attention : on frappait à la porte. Son cœur s'emballa. Elle hésitait à ouvrir quand on glissa une enveloppe sur la moquette. Elle ramassa le pli et ouvrit la porte à la volée : personne sur le palier, et l'ascenseur se refermait déjà.

Elle décacheta l'enveloppe d'un geste mal maîtrisé et lut les deux lignes dactylographiées sur une feuille blanche :

Estação Primeira da Mangueira
1072, rua Visconde de Niteroi, Mangueira
H.

Elle fouilla dans son sac et en sortit le plan annoté qu'on lui avait remis à la réception. Elle décrocha le téléphone, répéta au réceptionniste le nom inscrit sur la feuille et déchiffra la réponse donnée dans un anglais approximatif. Au même instant, Laurent apparut dans la chambre, habillé. Il fixait le bout de papier dans les mains de la jeune femme.

Elle raccrocha et s'assit, décontenancée.

– Vous aimez danser ?

69

QUAND Erick sortit de la Fondation, le ciel était dégagé, le vent était retombé et la rue, les façades et même les visages étaient étonnamment clairs pour une fin d'après-midi de novembre. Attendre la tombée de la nuit lui sembla inconcevable. Eva et Laurent volaient depuis plus de trois heures, accrochés à un espoir fou, luttant pour survivre. Ils avaient eu la force de le faire parce qu'ils avaient foi en lui et en ce qu'il découvrirait auprès de cette femme ou ailleurs. Pour lui aussi, les heures étaient comptées.

Il sortit son téléphone portable et composa un numéro. Il laissa sonner un long moment. Il allait abandonner quand on décrocha.

– Pardonnez-moi d'avoir insisté, dit-il.

– J'étais convaincue que c'était vous, répondit Nadine Mankiewicz. Pourquoi ai-je répondu ? Et pourquoi m'appeler ainsi et m'obliger à décrocher ? Vous savez bien qu'aujourd'hui...

– Oui, je sais, coupa Erick. Mais c'est important.

Cette fois, elle refusa d'accepter le ton péremptoire.

– J'ai répondu à vos exigences : vous avez la clef de l'entrée de l'immeuble. Que faut-il faire de plus pour que vous respectiez mes convictions religieuses ?

– J'ai les tracés.

– De quoi parlez-vous ?

– L'enregistrement du sommeil des détenus ; je l'ai.

Elle se tut et serra le combiné. Il était jeune, mais il savait ce qu'il voulait, et rien ne l'arrêterait. Ni les obstacles administratifs, ni les réticences, ni le fait qu'elle aurait tant voulu ne pas raviver le souvenir de cette époque terrible, le temps du blâme, de la honte, de la fuite. Au fond, peut-être l'aidait-il sans le savoir à ouvrir des portes trop longtemps fermées sur des souvenirs qui la rongeaient. Peut-être était-ce le moment. Elle ne se sentait pas prête, mais elle savait qu'elle ne le serait jamais, de toute manière, comme on ne se prépare jamais à la blessure. Il était peut-être temps de cicatriser.

– Vous m'avez entendu ? demanda le policier.

– Oui. J'ai entendu. Donnons-nous rendez-vous à mon cabinet.

Au même instant, Serge Kahn apparut dans le couloir. Un des deux garçons, le plus jeune, sortit de sa chambre ; son père l'y renvoya. Nadine s'échappa vers la cuisine, à l'abri des siens. Son mari s'approcha, puis détourna le regard. Elle savait ce qu'il éprouvait, à la voir ainsi en train de rompre l'unité sacrée du Shabbat, le téléphone en main, lui qui avait épousé une femme qui n'appartenait pas à la communauté orthodoxe, une fille qui ne connaissait rien aux préceptes mais parlait science avec son père. Il l'avait épousée, malgré ceux qui craignaient qu'elle fût le loup dans la bergerie, celle qui ne se plierait pas aux rites, une femme rebelle, trop libre, une Juive trop assimilée. Dans le regard de son époux, elle lut la tristesse et le soutien en même temps, celui qu'il lui avait toujours accordé, puis celui de tous les autres, qui l'avaient finalement acceptée telle qu'elle était. Serge avait foi en elle comme il croyait en Dieu. Et elle, chaque jour, avait tenu à lui montrer qu'il ne s'était pas trompé en n'écoutant que son propre choix. Pas aujourd'hui. Il disparut dans l'ombre et la laissa, rongée par la culpabilité.

– Je travaille au Pré-Saint-Gervais, reprit-elle, sombre.

– Je sais où vous travaillez. À quelle heure ?

– Dans deux heures.

Elle ne lui laissa pas le temps de manifester la moindre impatience.

– À 17 h 35, dit-elle, catégorique. Il n'y a pas de vie en jeu, cette fois. Ils sont dans un avion et n'en descendront pas avant plusieurs heures.

Erick leva les yeux au ciel et comprit.

– 17 h 35 : les trois étoiles, c'est ça. La tombée de la nuit et la fin...

– ...de Shabbat, oui. Laissez-moi sauver ce qu'il en reste.

Elle raccrocha et se glissa dans le salon où son mari lisait un traité de loi hébraïque à la lueur trop faible de la seule lampe restée allumée. Elle s'assit, il referma le livre et l'attira à lui.

– Tu ne t'es pas trompé, lui dit-elle simplement. Moi non plus.

70

ERICK poussa la porte de l'immeuble : elle n'était pas fermée. Il jeta un œil à côté des boîtes aux lettres. La plaque de Nadine Mankiewicz avait disparu. Il la retrouva un peu plus loin, sur le sol, près de l'ascenseur. Il la posa sur le tableau d'affichage de la copropriété et monta au 18e étage.

Sur le palier, un rai de lumière le guida vers la porte entrouverte du cabinet. Il la poussa et se trouva face à une porte condamnée. Le mur se prolongeait vers la droite, jusqu'à une seconde porte. Une lumière orangée tombait du plafond. Les murs du couloir étaient tapissés de posters qui expliquaient ce qu'il avait appris ces derniers jours à la Fondation : les phases d'un cycle de sommeil, le rôle de ce dernier, mais aussi d'autres notions qui lui étaient étrangères. Il se laissa captiver.

– J'appelle cela le couloir de l'information. C'est plus instructif que les magazines d'une salle d'attente, à mon sens. Ma thérapie débute dans ce couloir, d'ailleurs : la compréhension, mère du soin.

Nadine Mankiewicz était apparue au bout du corridor. Erick l'observa, stupéfait. Elle portait un pantalon cigarette et un col roulé clair. Ses cheveux, libérés sous un béret, retombaient sans discipline sur ses épaules. Elle attacha les mèches blondes à la va-vite.

– J'ai deux vies bien séparées et ils m'ont acceptée ainsi, avec mes oppositions. Parce qu'ils savent que je tiens tout autant à ma place parmi eux. C'est une immense richesse que je ne veux pas perdre. Même si la police m'y force.

Elle s'écarta, Erick entra dans le bureau.

Il la suivit des yeux : même son pas était différent – plus marqué. Elle existait d'une autre façon. Il comprenait mieux les mots de Françoise Meer : Nadine Mankiewicz était une femme mystérieuse, et il restait convaincu qu'elle ne révélerait qu'une part infime de ses secrets et de ses ambiguïtés. S'il voulait en savoir plus, il lui faudrait, comme l'exigent la timidité et la pudeur, guetter le geste, l'antagonisme, l'attitude, la réaction. Il contempla la pièce, qui lui sembla parfaitement carrée – et nue. Un bureau nu en dehors d'un bloc de feuilles vierges et d'un stylo, et de deux fauteuils de part et d'autre.

Nadine Mankiewicz s'approcha de la fenêtre. Loin de ses deux bulles, Paris s'affichait, agressif. De cet univers-là, elle ne voulait pas. Elle se tourna vers Erick.

– J'ai envoyé un mail dans lequel j'ai tout expliqué. J'attends la réponse. Il me dira ce qu'Eva Latil et Laurent Strelli doivent faire, à Rio.

– Et s'il ne répond pas ?

– Il répond toujours.

Erick fouilla dans une poche et posa sur le plateau en verre quatre CD-rom.

– Je ne sais pas si vous pouvez les lire. Je n'ai pas eu le temps de les imprimer.

Elle les prit et se retourna pour faire glisser la cloison amovible.

Ils pénétrèrent dans une pièce sombre, meublée avec deux fauteuils crapauds et un tapis très épais où leurs pieds s'enfoncèrent. Sur les murs, des écrans diffusaient des images très colorées – des visages, des objets, des paysages. Une fois de plus, elle fit coulisser un pan de mur sur son rail et révéla une autre pièce, aussi sombre mais centrée sur un lit. Dans l'angle, une chaîne hi-fi se remarquait à peine.

– Dans le bureau, ils parlent comme on parle à un médecin. Ensuite, je leur tends une autre main et les entraîne dans ce parcours où le sommeil signifie autre chose, comme l'obscurité, la lumière, les sons. Ils comprennent dans quel univers ils refusent de se rendre en se barricadant dans l'insomnie, ils saisissent ce que cet univers cache et ce qu'ils y dissimulent eux-mêmes. Je leur propose de vivre quelques instants dans l'obscurité, puis ils s'endorment dans la lumière, brisent les schémas vicieux.

Elle le guida enfin vers la quatrième pièce de l'enfilade. Celle-ci ressemblait enfin à un bureau de consultation.

– Ici, au bout du parcours, ils acceptent d'être venus voir un thérapeute. On peut le leur avouer, dit-elle en s'asseyant derrière une table chargée.

Elle prit au hasard un premier CD-rom et l'inséra dans la machine.

– Ne vous faites pas de souci, j'ai les logiciels de lecture des enregistrements polysomnographiques.

Une page d'identification du patient apparut.

– Josy Reich, lut Nadine sur l'écran.

Elle posa sur le policier un regard interrogateur.

– Je ne sais pas qui c'est, dit-il. J'ai pris ces CD à l'aveugle, on va dire. J'en avais posé certains, d'autres étaient déjà là, je crois. Je n'avais pas vraiment le loisir de choisir.

Elle éjecta le CD et en glissa un autre dans la fente. Le nom était celui d'un des détenus de la liste. Les premiers tracés apparurent, elle les fit défiler.

– Le premier cycle de sommeil me semble normal, dit-elle. Un endormissement court, le sommeil léger et là, regardez : les ondes delta apparaissent, typiques du sommeil profond. La respiration et le cœur suivent un rythme très ralenti et régulier. Et voici le sommeil paradoxal, qui survient tardivement dans les premiers cycles, soit en début de nuit.

– Et la ligne rouge, au-dessus ? À quoi correspond-elle ?

– Au principe même de la thérapie couplée : durant le sommeil paradoxal, on passe les images et le son de la séance de thérapie du jour même.

Elle cliqua sur une icône. Une fenêtre s'ouvrit sur l'écran, et Erick reconnut la voix de Françoise Meer. Elle résonnait dans une pièce vide. La caméra allait d'un visage à une main, d'une table à une feuille.

– C'est normal, dit Nadine, tout me semble normal. Voyons le cycle suivant.

Erick sentit son pouls s'accélérer au fur et à mesure des commentaires de la thérapeute. Normaux. Des tracés normaux. Son cheminement reposerait-il sur une erreur, une hypothèse scientifique bancale qu'il s'était cru capable de bâtir ? N'y avait-il aucun lien entre le sort de ces criminels et leur sommeil ? Il commençait à entrevoir le pire : le cas de Strelli ne trouverait pas ses racines dans une manipulation de son sommeil. Il s'égarait sur une fausse piste. Il tenta de contenir ses doutes et l'émotion qu'ils faisaient naître.

– Continuez, dit-il.

Elle explora le second puis le troisième cycles.

– Seule la proportion s'inverse : le sommeil paradoxal prend plus de place que les phases de sommeil profond, au sein de chaque cycle, quand on avance dans la nuit de sommeil. Classique.

Elle tourna la tête vers lui et sembla deviner son désarroi.

– Un autre ? dit-elle simplement.

Elle resta silencieuse au fur et à mesure que les lignes se dessinaient sur l'écran. Erick n'eut pas besoin de ses explications : il savait. L'harmonie des courbes, le passage radical d'une activité lente à la nervosité du sommeil paradoxal : tout y était, comme dans un livre, le tracé parfait dont on lui avait détaillé les caractéristiques. Erick frappa du poing sur la table. Il évita le regard de Nadine Mankiewicz, lui prit des mains la souris et éjecta le CD-rom pour en glisser un troisième dans la machine. Il reconnut le nom sur la page d'identification : Franck Berlin. Alors que l'enregistrement défilait, une avalanche d'images l'assaillit. Une vieille femme meurtrie, l'homme en chien de fusil sur le sol dans une lumière déclinante. Un être primaire, un reliquat d'existence, une vie réduite à des mouvements archaïques. Nadine, immobile, suivait la progression des lignes accidentées – rigoureusement normales, là encore. Les tracés se déroulaient sur l'écran, toujours plus vite, livrant Erick à son échec. Il se leva.

– Attendez.

À peine avait-elle posé sa main sur la sienne qu'elle la retirait très vivement. Il remarqua son embarras. La pudeur de la première Nadine Mankiewicz, celle de l'autre vie, reprenait parfois le dessus.

– Quoi ?

– Revenez, dit-elle. Revenez en arrière, là. Juste après le troisième cycle.

Erick s'exécuta. Il sentit sa main trembler et se concentra pour contrôler cette faiblesse. Nadine Mankiewicz, elle, semblait parfaitement calme, absorbée par l'observation de l'enregistrement.

– Ici, dit-elle.

Erick observa attentivement le tracé. Elle s'adossa au fauteuil et se tut. Son visage était figé dans une expression de frayeur.

– Mon Dieu, laissa-t-elle échapper dans un souffle.

– Qu'y a-t-il ? Qu'est-ce que vous voyez ?

– Vous ne remarquez rien ?

Elle semblait oublier qu'il était profane en la matière. Son index courut sur l'écran.

– Les bouffées de complexes K et les fuseaux caractéristiques des phases de sommeil léger et là, tout de suite, tout s'emballe.

– La cinquième phase, d'emblée...

– Il n'y a pas eu les 3e et 4e phases : le sommeil profond est absent du tracé.

Elle s'approcha encore et se tut, tétanisée par ce que les tracés semblaient lui révéler.

Erick la bouscula, en vain.

– Qu'est-ce que vous voyez, bon sang ?

Il allait de l'enregistrement à elle, partagé entre l'anxiété et l'espoir. Elle finit par parler :

Regardez l'amplitude et l'anarchie de ce sommeil paradoxal survenu précocement.

Il se souvint de ses premiers moments à la Fondation et des écrans que Vullierme lui avait montrés : le sommeil paradoxal de Strelli était déformé par les mêmes ondes irrégulières, immenses, dévorantes.

– Je crois savoir pourquoi le tracé prend cet aspect monstrueux, dit-elle.

Son doigt se déplaçait lentement sur la ligne, maintenant. Il s'arrêta au moment où le tracé s'emballait, au point de jonction entre le sommeil léger et le mouvement anarchique.

– Cette encoche sur la ligne, une fraction de seconde avant l'affolement de l'activité cérébrale... La voyez-vous ?

Erick acquiesça : une inflexion très nette, très franche, en créneau.

– Une impulsion électrique, monsieur Flamand. Une impulsion particulière, au voltage précis, délivrée à un moment précis repéré par l'ordinateur, et...

Elle prit une inspiration profonde, comme si l'air manquait

brusquement. Elle aurait voulu fermer les yeux, ignorer – mieux : n'avoir rien vu, ne pas avoir à parler ni expliquer. Ne pas avoir compris. Elle reprit pourtant d'une voix grave :

– Cette cinquième phase n'est pas survenue naturellement. Sa naissance est artificielle : on l'a déclenchée. C'est aussi pour cette raison qu'elle est si précoce.

Elle se tut un instant et plongea son regard dans celui du policier. Erick formula ce qu'elle osait à peine penser.

– C'était la découverte de votre père. Le professeur Mankiewicz avait touché au but, il avait mené son projet au bout : contrôler le sommeil paradoxal, le *déclencher* et ouvrir plus tôt, plus longtemps les portes de la connaissance et de l'assimilation. Le « temps de l'esprit » à portée de main.

Il effleura les lignes comme on touche avec précaution un animal fascinant et redoutable à la fois.

– Il est ici, sur cet enregistrement, fabriqué de toutes pièces. Seulement voilà, dit-il, votre père n'avait pas tout prévu. On ne construit pas aussi bien que la nature. Il a fait naître un sommeil paradoxal monstrueux, une phase cannibale que rien n'arrête. Chez ces criminels, la Pyramide mentale vacillait déjà, il l'a détruite en s'attaquant à la base.

Ils restèrent silencieux, hypnotisés par le miracle et le drame qui se jouaient en même temps. Erick s'arracha à la contemplation, furieux.

– Pourquoi m'avoir dit que ses travaux n'avaient pas abouti ? Qu'il n'avait pas appliqué le fruit de ses recherches ? Vous m'avez menti. Il en a fait des animaux d'expérimentation et ils en ont payé le prix.

– Non !

Nadine Mankiewicz lui arracha la souris des mains et fit disparaître le tracé.

– Jamais, dit-elle, effondrée. Il n'a rien tenté, rien fait. Il n'était pas sûr de lui. Il faut me croire.

– Vous saviez qu'il était allé au bout de sa quête, malgré tout. Vous saviez qu'il *pouvait* déclencher le sommeil paradoxal, et vous n'avez rien dit.

– Il ne l'a jamais appliqué, jamais, répéta la thérapeute.

Erick se leva et s'approcha de la fenêtre. Le drame l'accablait tout d'un coup. Il regrettait presque d'avoir vu juste. La ville déployée sous ses yeux, vivante, ne réussit pas à l'apaiser.

– Franck Berlin est un débris humain, à peine vivant. Il est anéanti comme les autres victimes de votre père. Strelli est le prochain sur la liste et sans doute pas le dernier.

Il entendit le bruit d'un CD-rom qu'on insère dans la machine. Que restait-il à découvrir sur ces tracés de mort annoncée ? Il se retourna : elle ne l'écoutait plus.

– Approchez, dit-elle sur un ton impérieux.

Elle n'eut besoin que d'un court instant pour repérer le déclenchement artificiel du sommeil paradoxal, cette fois. Elle fit alors apparaître les renseignements sur le patient.

– Josy Reich, dit-elle. La patiente dont vous avez pris l'enregistrement par hasard. Son dernier tracé date d'il y a un an.

Elle leva les yeux : une flamme nouvelle y brillait.

– Je vous laisse faire le calcul vous-même...

Erick comprit où elle voulait en venir.

– Deux ans *après* le départ de votre père.

– Par conséquent, ce n'est pas *lui* qui a déclenché ce sommeil anarchique et détruit la Pyramide mentale de cette femme.

Elle se leva et l'affronta.

– Il ne l'a jamais fait sur qui que ce soit, vous m'entendez ? Ce sont les mêmes qui se sont rendus coupables de ce désastre, avant et après son départ.

Elle chercha désespérément son approbation.

– Vous en doutez encore ?

Erick demeura immobile, les yeux rivés sur les dates. Elle décida d'aller au bout de la démonstration.

– Strelli, dit-elle. Je suis certaine que vous avez aussi son CD-rom. Je me trompe ?

Elle n'attendit pas sa réponse.

– Donnez-le-moi. Laurent Strelli n'a jamais été hospitalisé dans l'unité de Haute Sécurité. Il n'a jamais rencontré mon père. Nous allons bien voir.

Il posa le disque sur le bureau et resta en retrait derrière elle.

Elle n'eut qu'à poser le doigt sur l'impulsion électrique spécifique, au milieu d'un cycle de sommeil, pour que Erick se rende à l'évidence.

– Chez lui aussi on a fait naître de façon artificielle ce sommeil dévastateur, dit-elle.

– Pourquoi ? Il n'était pas criminel, on ne cherchait pas à le guérir d'une maladie mentale, on n'avait pas besoin d'expérimenter sur lui les travaux de votre père ni de contrôler son sommeil paradoxal.

Elle fit défiler plusieurs tracés avant de répondre au policier. La ligne rouge s'allongea et d'une pression sur une touche, les images apparurent. Le visage de Strelli envahit l'écran ; ses yeux fuyaient la caméra. Les mots de Vullierme retentirent dans le bureau.

Elle interrompit la séquence audiovisuelle.

– Tout ce que je peux vous dire, c'est que Laurent Strelli a eu droit au même procédé : on a déclenché le sommeil paradoxal et on a injecté le son et les images de sa séance de thérapie dans le casque et le masque.

Le silence avait empli la pièce, à nouveau.

– Quand a eu lieu le meurtre de sa femme et de sa fille ? demanda la thérapeute.

– Mercredi, le 10 novembre, en pleine nuit.

– Il était à la Fondation, cette nuit-là, n'est-ce pas ?

– Pour sa dernière séance de thérapie couplée, confirma Erick.

Nadine Mankiewicz continuait à déchiffrer les informations du disque.

– Et deux jours plus tard, précisa-t-elle, on a pratiqué un nouvel enregistrement.

– Vendredi matin, à la demande de Françoise Meer. C'est sur cet enregistrement qu'on a découvert la cinquième phase envahissante.

– Effectivement.

Elle leva les yeux de l'écran.

– Tout y est. À un détail près. Et il est capital.

Erick récupéra le CD-rom qu'elle lui tendait.

– Il ne manque qu'un seul enregistrement : celui du 10 novembre. La dernière séance de thérapie. Cette nuit-là, on n'a pas archivé le tracé sur le même CD.

Elle éteignit l'ordinateur et alluma une lampe. La lumière douce leur fit oublier un instant les lignes agressives et la lueur crue de l'écran. Erick se remémora les derniers événements : son irruption dans les archives, Stéphane Mathis, le CD-rom. Mais pas les *deux* CD-rom.

Une nuit. Une seule nuit manquait et il sut que cette nuit-là ne se contenterait pas d'expliquer quels sévices on avait infligés au sommeil de Strelli. Peut-être révélerait-elle le maillon manquant, celui qui permettrait de lier le cauchemar scientifique à la mort de Stefania Strelli et de sa fille. Et à celle qui menaçait son mari.

Nadine Mankiewicz s'approcha de lui. Ils avaient, à cet instant, connu une communion de pensée.

– Si mon père peut le faire, si on peut arrêter le mal dans sa course, il le fera. C'est la seule priorité. Retrouvez ensuite l'enregistrement de cette nuit et les secrets de son sommeil.

71

APRÈS le départ du policier, une immense solitude l'étreignit.

Celle qu'elle avait déjà éprouvée au beau milieu d'une foule, dans son cabinet avec un patient, et même au lit avec son époux. Avec sa famille, sur le chemin de la synagogue – dans l'unité spirituelle, pourtant. Était-ce la dualité de son existence qui l'isolait du reste du monde ? Au fond, il lui semblait toujours qu'un des deux univers l'appelait quand elle se consacrait à l'autre.

Pour mieux comprendre son mal-être, elle remonta aussi loin qu'elle put. L'absence de la mère, la privation qu'elle avait ressentie plus jeune ne provoquaient plus de remous en elle depuis quelques années. En revanche elle se souvenait parfaitement de son désarroi quand son père s'éloignait d'elle pour un congrès, même lorsque, à ses côtés, il lui arrivait de s'évader et devenait alors inaccessible.

Il y a trois ans, la détresse que Serge et le judaïsme avaient endormie avait resurgi d'un seul coup. Un coup d'une violence extrême. Le blâme dont son père avait fait l'objet, c'était sa blessure à elle, une blessure béante, ravivée chaque jour et condamnée à ne jamais cicatriser – mais sans comparaison avec ce qu'elle avait enduré lorsque le dernier acte de la tragédie fut joué.

De cela, elle n'avait jamais parlé, même pas à Serge, et elle ne le ferait probablement jamais de son vivant. Elle avait déjà vécu le départ du professeur comme une petite mort qui avait frappé sur tous les tableaux : il ne serait plus la sève scientifique, ni le miroir

– heureux – d'une fille, d'une épouse, d'une mère. C'était une mort lancinante, sournoise, ponctuée d'embellies sans lendemain et d'espoirs déçus – surtout pour Serge. Elle n'était jamais déçue, pour la simple raison qu'elle n'avait jamais nourri d'espoir à l'égard du phénomène morbide qui la rongeait. Le coup de grâce – son atroce secret – assené il y a un an était venu en confirmer le pronostic. Elle n'était plus qu'un zombie sur cette terre, retenue par une seule mission et bientôt libérée de la seule écorce physique qui la rattachait à la vie. Depuis, elle n'avait tenu que dans ce but.

Et quand ce policier, Flamand, était entré chez elle, elle n'y avait vu qu'un rappel de principe : elle était en sursis, ce sursis venait à son terme, il était temps de remplir la dernière mission. Le jeune homme n'était qu'un émissaire de l'Écriture, du Sort. Il était venu lui répéter, en d'autres termes, qu'on n'enterre pas un drame. Il ne s'éteint pas, seuls les protagonistes le font, de guerre lasse. C'était son tour. Elle était lasse, justement : elle avait investi ses dernières forces dans l'ultime combat, celui mené pour la dignité et l'honneur retrouvés.

Elle saisit sur le bureau une photo de sa famille : son mari et ses enfants l'entouraient. Il lui sembla que son image s'était déjà diluée. L'illusion du bonheur disparaissait comme une brume se disperse. Passait-elle pour une mère et une épouse heureuses ? Elle eut envie d'y croire, pour eux – ses fils au moins avaient droit au mirage. Alors elle songea à ce qui honorerait l'effort constant de son mari pour faire d'elle une femme épanouie. Et très naturellement, elle ralluma l'ordinateur et composa un mail.

Dans celui qu'elle avait rédigé un peu plus tôt, elle avait donné les coordonnées d'Hipolito. Les jeux étaient engagés, presque faits, elle ne retournerait plus en arrière. Le policier était venu l'aider à poser la dernière pierre. Laver l'affront, faire renaître la mémoire à défaut de pouvoir ressusciter. Transmettre ce qui était en sa possession. Voilà ce qui apaiserait Serge.

Transmettre : l'essence de la religion qu'elle avait épousée, la finalité de l'individu comme du groupe. C'était toujours dans la transmission qu'elle s'était sentie moins seule, c'était au travers d'elle qu'elle accepterait de vivre. Au nom de tout cela, au prix de nuits secrètes, d'absences, de labeur, elle révélerait et transmettrait tout ce qu'elle avait caché, nourri, approfondi – dans l'espoir de passer le flambeau, elle le comprenait aujourd'hui. Et de vivre, enfin. Un héritage, de main en main, pour que rien ne s'arrête. Avait-elle fait le bon choix en désignant son légataire ? Un inconnu, éloigné de ses valeurs, de ses convictions... C'était trop tard pour y songer. Et pour la première fois depuis longtemps, sa décision, aujourd'hui, lui procurait une sensation de paix intérieure qu'elle avait oubliée.

La sonnette troubla sa quiétude.

Elle se doutait que ce policier reviendrait, encore et encore, comme le message macabre qu'il portait inévitablement. Résignée, elle ouvrit la porte de l'immeuble et celle du cabinet, et s'assit de nouveau à son bureau pour chercher l'adresse électronique du destinataire. Elle vérifia qu'elle l'avait bien retranscrite sur l'écran, puis saisit un texte très court. Plus que quelques lignes. Alors qu'elle s'apprêtait à s'en défaire, elle s'apercevait du poids indéfinissable du fardeau. Sur ses épaules, depuis plusieurs années, et tout particulièrement depuis un an. Elle allait l'envoyer, et il ne lui resterait qu'à affronter la solitude au milieu des siens, l'image d'une mère morte trop tôt et d'un père anéanti, et attendre la fin.

La porte grinça : on la poussait.

– Ne faites pas le tour, j'ai ouvert la porte de communication entre le bureau et le couloir.

Puis un pas. Elle l'entendit et cela lui suffit pour relever la tête.

Elle comprit tout de suite qu'Erick Flamand n'était pas revenu, qu'il n'entrerait pas dans la pièce et qu'il ne lui poserait pas d'autre question.

72

LES pensées se précipitèrent dans son esprit. Elle eut le sentiment que l'ordre des choses – travailler, transmettre puis mourir – allait être bousculé, et qu'il ne suffirait peut-être pas d'un mail pour assurer sa destinée, mais qu'il fallait l'envoyer, en tout cas. Vite. Ses doigts couraient sur le clavier, revenaient, se trompaient, comme elle l'avait fait en se croyant à l'abri du danger sous prétexte que depuis plusieurs années déjà, elle avait décrété sa mort intérieure. Elle réduisit le message à sa plus simple expression.

La porte de communication s'ouvrit. Nadine n'eut pas peur de l'arme. Et curieusement, le visage ne la surprit pas. Elle ne perdit pas son sang-froid.

– Vous permettez que je finisse ? dit-elle.

La femme qui venait d'entrer lui sourit.

– Non, répondit-elle, je ne vous le permets pas, justement. Éloignez-vous de ce clavier.

Nadine jeta un œil sur l'écran : il ne manquait rien – presque rien : un bout d'adresse, un chiffre. Mais un « presque rien » capital. Puis envoyer. Elle recula lentement et lui rendit son sourire. Rien n'était perdu.

– Lorsque vous êtes venue me voir, il y a quelques années, vous étiez moins agressive.

Elle parlait et tentait de détourner le regard de l'ordinateur. Gagner un peu de temps – il lui en fallait pour finir ce mail et l'envoyer. La femme s'approcha d'elle.

– Quand je suis venue, j'étais gentille et vous m'avez menti, Nadine. Il faut donc user d'autres méthodes avec vous.

La thérapeute s'était levée. Elle guettait l'apparition de l'écran de veille, qui protégerait son message du regard de son agresseur.

– Vous vous en souvenez ? reprit la femme. Je vous avais demandé – nous vous avions *tous* demandé – où était votre père. Vous nous aviez affirmé ne rien savoir.

Elle regarda autour d'elle avec intérêt.

– Je crois, dit-elle, que vous nous avez caché la vérité, alors.

Elle passa le canon de l'arme dans une mèche blonde de Nadine. De l'autre main, elle fit glisser sa propre perruque.

– Voilà, nous sommes à nu, maintenant. Face à face. Quand vous étiez enfant et que je vous voyais courir dans le parc de la Fondation, je croyais que vous étiez un garçon. Mais les garçons ne mentent pas. (Elle sourit.) On a fait tomber le masque, toutes les deux. Et vous allez tout me dire.

Nadine se rapprocha du bureau.

– Vous ne voulez pas parler ? dit la femme en relevant l'arme. Ça m'éviterait d'utiliser cet engin. Demain, je serai loin. Je n'ai pas besoin de vous tuer – a-t-on jamais besoin de tuer quelqu'un ?

– Vous l'avez fait il y a trois jours, répondit Nadine, pourquoi pas aujourd'hui ?

Elle soutint le regard de son agresseur et insista.

– Quel âge avait l'enfant que vous avez assassinée ? Un an ? Moins ?

La femme l'observa avec attention. Elle semblait réfléchir à sa réponse, puis abandonna.

– Quelle importance, maintenant ?

– Alors laissez-moi comprendre comment et pourquoi vous en êtes arrivée là.

La femme secoua la tête.

– Désolée, j'aurais aimé en parler, mais je suis un peu prise par le temps. Nous allons trouver un terrain d'entente. Je vais vous aider à reconstituer une partie de l'histoire, vous ferez le reste. Le policier vous a rencontrée, puis ils sont partis pour le Brésil – à Rio. Je ne vois qu'une possibilité : ils vont retrouver votre père, qui seul peut les aider, à ce stade. Et vous êtes nécessairement le relais. Alors donnez-moi un nom, un lieu. Rien de plus. Vous pouvez même éviter que tout cela finisse dans le sang.

Nadine n'écoutait plus. Elle évaluait. Elle calculait la distance et le temps. La distance entre elle et la femme, entre sa main et l'arme. Et le temps de taper les derniers mots et d'envoyer. Transmettre sans réfléchir. Si elle avait réfléchi, elle aurait agi différemment, calculé d'autres paramètres. Elle aurait tenté d'arracher l'arme, elle se serait battue comme une femme, comme une mère, comme une épouse en vie qui veut le rester – au moins pour les siens. Au lieu de cela, elle ne se préoccupa que de l'instant, des cinq ou dix secondes de liberté que lui offrirait son acte.

En saisissant le cendrier en verre, elle vit son fils aîné, Aryé. Le visage de Reuven, le plus jeune, celui qui faisait tant penser à son père, lui apparut quand elle abattit l'objet sur le poignet de la femme. Le cri se confondit avec l'écho du chant de Chabbat, celui qu'elle préférait, un chant que Serge, elle s'en rendait compte, n'avait pas chanté depuis longtemps. *Serge*, se dit-elle en donnant un coup de pied dans l'arme, qui glissa jusqu'à l'angle opposé de la pièce.

Elle ne se préoccupe pas de la femme qui court pour récupérer l'arme. Elle s'assoit et tape les mots, la rue, le chiffre qu'elle s'est répété sans cesse pendant que la femme parlait. Elle entend à peine la première détonation. Elle ressent surtout une brûlure dans l'épaule, comme le sel sur une plaie, puis déchirante, une morsure profonde qui vrille la chair, et son bras gauche retombe, inerte. Appuyer sur la bonne touche avec l'autre main, maintenant, c'est tout ce qui reste à faire. Après la deuxième détonation, elle n'a pas le temps d'avoir mal. Une pluie rouge ponctue l'écran et le visage rieur des enfants. Elle voudrait encore penser à Dieu, pour finir – elle l'a mis en dernier sur la liste, elle voudrait songer au geste accompli mais tout est noir après le rouge, et la tête tombe sur la table, devant la photo éclaboussée. Sur l'écran, elle n'a pas pu lire la fenêtre qui s'ouvre : « Message envoyé ».

73

DANS le taxi qui les emmenait à Mangueira, Eva tentait d'endiguer la panique qui s'emparait d'elle. C'était peine perdue : elle perdait le contrôle d'elle-même, jusqu'à la notion du temps.

Les événements ne respectaient plus de chronologie. Elle n'en retenait ni l'enchaînement, ni le lien. Les visages et les gestes se confondaient dans des circonstances étranges. Elle croyait reconnaître des gens qui lui étaient parfaitement inconnus, pour la seule raison qu'elle souffrait de ce que les médecins appellent des ictus, de très courtes absences dont elle n'avait pas conscience : quand elle en revenait, elle avait alors le sentiment de « revoir » la personne qu'elle avait vue avant l'ictus. Inversement, les traits de Laurent, si familiers après ces heures de face-à-face, s'assemblaient selon des milliers de combinaisons pour composer autant de visages qui lui paraissaient subitement étrangers. Au restaurant, elle fut convaincue d'avoir mangé le dessert alors qu'ils n'avaient même pas entamé leurs plats. Laurent lui-même avait manifesté son étonnement. Affolée, elle avait payé l'addition, entraîné Laurent sur l'avenue Atlantica et hélé un taxi.

La voiture remonta vers le nord de la ville.

La nuit carioca leur apparaissait en images fugaces, des flashes qui arrachaient à leur mémoire des bribes de souvenirs puis s'effaçaient. Du haut de la montagne, dans l'encre du ciel, le Christ semblait tendre ses bras plus largement que le jour. Cette fois, Laurent leva les yeux sur le monument.

– Se saisir de nous, dit-il. C'est ce qu'il veut.

Eva préféra fuir, elle aussi, la vision démesurée de la statue et serra dans la main le message d'Hipolito. Elle avait tenté de comprendre le bien-fondé de ce rendez-vous, une école de samba au cœur de la favela. Elle crut en saisir l'intérêt : l'anonymat parfait, la masse dans laquelle ils se fondraient. Il lui faudrait alors les reconnaître, lui qui ne les avait jamais vus. Au beau milieu de cette marée humaine qui déferlait tous les samedis soir. Des milliers de personnes dans un immense hangar, qui vibraient pour leur école au son de la *bateria,* se laissaient envahir par le rythme de leur samba, et s'imprégnaient d'une atmosphère qui connaîtrait son paroxysme durant les cinq jours du carnaval. Chaque école défilerait sur le sambodrome pour défendre ses couleurs dans une débauche de lumière, de costumes et de corps. Ne pas retrouver leur contact, déclencher une crise chez Laurent avec un bain de foule : ces idées l'effrayaient, certes, mais rien ne la terrifiait plus, ce soir, que le fait d'affronter le corps brésilien.

Il l'obsédait.

Elle n'en chassait plus l'image qu'il avait imprimée en elle depuis la terrasse de l'hôtel. Ce corps profitait de la fatigue pour libérer les angoisses qu'elle avait camouflées avec soin, refoulées à coups de palliatifs et d'artifices, étouffées sans jamais parvenir à les anéantir. Un corps brûlant, exhibé, tourné vers la chair. Le corps en mouvement, offert au toucher sensuel – à l'opposé de celui qu'elle pratiquait. Le corps brésilien ouvrait aux sens et au culte du plaisir sans tabous, sans faux-semblants, sans hypocrisie ni vice, et ce taxi les emportait vers son temple. Elle qui n'avait jamais montré son corps que pour crier et se convaincre qu'elle n'en avait pas honte. Cette nuit, elle aurait voulu se cacher, disparaître dans des vêtements amples, ceux qu'elle avait retirés de sa garde-robe à coups de psychothérapie.

Elle observa Laurent. Laurent pour qui le corps est un art, un message. Un relief, une couleur. Quant au sien, à en juger par la façon dont il s'était déshabillé devant elle, il ne s'en préoccupait pas. Elle osa enfin le détailler : sec, large – Laurent n'était pas apprêté, son corps était brut, son allure sans fioriture, à l'image du sens qu'il lui accordait : une enveloppe sans valeur qu'il désertait régulièrement. Entre la carapace inerte et le corps sexuel, quelle place pouvait-elle trouver pour son propre corps ? Quel regard avait-elle le droit de porter sur celui des autres ? Elle ne sut pas répondre à ses interrogations : elles s'enchevêtraient dans un magma de pensées. Elle eut simplement envie d'effleurer le bras de l'artiste – ce qu'elle fit. Il ne réagit pas, mais elle ne s'en soucia pas : elle n'avait pas touché comme on soigne, elle n'avait même pas observé l'autre. Elle s'était contentée d'un contact qui l'apaisait, elle. Ça lui suffisait.

La voix du chauffeur explosa dans sa tête.

– Mangueira... Vous aimez danser ?

Elle sourit vaguement.

– Pose pas de question, va, on sait même plus pourquoi on est là.

Laurent tourna la tête, étonnamment attentif. Elle devina son inquiétude subite ; sans doute se trouvait-il dans un de ces moments de clairvoyance où chaque mot avait son poids. Elle sourit et laissa son regard se perdre au-delà de la lagune de Guanabara, vers le Pain de Sucre illuminé dans une couronne de nuages.

– Oui, finit-elle par dire, samba, oui. Pourquoi pas ? Danser avant de crever. Ça me va.

Le taxi s'était englué dans un chaos automobile. Devant eux, un type vociférait pour réguler le flot de voitures jaunes. Des hommes et des femmes se faufilaient entre les pare-chocs, riaient, dansaient déjà. Le chauffeur se pencha vers Eva et indiqua un bâtiment préfabriqué, renforcé par des piliers de béton, devant lequel la foule s'agglutinait. Toutes les secondes, la porte s'ouvrait, des bribes de musique s'échappaient et le hangar avalait une poignée de gens comme un ogre ses victimes consentantes. Le type sourit.

– Mangueira, dit-il.

74

DES adultes. Des adolescents. Des enfants, des parents.
Des grands-mères sur de rares chaises, qui marquaient
le rythme de la main, le visage plissé par le rire. Des
hommes et des femmes qui dansaient, chantaient, reprenaient les
mots d'un homme perché sur une estrade. Sa voix débordait la
musique, ricochait sur les murs, emplissait l'espace. Celle de la
foule, à l'unisson, tonnait et montait dans l'immense salle.

Laurent fit quelques pas et plaqua les mains sur ses oreilles. Le
son éclatait comme des bulles dans sa tête, décomposé à l'infini.
Il s'écarta du rectangle central et s'abrita derrière un poteau, bousculé par le passage de la foule devant les buvettes. Il était debout,
le son était assourdissant, il n'y avait aucun endroit pour s'asseoir :
il ne pouvait pas s'endormir. Eva s'octroya la liberté de s'éloigner
pour scruter la piste. Lequel était Hipolito parmi les milliers de
gens ? Les retrouverait-il ? La musique s'arrêta au même instant.
L'homme prononça quelques mots qu'elle ne comprit pas mais
qui déclenchèrent l'hystérie collective. Il laissa la liesse retomber
un instant, satisfait, et reprit son annonce. Les hurlements redou-
blèrent. Il leva la main et un mouvement d'ensemble attira l'attention d'Eva. Derrière le chanteur, une soixantaine de personnes
étaient assises sur deux rangs surélevés, face à autant de tambours.
Soixante baguettes se levèrent et s'abattirent comme une seule.
Tout le hangar se transforma en une caisse de résonance gigantes-
que. Le rythme de la *bateria* emplit l'espace et se propagea comme
une onde de choc dans la foule. L'harmonie entre les batteurs

était parfaite, les corps électrisés. Eva sentit tout son être traversé par la scansion. Elle tourna la tête : la haute silhouette se détachait toujours sur mur blanc. Le fracas des tambours semblait tournoyer autour de Laurent sans jamais l'atteindre.

Elle fit un pas de plus et se retrouva parmi les danseurs.

La samba lui brûlait la peau, entrait en elle et l'obligeait à bouger. Lentement, puis plus énergiquement, pour rattraper le rythme. Elle ne comprenait pas ce qu'elle faisait, au milieu d'eux, loin de sa quête et de ce qui les avait conduits jusqu'ici, mais elle ne chercha plus à comprendre et se laissa guider, contaminer. Elle sentit un contact, une main la prendre par la taille – un homme l'enlaçait. Son torse était nu, son regard sombre. Le T-shirt, glissé dans la ceinture du pantalon, suivait le mouvement des hanches. Il lui sourit. Elle voulut se dégager, mais il insista avec une douceur qu'elle n'avait jamais connue chez un homme. Des femmes se retournèrent et l'incitèrent, elles aussi, à danser. La main de l'homme glissa dans le dos d'Eva. Elle posa la sienne sur l'avant-bras du métis. Sa peau lui sembla brûlante et vivante, différente de celle de Laurent et de ses autres patients. C'était un contact inconnu, éloigné de la violence, du toucher expéditif de Karim, et de la distance qu'elle s'était toujours imposée dans son art. Elle y reconnut la saveur oubliée du désir et elle refusa de s'en priver. Elle suivit le mouvement du corps contre elle, ivre de fatigue, grisée par la sensualité, et elle voulut encore de cet attouchement moite. Autour d'elle, les visages tournaient, disparaissaient, la musique la transportait.

Soudain, elle eut peur de l'excès, elle craignit de jouir de tout ce dont elle manquait tant et qui la submergeait d'un seul coup. Elle tenta alors de se raccrocher au réel et à sa mission – à Laurent. Elle tourna la tête et un sentiment de panique l'envahit.

Il avait disparu.

Affolée, elle voulut se détacher de l'homme qui resserra son étreinte. Derrière, un autre corps se colla à elle. Elle était prise dans un étau charnel qui lui fit brusquement horreur. Les deux hommes l'enlaçaient, elle sentit une cuisse musclée contre la sienne, d'autres mains sur ses épaules et son ventre. Elle se mit à crier, en vain : le son couvrait sa voix. Elle regarda alentour à la recherche du visage qu'elle n'aurait pas dû quitter des yeux. Elle se sentit forcée et y vit le châtiment de sa négligence – comme celui qu'elle s'était inventé pour expliquer le traumatisme de son adolescence. Elle hurla le prénom de l'artiste, inaudible dans le roulement dément de la *bateria*. Un des deux hommes s'emporta ; elle eut peur de lui. L'autre s'avança, ils s'affrontèrent. Eva vit une lame briller. Trop de gens la séparaient du bord de la piste, elle ne pouvait pas s'échapper. Elle fut prise de vertiges et ses jambes se dérobèrent sous elle. Une main se posa sur son bras – une prise agressive, comme une serre. Elle tourna la tête et aperçut dans un brouillard le visage grêlé du type qui l'arrachait au groupe. Son cri faiblit et se perdit dans la voix de l'homme râblé.

– Hipolito, lui dit-il à l'oreille.

Eva ferma les yeux et se laissa entraîner.

Au bord de la piste, elle se précipita vers l'endroit où elle avait vu Laurent pour la dernière fois. Un poids écrasait son estomac et elle dut lutter contre les nausées qui la harcelaient. Hipolito s'approcha d'elle. Son corps noueux exprimait une violence terrible, elle eut un mouvement de recul. Il fit un signe de la main en direction de la sortie.

– Senhor Strelli.

D'un geste vif, il saisit la jeune femme par le poignet et l'entraîna sans qu'elle oppose la moindre résistance.

– Il faut partir, dit-il. Maintenant.

75

IL avait failli perdre leur trace à plusieurs reprises.

À l'aéroport, il avait écouté ses messages : quelques heures plus tôt, elle lui avait transmis les coordonnées de l'hôtel où Strelli et la fille descendraient. Quand il avait quitté Paris, elle l'avait rassuré :

– Pars. Je les retrouverai et je t'appellerai.

– Comment ?

Elle avait souri – il y avait longtemps qu'elle n'avait plus souri et que l'anxiété avait dominé ses traits.

– J'irai chercher à la source, avait-elle simplement répondu.

Quand il était arrivé devant le Caesar Park, Strelli et la Marseillaise en sortaient : il était 21 h 30. Il avait alors refermé la portière et son taxi s'était perdu dans les quartiers de Rio, dans le sillage du couple. Plusieurs fois, il lui semblait avait perdu de vue leur voiture quand elle réapparaissait dans le flot de véhicules et d'hommes.

Dans le hangar survolté de Mangueira, il avait vite repéré la silhouette voûtée. Strelli était là, seul, offert dans ce brouhaha, exposé à l'hystérie de la foule et aux débordements de violence propres à la favela. Son geste s'y perdrait et il en aurait fini avec l'homme et le danger qu'il représentait. Il laisserait Eva Latil aux mains des Brésiliens qu'elle avait choisi d'aguicher – elle pouvait bien se lever toute la salle, elle n'aurait plus d'importance à ses yeux lorsque Strelli serait mort.

C'est à cet instant que le type avait surgi de nulle part. Un type du coin, nerveux, rapide, qui l'avait pris de vitesse et arraché Strelli à son enfermement maladif. L'autre l'avait suivi sans broncher, comme un automate, probablement sans accorder la moindre attention à ce gars. Le Brésilien s'était ensuite noyé dans la foule pour récupérer la fille et s'engouffrer avec elle dans le taxi où Strelli les attendait, à l'abri.

Il vit la voiture s'éloigner et se précipita dans le taxi suivant. Un homme l'arrêta au moment où il refermait la portière. Il reconnut le brassard que portait le staff d'encadrement.

– Où tu veux aller ? demanda le régulateur.

L'homme ne répondit pas tout de suite, absorbé par le couple qui disparaissait au loin dans la nuit carioca.

– La même adresse qu'eux, finit-il par dire. On est ensemble.

Le type se pencha vers le chauffeur et pointa l'index sur la voiture devant eux.

– Complexo do Alemão. Suis-les.

76

DES constructions rudimentaires – plutôt des tas de bri-
ques mal agencées, dans le meilleur des cas – s'alignaient
le long du chemin boueux qu'ils suivaient, ballottés par
le cahotement du taxi. Ils avançaient à flanc de colline et Rio et
sa baie s'étiraient à leurs pieds, somptueuses, tandis qu'ils patau-
geaient dans la misère. Le chauffeur se retourna, inquiet.

– Encore ? dit-il à Hipolito. Tu es sûr ?

– Continue.

Les visages de la favela apparaissaient dans l'éblouissement des
phares. Des enfants trop jeunes traversaient la rue, jamais couchés,
des adolescents tentaient de discerner des traits à travers les vitres,
les femmes âgées se retournaient – il n'y avait rien à voir et rien à
montrer. Eva ferma les yeux. Elle était trop épuisée, trop abattue
pour supporter ce qu'elle voyait. Elle ne désirait plus qu'une
chose : arriver au bout du voyage.

– Où nous emmenez-vous ? tenta la jeune femme en espagnol.

Hipolito surveilla la route sans répondre. Elle n'insista pas. Laurent avait collé son visage contre le verre. Les images semblaient
s'imposer à lui, il ne parvenait pas à s'en détacher et à rompre avec
sa conscience du réel, pour une fois. Du bout des doigts, il zébrait
le plastique des sièges.

Ils roulaient depuis dix minutes dans un dédale de ruelles désertes et mal éclairées quand Hipolito réagit.

– Ici, juste après le mur.

– Le dispensaire ? demanda le chauffeur, rassuré.

Leur guide acquiesça. L'autre se tourna vers Eva et Strelli.

– La famille du docteur ? dit-il encore, souriant.

Hipolito ne répondit pas et tendit deux billets. L'homme refusa.

– Pas à la famille. Pas à la famille.

Ils sortirent du taxi et n'eurent pas le temps d'accorder un regard à la façade lézardée ni au nom qu'elle affichait. Hipolito poussa la porte et les entraîna à travers une salle où patientaient des dizaines de personnes. Certains étaient allongés sur le sol, perlés de sueur, d'autres recroquevillés sur des bancs en bois. Un ventilateur suspendu au plafond brassait un air tiède et les gémissements se perdaient dans le bruit des pales. Hipolito se tourna vers le couple sans ralentir le pas :

– Des malades, dit-il en français, pour la première fois. Le jour, la nuit... Ici, toujours des gens à soigner.

Eva et Laurent suivirent l'homme dans un long couloir, indifférents à ce qu'ils croisaient ; ils touchaient au but, loin de toutes les souffrances rencontrées, centrés sur leur avenir. L'artiste semblait conscient, lui aussi, d'une issue imminente et d'une réponse aux questions et aux événements qui passaient encore le filtre de son esprit perturbé. Il avait confusément suivi les consignes d'Eva et du policier afin de vivre cet instant, même s'il n'en mesurait plus la portée.

Le petit Brésilien ouvrit une porte et s'effaça pour les laisser entrer.

Ils étaient dans un bureau plutôt sombre, rempli de livres. Les livres envahissaient les murs, la table, formaient des piles qui tenaient miraculeusement en équilibre. Les coins d'un tapis s'enroulaient sur eux-mêmes. Eva s'approcha de l'une des deux chaises : elles étaient couvertes de tracés qui provoquèrent une avalanche de souvenirs. Au fond de la pièce, Laurent reconnut lui aussi les fils qui couraient d'une machine vers les draps d'un lit. Il eut un mouvement de recul et se tourna vers la porte. Eva le retint.

– Il n'y a pas de danger.

– Si, dit-il. Plus de ça, c'est terminé.

Elle s'approcha de lui et le contraignit à soutenir son regard.

– Écoutez-moi. La réponse est ici. La fin du cauchemar, Laurent.

Ses mains retombèrent.

– Je n'en peux plus, dit-elle encore, et vous non plus. Il faut en finir, on est venus pour ça.

Elle glissa le long d'un mur et s'accroupit. Pour la première fois depuis une éternité – depuis des années, en fait, elle se laissa aller à pleurer. Une main se posa sur son épaule. Elle leva les yeux et discerna un homme âgé, probablement septuagénaire, qui se tenait devant elle. La fermeté de ses traits l'encouragea, et elle se releva pour l'observer. Très mat, fort, mille plis sur le visage : tout ce que n'était pas sa fille. Nathanael Mankiewicz s'approcha de Strelli.

– Elle a raison, vous êtes venus pour cela. Il ne reste plus qu'à tenter le tout pour le tout.

Il se tourna vers Eva.

– Bienvenue à Rio, mademoiselle Latil.

Pour toute réponse, Eva sourit. L'apparition du professeur prenait la forme d'un immense soulagement, son visage était un mot d'espoir. Ils y étaient parvenus, enfin.

– Si j'ai bien compris ma fille, dit-il, nous n'avons pas de temps à perdre.

La voix était chaude et profonde en même temps. Teintée d'une tonalité sud-américaine, elle parvint à capter l'attention de Laurent un court instant, puis il fixa son regard sur le lit, immobile. Eva sut qu'il était inutile d'insister. Elle regarda autour d'elle, à nouveau, à la recherche d'un élément – un tableau, une lumière familière, un son apaisant, n'importe quoi qui puisse rassurer le jeune homme et le ramener parmi eux. Elle savait que sans sa coopération, toute intervention du professeur serait vaine. Ce dernier ne semblait pas se préoccuper du retrait dont Laurent faisait preuve : il le jaugeait comme on considère un enfant qui boude. Elle finit par se demander à quel point Mankiewicz avait perdu le sens clinique et la finesse d'observation qu'on lui prêtait. Elle fit l'effort de se concentrer sur ce qu'elle venait de vivre.

– Tous ces gens dans la salle d'attente, si tard... Ils suivent une thérapie avec vous ?

– Non, répondit le professeur. Leur santé connaît d'autres priorités, alors j'ai fini par changer les miennes.

– Vous voulez dire que... vous ne pratiquez plus la neuropsychiatrie ?

Elle prit appui sur le dossier d'une chaise et se laissa déborder par le découragement. Au bout d'une route épouvantable, ils avaient fini au fond d'une favela, dans un dispensaire sordide, avec un vieux médecin désabusé et reconverti dans le social. Était-ce cela qu'ils étaient venus chercher au bout du monde ? Elle pointa un doigt tremblant sur Laurent.

– Cet homme sort d'un coma, a perdu femme et enfant, n'a pas dormi depuis des lustres, et a finalement traversé un océan dans l'espoir que vous pourriez faire quelque chose pour lui. Dommage, non ?

– Je sais qui il est et pourquoi vous êtes ici.

Les mots du médecin tombèrent avec détermination. Eva se tut et le laissa poursuivre.

– Je n'ai pas abandonné mes travaux sur le sommeil : j'ai orienté différemment mes axes de recherche. Et si j'avais pensé ne vous être d'aucune utilité, vous ne seriez pas ici.

Elle n'eut pas la force de répondre. Il devina son interrogation et s'éloigna d'eux pour mieux libérer les mots et révéler le mystère qui l'enveloppait – lui mais aussi son départ, son refuge et ses choix.

– Il fallait que je change, dit-il enfin, que j'efface mes fautes – car j'en ai commis.

Il passa une main abîmée sur la tranche d'un livre, absorbé par ses réminiscences.

– Au lieu de me contenter de comprendre, j'ai voulu contrôler, au nom d'une vocation, d'une mission. Voilà tout le mal dont je me suis rendu coupable, et ce fut bien assez.

Il leur sourit.

– J'ai commis l'erreur des débutants et des passionnés. Permettez que je me range dans la seconde catégorie, même si le résultat fut si lourd de conséquences que rien ne l'excuse. J'avais élucidé le mystère du sommeil paradoxal, son rôle et sa place dans le sommeil. Pourquoi chercher à le maîtriser ?

Il soutint le regard de reproche que lui adressa la jeune femme.

– J'ai eu cette faiblesse par dévouement à l'égard de la science et de mes patients. C'est un motif plus noble, malgré tout, que celui des gens qui ont utilisé mes travaux à mauvais escient. Mais j'en suis responsable et à ce titre j'ai accepté d'en payer le prix : je suis parti pour me consacrer à autre chose.

Eva perdit son sang-froid. L'épuisement avait raison d'elle, les mots lui échappaient et elle ne cherchait plus à en contrôler les conséquences.

– En somme, dit-elle, vous avez joué, vous vous êtes bien amusé jusqu'au jour où votre joujou n'a plus fonctionné. Vous avez alors décidé de vous distraire avec autre chose, de l'autre côté de la planète, en vous persuadant que vous faisiez amende honorable.

Elle se rapprocha de lui, chancelante. Les traits du professeur disparaissaient derrière un voile de rage et de brume.

– Seulement voilà, dit-elle, lui, il a joué malgré lui au même petit jeu, et il en paie un prix beaucoup plus lourd – à cause de vous. Il n'a que faire de votre mea culpa. Qui va l'aider, maintenant ? Vous, avec vos bouquins et votre mission de brousse ?

Elle renversa rageusement une pile de bouquins. Il attendit qu'elle se calme pour répondre.

– Non, concéda-t-il. Pas moi.

Elle le dévisagea, stupéfaite.

– Alors qui, bon sang ?

– Mais lui, voyons. Lui.

Il s'assit au bord du lit et leva les yeux sur Laurent.

— C'est vous qui allez dévoiler votre propre secret, monsieur Strelli.

77

LAURENT s'allongea avec précaution.

Il tourna la tête : le visage de cette femme, le contact de sa main lui étaient familiers. Il lui semblait progresser en terrain connu. C'était aussi pour elle, au fond, qu'il acceptait de revenir dans sa forteresse intime, parce qu'elle le lui demandait. Il s'était éloigné de tout, y compris de son passé, au point de ne plus savoir ce qui s'était produit, de ne plus vouloir lever le voile sur la mort et l'absence qui le rongeaient encore, certes, mais de façon diffuse. Il ne ressentait plus la morsure, la douleur aiguë – c'était un mal qui le submergeait par vagues de faible amplitude, une mer à marée lente qui ne se retire jamais complètement. Les prénoms résonnaient encore dans son esprit ; il voulait en dissocier les visages qui s'y rattachaient. Il fuyait les mots, dorénavant. N'en faire que des sons dénués de sens. Avec elle, il voulait encore communiquer et garder le contact. Heureusement, elle savait le faire autrement – avec les mains. C'était un langage qu'il avait accepté ; c'était même le seul. Mais elle refusait de bannir totalement la voix du lien qui les unissait. Et ce soir, elle lui avait *dit* de continuer le combat. Avec quelques mots et deux ou trois gestes, elle lui en avait rappelé l'essentiel et tout était revenu. Une cascade d'images, de sensations, de frayeurs et de peines. Et la fureur, aussi. Elle avait même pleuré, et pleurer, il savait encore ce que cela signifiait, même si les larmes n'étaient pas dans son propre registre. Le sang, le feu, les corps brûlés frappaient à nouveau à la porte de sa conscience et il ne pouvait pas s'y opposer, d'autant que cette femme, là, à ses côtés, lui avait clairement fait comprendre que c'était le combat de sa vie, mais qu'elle le ferait sien, elle aussi. Il n'était pas seul pour affronter le réel. Alors il s'était allongé et le vieil homme, le médecin inconnu avait branché les électrodes sur son crâne, son visage, son torse et ses membres. Il était prêt à entendre tous les mots – et à savoir, enfin.

Le professeur se pencha.

– Vous aurez bientôt le droit de dormir, monsieur Strelli.

– Je ne peux pas, répondit Laurent. Le visage...

– Vous aurez la possibilité de le voir à nouveau, si vous êtes prêt à le faire.

Eva voulut répondre. Une pression de la main l'en empêcha.

– Je suis prêt, dit Laurent.

Elle s'affola.

– Je ne comprends pas... Son sommeil paradoxal va engloutir ce qui peut rester de sa mémoire, c'est bien pour cela qu'on veille depuis presque trois jours.

Le professeur ignora l'opposition et s'assit près de Laurent.

– Le sommeil paradoxal est le temps des rêves, vous le savez, n'est-ce pas ?

Laurent acquiesça. Il concentra ses forces pour lutter contre l'endormissement imminent. Il voulut se redresser, Mankiewicz l'en empêcha.

– Le rêve est une fenêtre sur votre cerveau. Et ce soir, maintenant, nous allons en ouvrir une autre, beaucoup d'autres. Pour cela, vous devez m'écouter. Tous les deux. Et bousculer ce que vous savez déjà du sommeil.

Le regard du vieil homme était pénétrant. C'était une sensation presque inconnue pour Laurent. Eva lui prêta elle aussi toute l'attention dont elle pouvait encore faire preuve. Nathanael Mankiewicz enchaîna :

– Je vais enregistrer l'activité de votre cerveau pendant le sommeil. Ces signaux électriques sont tout ce que l'on capte de sa formidable dynamique. C'est la seule trace qu'on sache conserver, avec certains signes physiques comme les modifications du rythme cardiaque, respiratoire ou les contractions musculaires. Et on ne sait pas traduire ce langage électrique, même si on en distingue les différentes phases à partir de l'enregistrement. Pourtant, il existe une autre manifestation de la vie cérébrale, dont le langage nous est plus accessible...

— Le rêve, suggéra Eva.

— Absolument. Pendant le rêve, donc pendant la cinquième phase, le cerveau laisse une autre empreinte de sa dynamique à l'aide d'images et de sons.

Nathanael Mankiewicz déroula un tracé pour illustrer ses propos à l'aide d'un élément concret.

— On pourrait considérer que durant le sommeil, dit-il, le cerveau travaille et exprime son activité sous la forme d'un long film. Seulement nous n'en voyons que de courts extraits : ce sont nos rêves.

— Qu'est-ce qui nous empêche de voir ce film dans sa totalité ?

— Disons qu'il est codé, couvert par l'activité électrique que nous connaissons. Mais de temps à autre, nous savons gommer le barrage électrique et les images défilent dans notre esprit.

— Tout à l'heure, reprit Eva, vous parliez d'« ouvrir des fenêtres » sur le cerveau de Laurent. C'est le sens de vos nouveaux travaux ? Vous pourriez révéler sous la forme d'un long rêve la totalité du film dissimulé derrière cette activité électrique ?

Le professeur se leva, comme si mettre des mots sur son œuvre l'embarrassait. Laurent l'interpella.

— Comment ? dit-il simplement.

— Votre cas est particulier, répondit le professeur. Je vais tenter de filtrer cette activité électrique pendant votre sommeil : il faut absolument atténuer l'amplitude et contenir la folie de votre sommeil paradoxal pour laisser ressortir les signaux électriques normaux.

Il eut un moment d'hésitation avant de poursuivre.

— Puis je ferai en sorte que le cerveau choisisse le langage du rêve pour s'exprimer.

Il guetta la réaction du couple. Celle d'Eva ne se fit pas attendre.

— Vous êtes en mesure de... provoquer la survenue des rêves ?

Mankiewicz laissa fuir son regard par la fenêtre.

— Il a fallu beaucoup d'efforts et de temps. Chercher, détecter les facteurs déclenchants dans le corps, explorer les modifications biochimiques et physiques concomitantes du rêve, disséquer les tracés. Mais maintenant, oui, c'est possible, dit-il en affrontant la jeune femme : nous avons identifié la séquence électrique qui provoque l'ouverture de ces fameuses fenêtres sur le cerveau et qui permet de convertir un langage en un autre.

C'était plus qu'un choc : les mots eurent sur Eva l'effet d'une ivresse brutale, comme celui que pouvaient produire en elle les preuves de la folie humaine.

– Déclencher les rêves, reprit-elle, effondrée. Encore un artifice. Manipuler le sommeil paradoxal ne vous a pas suffi ?

– Vous ne m'avez pas compris. Je ne veux faire qu'une chose : révéler. Ne plus forcer, ne plus dominer ni déformer : décrypter, traduire, rien de plus. Et c'est ce que je fais en stimulant le rêve : il n'est qu'une autre illustration de l'activité cérébrale, je me contente de soulever le voile.

– Mais pourquoi privilégier le rêve plutôt qu'une autre expression du langage cérébral ? Pourquoi ne pas laisser le cerveau s'exprimer comme il l'entend ?

– Tout simplement parce que le rêve est le seul langage que l'individu comprenne. Contrairement à la réaction musculaire, respiratoire ou électrique, il est la seule trace accessible à la conscience de l'individu.

– Comprendre... En somme, vous voulez maîtriser les rêves et en dévoiler la signification. Vous ne cesserez jamais.

– Révéler des images ne revient pas à leur trouver une signification ! Non, je ne cherche en aucun cas à connaître le sens des rêves : je laisse cette illusion aux psychanalystes. Je vais même plus loin, puisque je me contente de les déclencher sans en voir les images : je réserve ce privilège au rêveur, mademoiselle. Le rêve est le langage cérébral le plus honnête et le plus respectueux de l'intimité : ses « mots » n'appartiennent qu'à celui qui dort, qui est libre d'en faire ce qu'il veut par la suite : s'en souvenir, le raconter, et même l'analyser... ou l'oublier. Je respecte ce principe fondamental : je traduis, mais les yeux bandés.

Nathanael Mankiewicz se tourna une dernière fois vers Laurent Strelli.

– Monsieur Strelli, le cerveau parle pendant le sommeil, mais dans une langue qui vous est inconnue la plupart du temps. Je vais traduire ces mots, mais le message ne se révélera qu'à vous.

En définitive, durant votre sommeil, je vais convertir le langage cérébral électrique en des images accessibles et vous aider à démasquer ce visage que votre cinquième phase a dérobé à votre conscience. Vous serez totalement libre de vous en souvenir, ou de l'enfouir dans une case inaccessible de votre mémoire, à votre réveil.

Pour toute réponse, Laurent ferma les yeux.

78

À PEINE fut-il endormi que les tracés s'affolèrent.

Un sommeil paradoxal monstrueux envahit toutes les phases de son sommeil. Nathanael Mankiewicz dissimula mal le choc qu'il subissait : jamais un enregistrement n'avait été aussi perturbé. Eva préféra fuir la vision des lignes en dents de scie qui balayaient toute la hauteur du papier dans un mouvement frénétique. Le professeur mit en route le filtre : le tracé ne sembla pas en être modifié. Il accentua sa manœuvre et lentement apparut un enregistrement plus physiologique : on pouvait y distinguer les ondes caractéristiques des différentes phases, enfin débarrassées du tracé parasite.

– Le filtre a permis de gommer les ondes gigantesques de ce sommeil paradoxal et de laisser apparaître l'activité électrique normale. Mais je ne pourrai pas le maintenir beaucoup plus longtemps.

Eva formula enfin ses craintes.

– Et si ce filtre n'est pas efficace ?

– Alors le cerveau ne reconnaîtra pas le langage électrique et sera incapable de le convertir en rêves, malgré tous mes efforts et les stimulations.

Il se tourna vers la jeune femme.

– Le visage du meurtrier ne réapparaîtra pas – et pourrait disparaître à jamais dans le gouffre de ce sommeil démesuré. Je réponds à votre question, n'est-ce pas ?

Il observa le tracé une ultime fois et appuya sur un bouton.

– Le filtrage est maximal. L'activité électrique comporte depuis quatre secondes la séquence qui devrait provoquer la conversion du langage cérébral en rêves. Tout ne dépend plus que du cerveau de Laurent Strelli, maintenant.

Eva éprouva le besoin de s'asseoir. Elle guetta fébrilement la moindre réaction de la part de Laurent. Pas une parcelle de son corps ne frémit. L'inertie et le silence étaient tels qu'elle crut que le temps s'était figé dans l'esprit confus de l'artiste. Un gémissement puis un cri l'arrachèrent à sa torpeur. Une fraction de seconde plus tard, Laurent se redressait sur le lit. Il semblait chercher l'air, bouche ouverte. Ses poings s'étaient crispés sur le drap. Elle se leva et se précipita vers lui.

– Laurent, qu'est-ce qu'il y a ? Qu'avez-vous vu ?

Elle regretta immédiatement sa question. Le jeune homme se débattit avec fureur et la repoussa. Il se réfugia dans un angle mal éclairé de la pièce, comme un animal traqué. Ce ne furent que des râles arrachés à sa gorge avant de devenir des mots distincts.

– Léa... pourquoi ?

Elle voulut le rejoindre, le rassurer. Le professeur l'en empêcha.

– Il sait, maintenant, dit-il. Des images épouvantables viennent de ressurgir. Laissez-le affronter ce qu'il découvre.

– Qu'est-ce que je peux faire ? demanda la jeune femme, désemparée.

Malgré le bruit sec qui retentit et la curieuse sensation qu'elle éprouva – une sensation humide et tiède sur sa nuque et ses bras, Eva attendit une réponse. Elle passa la main dans ses cheveux, étonnée : les taches rouges diffusaient sur sa paume et sur le tissu de ses manches. Elle dut malgré tout se retourner, et voir le corps effondré du professeur sur le sol, éclaboussé de sang, pour comprendre qu'il ne parlerait plus.

79

SON cri se mêla à celui d'une foule prise de panique. Dehors, la nuit avait pris des couleurs rouge et ocre : celle d'un feu qui se propageait dans le bâtiment. Eva sursauta : près d'elle, la machine d'enregistrement polysomnographique vola en éclats. Deux autres coups de feu retentirent et elle entendit les balles siffler. Elle se plaqua contre un mur et jeta un regard affolé vers l'endroit où Laurent s'était réfugié : il semblait hors de portée du tireur.

Des voix se rapprochèrent qui dominaient les pleurs et les hurlements. Hipolito surgit dans la pièce. Le cadavre du professeur, dans un bain de sang, le paralysa un instant : il n'eut pas le temps de se protéger d'un nouveau tir. La balle creusa un cratère dans sa tempe, son œil droit sembla fondre. Il s'écroula aux pieds d'Eva. La jeune femme se coucha. Elle sentit le contenu de son estomac remonter et vomit près du corps inanimé. Elle en fut soulagée et se mit à ramper vers la porte. Une fumée épaisse envahit la pièce et la fit suffoquer. Elle réussit à atteindre la fenêtre et saisit sur la table un livre épais dont elle se servit pour briser le carreau.

L'atmosphère, plus respirable, s'éclaircit et l'évidence lui apparut avec effroi : Laurent avait disparu.

Dans la cour, les secours s'étaient organisés tant bien que mal pour éteindre l'incendie qui ravageait déjà la pharmacie annexe.

Eva reconnut les uniformes de police qui investissaient les lieux. Elle se tourna vers le bureau et parvint à mesurer l'ampleur du drame et de sa propre position : elle était seule, dans cette pièce, avec deux cadavres dont elle ne saurait pas expliquer le sort. Dans sa confusion, elle sut que partir et profiter de la panique ambiante représentait encore le meilleur choix. Elle mit son sac en bandoulière et enjamba le rebord de la fenêtre. À la lumière intermittente d'un gyrophare, elle remarqua le corps du vigile qui gisait contre un mur – dépossédé de son arme. Elle tourna la tête et se perdit parmi les gens de la favela.

Elle courait, fuyait le lieu de sang et de mort, dévalait les ruelles à l'aveugle. À un carrefour, elle n'hésita qu'un instant avant de choisir une direction. Quatre adolescents lui barrèrent le chemin. L'un d'eux voulut lui prendre son sac ; elle se mit à hurler, perdue en invectives et en gestes brutaux. L'inconscience de sa réaction et la violence libérée les troublèrent un instant. Elle en profita pour s'échapper, comme une folle égarée dans ce dédale.

Elle déboucha enfin sur une rue plus animée. Ivre de fatigue, elle se jeta sur un taxi qui freina in extremis. Elle ouvrit la portière et mit plusieurs secondes avant de se souvenir du nom de l'hôtel. Elle fouilla frénétiquement dans son sac et en sortit un boîtier. Elle ouvrit le kit et tenta de maîtriser le tremblement qui la secouait. Elle ignora le regard du chauffeur et releva – déchira – le bas de son chemisier. Elle désinfecta maladroitement un carré de peau et ôta avec les dents le capuchon de la seringue de neuropeptide S. Elle planta l'aiguille en sous-cutané en respectant les souvenirs flous qui tentaient de refaire surface. Elle poussa sur le piston, ressentit une brûlure et sa tête bascula dans un mouvement de soulagement.

– Pute ! Va te piquer ailleurs que dans mon taxi...

Elle ne fut pas certaine d'avoir entendu les mots du chauffeur. C'est l'arrêt brutal du véhicule, la portière qui s'ouvre et la violence de l'homme qui l'arrachèrent à la torpeur contre laquelle la substance n'avait pas encore agi. Le type la tira sans ménagement hors de la voiture et elle retomba sur le trottoir, effondrée.

– Non, écoutez, j'ai besoin de rentrer tout de suite à l'hôtel, je vous en prie..., bafouilla la jeune femme.

Elle suivit du regard le taxi, impuissante, et n'eut pas la force de bouger. La pluie – quelques gouttes, d'abord, puis un véritable déluge – la contraignit à se relever pour s'abriter sous un auvent. La sensation de fraîcheur subite et l'effet du produit qui diffusait jusqu'au cerveau la vivifièrent. Elle trouva les mots pour questionner les gens qui l'entouraient et savoir où elle se trouvait : le stade du Maracanã, proche, déversait des supporters éméchés. Elle profita d'une accalmie pour retrouver son sang-froid et réfléchir à la situation. Il lui fallait deviner et même anticiper les décisions de Laurent : où avait-il pu aller ? Quel choix s'était imposé à lui ? Comment percer le mystère et le cheminement de sa construction mentale ? Elle reconstitua péniblement les faits qui l'aideraient à sortir de l'impasse. Les images de Laurent et ses réactions avant de quitter l'hôtel pour Mangueira refirent surface : il avait insisté pour garder sur lui le billet d'avion, puis harcelé Eva avec une même question. Comme souvent, il avait focalisé son attention et son inquiétude sur un seul élément – cette fois, il s'agissait du passeport – et n'avait cessé de demander à le voir. Elle avait fini par le lui confier, à bout de nerfs. Quel effet les manipulations du professeur avaient-elles eu sur son cerveau ? Était-il assez autonome et entreprenant, ne serait-ce qu'un moment, pour décider de lui-même d'affronter le monde survolté de Rio, d'un aéroport et de rentrer ?

Elle n'hésita pas plus longtemps. Elle héla un autre taxi et se pencha vers le chauffeur.

– *Aeroporto internacional do Galeão, por favor.*

Elle traversa le hall de départ à 23 h 55.

Devant le tableau d'affichage, elle poussa un soupir de soulagement : leur vol prévu à 23 h 20 avait été annulé et ses passagers transférés sur un autre vol, celui de 0 h 10. Elle se précipita au comptoir d'enregistrement d'Air France.

– Je suis désolée, madame, l'enregistrement est clos depuis une heure, l'avion décolle dans quinze minutes.

Eva posa son billet sous le nez de l'agent et tenta le tout pour le tout.

– Je travaille pour le compte du gouvernement français. Vous pouvez appeler l'ambassade et les autorités qui confirmeront ma mission, à Paris.

La jeune femme hésita, considéra le badge électronique d'accès à la prison des Baumettes et le billet de première classe. Elle décrocha le téléphone, donna quelques instructions en portugais et tendit une carte d'embarquement à Eva.

— Ils vous attendent, dit-elle.

— Mon compagnon devait voyager avec moi sur le vol de 23 h 20...

— Quel est son nom ?

— Strelli. Laurent Strelli.

Les doigts de l'agent effleurèrent le clavier.

— Il a embarqué, dit-elle. Dépêchez-vous : vous avez quatre minutes pour passer le contrôle de sécurité et vous rendre porte 32. Un agent vous attend en zone d'embarquement. Courez.

Eva reprit son souffle tandis qu'on retirait la passerelle. Une hôtesse lui prit ses affaires des mains.

— Installez-vous ici le temps du décollage, je vous prie. Je vous conduirai en première classe, à l'étage, dès que vous pourrez détacher votre ceinture.

Elle voulut protester, la femme la contraignit avec courtoisie à s'asseoir.

— Après le décollage, madame. Nous ne pouvons plus attendre, la tour de contrôle va annuler le créneau.

Dès l'extinction du signal lumineux, Eva se leva. Elle monta seule les marches avec anxiété et s'arrêta, interdite, devant les sièges de première classe.

80

JE ne comprends pas, dit Eva, hors d'elle : on m'a confirmé
qu'il avait embarqué !

– Certains passagers du vol de 23 h 20 ont été déviés
sur un vol TAM qui décollait cinq minutes plus tard. Les passagers
de première avaient la priorité.

Eva tenta d'endiguer la vague de panique qui la submergeait.
Elle jeta un œil sur le téléphone par satellite et vida son sac sur le
siège. Son portefeuille et son téléphone portable avaient disparu.
Avec eux, les coordonnées d'Erick. Elle payait cher les quelques
minutes de sommeil qu'elle s'était octroyées durant le trajet qui
l'avait menée à l'aéroport.

– Il faut absolument que je contacte le commissaire Flamand à
la Brigade criminelle, à Paris. C'est très important.

L'hôtesse tenta de l'apaiser.

– Le système de ligne téléphonique par satellite ne fonctionne
pas mais on va essayer d'adresser un message radio à la tour.

– Il faut qu'il sache que...

L'hôtesse l'interrompit.

– Calmez-vous. Il saura que vous êtes sur ce vol. Je vais voir ce
que je peux faire. Essayez de vous reposer, je m'occupe de tout.

Les mots se perdirent, lointains, et Eva sombra dans un sommeil
incontrôlable.

Elle s'éveilla en sursaut : sa présence dans un avion lui parut irréelle. Son premier réflexe fut de se tourner et de constater l'absence de Laurent. Les événements récents lui vinrent pêle-mêle à l'esprit, dominés par un sentiment de culpabilité. Cette fois, elle savait qu'elle ne s'était pas contentée de quelques minutes de repos. Une main réconfortante se posa sur son bras.

— Le commissaire Flamand a été prévenu de votre situation : il vous attend à votre arrivée à Charles-de-Gaulle.

Le sourire de l'hôtesse acheva d'inquiéter Eva. Elle regarda le cadran de sa montre sans plus savoir de quelle ville il indiquait l'heure.

— Notre atterrissage est prévu dans une demi-heure, anticipa l'hôtesse. Je crois que vous aviez besoin de récupérer.

Dans une demi-heure ! Elle avait dormi dix heures d'affilée. En d'autres termes, Laurent était à Paris depuis plus d'un quart d'heure, sans qu'elle ait pu prévenir Erick. Désespérée, elle ne prit pas la peine de répondre.

L'appareil s'immobilisa sur la piste sous une pluie battante. Elle quitta l'avion, chancelante, et se dirigea sans un mot vers Erick et Laura qui l'attendaient à l'entrée de la passerelle.

Laura les rejoignit dans le bureau de la police, à l'abri du brouhaha du hall.

— Le débarquement du vol de la TAM est terminé depuis longtemps, dit-elle. Strelli était bien à bord.

Eva releva la tête, désolée. Erick la réconforta.

— Tu n'y peux rien. On va le retrouver, de toute manière.

— Qui le fera le premier : nous ou ce malade qui a tué une famille avant d'abattre le professeur et son adjoint ?

Erick se tourna vers sa collègue.

— Poste des hommes à son atelier et à la Fondation. Tout de suite.

Eva avala un troisième café.

— Nadine Mankiewicz est au courant, pour son père ?

Il hésita à lui avouer la vérité. Elle avait droit à un peu de répit, après des jours de peur et de mort. Elle le fixa avec une intensité qui le décida.

– Son époux m'a appelé en fin de matinée. Nadine Mankiewicz partait souvent travailler le samedi soir, il lui arrivait même de passer la nuit dans son cabinet, selon Serge Kahn, quand elle finissait trop tard. Cette fois, son silence prolongé l'a inquiété.

Eva ne comprit pas tout de suite le sens de ses mots. Elle chercha une réponse dans le regard de Laura puis sonda celui d'Erick avant d'accepter l'évidence.

– Ça ne s'arrêtera donc jamais, c'est un cauchemar, je vis un cauchemar.

Elle se redressa.

– Et maintenant, qu'est-ce qu'on va faire, hein ? On va attendre gentiment qu'on retrouve le cadavre de Laurent dans un parking ou ailleurs ? C'est ça, votre ambition du jour ?

Elle avait crié, furieuse et terrifiée à la fois. Marina les rejoignit dans ce silence pesant.

– On a passé au filtre l'ordinateur et la boîte mail de Nadine Mankiewicz, dit-elle. L'un des derniers messages qu'elle a envoyés t'était adressé, Erick.

Le policier lui prit la feuille des mains.

– J'ai consulté ma messagerie il y a une heure encore, il n'y avait rien d'elle.

– C'était sur le serveur de la préfecture.

Erick lut le texte : son nom, puis une adresse et un numéro de chambre. Il interrogea Marina du regard.

– Un établissement médicalisé à Montreuil, répondit-elle. Un long séjour. J'ai appelé : l'infirmière a refusé de m'en dire plus, elle est soumise au secret médical, la confidentialité, bref, impossible de savoir. Il ne reste plus qu'à s'y rendre.

Il lut une nouvelle fois le texte sibyllin. De cette femme il avait aussi retenu l'importance et le poids de chaque mot, du moindre geste. Un mail d'elle méritait forcément qu'on s'y attache.

– Tu y vas, décréta Erick. Laura, tu l'accompagnes. Moi, j'ai un artiste en danger à retrouver.

Eva se leva d'un bond.

– Je viens. Je t'accompagne.

Marina les retint.

– Je n'ai pas fini, dit-elle. Le meurtrier a consulté les mails de Nadine Mankiewicz, lui aussi. Peut-être était-elle en train de les rédiger quand il l'a tuée. D'après le légiste, l'heure du crime pourrait correspondre à l'heure d'envoi, mais c'est un peu trop tôt pour l'affirmer.

Erick s'impatienta.

— Où veux-tu en venir ?

— Il les a lus, poursuivit Marina, et il en a imprimé deux ; c'était dans la mémoire du logiciel d'impression. Le premier, c'était celui qui comportait les coordonnées de l'hôtel où Eva et Strelli sont descendus à Rio. Tu l'avais adressé en copie à Nadine Mankiewicz.

— Elle en avait besoin, répondit-il. Il fallait les transmettre à Hipolito.

Il s'en voulut de s'être justifié. Pourtant, il évita le regard d'Eva.

— Et l'autre mail ? dit-il.

— Celui-ci, répondit Marina. Le meurtrier a connaissance de l'adresse à Montreuil depuis hier soir.

Erick contint sa rage.

— Bon sang, combien de fois ce salaud va me doubler !

— Pas cette fois, dit Marina. Les visites ne sont autorisées qu'à partir de 14 h 30. Dans vingt minutes, précisa-t-elle en regardant l'horloge murale.

— Il y sera avant nous, dit Eva. On est à Roissy.

— J'envoie une patrouille ? suggéra Laura.

Erick écarta la proposition d'un geste.

— Non, on va le faire fuir. Et cette fois, je le veux.

Il décrocha un téléphone proche. Pour la première fois depuis le début de cette maudite enquête, le sort semblait jouer en sa faveur.

— Cette fois, on sera les premiers.

81

LA voiture roulait à tombeau ouvert sur l'autoroute. Eva s'était calée à l'arrière, muette. Elle chassait de son esprit les idées sombres qu'elle associait à Laurent. Simple patient, il avait progressivement été la victime, la proie, puis l'étrange compagnon qui n'avait pas supporté qu'on le touche, et enfin l'homme aux ressources insoupçonnées, à l'approche de la vérité. Qu'avait-il vu ? Où pouvait-il être ? Tout ce qu'elle s'avouait, c'était que l'inquiétude qu'elle éprouvait ne relevait plus d'une mission policière ou d'un impératif thérapeutique mal respectés. Elle s'était attachée à lui d'une façon qu'elle ne voulait pas envisager clairement, et elle n'en savait qu'une chose : elle avait peur pour lui.

Ils s'engagèrent sur le périphérique dans le hurlement de la sirène, fendant les files de voitures immobiles. Un GPS sophistiqué et la conduite sportive de Laura les guidèrent dans les rues de la banlieue est de Paris.

– Coupe le son, ordonna Erick. On approche.

Le véhicule passa en trombe dans une voie étroite et sinueuse – un cul-de-sac. Ils ralentirent et la voiture s'immobilisa devant un bâtiment blanc, un grand rectangle de béton et de verre. Il était 14 h 37.

Plusieurs voitures étaient garées en épis sur le parking visiteurs. Erick sortit le premier.

– Marina, tu surveilles les mouvements et tu notes toutes les plaques d'immatriculation.

Eva et Laura le suivirent dans le hall d'accueil. On leur indiqua l'accès à l'unité B. Ils coururent dans un long couloir carrelé. Eva, essoufflée, trouva la force d'avancer, mue par une inquiétude croissante. Laura lui prit le bras.

— C'est le bout de la route, dit-elle. Ou presque. Courage.

Ils poussèrent les portes de l'unité deux minutes plus tard. Erick fit irruption dans la salle de soins. L'infirmière s'étonna.

— La chambre 307 ? Encore ? Décidément, aujourd'hui...

— Où est cette chambre ? répéta Erick.

— Les visites y sont interdites sans l'accord de la surveillante, je suis désolée.

Il jeta son insigne sur la paillasse.

— J'ai dit : où ?

La jeune soignante se leva, effrayée, et les précéda hors de la salle. Elle indiqua une porte de communication à l'entrée de l'unité.

— 305 à 309, dit-elle : ce sont les chambres isolées dans une sous-unité sous surveillance rapprochée.

Au même instant, cette porte s'ouvrit. L'infirmière se fâcha.

— Madame, d'où venez-vous ? Je vous ai dit que vous ne pouviez pas y aller sans l'accord de...

Quand les policiers et Eva se retournèrent, ils n'eurent que le temps d'apercevoir une silhouette, des cheveux courts, sombres, un mouvement. Erick courut dans le couloir et Laura le rattrapa devant les ascenseurs : la cabine s'était refermée et descendait.

— J'y vais, dit-elle en s'élançant dans les escaliers.

Erick saisit le talkie-walkie.

— Marina ! Une femme, 1,70 mètre, brune, cheveux courts. Elle descend par les ascenseurs B.

— *Je fais évacuer le hall et je la cueille.*

Erick rebroussa chemin et se précipita dans la sous-unité. La porte de la chambre 307 était grande ouverte, le lit défait – la pièce vide. Il en sortit et s'immobilisa devant une autre chambre. Aux côtés d'Eva, se tenait une femme d'âge mûr, en blouse blanche.

— Où est le patient de la chambre 307 ? demanda Erick.

— À l'abri dans l'autre lit, dit-elle. Vous avez bien fait de nous prévenir. On a évité une visite malheureuse, semble-t-il.

Erick ferma les yeux, soulagé. La surveillante s'approcha d'eux.

– Je vous attendais de toute façon commissaire. Et vous êtes Eva Latil, n'est-ce pas ? Nadine Mankiewicz m'a appelée vendredi, en pleine nuit, pendant sa fête. C'était forcément important. Elle m'a cité vos noms et m'a dit que vous viendriez, c'était une question de jours, voire d'heures.

Elle se dirigea vers une autre porte et abaissa la poignée.

– C'est la dernière consigne que j'ai eue de Nadine Mankiewicz : vous ouvrir la porte de cette chambre.

Ils entrèrent.

Erick s'approcha d'un homme âgé, aux cheveux blancs, emmêlés. Le vieillard releva péniblement la tête. Ses yeux balayèrent la chambre sans s'arrêter sur un visage. Il joua maladroitement avec l'accoudoir de son fauteuil roulant.

Erick fit un pas vers lui et détailla les traits. Le même nez, un regard bleu qui avait dû être pénétrant. Les images défilèrent dans son esprit. La Fondation. Sa bibliothèque, les photos derrière le verre. Il manqua de mots pour exprimer sa stupéfaction. La surveillante se pencha sur le patient grabataire et essuya un filet de salive à la commissure des lèvres. Elle lui sourit.

– Vous avez de la visite, professeur Mankiewicz.

82

DANS le bureau de la surveillante, Eva préféra s'asseoir.
Qui était donc l'homme qu'elle avait vu mourir à ses pieds, dans le dispensaire ? Qui était réellement Nadine Mankiewicz, et qu'avait-elle à l'esprit en influant si radicalement sur le cours des choses en si peu de temps ? Perdue, elle s'en remit à Erick. Les événements la dépassaient. Elle n'aspirait qu'à un peu de paix, chez elle, loin de cette histoire infernale. Seul Laurent occupait encore ses pensées et la retenait ici.

L'infirmière chef eut un regard pour Eva et sembla deviner son trouble.

— Il faut avoir confiance en Mme Mankiewicz. Même morte.

Elle ouvrit un tiroir et sortit une enveloppe qu'elle tendit au policier.

— Elle m'a adressé ce texte samedi soir. Pour vous. En vous remettant ce document, j'ai rempli ma mission, dit-elle, visiblement émue. Vous trouverez certainement dans ce pli la façon de vous acquitter de la vôtre.

« Si vous êtes ici et si vous me lisez, alors peu m'importe ce qui m'arrivera ; où que je sois, je peux être en paix avec moi-même, maintenant.

Je ne vous ai pas trahi. Si j'ai caché la vérité concernant mon père, ce n'était que pour mener à bien mon combat – le sien, aussi. Sans jamais compromettre le vôtre.

Vous comprenez aujourd'hui quel prix mon père a véritablement payé en cherchant à contrôler le sommeil paradoxal. Il n'y eut qu'un seul cobaye : lui. C'est sur lui que nous avons testé le déclenchement artificiel de la cinquième phase. À sa demande, j'ai branché les fils et j'ai appuyé sur le bouton. Vous devez avoir une piètre opinion de moi ; pourtant, c'est mon père qui m'a tendu l'arme pour le tuer. Que peut-on faire de pire à une fille que de la rendre coupable de parricide ? Je n'avais pas choisi – ou seulement de lui faire confiance, aveuglément. Puis j'ai compris le sens de sa démarche : il ne pouvait prendre ce risque qu'avec moi. Il savait qu'en cas d'échec, j'étais susceptible de reprendre le flambeau sans me contenter de croupir dans la culpabilité. Quelle cruauté de sa part ; je m'en rends compte en vous écrivant ces lignes.

Pourtant, c'est ce que j'ai fait.

Dès les premiers signes de sa dégradation, dès qu'il a entamé l'inexorable chute mentale, je l'ai rapatrié du Brésil et j'ai repris le flambeau. J'étais déjà un peu morte après son départ ; la destruction amorcée dans son cerveau fut le coup de grâce. Il ne me restait plus qu'à consacrer à son œuvre et à sa réhabilitation le peu d'énergie vitale qui me restait. On l'avait sali, je me devais de laver son honneur pour respecter notre complicité, notre unicité. Dans l'ombre. Pour lui, pour nous deux. Depuis deux ans, chaque jour, j'ai travaillé sans relâche. Honorer le pacte qui nous liait : avais-je le choix, après ce qu'il m'avait obligée à faire ?

Et vous êtes arrivé dans mon secret.

Vous avez bouleversé ma vie réglée, vous m'avez imposé cet homme, Laurent Strelli. Comment aurais-je pu l'ignorer, ne pas savoir ce qui lui arrivait, alors que mon père n'était plus que le vestige de lui-même, incapable de voir ce que nous poursuivions ? Je croyais pouvoir me contenter de mourir à petit feu en construisant avec son associé brésilien la nouvelle route qu'il avait tracée : décrypter et révéler au dormeur le langage cérébral nocturne sous la forme du rêve. Nous y étions parvenus, enfin, et je croyais alors pouvoir attendre la mort, comme mon père, à notre façon, dans une lente agonie. Et vous avez précipité les choses.

Avec un peu de recul, il me semble que vous étiez envoyé par la Providence. Au fond, la mort violente à laquelle vous me condamnez est préférable à l'attente, et je vous en remercie. Mais à une seule condition : qu'elle réserve en échange une résurrection éclatante de mon père, plutôt que la réhabilitation confidentielle que nous lui avions offerte en achevant dans le secret ses nouveaux travaux. Car j'avais oublié le message essentiel de mon père, celui que j'avais cru découvrir pour la première fois parmi les miens, dans le judaïsme, celui de mon mari et de ma communauté : le devoir de transmission. Je m'apprêtais à m'enfermer sans comprendre que pour mon père aussi, il n'y aurait pas eu d'aboutissement sans transmission. C'était ça, pour lui, "reprendre le flambeau".

Vous aider et tout faire pour Laurent Strelli était un dû : c'est pour cette raison que l'associé de mon père a usurpé son identité et vous a accueillis au Brésil. Mais en acceptant cette aide, vous avez scellé un pacte entre nous, monsieur Flamand. Ainsi je vous enchaîne comme mon père m'a enchaînée : allez au bout de votre mission, vous aussi. Démasquez ceux qui l'ont trahi et transmettez tout ce qui se trouve dans la clef USB ci-jointe.

Le flambeau fut lourd, il m'a brûlée, puis consumée. Je n'ai plus la force de le porter, faites-le pour moi. »

NADINE MANKIEWICZ

83

ERICK sortit du bâtiment, la veste à la main. Le froid et l'humidité l'enveloppèrent ; il en avait besoin. Marina s'approcha.

– Je sais, dit-il d'emblée. Il n'y avait pas de femme brune aux cheveux courts. Elle devait probablement être blonde en sortant de l'ascenseur. Coupe au carré, peut-être, et la cinquantaine. J'ai mon idée. Décidément, j'ai encore des progrès à faire. Mais ça n'a plus d'importance. Pas pour l'instant, du moins.

Il fit quelques pas et reconstitua la route parcourue, tous ensemble. Comme d'autres patients de la Fondation, Strelli avait subi des manipulations pendant son sommeil : on avait déclenché l'apparition d'une cinquième phase artificielle, précoce, et ouvert les portes du cerveau, celle de l'assimilation des connaissances. On était entré par effraction dans le temps de l'esprit pour y injecter des informations, une sorte de lavage de cerveau par la porte royale : le sommeil paradoxal. Une effraction désastreuse, qui avait donné naissance à un monstre, une phase ravageuse, et entamé la chute de Strelli.

Aujourd'hui, Nadine Mankiewicz avait offert à l'artiste de voir à nouveau le visage du meurtrier. Témoin unique, une fois de plus, et perdu dans la nature. Mais résoudre l'énigme scientifique ne suffisait pas. Pour comprendre le meurtre, la menace de mort qui pesait sur Strelli et ce qui les liait à cette énigme, un élément manquait. Il mit la main dans sa poche. Le contact de l'enveloppe fit resurgir les dernières recommandations de la thérapeute : revenir à la Fondation, à l'origine du drame, là où la folie des psychiatres avait engendré le mal qui rongeait le cerveau de leurs patients. Et retrouver l'enregistrement de cette dernière nuit, celle où Strelli avait plongé en enfer. Il y découvrirait les dernières clefs.

Il songea à la jeune femme, épouse et mère à laquelle la mort l'avait tacitement lié. Comme elle, il n'avait pas le choix : il honorerait le pacte ainsi scellé. Il se retourna vers Laura.

— J'ai une idée de l'endroit où Strelli s'est réfugié. Toi, tu pars à la Fondation et tu déniches ce maudit enregistrement. Coûte que coûte.

— Non. C'est moi qui irai.

Eva s'était avancée, animée par une détermination nouvelle.

— D'accord, répondit Laura, on y va ensemble. Je me disais bien qu'on serait copines, un jour.

— Seule, précisa Eva. Ils me connaissent, là-bas. Ce sera plus facile pour moi d'y entrer.

— Moi aussi, ils me connaissent, rétorqua l'Africaine. Interrogez l'infirmier, là, c'est un ami, vous verrez...

Eva fit face à Erick.

— Comme toi, j'ai un pacte à honorer. Entre Laurent et moi. Je l'ai signé sans même m'en rendre compte, mais j'ai signé. Je ne peux plus m'arrêter, tu comprends ?

Il acquiesça et lui prit la main un court instant. Elle sourit pour se donner du courage. Il leur en fallait encore.

— Alors j'irai. Et vous, retrouvez-le, dit-elle. Retrouvez-le.

84

LA voiture s'arrêta devant la Fondation. Un orage venait d'éclater, la pluie criblait le pare-brise et tambourinait sur le toit sans affaiblir la résolution d'Eva. Laura la retint par le bras.

– Tu es sûre de vouloir y aller seule ?

Elle lui rendit son sourire.

– Certaine. Erick aura besoin de toi. Il me rejoindra.

Elle sortit, ouvrit le parapluie et se pencha avant de refermer la portière.

– Tu sais, dit-elle, il t'aime bien, je crois.

– Tu t'en contenterais, à ma place ?

Elle songea à Laurent, aux sentiments qui s'imposaient malgré elle et à l'impasse affective qui s'annonçait fatalement. Elle acquiesça.

– Oui, je crois bien que je m'en contenterais. De toute façon, toi comme moi, on n'a pas le choix.

Dans le hall de la Fondation, Stéphane Mathis l'attendait, statue glacée au pied des marches.

Elle le suivit à travers le CME désert jusqu'aux archives de l'unité. Il referma la porte et se tint silencieux devant les ordinateurs.

– Erick Flamand vous a certainement parlé de ce que je suis venue chercher, dit-elle, méfiante.

– Non. Je vous écoute.

Elle préféra ne pas savoir s'il mentait.

– Un enregistrement polysomnographique de Laurent Strelli.

– Monsieur Flamand les a déjà.

– Pas tous. Il en manque un – le dernier. Celui de sa dernière séance de thérapie couplée. La nuit où...

Elle ne sut pas comment achever sa phrase : la nuit où on tuait la femme et la fille de Laurent, la nuit où l'existence de cet homme fut détruite, la nuit qui poussa Erick à faire basculer la sienne dans le chaos, la nuit qui entamait une série de drames, une nuit de terreur, d'épuisement et de mort. La nuit interdite, entre toutes. L'infirmier se contenta de la phrase en suspens.

Il ouvrit une première armoire, où il passa en revue tous les CD-rom. En vain. Eva lui prêta main-forte pour s'attaquer à la seconde armoire, plus volumineuse. Au bout d'un quart d'heure de silence tendu, ils avaient écumé tous les bacs : aucun ne contenait l'ultime enregistrement.

– Essayez sur vos machines, dit-elle en s'asseyant devant un ordinateur.

– Il n'y aura rien de plus.

– Essayez quand même.

Il passa au crible le dossier informatique de Strelli : des éléments administratifs défilèrent à l'écran. Eva se perdait dans des dates, elle tentait de découvrir entre les lignes l'indice que leurs fouilles ne révélaient pas et qui les mettrait sur la piste des tracés mystérieux. Ils finirent par capituler.

Elle observa Mathis, soucieuse de déceler dans son attitude la part de collaboration sincère et celle, moins évidente, d'opposition. Elle ne parvint pas à franchir sa neutralité. C'est lui, pourtant, qui tenta de les sortir de l'impasse.

– L'enregistrement date d'il y a trois jours, c'est ça ?

Elle acquiesça.

– La nuit de mercredi à jeudi, précisa-t-elle.

Il se leva.

– Il y a peut-être un dernier endroit où on a une chance de trouver cet enregistrement. Venez.

Ils entrèrent dans le box d'enregistrement. Stéphane alluma les écrans et la fluorescence baigna l'espace d'une lueur pâle.

– Jeudi était jour férié, et vendredi l'unité d'exploration du sommeil a fait le pont. On n'y a réalisé que l'enregistrement de contrôle de Strelli, vendredi matin, à la demande du Dr Meer. Cette machine conserve en mémoire les deux derniers enregistrements. Si Strelli a bien été le dernier patient du box cette fameuse nuit, ce que je crois, les tracés sont encore dans la boîte.

Portée par l'espoir, elle le laissa faire et l'infirmier s'installa devant l'écran.

Eva s'éloigna et passa de l'autre côté de la vitre. Elle effleura le lit, les fils, les électrodes posées sur l'oreiller. Les événements de Rio l'assaillirent. Elle se retourna vivement. Derrière le verre, Mathis l'observait avec insistance. La porte se referma, elle sursauta et se précipita pour la repousser. Affolée, elle frappa du poing sur le montant.

– Non ! Ouvrez ! Ouvrez cette porte !

Mathis se leva et abaissa simplement la poignée. Elle se rua dans le box. L'infirmier la dévisagea, perplexe : elle était en sueur, plaquée contre le mur.

– Tout va bien ? demanda l'homme. Vous êtes claustrophobe ?

Elle ferma les yeux, honteuse d'avoir cédé à la panique. Elle se garda bien de lui faire part des soupçons qu'elle avait conçus à son égard alors qu'elle se croyait enfermée.

– C'est rien. Un peu émotive, après ces quelques jours. Excusez-moi.

Il se tourna vers l'écran.

– Je l'ai, dit-il.

Elle s'approcha. Son cœur s'était à nouveau emballé. Elle maîtrisa l'excitation qui s'était emparée d'elle et lut le nom de Laurent, ainsi que la date de l'enregistrement. Dans quelques instants, ils connaîtraient la pierre angulaire, le ciment entre la science, les meurtres et la menace qui pesait sur lui. Dans quelques instants, elle saurait. Enfin. La perspective la terrifia, elle s'assit pourtant près de Mathis et se tut.

L'infirmier fit défiler le premier cycle de sommeil. Il posa le doigt sur le début du second cycle : le sommeil paradoxal avait été déclenché et les ondes gigantesques et irrégulières venaient d'envahir l'écran. Au-dessus, une ligne rouge s'étira.

– Elle correspond à la projection des images et du son, le film de la séance de thérapie qu'on passe pendant la cinquième phase. Il suffit de placer le curseur sur l'icône rouge, et vous saurez ce que Strelli a « vu » et « entendu » pendant son sommeil.

Au même instant, le boîtier clipsé sur la poche de sa blouse sonna. L'infirmier lut le message.

– On me réclame en unité de soins. Je reviens, attendez-moi ici. On est dimanche, personne ne viendra vous importuner.

Les pas de Mathis se perdirent dans le bruit de ventilation de la machine. Eva regarda autour d'elle. L'isolement la rendit plus nerveuse encore, et l'atmosphère confinée lui parut irrespirable. Partagée entre la crainte de la révélation et l'envie d'en finir, elle saisit la souris et déplaça le curseur sur l'icône.

85

MALGRÉ le temps, la rue de Mouzaïa était envahie de promeneurs qui s'apprêtaient à s'offrir un mirage de verdure en plein Paris et arpenter les allées boueuses des Buttes-Chaumont.

Erick dut marcher quelques centaines de mètres pour rejoindre l'entrée de l'impasse. Des voitures s'étaient engagées dans la villa de la Renaissance. Il remonta l'impasse en ignorant la pluie fine.

À Rio, Laurent Strelli avait vu – et reconnu – le visage du meurtrier. Sa réaction puis sa fuite étaient sans équivoque. Sur quoi déboucheraient-elles ? Quelles étaient ses intentions ? Se replierait-il sur lui-même, comme il l'avait si souvent fait ? Avait-il l'intention de se venger ? Saurait-il se protéger avant que lui, Erick, ne le retrouve ? Avait-il encore conscience du danger qui planait sur lui ? Il n'avait pas trouvé de réponse claire à toutes ces interrogations : la logique de Strelli, si elle existait, répondait à des codes trop éloignés des siens. Les mécanismes mentaux qui régissaient son comportement avaient trop souvent prouvé leur étrangeté pour que le policier tente de les définir, encore moins de les anticiper.

En revanche, une seule démarche lui paraissait probable : hanté par ce visage enfin dévoilé, Strelli reviendrait certainement à la case départ. Il chercherait à reconstituer le drame pour mieux l'affronter. Pour cela, il lui faudrait revenir sur ses propres pas, fouler le sol de sa maison, là où il avait construit un fragile équilibre balayé par la mort.

La maison des Strelli était la dernière, au fond de l'impasse. Erick prit son temps, avec l'espoir de tomber sur un voisin qui aurait aperçu Laurent. Il approchait des bandes orange qui isolaient toujours le lieu incendié quand son téléphone sonna.

– Il faut que tu rappelles le légiste, Erick. Tout de suite.

Il décela dans la voix de Marina une tension inhabituelle, de celles qui pouvaient changer le cours d'une enquête.

– Il a les derniers résultats de l'autopsie et ceux des tests ADN. C'est très intéressant.

– Les tests ADN ? Je croyais que la combustion était trop avancée pour qu'on puisse les pratiquer.

– Le corps de la gamine était plus protégé. Quant à celui de Stefania Strelli, il était mouillé et enveloppé dans un tissu humide avant de brûler. Elle devait sortir d'un bain, ça l'a probablement préservé. Mais ce n'est pas tout, j'ai découvert une autre activité scientifique pratiquée par la psychiatre et qui peut éclairer certaines ombres de l'enquête.

– Je t'écoute.

Lorsqu'il raccrocha, Erick n'avait plus qu'une conviction : lui aussi éprouvait plus que jamais le besoin de revenir aux origines d'une histoire qui allait tous les rendre fous. Jusqu'au dernier.

86

LE son, faible, emplit pourtant l'espace du box. Ce n'était pas une voix, curieusement. Il n'y avait pas de blouse blanche, Eva ne reconnut ni le psychiatre, ni Laurent.

Il ne s'agissait pas d'une séance de psychothérapie.

Sur l'écran, elle vit une femme d'une quarantaine d'années, brune. Ses cheveux bouclés retombent sur ses épaules nues – ils sont mouillés. La femme s'enveloppe dans un peignoir. Ce n'était pas une salle de consultation, mais une salle de bains. Une scène de vie, quelconque, le clapotis de l'eau, le froissement du tissu, un flacon que l'on repose. Intriguée, Eva interrompit la lecture et recommença la manœuvre : les mêmes images défilent. Coupure, et nouveau plan. La femme fait face au miroir, maintenant. Elle étale de la crème sur son visage et ne voit pas le reflet de l'ombre derrière elle, ni le bras tendu vers son cou. L'obscurité tombe sur la scène.

Eva sentit une angoisse monter en elle, le grondement du tonnerre avant l'orage. Elle se concentra sur les nouvelles images alors que déjà le récit tant répété ces derniers jours, ces dernières heures, en tête à tête à Marseille ou à Rio, lui revint par flashes successifs.

Une silhouette – celle du miroir, en arrière-plan – progresse alors dans un couloir. Elle a enjambé le corps de la femme en peignoir et se dirige vers une porte qu'elle pousse. L'individu est dans la chambre, il semble à Eva qu'il s'agit d'une chambre d'enfant. Il se penche au-dessus du berceau, au centre de la pièce. Un nourrisson dort. L'écran est envahi par une main gantée, en gros plan, qui serre une arme. L'autre main saisit une peluche et l'appuie sur la tête de l'enfant. Eva sentit ses tempes battre à tout rompre ; elle suffoquait devant les images – et ce qu'elle commençait enfin à entrevoir. Le canon de l'arme est collé à la peluche.

– Mon Dieu ! non ...

Elle étouffa un cri quand la détonation retentit dans la pièce. Elle observa, terrifiée et fascinée à la fois, la flaque de sang s'étendre sous le corps inerte de l'enfant. À quatre reprises, la scène de mort se déroula, identique, jusqu'à la détonation. Elle en eut la nausée, mais ne détourna pas le regard.

Au même instant, la porte du box s'ouvrit. Eva ne prêta aucune attention au probable retour de Stéphane Mathis, car sur l'écran, un changement de plan vient de se produire. Dans une lumière très blanche, éblouissante, la caméra longe le bras du tueur, court sur l'épaule et le cou et s'arrête enfin sur un visage. Le visage d'une *femme* – celle qui sortait de son bain quelques minutes plus tôt, inanimée ensuite sur le sol, puis avec une arme à la main, au-dessus de l'enfant assassiné. Eva figea l'image sur l'écran, totalement déroutée.

Elle n'eut pas le temps de réfléchir plus longuement.

Le visage semblait s'être arraché à l'écran pour se matérialiser derrière elle, en chair et en os. Et l'arme braquée sur elle était bien réelle, elle aussi.

87

ERICK passa au travers de l'encadrement calciné d'une baie vitrée.

Les débris de verre, soufflés par l'incendie, crissèrent sous ses semelles. Sur le sol couvert de cendres, il remarqua des empreintes de pas que le vent n'avait pas eu le temps d'estomper. Elles le confortèrent dans son hypothèse.

– C'est moi, Laurent. C'est Erick. N'ayez pas peur. Vous pouvez vous montrer, je suis seul.

Pour toute réponse, il n'eut que le souffle du vent qui se levait et battait les branches roussies des arbres. Un courant d'air souleva la cendre du sol. Les particules restèrent en suspension quelques instants avant de retomber. Erick plaqua un mouchoir sur sa bouche. Un son plus sec attira son attention : il semblait provenir du fond du séjour – ou de ce qu'il en restait. Instinctivement, le policier porta la main à son arme.

La pellicule anthracite qui couvrait le sol étouffa le bruit de ses pas. Il s'arrêta sur le seuil de la cuisine. Elle était vide. Des éléments, il ne restait que des plaques fines et noires par endroits ; le reste s'était désintégré dans les flammes. Il scruta l'espace et s'arrêta sur une porte entrouverte. Il prit soin de ne pas glisser sur le carrelage et repoussa le battant du bout du pied.

La pièce était sombre. De la main gauche il tâtonna pour trouver l'interrupteur. L'incendie avait évidemment détruit l'installation électrique. Il attendit que sa vue s'accoutume à l'obscurité et distingua la carcasse calcinée d'une voiture. Il en fit le tour lentement. Les battements de son cœur résonnaient jusque dans ses tempes. Il inspira profondément et tenta de maîtriser le bourdonnement qui lui vrillait le crâne. Il se retourna tout à coup et vit une ombre se déployer au-dessus de lui au milieu de cris et de claquements. Il colla le dos au mur et tira à l'aveugle. Un envol d'oiseaux fit écho à la détonation. Les pigeons s'enfuirent par la porte ouverte dans une brume grise.

Erick sortit de la pièce en suffoquant. Il se redressa lentement. Les cendres s'étaient dispersées et le silence était retombé sur la maison. Le vent qui traversait le séjour le fit frissonner : il était en nage et la sueur avait dessiné des ombres étendues sur sa chemise. Il traversa le séjour pour sortir dans le jardin.

À cet instant, pourtant, il n'y eut pas de bruit. Et il ne perçut aucun mouvement alors qu'il enjambait le cadre en métal. C'est une fine pluie de poussière, simplement, qui l'interrompit dans son élan, rien d'autre. Il leva les yeux : quelques particules tombèrent encore du plafond calciné. Il attendit quelques instants et son regard se porta un peu plus loin : une nouvelle chute de cendres se produisit à cinquante centimètres de la première. Puis une troisième. Puis plus rien. Erick retint sa respiration, pivota avec une infinie lenteur sur ses talons et patienta pendant quelques secondes – qui lui parurent interminables. Il n'y avait plus le moindre signe de présence humaine à l'étage. Ou on avait cessé de marcher.

Il posa le pied sur la première marche, l'arme au poing. L'escalier, suspendu à ses filins, vacilla dangereusement. Les marches suivantes résistèrent à son poids. Erick confondit son souffle haletant avec le craquement du bois : la dernière plaque de chêne céda et il dut se raccrocher au cordon métallique. Son corps oscilla dans le vide et une première balle le manqua. Un deuxième impact fit voler en éclats un pan de plâtre. Erick riposta en vidant son chargeur en direction d'une chambre d'où semblaient provenir les tirs. Il contracta les muscles abdominaux, ramena ses jambes à lui et se hissa à la force de son biceps sur une poutre en acier horizontale. Il s'accroupit sur le sol de la mezzanine et glissa un nouveau chargeur dans l'arme.

Face à lui, la porte de la chambre avait été rabattue. Il se mit à l'abri d'un renfoncement du mur, et prit quelques instants pour maîtriser l'emballement de ses sens et décider d'une stratégie. Visiblement, il n'avait pas été le seul à envisager que Strelli reviendrait dans sa maison dévastée pour reconstituer le drame des derniers jours et comprendre comment son existence avait basculé. Mais il n'était plus à l'école de police et il n'avait pas le temps de réfléchir. Finies, les discussions courtoises et les dossiers-sushis. Les balles étaient de vraies balles, et à quelques mètres de lui, on avait décidé de le tuer. Une enquête, c'était aussi – surtout – ça : la poussière, la sueur, le sang et la peur. Et cette peur, elle était en train d'envahir son corps, de tordre ses tripes, de frapper contre sa poitrine et de hurler sous son crâne. *On veut te tuer, Erick. Bouge, décide-toi. Après, ce sera trop tard.* Il se redressa et longea le mur. Sa main tremblait, il joignit les deux sur la crosse et progressa jusqu'à la chambre. Il sentait des gouttes perler sur sa nuque et couler comme un fluide glacé le long de ses vertèbres. Il contracta ses muscles et donna un violent coup dans la porte, l'arme à bout de bras. La pièce était vide. Il la traversa et fit irruption dans la salle de bains attenante. Au fond, une porte était ouverte sur le palier. Des pas résonnèrent. Erick rebroussa chemin en courant et sortit de la chambre à coucher. Il eut le temps de se coller au mur pour éviter une première balle. La seconde déchira sa manche et une brûlure vive diffusa dans son avant-bras. Il visa les jambes de la silhouette qui sautait de poutre en poutre vers l'escalier. Erick le voulait vivant. Il s'élança et plongea pour ceinturer les chevilles de son agresseur. L'homme chuta face contre sol et lâcha son arme. Il parvint à dégager une jambe de l'étau et son talon frappa l'arête nasale du policier avec un claquement sec, dans un bouillonnement de sang. Erick relâcha son étreinte sous l'effet de la douleur et le tueur se releva. Il se mit à courir. À travers un voile rouge, Erick vit le pied de son adversaire s'enfoncer dans le parquet friable qui se déroba sous lui. L'homme tomba et heurta avec violence la balustrade : le bois céda et le corps bascula.

Erick n'entendit que le fracas sourd au bout de la chute. Il se redressa et se pencha par-dessus la mezzanine. Lorsque la cendre en suspension se dissipa, il put discerner le corps disloqué sur l'armature métallique d'une table. L'aluminium l'avait traversé de part en part, en plusieurs endroits. Erick sauta et s'approcha de l'homme agonisant. Les rigoles de sang luisaient sous la lumière déclinante du jardin. Il releva la cagoule poissée.

Lionel Vullierme ouvrit la bouche et tenta d'articuler quelque chose. Erick se pencha sur son visage pour recueillir les derniers mots. Lorsqu'il se redressa, le psychiatre était mort, délesté de sa confession.

Alors, Erick se leva et se mit à courir.

88

— **N**OUS ne nous connaissons pas vraiment, dit la femme, mais j'imagine que mon mari vous a parlé de moi.

Eva ne répondit pas. Son regard allait de l'écran à la femme qui se tenait face à elle. Dans sa tête, les pièces du puzzle s'imbriquaient.

Stefania Strelli tourna lentement autour de la jeune femme, sans baisser la garde. Eva put enfin prononcer quelques mots.

— Une mise en scène... Votre mort, celle de votre fille : tout n'était qu'une mise en scène, enfoncée à coups de son et d'images dans le sommeil paradoxal de votre mari, sous couvert d'une dernière séance de thérapie couplée. Rien de plus.

— Deux morts épargnés, ce n'est pas négligeable, je crois.

Eva se laissa retomber dans son fauteuil. Elle se contenta d'une simple interrogation.

— Pourquoi ?

La psychiatre la considéra quelques instants avant de répondre :

— Votre question est légitime, vous avez le droit de savoir.

Des pas dans le couloir l'obligèrent à se taire. Elle recula derrière la porte, dans l'ombre.

Erick entra dans le box.

— Je sais déjà ce qu'on va trouver dans l'enregistrement, Eva. Et je sais quel est le visage que Strelli refuse de voir.

— Elle aussi, maintenant, dit la psychiatre en refermant la porte.

Stefania Strelli avait à nouveau pointé le canon sur la jeune femme. Erick croisa le regard affolé d'Eva et lâcha son arme. Le médecin la ramassa avec précaution et la posa sur une table, à distance du couple.

– Entrez tous les deux dans la chambre 1.

Erick hésita. Stefania Strelli était à deux mètres de lui, pas plus. Mais l'espace était réduit, et Eva n'aurait peut-être pas le temps de se protéger d'une balle perdue s'il tentait de désarmer leur agresseur. La psychiatre sembla deviner sa pensée.

– Je tirerai sans scrupule, croyez-moi, dit-elle simplement.

Elle les poussa dans la pièce exiguë.

– Allongez-vous, commissaire. Mademoiselle Latil va vous attacher à l'aide des sangles.

Erick s'allongea. Eva l'implora du regard.

– Fais ce qu'elle te demande, dit-il.

Stefania Strelli se plaça dans l'angle de la chambre, face à eux.

– Les poignets et les chevilles aussi. Serrez plus fort. Bien. Reculez, maintenant.

Elle s'approcha du jeune homme.

– Ce système est réservé à certains patients dont le sommeil est très agité. Je vous soupçonne d'en faire partie.

Elle se tourna vers Eva.

– À vous.

Les deux femmes sortirent. Stefania Strelli poussa la Marseillaise vers la chambre adjacente.

– Celle de mon époux, en l'occurrence, dit-elle. Ça devrait vous faire plaisir, non ?

Elle fixa solidement les courroies autour des poignets et des chevilles d'Eva et referma la porte derrière elle.

Les secondes semblèrent s'écouler comme des siècles pour la jeune femme prisonnière. Prise de panique, elle tenta désespérément de dégager ses membres entravés. Elle ne cessa son effort que lorsque les sangles eurent entamé la chair, sans pour autant parvenir à se libérer. Elle voulut se redresser et chercher le regard du policier : les deux chambres d'enregistrement étaient séparées par une cloison opaque et insonorisée. Seul un haut-parleur et un micro fixés au plafond la reliaient à l'extérieur.

Sur son lit, Erick était immobile, s'acharnant à trouver une solution. Au moment de raccrocher, avant qu'il n'entre dans la maison des Strelli, Marina lui avait proposé de l'accompagner – ou d'envoyer du renfort sur place. Il avait refusé. Elle le savait ici, à la Fondation, puisqu'il devait y rejoindre Eva. Prendrait-elle l'initiative d'y venir ? Le ferait-elle assez tôt ou respecterait-elle l'autorité d'un supérieur qui voulait faire ses preuves ? Il imagina Eva sur un lit similaire, sanglée comme un animal qu'on sacrifie. Au nom de l'imprudence d'un jeune flic – trop jeune, décidément – qui l'avait embarquée sur une route semée d'embûches et jalonnée de meurtres. Elle l'avait pressenti, il n'avait pas écouté, et aujourd'hui, elle paierait le même prix que lui. Il n'eut pas le temps de nourrir sa culpabilité ni d'envisager une issue quelconque : Stefania Strelli était entrée avec un flacon de perfusion.

Il sentit l'aiguille traverser la peau et, quelques instants plus tard, une sensation de chaleur diffusa dans ses veines. La psychiatre ralentit le débit du goutte-à-goutte et sortit.

Elle s'installa devant le micro, face aux parois vitrées qui la séparaient de ses deux victimes et sa voix résonna dans les chambres.

– Il ne me reste plus qu'à vous expliquer ce qui vous échappe encore dans cette histoire – *notre* histoire, en somme. Vous en avez compliqué le déroulement et construit l'essentiel des derniers jours.

Elle se tut un instant. Les deux jeunes gens cherchèrent son regard à travers le verre. Les mots du médecin se détachèrent dans le silence de chaque chambre.

– Vous m'écouterez, dit-elle, puis vous dormirez.

89

– IL existe une logique aux événements, quels qu'ils soient, dit Stefania Strelli : tout se termine ici, dans un box d'enregistrement, là où tout a commencé.

Elle prit son temps avant d'entamer son récit. Pour Erick et Eva, il semblait suspendu à chaque goutte qui tombait dans la tubulure, au-dessus de leur tête. Submergée par l'angoisse, Eva sentait sa conscience lui échapper, déjà. Ils concentrèrent leur attention sur les mots de la psychiatre.

– Ici, dit-elle, j'ai pris la mesure du génie de Nathanael Mankiewicz. Avec une ligne, un tracé, une phase – la cinquième, la plus fascinante, bien sûr, il m'avait convaincue. Je lui en voulais presque d'avoir senti, compris puis démontré magistralement ce que je n'avais pas su voir, pas plus que tous les spécialistes du sommeil : sa formidable conception de la personnalité humaine, qui reposait sur une énergie fondamentale, le sommeil.

– La Pyramide mentale, ajouta Erick d'une voix qui mêlait la rage et l'anxiété. Trois énergies aux proportions génétiquement déterminées, sollicitées le jour et constamment rééquilibrées par le sommeil paradoxal.

Il avait presque crié, forçant sa mémoire et son souffle pour ne pas sombrer. Il fallait parler, écouter, intervenir, répondre. Rester présent, vif, violer son esprit qui s'embrumait – pour lui mais aussi pour Eva. S'il s'endormait, tout serait perdu.

– C'est si simple et en même temps révolutionnaire, reprit Stefania Strelli. Tout profane que vous êtes, la Pyramide mentale s'est imposée à vous, monsieur Flamand, comme elle s'est imposée au monde de la santé mentale. Nous étions tous des profanes à cet instant, et il était le maître. Hélas : un maître sans ambition.

Elle se leva, prise par son propre discours.

– Il ne s'était pourtant pas contenté d'imposer sa théorie magistrale : il avait su concevoir un outil majeur pour maîtriser la Pyramide. Nathanael Mankiewicz avait mis au point le moyen d'ouvrir les portes du cerveau, d'entrer dans la Pyramide et d'en modeler la configuration : il avait réussi à déclencher le sommeil paradoxal.

– Telle était votre ambition, alors, comprit Erick : modeler la personnalité humaine, façonner l'identité...

– Que vaut une théorie, aussi brillante soit-elle, si on ne la met pas en pratique ?

– C'était ça, votre problème : il refusait d'expérimenter sur ses patients ce qu'il jugeait encore incertain.

– Vous avez eu moins de scrupules, n'est-ce pas ? ajouta Eva, qui avait décidé elle aussi de lutter contre l'ombre qui la gagnait.

Stefania Strelli se mit à rire.

– N'allez pas me parler de scrupules ni même d'éthique. L'éthique, en science, se résume en un mot : le progrès.

Elle frappa la table de la main, exaltée.

– Maîtriser la personnalité, anticiper la maladie mentale : c'est plus qu'un rêve, pour un psychiatre. C'est un *devoir*. Et le professeur manquait au sien en refusant d'approfondir son travail.

Eva perdit le contrôle d'elle-même. Elle gesticula comme une folle. Le flacon et la potence s'entrechoquèrent.

– N'essayez pas de nous faire croire que tout est né de votre vocation, dit-elle d'une voix étranglée. Je ne vous crois même pas folle ! Votre mission, c'est votre ambition personnelle, inutile d'être psychiatre pour le deviner ! Qu'est-ce qu'on vous a proposé pour ça, hein ? Gloire et fric ?

Stefania Strelli s'approcha de la vitre.

– La psychiatre que je suis pourrait en dire long sur votre attitude, en revanche. Mais je n'ai pas de temps à perdre.

Erick secoua la tête : les murs ondulaient devant lui, la tubulure se dédoublait. Parler encore – gagner du temps. Sur cette femme, sur le sommeil.

– Vous n'avez jamais perdu de temps, dit-il, vous avez très vite décidé de passer outre l'opposition de votre supérieur. Vous aviez un matériel tout trouvé : des criminels, des rebuts de la société qui se prêteraient parfaitement à vos essais.

– Qu'est-ce qui pouvait leur arriver de mieux ? répondit-elle. Leur personnalité était tellement perturbée qu'ils ont tous basculé dans une pathologie psychiatrique dont il était illusoire de croire qu'ils en sortiraient avec les moyens traditionnels. Combien d'entre eux se sont empressés de récidiver quand on s'est lassés de les soigner et qu'on s'est convaincus qu'ils étaient guéris ? Travailler sur leur sommeil était providentiel : c'était pour eux l'ultime chance de s'en sortir.

– Et pour vous un excellent prétexte pour savoir ce que valait vraiment la méthode Mankiewicz, cria Eva, désinhibée par la substance qui courait dans ses veines.

Les mots de Françoise Meer revinrent à l'esprit d'Erick.

– Je comprends mieux votre parcours, dit-il. Pour avoir sous la main votre matériel humain, vous avez proposé d'épauler le Dr Meer dans l'unité de Haute Sécurité.

Malgré l'engourdissement qui gagnait son corps, il parvint à se redresser sur les avant-bras. Tous ses muscles s'étaient contractés.

– Docteur Strelli, savez-vous ce que vous avez déclenché ? Avez-vous la moindre idée de ce qu'il est advenu de ces patients ? Bon Dieu, allez voir Franck Berlin, admirez l'épave, le corps déserté, le cerveau ruiné !

Stefania Strelli le dévisagea longtemps avant de répondre.

– Vous les avez vus, dit-elle. Vous êtes allés parmi eux, vous avez vu quelles « épaves » ils sont déjà. Oserez-vous dire le contraire ? Si j'en crois ce qu'on m'a rapporté, vous étiez même prêt à faire bien pire que ce que j'ai fait.

Sa voix, rugueuse, s'adoucit.

– Ce fut une erreur, cependant, dit-elle. Un mauvais choix de ma part. La Pyramide mentale de ces patients était trop malmenée, trop instable pour que l'échec signifie quelque chose. Pour savoir si le déclenchement du sommeil paradoxal ouvrait réellement les portes de la Pyramide et de la personnalité, il fallait travailler sur des sujets plus équilibrés.

Erick retomba lourdement sur le lit. La chute était inexorable, sa force l'abandonnait.

– Alors, dit-il d'une voix lasse, vous avez créé le Centre du Mieux-Être pour attirer dans vos filets des individus indemnes de maladies mentales.

– Et j'y ai instauré le principe de la thérapie couplée, là aussi, mais sur ces patients sains, ou du moins qui ne souffraient pas de pathologie psychiatrique. Une Pyramide mentale plus solide, et enfin des résultats qui seraient significatifs.

Les voix parvenaient au cerveau d'Eva comme un écho. Elle aussi sentait sa résistance décliner. Dans son désespoir, elle ne put s'empêcher de sourire.

– Et dans votre suprême moralité, vous avez joué l'apprentie-sorcière sur votre propre époux !

Ce fut au tour du médecin de s'emporter. Son visage se déforma, méconnaissable par rapport au portrait figé sur l'écran.

– Qu'est-ce que vous savez de lui, de sa vie et de la mienne à ses côtés ? Rien ! Quarante-huit heures en sa présence ne vous permettent pas de porter le moindre jugement.

Elle arpenta nerveusement l'espace exigu.

– Dix ans de patience, dix ans à affronter un mur, à tenter de percer une brèche, à retomber dans le silence. J'ai encore trouvé la force et l'envie de faire quelque chose pour lui en déclenchant le sommeil paradoxal et en essayant d'inculquer à son esprit hermétique les rudiments d'une vie sociale. Il devrait m'en être reconnaissant.

– Vous seule êtes soulagée, répondit faiblement Eva, vous l'avez détruit. Il ne vous remercie pas, pas plus que les autres, vivants ou morts.

Erick tenta une autre question, alors que ses idées elles-mêmes s'enlisaient dans un brouillard hypnotique.

– Vous avez très vite compris que chez lui aussi, vous vous trouviez face à un échec. Pourquoi vous être acharnée, ensuite ?

– C'est vrai, concéda la psychiatre : cette cinquième phase artificielle, anarchique, a rapidement envahi son sommeil, dévoré ses capacités d'apprentissage et d'assimilation, et déstabilisé sa Pyramide. Sa personnalité se fragilisait de jour en jour. J'obtenais le résultat inverse de celui escompté. J'ai voulu alors lui offrir une dernière chance de s'en sortir.

– Non, réfuta Eva, vous vouliez *vous* offrir une dernière chance de réussir. C'est tout ce qui compte pour vous, admettez-le. On n'a plus rien à se cacher, maintenant, dit-elle sans espoir.

Stefania Strelli s'assombrit un instant, presque mélancolique.

– Je vous l'ai dit : ne cherchez pas à comprendre notre couple et ce que j'ai voulu faire pour lui. Mais je vois que mon époux n'a pas perdu son charme d'homme mystérieux. Je l'ai aimé pour la même raison et j'aurais parlé comme vous le faites, à l'époque.

Les yeux rivés sur la perfusion, les paupières lourdes, Eva se sentit à la frontière d'un sommeil qui signait sa perte. Elle fut à nouveau dominée par la peur et sut confusément que les sentiments qu'elle éprouvait pour Laurent Strelli – et qu'elle exprimait malgré elle – ne la mèneraient même pas à l'impasse qu'elle avait redoutée. Elle n'aurait pas le temps de connaître le sort de cette femme désenchantée, de l'autre côté de la vitre.

– Vous vous trompez, reprit le médecin. C'est aussi pour lui – ou pour nous, si vous préférez, que j'ai persévéré. Laurent devenait rétif à la thérapie, il devenait de plus en plus difficile de le convaincre, il voulait l'interrompre. Je devais agir, vite et fort : créer un choc psychologique massif, une déflagration mentale radicale pour tout mettre à plat. Éteindre l'incendie, contenir ce sommeil paradoxal monstrueux et travailler sur un sommeil assaini.

Les derniers mots de Vullierme prirent enfin tout leur sens pour Erick. Il rassembla d'ultimes forces pour s'arracher à la léthargie.

– Pour un homme vivant exclusivement au travers de sa famille, dit-il d'une voix étrangement claire, qu'y a-t-il de plus traumatisant que la mort de sa femme et le meurtre de sa petite fille ? Qui plus est quand la mère prête ses traits au meurtrier grâce à un montage vidéo... Vous avez astucieusement mis en scène les deux morts successives puis injecté le film pendant son sommeil, y compris votre visage en gros plan, pour que le choc soit maximal.

– Et le sommeil paradoxal s'est chargé de gommer ce dernier souvenir et l'enchaînement incohérent de ma mort suivie de mon crime virtuel, compléta la psychiatre. De toute manière, s'il s'en était souvenu, mon mari aurait passé pour un meurtrier doublé d'un fou dont les propos n'ont pas de sens : sa femme morte, une meurtrière !

— Les morts, les cadavres..., murmura Eva, comment avez-vous fait ?

Stefania Strelli n'eut pas à répondre. Les mots se bousculèrent sur les lèvres du policier, à peine intelligibles.

— Le Dr Strelli travaille une fois par semaine... en anatomie pathologique, dit-il dans un souffle. Elle a réclamé deux corps anonymes offerts à la science... les a placés dans la maison avant d'y mettre le feu... C'est pour cette raison... que l'autopsie a identifié une mort bien antérieure à cette nuit sordide... et que l'étude ADN, que vous pensiez impossible, docteur, a révélé que l'enfant... n'était *pas* la fille de l'adulte carbonisé.

Le médecin se tut, curieuse de connaître la suite du raisonnement.

— Seulement... voilà, reprit Erick, presque inaudible. Malgré tout votre stratagème, cette fois encore le monstre ne s'est pas laissé dompter...

— Beaucoup d'efforts pour rien, reconnut la femme. Non seulement je n'ai pas obtenu ce que j'attendais, mais le drame qui se jouait dans le cerveau de mon mari s'est accentué. Son cas était définitivement perdu et ce n'était pas très encourageant pour mes projets scientifiques.

Elle prit le temps d'observer le déclin de ses deux victimes avant de continuer.

— Mais ce n'était qu'une bataille, dit-elle, confiante, pas la guerre. Si j'ai accepté de mourir et de disparaître, c'est parce qu'une nouvelle vie m'attend ailleurs, avec d'autres moyens. Beaucoup de moyens.

Elle se délectait certainement de voir la drogue s'emparer d'eux. Erick lui refusa cette satisfaction. Ses mots se détachèrent péniblement les uns des autres.

— Un dernier obstacle, dit-il : Laurent devient alors un danger pour vous...

— Il ne le devient que parce que vous vous en mêlez, monsieur Flamand. Il était condamné à la régression, rongé par une cinquième phase incontrôlable, il était perdu – et inoffensif. Et il a fallu que vous vous acharniez à le faire parler, avec l'aide de cette jeune personne, puis de Nadine Mankiewicz.

Un court instant, elle fut admirative.

– Je dois vous avouer que vous m'avez impressionnée. Qui aurait songé à se tourner vers cette étrange fille, oubliée et secrète ? Pourtant c'est vous qui aviez raison. Et quand, après l'avoir rencontrée, vous êtes partis pour Rio, il était clair qu'elle tirait les ficelles. Et cette fois, c'est moi qui suis arrivée avant vous.

– Et vous... l'avez... tuée, dit Erick, éteint.

– Ce n'était pas dans mes intentions. Ce soir, je serai loin ; une autre, anonyme, riche et la vie devant moi. On m'offre tout, là-bas. Non, elle m'a forcée à le faire. Vous allez me trouver cynique, mais il m'a semblé que c'était son choix, en un sens.

Elle ouvrit la porte et s'approcha d'Erick. Elle joua avec la molette de la perfusion et augmenta le débit d'écoulement.

Quand elle sortit de la chambre d'Eva, un instant plus tard, Erick plongeait dans une torpeur irrépressible. La voix n'était plus qu'un lointain chuchotement.

– La mort me répugne, dit la psychiatre. Je fais tout pour l'éviter, elle n'aurait jamais dû empoisonner mon parcours. C'est pour cette raison que vous ne mourrez pas. Quand cet hypnotique aura eu raison de vous, je déclencherai un sommeil paradoxal artificiel, autant de fois qu'il le faudra pour que vous rejoigniez l'état de ceux dont vous avez tant défendu le passé et l'avenir. Vous voyez, tout n'aura pas été qu'un échec.

– Stéphane Mathis... de garde ce week-end... coupable parfait... pour porter la responsabilité de votre geste, articula encore Eva.

Stefania Strelli garda le silence.

Un silence assez surprenant pour que Erick trouve la force d'ouvrir les yeux et de relever la tête. Dans le flou de ce qu'il distinguait, une longue silhouette se dessina à travers la vitre, derrière le médecin. Une voix d'homme résonna dans leurs chambres et prolongea encore leur conscience.

– C'est toi qui l'as tuée.

Le nouveau venu ne regardait pas Stefania Strelli. Son regard était rivé sur l'écran, sur l'image qu'il connaissait à la perfection. Elle lui était revenue loin d'ici, dans un autre pays, au fond d'une favela et au bout d'un voyage en enfer, plongé dans le sommeil de la révélation. Ce visage s'était emparé de lui et l'obsédait depuis plusieurs heures comme si son corps et son esprit avaient pris feu.

L'arme d'Erick, qu'il avait prise sans bruit, était braquée sur sa femme.

— Non, Laurent, c'est faux, tout est faux, ce n'est qu'un film, laisse-moi t'expliquer, c'était pour toi...

— Ma fille, répéta l'artiste, sourd aux mots de Stefania. Tu l'as tuée. C'est toi, c'est bien toi que j'ai vue.

Il détourna les yeux de l'écran et les ferma une fraction de seconde. Le temps d'appuyer sur la détente.

Un message insondable se lut dans le regard de Stefania Strelli. Le corps s'affaissa sur la chaise et la tête retomba sur la table — comme on s'endort.

Laurent laissa choir l'arme et entra dans la chambre 2 ; la sienne. Il s'assit sur le bord du lit, effleura le visage en larmes d'Eva et posa la main sur son bras.

90

UNE journée froide et sèche.

Erick aurait voulu être à l'image du temps. Toute la matinée, il avait tenté de chasser le visage de Nadine Mankiewicz de son esprit. Usé, bouleversé, il s'était résolu à y penser librement, à laisser la jeune femme exister dans la mémoire douloureuse de ceux qui restent.

Il gravit les marches de pierre, foula le tapis d'épines au pied des conifères et se rapprocha des premières sépultures marquées de l'étoile de David. Le vent soufflait une complainte étrange ; comme un chant de Shabbat, un vendredi soir. Peu à peu s'y substitua la voix grave d'un rabbin.

Ils étaient nombreux autour de la tombe. Des redingotes noires, des visages tristes, des femmes dignes. Il fit quelques pas en leur direction et finit par se joindre au rassemblement.

Un homme se retourna et lui tendit une calotte blanche.

– Il récite le *Kaddish*, dit l'homme. La prière des morts.

Le policier se couvrit la tête. À la prière répondit une voix lisse, éteinte. Erick reconnut celle de Serge Kahn et ressentit l'irrépressible besoin de voir l'époux de Nadine. Il progressa parmi les gens. Serge Kahn releva la tête un court instant. Sans quitter le policier des yeux, il saisit l'étoffe de sa chemise et la déchira en signe de deuil. À l'avenir, il ne pourrait pas se réfugier dans la spiritualité comme on s'échappe du profane pour entrer dans le sacré. La déchirure serait là, éternelle cicatrice, empreinte indélébile de l'absence. Erick baissa enfin le regard. Il avait ressenti en lui-même une fracture aussi violente que le geste rituel.

Le policier s'éloigna de la lente procession qui présentait ses condoléances.

– Monsieur Flamand.

Erick s'arrêta. Serge Kahn s'était tenu à l'écart quelques instants.

– Qu'est-il devenu ?

Le jeune homme hésita.

– Cet homme, reprit le veuf. Celui pour lequel vous êtes venu voir ma femme.

La voix avait tremblé sur les derniers mots, puis il s'était contenu. Erick lutta contre le nœud qui l'étranglait. Que savait Serge Kahn de sa femme, de ses engagements et de ses combats ? Erick se souvint des lignes écrites avant la mort : la transmission, mission fondatrice de leur couple comme de leur foi. Il fut heureux d'en apporter la preuve.

– Elle l'a probablement sauvé.

La réponse sembla apaiser le chagrin, et Kahn disparut dans les ombres du deuil.

Erick crut pouvoir partir mais une présence l'appelait encore – une présence qu'il ne pouvait pas fuir, une convocation qu'il ne pouvait pas ignorer. Il se retourna. Un garçon roux posait sur lui un autre regard – celui de la rancœur. Il ne ressemblait plus à l'enfant qui lui avait ouvert la porte quelques jours plus tôt. La souffrance l'avait métamorphosé, elle avait fait de lui un être hybride, partagé entre l'enfance bouleversée et la gravité adulte.

Le père s'approcha du fils. De la main, il l'arracha à l'affrontement, le priva du message silencieux dont il lui fallait se défaire.

Erick attendit que tous aient quitté les lieux. Sans un mot, dans la solitude des morts et de leur demeure, il se tint aux côtés des fossoyeurs jusqu'à ce qu'ils aient fini leur travail, écrasé par la culpabilité comme le cercueil par la terre.

91

ELLE était à son chevet depuis plusieurs heures.
Une chambre nue, sans machine, sans perfusion. Un lit,
une table. Lui. Et elle, à lui masser le bras, lentement,
pendant son sommeil.

— Ne vous inquiétez pas, dit Françoise Meer. Parmi ses mystères, le sommeil cache aussi des bienfaits inattendus.

Eva releva la tête.

— Je vous croyais loin...

— J'ai renoncé à ce congrès, répondit le médecin. Il y en aura
d'autres. Et ici, personne n'est de trop, maintenant.

Son visage s'assombrit, puis elle se ressaisit et contempla le
visage insondable du jeune homme.

— Les travaux du Pr Mankiewicz légués par sa fille nous aide-
ront. On le sauvera de ce cauchemar, s'il nous laisse intervenir.

— Il refuse qu'on fasse quoi que ce soit, vous le savez comme
moi. Plus rien, c'est terminé.

Françoise Meer se résigna.

Stéphane Mathis entra. Eva s'attarda sur ses traits : elle ne lut
rien d'autre que la froideur coutumière. Elle savait pourtant que
c'était lui qui avait aiguillé Erick vers le box d'enregistrement puis
pris soin d'eux quand il les avait découverts. Il avait accepté de
témoigner en faveur de Laurent, quand la police était arrivée et
que ni elle ni Erick n'étaient en mesure de parler. Elle lui sourit,
il n'y répondit pas. Il posa un plateau sur la table et s'approcha.

— Et manger, il acceptera, non ? Tout le monde mange.

Françoise Meer s'éloigna.

– Je repasserai plus tard. À son réveil, dit-elle, hésitante.

Elle sortit, suivie par l'infirmier.

Eva reprit place auprès de l'artiste et se répéta ses derniers mots – une injonction formelle. Il avait refusé qu'on enregistre quoi que ce soit, qu'on branche la moindre électrode sur son corps. Il avait voulu dormir, simplement, prendre ce risque, et d'un geste il avait réclamé sa présence. Elle avait respecté son choix et il s'était endormi, livré à son cerveau et au sommeil qui était le sien. Elle avait cessé d'avoir peur pour lui.

Elle ne voulait pas penser aux travaux que Nadine avait confiés à Erick pour Françoise Meer. Elle refusait de fonder un espoir sur une théorie ou une autre, de s'accrocher à une nouvelle technique, à la vertu du rêve et du langage cérébral décrypté, à tout ce que la médecine proposait ou supposait. Elle voulait juste croire en lui, en son désir, sa détermination et sa paix intérieure. Elle voulait aussi croire en ce qu'elle pouvait lui apporter. Elle s'en contenterait.

Une main se posa sur son épaule. Elle tourna à peine la tête et sourit.

– J'emploie encore le langage qu'il a toujours compris, dit-elle sans rompre le contact avec Laurent. Et j'attendrai que les mots trouvent leur place dans notre dialogue.

Erick s'assit près d'elle et remarqua le lit d'enfant, au bout de la pièce.

– Elle dort, dit Eva. Il la verra à son réveil.

– Il la reconnaîtra.

Elle ne répondit pas, et le policier décela l'inquiétude dans ce silence.

– Il a confiance en toi, dit-il encore. Tu seras le lien entre eux, le temps que tout s'arrange.

Elle haussa les épaules, incertaine. Elle observa Erick avec plus d'attention et le trouva changé – vieilli, peut-être. Comment ressortir indemne de ce qu'ils avaient tous vécu ? Lui aussi la dévisagea comme s'ils avaient besoin de se reconnaître après toutes ces épreuves.

– Je sais, dit-elle. J'ai maigri d'une façon effrayante – à faire pitié.

Il se leva.

– Ne sois pas bête. Tu fais tourner toutes les têtes.

– C'est pour ça que tu pars déjà ? Pour te protéger de mon redoutable charme ?

Il hésita avant de répondre.

– J'ai un dîner. Avec une collègue, avoua-t-il. Une promesse... Une fille pas facile, dit-il en riant : j'ai intérêt à être à l'heure.

Seule à nouveau, elle éprouva le besoin de faire quelques pas. Elle resta à distance du petit lit, puis finit par s'en approcher. Elle heurta maladroitement un pied du berceau et l'enfant s'éveilla en sursaut. Eva la prit dans ses bras avant qu'elle ne pleure, effrayée à l'idée que Laurent s'éveillât. La petite fille observa ce qui l'entourait et posa son regard sur Eva. Elle ouvrit la bouche et un son s'en échappa, différent du pleur, dépourvu de larmes. C'était un *cri*, plutôt. Un cri qui ressemblait à une révolte. La jeune femme, troublée, se mit à la bercer et l'enfant se tut. Elle sentit une présence derrière elle.

Laurent s'était levé.

Il était immobile, devant le lit, et les observait. Eva ne lut rien dans ce regard. Un instant, elle y reconnut l'absence des jours passés et le désarroi s'empara d'elle. Ainsi, le sommeil avait achevé le carnage.

Elle se rapprocha du père et lui tendit le petit corps tranquille, suspendue à sa réaction. Laurent hésita et lui prit enfin l'enfant des bras. Son visage s'anima.

– Léa, dit-il. Léa.

REMERCIEMENTS

Je voudrais dire toute mon admiration à l'égard des professeurs Michel Jouvet, Pierre Magnin, Jean-Michel Gaillard et Jean-Louis Valatx, dont j'ai tenté, une année durant, d'approcher le fascinant savoir et les extraordinaires découvertes sur le sommeil. Il m'en est resté une curiosité sans bornes à l'égard des mystères qu'il dissimule encore.

Je tiens à remercier Patrick Demouy, maître du toucher, qui a eu la patience de m'initier à son art et de m'enseigner depuis deux ans le sens de l'observation d'autrui – mais aussi de soi – à travers la spiritualité ayurvédique et chinoise.

Je remercie aussi mes amis Francesco Dossa et Arnaldo Moro, guides éclairés à travers leur pays, Brésil fascinant où il me tarde de retourner.

Eucy et Leopoldo, j'ai été très sensible à votre accueil chaleureux et à toutes ces attentions qui ont fait de la *pousada* do Alto un coin de paradis où j'ai pu finir d'écrire *La nuit interdite*. Il me semble encore contempler l'océan sur le littoral sauvage du Nordeste, assis à ma petite table, derrière la baie vitrée.

Merci, enfin et surtout, à Françoise Chaffanel-Ferrand pour son attention et sa lecture fine, ainsi qu'à Francis Esménard.

Patrick, ton soutien et ton regard me sont précieux.

La nuit interdite

Composition Nord Compo
Impression Firmin-Didot, décembre 2005
Editions Albin Michel
22, rue Huyghens, 75014 Paris
www.albin-michel.fr
ISBN 2-226-16823-0
N° d'édition : 23747. – N° d'impression : 76445.
Dépôt légal : janvier 2006
Imprimé en France.